ARIADNA

Jennifer Saint ha sentido toda su vida una gran fascinación por la mitología griega antigua y estudió Literatura Clásica en la universidad King's College, de Londres. Ejerció de profesora de Inglés durante trece años y compartió su pasión por la literatura y la escritura creativa con sus alumnos. *Ariadna* es su primera novela y saldrá publicada en todo el mundo.

Código BIC: FA | Código BISAC: FIC010000
Diseño de cubierta: Joanna O'Neill
Adaptación de cubierta original: Nai Martínez

ARIADNA

JENNIFER SAINT

Traducción de Natalia Navarro Díaz

books4pocket

Argentina · Chile · Colombia · España
Estados Unidos · México · Perú · Uruguay

Título original: *Ariadne*
Editor original: Wildfire, un sello de Headline Publishing Group
Traducción: Natalia Navarro Díaz

1.ª edición en **books4pocket** junio 2025

© 2021 *by* Jennifer Saint
All Rights Reserved
© de la traducción 2021 *by* Natalia Navarro Díaz
© 2021, 2025 *by* Urano World Spain, S.A.U.
Plaza de los Reyes Magos, 8, piso 1.º C y D – 28007 Madrid
www.booksbystefano.com
www.books4pocket.com

ISBN: 978-84-19130-62-4
E-ISBN: 978-84-18480-31-7
Depósito legal: M-9.982-2025

Fotocomposición: Urano World Spain, S.A.U.
Impreso por Novoprint, S.A. – Energía 53 – Sant Andreu de la Barca (Barcelona)

Impreso en España – *Printed in Spain*

Para Ted y Joseph.
Espero que sepáis que vuestros sueños se pueden hacer realidad.

Y estando entre la turba entronizado, será por ti con fausto referido cómo le diste muerte al hombre-toro, quedando en el laberinto confundido. Con majestad y amplifico decoro, cuenta después que fui de ti dejada.

Carta de Ariadna a Teseo, *Heroides*, de Ovidio

PRÓLOGO

Voy a contarte la historia de un hombre justo.

El hombre justo de la historia es el rey Minos de Creta, que inició una gran guerra en Atenas. Fue una venganza por la muerte de su hijo, Androgeo. Este poderoso atleta resultó vencedor en los Juegos Panatenaicos de la ciudad, pero lo mató un toro enloquecido en una solitaria ladera ateniense. Minos culpó a Atenas de la muerte de su triunfante hijo y la castigó por no haber protegido al chico de la bestia salvaje.

Cuando marchaba de camino para derramar su ira sobre los atenienses, Minos destruyó el reino de Mégara en un alarde de fuerza. El rey de Mégara, Niso, era conocido por su invencibilidad, pero su fama no era rival para el poderoso Minos, que le cortó a Niso el mechón de pelo púrpura del que dependía su poder. Despojado del mechón de pelo, el hombre, indefenso, murió a manos del conquistador Minos.

¿Cómo supo que debía cortarle el pelo? Minos me contó que la hija del rey, la preciosa princesa Escila, se había enamorado loca y desesperadamente de él. Mientras le murmuraba al oído promesas dulces y le daba su palabra de que abandonaría su hogar y a su familia a cambio de su amor, se le escapó la clave para destruir a su padre.

Por supuesto, Minos se sintió decepcionado por su falta de lealtad a su padre y, una vez que el reino cayó tras el golpe fatal de su hacha, ató a la joven enamorada en la popa de su barco y la arrastró hasta su tumba de agua mientras ella gritaba y lamentaba su triste confianza en el amor.

Ella había traicionado a su padre y su reino, me contó a su regreso tras derrotar Atenas, emocionado aún por la victoria. ¿Qué iba a hacer mi padre, el rey Minos de Creta, con una hija desleal?

PRIMERA
PARTE

1

Soy Ariadna, princesa de Creta, aunque mi historia nos lleva muy lejos de las costas rocosas de mi hogar. A mi padre, Minos, le gustaba contarme la historia de cómo, con su conducta moral intachable, ganó Mégara, la sumisión de Atenas y la oportunidad de sembrar ejemplo de su juicio impecable.

Las historias decían que, cuando se estaba ahogando, Escila se transformó en un ave marina. En lugar de verse liberada de su terrible destino, un águila de rayas de color púrpura se dispuso de inmediato a darle caza en una eterna venganza. Bien podría ser verdad, pues los dioses disfrutaban con los espectáculos de dolor.

Sin embargo, cuando pensaba en Escila, me imaginaba a una chica ingenua y muy humana que jadeaba en busca de aire en medio de las olas espumosas, arrastrada por el barco de mi padre. La veía hundirse en el agua tumultuosa, no solo por el peso de las cadenas de hierro con las que la había amarrado mi padre, sino por la horrible verdad: que había sacrificado todo lo que conocía por un amor tan efímero y pasajero como los arcoíris que se dejaban ver entre la espuma del mar.

Las sangrientas empresas de mi padre no se limitaron únicamente a Escila o a Niso. La paz en Atenas exigió un precio terrible.

Zeus, el todopoderoso y feroz gobernante de los dioses, valoraba la fuerza en los mortales y ayudó a Minos con una plaga terrible que arrasó Atenas: una tormenta de enfermedad, agonía, muerte y dolor. Los lamentos debieron de ser atronadores cuando las madres vieron a sus hijos enfermar y morir ante sus ojos; los soldados se desplomaron en los campos de batalla y la poderosa ciudad, que, como todas las ciudades, estaba llena de humanos débiles, comenzó a hundirse bajo los cadáveres originados por la plaga de mi padre. No tuvieron más elección que acceder a sus demandas.

Sin embargo, no era riqueza ni poder lo que Minos buscaba en Atenas. Era un tributo: siete jóvenes y siete doncellas atenienses surcaban las olas hasta Creta para saciar el apetito del monstruo que había amenazado con acabar con mi familia humillándonos, pero, en cambio, nos había elevado al nivel de leyendas. La criatura cuyos bramidos hacían retumbar el suelo del palacio y reverberaban cuando se acercaba la fecha de su banquete anual, a pesar de hallarse bajo el suelo, en el centro de un laberinto crepuscular tan complicado que nadie que entrara conseguía ya ver un nuevo día fuera de él.

Un laberinto del que solo yo tenía la llave.

Un laberinto que albergaba lo que era, al mismo tiempo, la mayor humillación y la mayor ventaja de Minos.

Mi hermano, el Minotauro.

De niña, las vicisitudes de palacio en Cnosos me resultaban cautivadoras. Recorría las fascinantes habitaciones, deslizando la palma de la mano por las suaves paredes rojas a mi paso por los pasillos serpenteantes. Pasaba los dedos por el labris, el hacha de doble filo hecha de piedra. Después me enteré de que, para Minos, el labris representaba el poder que Zeus usaba para convocar el trueno, una potente muestra de dominación. Al recorrer el laberinto de mi casa me sentía como una mariposa. E imaginaba a la mariposa saliendo del capullo oscuro del interior del palacio a la gloriosa expansión del terreno iluminado por el sol. En el centro resplandecía un círculo enorme y lustroso, y ahí es donde pasé las horas más felices de mi juventud. Girando y ejecutando una danza que te mareaba, creando un tapiz invisible con los pies a lo largo de la pista de baile; un milagro esculpido en madera, una obra soberbia del renombrado artesano Dédalo. Aunque, por supuesto, no se trataba de su creación más famosa.

Lo había visto construir esa pista; una niña ansiosa, pegada a él, impaciente, deseando verla acabada y sin apreciar que estaba observando a un inventor cuya fama resonaría en toda Grecia. Tal vez incluso en el mundo entero, aunque yo poco sabía de eso; apenas sabía nada de lo que había más allá de los muros del palacio. Aunque habían pasado más de diez años desde entonces, cuando me acuerdo de Dédalo, veo a un joven lleno de energía y el fuego de la creatividad. Mientras lo observaba trabajar, él me contaba cómo había aprendido el oficio, trabajando en un lugar y en otro hasta que su extraordinaria destreza captó la atención de mi padre, que hizo que le compensara permanecer en un único lugar. Me daba la sensación de que Dédalo había estado en todas partes y me quedaba embelesada con cada una de sus palabras cuando describía la ardiente arena de los desiertos de Egipto y los reinos distantes de Iliria y Nubia. Era capaz de vislumbrar los barcos navegando desde las costas de Creta, los mástiles y velas construidas bajo la supervisión de Dédalo, pero tan solo podía imaginar lo que se sentiría al cruzar el océano en uno de ellos y sentir el suelo crujir bajo mis pies mientras las olas siseaban y chocaban contra el casco de la embarcación.

El palacio estaba lleno de creaciones de Dédalo. Las estatuas parecían tan rebosantes de vida que estaban sujetas a las paredes con cadenas para que no se les ocurriese alejarse a su antojo. En el cuello y las muñecas de mi madre brillaban sus exquisitas y delgadas cadenas doradas. Un día, al fijarse mi mirada codiciosa, me regaló un pequeño colgante dorado con dos abejas sobre un diminuto panal. Fulguraba a la luz del sol con tanta intensidad que daba la sensación de que las pequeñas gotas de miel iban a derretirse con el calor.

—Para ti, Ariadna. —Siempre me hablaba con tono serio, y eso me gustaba.

No me sentía una niña molesta, una hija que jamás podría dirigir una flota de barcos ni conquistar un reino, y por ello de poca utilidad e interés para Minos. Nunca supe si Dédalo simplemente me seguía la corriente, siempre sentí que éramos dos iguales conversando.

Acepté el colgante, lo miré sorprendida y le di la vuelta, maravillada por su belleza.

—¿Por qué abejas? —le pregunté.

Él volvió las palmas hacia el cielo y se encogió de hombros, sonriente.

—¿Y por qué no? Los dioses adoran las abejas. Las abejas alimentaron al pequeño Zeus con miel en su caverna oculta y él creció fuerte, lo suficiente para derrotar a los poderosos Titanes. Las abejas producen la miel que mezcla Dioniso con su vino para endulzarlo y hacerlo irresistible. ¡Se dice que incluso puede amansarse al monstruoso Cerbero que vigila el Inframundo con un pastel de miel! Si llevas el colgante en el cuello, puedes calmar la voluntad de cualquiera.

No tuve que preguntar la voluntad de quién habría de calmar. Toda Creta era esclava del dictamen inexorable de Minos. Yo sabía que haría falta más que el más poderoso de los enjambres de abejas para dominarlo tan solo un poco, pero, así y todo, el presente me encantó y lo llevé siempre puesto. Brillaba con orgullo en mi cuello cuando asistimos a la boda de Dédalo, un opulento banquete organizado por mi padre, que estaba encantado por la unión de Dédalo con una hija de Creta. Era otra cadena que lo mantenía anclado a este lugar y eso le permitía a Minos alardear de su eminente inventor. Aunque su esposa murió al dar a luz a su hijo antes de que cumplieran un año de casados, Dédalo halló consuelo en el pequeño Ícaro; me fascinaba verlo pasear con el bebé en los brazos, mostrándole las flores, los pájaros y las muchas maravillas del palacio. Mi hermana pequeña, Fedra, caminaba embelesada tras ellos y cuando me cansé de protegerla de los peligros que se encontraba, dejaba a Dédalo con los dos y regresaba a la amplia pista de baile circular.

Los primeros días bailaba con mi madre, Pasífae; fue ella quien me enseñó, aunque no de manera formal ni los pasos perfectos, más bien me ayudó a convertir los movimientos caóticos en danzas fluidas. La veía volar con la música, transformarla en un frenesí de elegancia, y yo la imitaba. Lo convertía en un juego para mí, nombraba constelaciones para que trazara sus formas en el suelo con los pies, formaciones de estrellas con las que tejía historias y también danzas.

—¡Orión! —exclamó, y yo salté rápidamente de espacio en espacio, imaginando los puntos de luz que formaba el cazador en el cielo—. Artemisa lo envió allí para poder contemplarlo cada noche. —Me contó cuando nos agachamos para recuperar el aliento.

»Artemisa era una diosa virgen, muy protectora de su castidad —me explicó Pasífae—. Pero se enamoró de Orión, un hombre mortal, compañero de caza cuya destreza casi rivalizaba con la de ella. —Una posición precaria para un humano. Los dioses disfrutaban de las destrezas humanas en la caza, la música o el bordado, pero se mostraban siempre alertas a la soberbia, y pobre del humano cuyas habilidades se aproximaran a las divinas. Algo que no toleraban los seres inmortales era ser inferiores a alguien en ningún aspecto.

»Con el fin de igualar el prodigioso talento de Artemisa, Orión se empeñó en impresionarla —continuó mi madre. Lanzó una mirada al lugar donde jugaban Fedra e Ícaro, en el borde de la pista de madera. Eran inseparables la mayor parte del tiempo, Fedra exaltada por la emoción de ser la mayor y poder dar órdenes a alguien menor que ella por una vez. Al ver que estaban concentrados en sus juegos y no nos escuchaban, Pasífae retomó la historia—: Posiblemente esperara ganarse su admiración matando a suficientes criaturas y así convencerla de que abandonara el voto de celibato. Así pues, los dos vinieron a Creta de caza. Día tras día, mataban animales de la isla y los apilaban formando montañas como testimonio de su pericia. No obstante, Gea, la madre de todas las cosas, despertó de su sueño al sentir la sangre empapar su tierra y se mostró horrorizada por la carnicería que estaba llevando a cabo Orión junto a su adorada diosa. Gea temía que aniquilara todo ser viviente, tal y como él afirmaba, emocionado, ante Artemisa. Gea accedió pues a sus cámaras subterráneas ocultas e invocó a una de sus creaciones, el colosal escorpión, que envió al presuntuoso Orión. Nunca antes se había visto nada igual. Su coraza resplandecía como la obsidiana más lustrosa. Las enormes pinzas medían como los brazos de un hombre adulto y la temible cola se arqueaba hacia el cielo, bloqueando la luz de Helios y proyectando una sombra oscura y monstruosa.

Me estremecí al oír la descripción de la bestia legendaria, cerré con fuerza los ojos y la vi alzarse ante mí, espantosa y cruel.

—Orión no tuvo miedo —continuó Pasífae—. O no lo mostró. En cualquier caso, no era rival para el escorpión y Artemisa no intervino para salvarlo de las garras de la imponente criatura... —En este punto se detuvo y el silencio evocó, más de lo que jamás podrían sus palabras, una imagen más vívida de la lamentable lucha de Orión. Retomó el relato en el momento en que contemplaba cómo se le escapaba la vida, su debilidad humana al fin expuesta cuando se rindió, exhausto de tratar de seguir el ritmo de los dioses durante tanto tiempo en su vida mortal—. Y Artemisa lloró por su compañero; reunió los restos de su cuerpo, que estaban esparcidos por toda Creta, y los colocó en el cielo, y allí ardieron en la oscuridad. Artemisa podía contemplarlo cada noche. Partió sola con su arco de plata, la supremacía y virtud intactas.

Había muchas más historias como esa. Al parecer, el cielo nocturno estaba lleno de mortales que se habían enfrentado a los dioses y lucían ahora como ejemplos fulgurantes de lo que los inmortales eran capaces de hacer. Por entonces, mi madre se empleaba a fondo en estas historias, igual que en la danza, con un arrojo salvaje, antes de enterarse de que sus placeres inocentes se utilizarían como prueba de sus excesos incontrolados. Nadie pretendía entonces describirla como poco femenina ni acusarla de lasciva ni de albergar sentimientos antinaturales. Bailaba libre conmigo mientras Fedra e Ícaro se entretenían juntos, siempre entregados a un juego distinto, a otro mundo de su creación. El único juicio que temíamos era el de la lógica insensible de mi padre. Juntas, podíamos bailar lejos del miedo, como madre e hija.

Cuando crecí, sin embargo, bailaba sola. El repiqueteo de los pies contra la madera reluciente creaba un ritmo en el que me perdía fácilmente, una danza que me consumía. Incluso sin música, podía acallar el tamborileo remoto que crujía bajo nuestros pies y el repiqueteo de las enormes pezuñas muy por debajo del suelo, en el corazón de la construcción que había consolidado la fama de Dédalo. Yo extendía los brazos hacia arriba, hacia el cielo sereno, y en lo que duraba el baile, me olvidaba de los horrores que moraban bajo nosotros.

Esto nos lleva a otra historia, una que no le gustaba contar a Minos. Acababa de convertirse en rey de Creta y, con tres hermanos rivales, estaba desesperado por demostrar su valía. Rezó a Poseidón y le pidió que le enviara un toro glorioso; juró sacrificar al animal para honrar al dios del mar y así asegurarse su favor y también el reinado de Creta.

Poseidón envió al toro, un respaldo divino al derecho de Minos de gobernar Creta, pero era tan grandiosa su belleza que mi padre creyó posible engañar al dios y sacrificar a otro animal, una criatura inferior, y quedarse para sí mismo al toro de Creta. El dios del mar se sintió insultado y rabioso por su desafío y planeó la venganza.

Mi madre, Pasífae, es hija de Helios, el extraordinario dios del sol. A diferencia del abrasador resplandor de mi abuelo, ella brillaba con una suave luz dorada. Recuerdo los rayos suaves de luz de sus extraños ojos de color bronce, la calidez del verano en su abrazo y el brillo líquido del sol en su risa. Esos días de mi infancia, cuando me miraba de verdad, y no como si no me viera. Iluminaba el mundo con su luz, antes de volverse un cristal translúcido que refractara la luz y nunca volviera a derramar su preciado resplandor. Antes de tener que pagar el precio del engaño de su esposo.

De las profundidades del océano, Poseidón emergió en un torbellino de sal y furia. No dirigió su venganza a Minos, el hombre que había osado traicionarlo y deshonrarlo, sino que se cebó con mi madre, la reina de Creta, y la maldijo para que experimentara una pasión desmedida por el toro. Encendida por la lujuria animal, el deseo la volvió confabuladora; persuadió a un Dédalo ignorante para que creara una vaca de madera tan convincente que el toro deseara montarla tanto al animal como a la reina enloquecida, escondida dentro de la figura.

Esta unión fue un tema de conversación prohibido en Creta, pero los rumores llegaron hasta mí y me envolvieron con sus tentáculos de malicia y burla. Fue un regalo para nobles resentidos, mercaderes burlones, esclavos inquietos, muchachas afectadas por el macabro y fascinante horror, hombres jóvenes fascinados por la extravagancia del acto; los murmullos, cuchicheos, silbidos de desaprobación y burlas llegaron a cada rincón del palacio. Poseidón, que parecía haberse olvidado de su víctima, había asestado un golpe con precisión mortal. Dejó a Minos intacto, pero al deshonrar a su esposa de un modo tan grotesco, humilló al rey, casado con una mujer con deseos antinaturales que le había sido infiel con una bestia.

Pasífae era preciosa y su linaje divino la había convertido en un premio de gran valor para Minos. El rey presumía de la delicadeza, refinamiento y dulzura de su esposa y seguramente fuera eso lo que le había parecido a Poseidón tan atractivo a la hora de vengarse. Si tenías algo de lo que te enorgullecías, que te elevaba por encima de tus compañeros mortales, a los dioses les gustaba hacerlo trizas, o eso me parecía a mí. Una mañana, poco después de la ruina de Pasífae, reflexioné acerca de esto. Mientras cepillaba las ondas de seda de mi hermana pequeña, un obsequio que ambas habíamos heredado de nuestra radiante madre, empecé a llorar; miraba con temor cada rizo dorado, como si fuera un cebo para los colosos divinos que se paseaban por el paraíso y podían tomar nuestros pequeños triunfos y despedazarlos entre sus dedos inmortales.

Mi sirvienta, Eirene, me vio llorando sobre el pelo de la desconcertada Fedra.

—Ariadna —musitó. Seguramente me compadeciera a mí y la forma tan grotesca con la que habían sacudido la inocencia de mi infancia—. ¿Qué sucede?

Sin duda, pensaba que lloraba por la vergüenza de mi madre, pero yo poseía un ensimismamiento infantil y estaba entonces preocupada por mí.

—¿Y si los dioses...? —balbuceé entre lágrimas—. ¿Y si me quitan el pelo y me dejan calva y fea?

Puede que Eirene reprimiera una sonrisa, pero no dejó que la viera. Me apartó con delicadeza de Fedra y continuó ella con el cepillado.

—¿Por qué iban a hacer eso?

—¡Si padre los vuelve a enfadar! —grité—. Tal vez me quiten el pelo para que él se sienta avergonzado por tener una hija tan espantosa.

Fedra arrugó la nariz.

—Las princesas no pueden ser calvas —afirmó rotundamente.

Una princesa calva no servía para nada. Minos siempre había hablado del día que yo contrajera matrimonio; una unión gloriosa que traería honor a Creta. No debería de haber presumido, y pensar en ello me daba escalofríos. ¿Cómo iba a librarme yo de su ofensa? Si había ofendido tan gravemente a los dioses y estos habían maldecido a su esposa, ¿por qué no también a su hija?

Noté un cambio en la actitud de Eirene cuando se sentó a mi lado. Mis palabras le habían sorprendido. Sin duda esperaba que fuera una nimiedad lo que me angustiaba, algo que podía arreglar, como la niebla que se desvanece entre los dedos al amanecer. Lo que yo no sabía era que había dado en el clavo con una gran verdad sobre las mujeres: no importaba lo intachable que fuera tu vida, las pasiones y avaricia de los hombres podían llevarte a la ruina y no se podía hacer nada al respecto.

Eirene no pudo negar la verdad, así que nos contó una historia. Un héroe noble, Perseo, que nació de la lluvia de oro en la que se convirtió Zeus para visitar a la solitaria y adorable Dánae, que se hallaba encerrada en una cámara de bronce sin techo con el cielo como únicas vistas. Creció y se convirtió en un hijo digno de su deslumbrante padre y, como han de hacer todos los héroes, venció a un terrible monstruo y salvó al mundo de sus estragos. Ya habíamos escuchado la historia de cómo le cortó la cabeza a la gorgona Medusa y nos sorprendimos ante la idea de que las serpientes que le salían de la horrenda cabeza se retorcieran, pelearan y sisearan cuando asestó el golpe con su asombrosa espada. Las nuevas de este suceso acababan de llegar al palacio y su coraje nos maravilló; nos estremecimos al imaginar su escudo, que lucía ahora la cabeza de la gorgona y convertía en piedra a todo aquel que lo miraba.

Pero Eirene no nos habló de Perseo esta vez. Nos contó cómo había conseguido Medusa la corona de serpientes y la mirada petrificante. Una historia que me podía haber esperado, pues mi mundo ya no era un mundo de héroes valientes; estaba entendiendo, demasiado rápido, el dolor que sufrían las mujeres en los relatos de sus hazañas.

—Medusa era preciosa —nos contó Eirene. Había soltado el peine y Fedra se había acomodado en su regazo para escuchar la historia. Mi hermana apenas permanecía quieta, pero las historias siempre la dejaban embelesada—. Mi madre la vio una vez, en un festival dedicado a Atenea. Fue a distancia, pero la reconoció por su pelo glorioso. Resplandecía como un río y nadie podría haberla confundido con otra dama. Pero cuando se convirtió en una joven muchacha, juró castidad y se rio de los pretendientes que le pedían la mano... —Eirene hizo una pausa, como si estuviera sopesando con cuidado las palabras. Posiblemente fuera eso, pues sabía bien que no era una historia adecuada para unas princesas jóvenes, pero, por algún motivo que tan solo ella conocía, nos la contó igualmente—. Acudió al templo de Atenea un pretendiente que se presentó ante ella; no pudo menospreciarlo ni tampoco huir de él. El poderoso Poseidón quería a la preciosa joven para él y no estaba dispuesto a escuchar sus súplicas ni llantos, ni tampoco se abstuvo a la hora de profanar el templo sagrado en el que se encontraban. —Eirene exhaló un suspiro, lento y preciso.

Yo había dejado de llorar y escuchaba atentamente. Solo conocía a Medusa porque era un monstruo, no se me había ocurrido que pudiera ser nada más. Los relatos de Perseo no dejaban lugar para una Medusa con una historia propia.

—Atenea se enfadó —continuó Eirene—. Como diosa virgen que era, no podía tolerar semejante crimen tan insolente en su propio templo. Tuvo que castigar a la chica por su descaro al permitir que Poseidón la doblegara y por ofender a Atenea de forma tan ruin con su deshonra.

Medusa tuvo que pagar por el comportamiento de Poseidón. No tenía ningún sentido, pero entonces ladeé la cabeza y lo contemplé con la lógica de los dioses. Las piezas encajaron en su lugar: una imagen terrible a ojos de un mortal, como la belleza de una telaraña que tan horrible debe de parecerle a una mosca.

—Atenea le arrancó el pelo a Medusa y en su lugar colocó serpientes vivas. Le arrebató la belleza y tornó su rostro tan horrible que con él convertía en piedra a los que la miraban. Medusa enfureció y fue dejando allá por donde iba estatuas cuyos rostros quedaban petrificados para siempre con una expresión de repulsión y horror. Los hombres que con tanto fervor la habían deseado le temían ahora y huían de ella. Medusa se vengó en cientos de ocasiones antes de que Perseo le cortara la cabeza.

Salí de mi estupor y hablé:

—¿Por qué nos cuentas esta historia en lugar de una de las de siempre, Eirene?

Ella me acarició el pelo, pero tenía la vista fija en un punto distante.

—Me ha parecido buen momento para que conozcáis una distinta —respondió.

Tuve la historia presente los días siguientes y reflexioné sobre ella; era como el hueso del melocotón maduro y blando: esa repentina semilla, inesperada, que hay en el centro. No podía evitar ver las similitudes entre la historia de Medusa y la de Pasífae. Las dos tenían que pagar las consecuencias del crimen de otra persona. Pero Pasífae menguaba y se hacía más pequeña cada día, incluso mientras su vientre se estiraba y crecía, deformado, con su insólito bebé. No alzaba los ojos del suelo, no abría la boca para hablar. Ella no era Medusa, que lucía su agonía con serpientes chillonas que saltaban furiosas de su cabeza. Pasífae se retiraba a un rincón inalcanzable de su alma. Mi madre ya no era más que un caparazón fino, prácticamente transparente en la arena, casi desgastado por completo por las olas

Decidí que, si se daba el caso, yo sería Medusa. Si los dioses me culpaban algún día por los pecados de otro, si me castigaban por las acciones de un hombre, no me escondería como Pasífae. Yo portaría la corona de serpientes y el mundo se encogería ante mi presencia.

2

Asterión, mi terrible hermano, nació cuando yo tenía diez años, poco después de que Eirene nos contara esa historia. Yo había cuidado de mi madre después de dar a luz a otros niños (a mi hermano Deucalión y a mi hermana Fedra), así que pensaba que sabía qué esperarme. No fue así con Asterión. Pasífae sufrió un dolor intenso. La sangre divina de Helios la mantuvo con vida en el calvario, pero no la libró del dolor; evitaba pensar en ello, pero en las noches oscuras era incapaz de evitarlo y me encogía al imaginar tal dolor: las pezuñas arañándolo todo, los cuernos incipientes en la cabeza deformada, las patas agitándose. Temblaba al pensar en cómo se había abierto paso por el cuerpo de mi madre, un frágil rayo de sol. La fragua de dolor destrozó a la amable Pasífae, y mi ya ausente madre nunca regresó conmigo de ese viaje a las llamas y el sufrimiento.

Pensaba que odiaría y temería a la bestia cuya misma existencia era ya una aberración. Entré sigilosamente en la habitación donde las parteras se tambaleaban, pálidas y temblorosas, aspirando el aroma salado de la carnicería, y sentí un pavor que casi me dejó anclada en el suelo.

Mi madre, sin embargo, estaba sentada junto a la misma ventana en la que se había acomodado con sus otros recién nacidos, perlada con el mismo brillo de agotamiento que ya había visto antes. Los ojos eran hojas opacas de vidrio ahora y tenía una expresión devastada; acunaba una masa de mantas en el pecho y presionaba con suavidad la nariz sobre la cabeza del bebé. Él olisqueó, hipó y abrió un ojo oscuro para mirarme cuando me acerqué lentamente. Tenía unas pestañas largas y oscuras, y posaba una mano regordeta sobre el pecho de mi madre, con una diminuta y perfecta uña rosada en el extremo de cada dedo. No vi, bajo la manta, las suaves piernas rosadas que terminaban en tobillos con pelo oscuro y pezuñas duras.

El bebé era un monstruo y la madre, un caparazón vacío, pero yo era una niña y me sentí atraída por la frágil chispa de ternura que reinaba en la habitación. Con cuidado me acerqué y pedí permiso en silencio, con un dedo extendido, mientras buscaba en el semblante de mi madre algún signo de consentimiento. Ella asintió.

Di otro paso. Mi madre suspiró y se acomodó. Notaba el aire áspero en la garganta y no era capaz de tragar. Ese ojo redondo, oscuro e implacable, seguía fijo en mí.

Le sostuve la mirada y cubrí los últimos centímetros que nos separaban. Acaricié con los dedos el pelo resbaladizo de la frente, bajo los cuernos que emergían de las sienes. Deslicé con calma la mano por el punto suave que tenía entre los ojos. Con un movimiento apenas perceptible, relajó la mandíbula y exhaló un suspiro que noté cálido en el rostro. Miré a mi madre, pero, aunque nos estaba observando, sus ojos estaban vacíos.

Miré al bebé y él me devolvió la mirada.

Cuando mi madre habló, me sobresalté. No era su voz, sino la de una extraña.

—Asterión —me dijo—. Significa estrella.

Asterión. Una luz distante en la infinita oscuridad. Un fuego embravecido si te acercabas demasiado. Una guía que conduciría a mi familia por el camino de la inmortalidad. Una venganza divina sobre nosotros. Entonces no sabía en qué se convertiría. Pero mi madre lo abrazaba, lo alimentaba y le dio un nombre, y él nos conocía a ambas. No era todavía el Minotauro. Era solo un bebé. Era mi hermano.

Fedra no quiso saber nada de él. Se metía los dedos en las orejas si le hablaba de nuestro hermano: de lo rápido que crecía, que poco después de nacer ya intentaba caminar, las pezuñas resbalaban bajo el cuerpo y la cabeza enorme e inestable se le iba hacia delante, haciendo que se desplomara una y otra vez, aunque él, decidido, persistía en su empeño. Sobre todo, no quería saber lo que le dábamos de comer, que se apartaba del pecho y rechazaba la leche solo unas semanas después de nacer, y que Pasífae, seria y en silencio, desparramaba carne sangrienta delante de él, el pequeño la devoraba y después restregaba contra nosotras la cabeza pegajosa. Le ahorraba a mi hermana los detalles.

Deucalión sí quiso verlo, pero comprobé que, aunque desplazó la mandíbula hacia delante en una aproximación a la postura varonil de nuestro padre e intentó pronunciar palabras de interés, en realidad estaba alterado.

Minos no se acercó.

Yo era la única que lo atendía junto a Pasífae. Nunca me permitía pensar en el futuro, pues ¿para qué lo estábamos preparando? Tenía la esperanza, y creo que mi madre también, de que estuviéramos alimentando al humano que tenía dentro. A lo mejor ella ni siquiera iba tan lejos y solo fuera el instinto maternal, no lo sé. Yo me concentré en el aquí y el ahora: enseñarle a caminar derecho, intentar infundirle cierto decoro a la hora de comer, que respondiera con amabilidad cuando se le hablara y tocara.

¿Con qué fin? ¿Pensaba que sería alguien mínimamente civilizado algún día? ¿Que se movería con educación por el palacio, inclinando esa enorme cabeza de toro para saludar con cordialidad a los nobles? ¿Un príncipe de Creta honrado y respetado? No era tan inocente como para soñar con ello. Posiblemente esperara que nuestro empeño impresionara a Poseidón, que se mostrara maravillado con su creación divina y exigiera que se la entregáramos.

Tal vez fue eso lo que sucedió. No había considerado lo que valoraban de verdad los dioses. Poseidón no quería un hombre-toro que tropezara, que diera tumbos con una fachada de humanidad y dignidad. Lo que les gustaba a los dioses era la ferocidad, la brutalidad, los gruñidos, mordidas y temor. Siempre el temor, el entorno tras el humo que se alzaba de los altares, la nota aguda en las oraciones y agradecimientos que lanzábamos al cielo, el sabor intenso y primario cuando elevábamos el cuchillo sobre las ofrendas que sacrificábamos.

Nuestro temor. Eso hacía grandiosos a los dioses. Cuando casi tenía un año de vida, mi hermano se convirtió rápidamente en la personificación del terror. Los esclavos no se acercaban a su habitación, so pena de muerte. El sonido agudo de los chillidos cuando le llevaban comida era como garras afiladas que me perforaban la espalda. Ya no se contentaba con los pedazos crudos y sanguinolentos de carne, los recibía con un gruñido grave que me helaba la sangre. Pasífae, indiferente, se acercaba a él con ratas, y no se inmutaba cuando estas se retorcían y chillaban en sus manos antes de lanzárselas a su hijo. Asterión se deleitaba con el movimiento de los animalillos aterrados, adelante y atrás por la cuadra en la que lo albergábamos, listo para lanzarse a destrozar sus cuerpos.

Había crecido mucho más rápido que un bebé humano y se le notaba la forma de los músculos en el torso cuando perseguía a las ratas. Los muslos eran rosados bajo el pelo oscuro, el pecho parecía esculpido como las estatuas de mármol que adornaban el jardín del palacio, los bíceps flexionados y los puños apretados, todo ello culminado por el peso de una cabeza con cuernos y el hocico manchado de sangre.

Sería una estúpida si no le temiera. O loca, como Pasífae. Pero terror no era lo único que sentía por él. Repulsión, desagrado cuando lo veía gruñir, bufar y patear el suelo, anticipándose al festín escurridizo; pero tras todos esos sentimientos, había una gran pena, tan dolorosa que a veces me hacía resollar y los ojos me brillaban de dolor cuando él chillaba pidiendo más sangre, más sufrimiento. No era su culpa, él no había elegido ese camino. Era una broma cruel de Poseidón, una humillación destinada a degradar a un hombre que jamás se había dignado a mirar siquiera a la bestia. Pasífae y yo teníamos que encargarnos de su bienestar. Y por muy intenso que fuera mi horror, estaba tan inevitablemente ligado a la pena (y a una rabia que bullía lentamente) que no fui capaz de acabar con él mientras aún podía. Golpearle en la cabeza con un ladrillo mientras comía, clavarle una lanza en la vulnerable carne humana del costado; aunque era solo una niña, supongo que podría haberlo hecho mientras él era un ternerito. Pero no fui capaz y, cuando ya se convirtió en lo que era, y se supo también lo que Minos tenía reservado para él, ya superaba con creces mi fuerza.

Asterión creció y se volvió más difícil contenerlo. Los meses pasaron y solo Pasífae podía entrar en la cuadra, que habían reforzado con unas pesadas cerraduras de hierro. Aunque yo ya no iba allí, permanecía por los alrededores, nerviosa, sin saber qué hacer. Llevaba sin bailar desde el día que nació. La ansiedad me devoraba y, aunque caminaba sin descanso, no conseguía encontrar la forma de calmarla.

Estoy segura de que Eirene no se habría acercado a la cuadra por su propia cuenta. Nunca supe qué fue lo que le hizo tomar esa ruta hasta su dormitorio aquella noche, la noche que él bajó la cabeza y cargó contra las puertas cerradas como tantas veces había hecho, sin astillar siquiera la madera. El golpeteo de los terribles cuernos hizo que todo aquel que lo oyó se estremeciera y corriera, pero pensamos que estaba seguro allí dentro. No quería imaginar el momento en el que cruzó la puerta, lo que debió de correr Eirene a pesar de saber que no tenía ninguna oportunidad. Noté el rostro entumecido y las lágrimas se quedaron atascadas en la garganta mientras recogía los pedazos rotos de tela que había en el jardín, trasportados por el viento que soplaba cuando llegamos a las puertas destrozadas de la cuadra, bloqueadas de forma apresurada por las desafortunadas manos de los mozos que habían descubierto la carnicería poco antes, aquella mañana de otoño.

Fedra escondió el rostro en mi falda y yo le acaricié el pelo.

—No mires —murmuré con labios entumecidos.

Recuerdo el fuego en los ojos resentidos que nos miraban cuando nos dimos la vuelta y vi al personal que trabajaba en el palacio reunido, presenciando la imagen. Recuerdo que me quedé paralizada allí, en medio de ese semicírculo de acusadores, y el incesante *pum, pum, pum* de los cuernos de mi hermano contra los bloques de hierro que apenas podían sujetar las puertas detrás de mí.

Cuánto tiempo duró esa eternidad, no podría decirlo, pero el silencio ensordecedor se vio interrumpido de forma abrupta por la llegada de Minos. Su capa emitía un sonido sibilante mientras caminaba entre la gente, que se separaba y dispersaba a su paso, como un banco de peces delante de un tiburón.

Mi madre se estremeció a mi lado.

No hubo guantazo ni palabras feroces. Cuando me atreví a mirarlo, vi una expresión plácida sin atisbo de tormenta en el horizonte. La brisa acercó un fragmento de ropa a sus pies y vi que empezaba a formarse una sonrisa en su rostro.

—¡Esposa! —gritó.

Noté que mi madre se encogía, aunque los ojos estaban vacíos como un cristal ahumado.

Minos le hizo un gesto exagerado, cálido y exuberante.

—Día a día oigo palabras acerca de la fuerza de nuestro hijo y de cómo crece. Se está convirtiendo en un ser singular, a pesar de su edad, y los relatos de su poder infunden asombro y respeto en los corazones de todo el mundo. —Asintió con aprobación en dirección a los fragmentos de tela manchados de sangre y el incesante *pum, pum, pum*.

¿Nuestro hijo?, me pregunté, pues no entendía aún a qué se refería. Percibí, incrédula, que había orgullo en su semblante. Estaba orgulloso del monstruo al que habíamos alimentado en el corazón del palacio, orgulloso de la reputación que había adquirido. Lejos de ridiculizar al cornudo Minos, Poseidón le había concedido una temible arma, una bestia divina que, a ojos de mi padre, iba a fortalecer su posición.

—Hay que darle un nombre —declaró Minos y yo no dije que se llamaba Asterión. ¿Por qué le iba a importar cómo lo hubiéramos llamado Pasífae y yo?

Se acercó a la puerta y, al oír el sonido de sus pasos, mi hermanó se inquietó y el *pum, pum, pum* se intensificó. Minos posó la mano en la puerta y, al notar el feroz bamboleo en la palma, su sonrisa se ensanchó.

—El Minotauro —indicó, reclamando como propio a mi hermano—. Un nombre apropiado para la bestia.

Y Asterión se convirtió en el Minotauro. La constelación secreta de mi madre ya no se entremezclaría más con el amor y la desesperación; ahora sería la manifestación de la dominación mundial de mi padre. Entendí por qué anunciaba al Minotauro, por qué sellaba, con semejante nombre, su monstruosidad divina y por qué alineaba su estatus legendario con el de la bestia. Al

comprender que no había cuadra en el mundo que pudiera contenerlo durante más tiempo, pidió a Dédalo que construyera su
creación más maravillosa y asombrosa: un imponente laberinto
ubicado debajo del suelo del palacio, una pesadilla de pasadizos,
callejones sin salida y bifurcaciones retorcidas que conducían de
forma inexorable al centro oscuro. La morada del Minotauro.

Con el bebé de Pasífae confinado en un oscuro y hediondo laberinto de túneles con la única compañía del eco de sus bramidos y
el crujir de los huesos en descomposición bajo las pezuñas, empecé a vislumbrar de nuevo emoción en ella. Pasífae, que antes
resplandecía de felicidad, amor y risas, era ahora la personificación de la amargura y una rabia que ardía a fuego lento.

Perdí a mi madre el día que la maldición de Poseidón la
condujo hasta las tierras donde aguardaba su monstruo sagrado, pero todavía me empeñaba en buscarla, aun sabiendo que
era en vano. Solía buscarla desesperadamente en sus aposentos
e intentaba convencerla de que saliera fuera, al mundo, sin importar cuántas veces me rechazara. Con frecuencia encontraba
la puerta cerrada y, aunque sabía que tan solo estaba a unos
centímetros de distancia, fingía que ni siquiera me oía llamarla.
Un día, sin embargo, cuando acudí a la puerta, me sorprendió
que el pomo cediera bajo mi mano con la suavidad y el silencio
propios de una obra de Dédalo.

Había dejado su refugio expuesto y no me oyó entrar. La
habitación estaba a oscuras; la suave luz dorada que debería de
bañarla estaba bloqueada por unas telas pesadas que colgaban delante de las ventanas. Se me humedecieron los ojos al captar un
olor apestoso a hierbas. Miré a mi alrededor, confundida, tratando
de discernir en la oscuridad dónde podía estar mi madre.

Inmóvil y en silencio, se encontraba sentada en el suelo, en medio de la amplia habitación. Parecía haber menos vida en ella que en una de las estatuas de Dédalo. Tenía la cara tapada por el pelo y, entre los mechones, vi el blanco de sus ojos.

—¿Madre? —musité.

No pareció oírme. La ausencia de aire en la habitación me ahogaba y retrocedí hasta la puerta. No podía explicar el horror claustrofóbico que me embargó, no sabía por qué me parecía tan terrible la imagen ni por qué se me puso la piel de gallina con el calor que hacía. Lo único que sabía era que tenía que irme de allí, salir al aire fresco, al aroma a lavanda y el murmullo de las abejas que inundaban la pista de baile, a todo aquello que era natural, puro, dulce.

Cuando me moví, vi una figura tirada en el suelo, delante de ella. Estaba hecha de cera, o tal vez de barro, no estaba segura. Ni siquiera sabía si era una figura humana, pues las extremidades estaban maltratadas, retorcidas. Mi madre tenía la mano unos centímetros por encima de ella y de la muñeca pálida colgaba un objeto que no me sonaba: un fragmento de hueso, o eso me pareció, nunca antes se lo había visto puesto.

Ya había visto suficientes horrores; el nacimiento de mi hermano me había resultado monstruoso y no deseaba permanecer allí un segundo más. Tal vez solo fuera una muñeca, un brazalete, nada más, pero no me quedé a averiguarlo. Me di la vuelta, salí de allí y nunca pregunté. Me esforcé por no volver a pensar en ello, pero yo no poseía ningún poder sobre los pensamientos y las voces de los demás.

Como una marea, los rumores se extendieron por Cnosos. Allá donde iba, oía las especulaciones. Una bruja divina que quería vengarse de su marido, decían. Las lavanderas que lavaban prendas en el río, los mercaderes que vendían en el mercado, las doncellas que se reían en las cámaras del palacio, los nobles que se burlaban mientras bebían vino en jarras de bronce en el mismo salón de palacio. Reían con las historias de las chicas que Minos se llevaba a la cama, que sufrían agónicamente cuando él disfrutaba, que ardían por dentro y chillaban atormentadas hasta morir, y cuando un sanador al que Minos pidió consejo abrió a una de ellas, del cuerpo emergió una plaga de escorpiones. Decían que era obra de Pasífae, de sus maldiciones, y nadie dudaba de que fuera capaz de ello. Lo oía por todas partes, no podía escapar de los rumores, del siseo sinuoso que persistía en el aire: «Quería al toro, a la bestia; seguro que chilló de placer; ese bastardo que engendró es una anormalidad como su madre...».

Las palabras horribles rezumaban entre nosotros como el aceite viscoso. La inmundicia contaminaba a nuestra familia, se instalaba en el mármol pulcro y el oro de nuestra casa, manchaba los opulentos tapices que colgaban de las paredes y agriaba la crema, aclaraba la miel con su tinte avinagrado y lo pudría, envenenaba y arruinaba todo. A Deucalión, afortunado por ser chico, lo enviaron a Licia con nuestro tío y se hizo un hombre bajo la influencia más amable del hermano de Minos. Fedra y yo, condenadas por ser mujeres, tuvimos que quedarnos. Si acaso Dédalo pensaba en marcharse, no tenía oportunidad de hacerlo. Minos lo encerró con Ícaro en una torre y solo les permitía salir bajo la supervisión de los guardas. No quería arriesgarse a que los secretos de su laberinto navegaran los mares y empoderaran a otro reino.

Toda Creta nos despreciaba. Aunque nos adulaban y se peleaban por obtener nuestro favor, entre ellos hablaban de nuestras perversiones y prácticas antinaturales. Se estremecían ante Minos en la corte, pero, mientras agachaban la cabeza en señal de sumisión, ponían los ojos en blanco con un gesto de desprecio. No me extrañaba, sabían adónde enviaban ahora a los prisioneros de Creta; eran conscientes de que cualquier transgresión que cometieran podía castigarse en ese temible laberinto creado en la roca sobre la cual yacía el palacio de Cnosos. Estoy segura de que Minos conocía bien el desagrado que infundía en los demás, pero disfrutaba del miedo que los paralizaba. Portaba el odio del pueblo como armadura.

Y yo bailaba. Ejecutaba una complicada danza en el enorme círculo de madera, haciendo volar unos largos lazos rojos que me ataba alrededor del cuerpo. Los pies desnudos marcaban el ritmo salvaje y frenético sobre las baldosas brillantes y los lazos rojos se elevaban en el aire, enredándose, hundiéndose y girando conmigo. Mientras bailaba cada vez más rápido, el repiqueteo de los pies se hacía más intenso en mi cabeza y expulsaba las risas crueles que oía detrás de mí allá por donde iba. Ni siquiera oía los aullidos guturales de mi hermano ni los gritos de súplica de los desgraciados a los que metían tras esa pesada puerta con cerrojos de hierro y el labris profundamente clavado en la piedra. Yo bailaba y la rabia hervía a fuego lento en mis venas, propulsándome, hasta que caía en el centro del suelo, enredada sin remedio entre las madejas de color carmesí, jadeando en busca de aire y esperando a que se aclararan las espesas nubes que nublaban mi mente y visión.

Pasó el tiempo. Mi hermano mayor, Androgeo, que llevaba muchos años fuera perfeccionando sus habilidades como atleta, nos hizo una visita breve. Sin duda, le horrorizó lo que halló en su casa y se marchó de forma precipitada a los Juegos Panatenaicos, donde ganó todas las medallas y fue recompensado con una muerte en soledad en una colina de Atenas, acornado por un toro salvaje. Mi padre, que no albergaba una pena real en el corazón, se marchó para iniciar una guerra y sembrar el caos, dejando tras de sí desesperanza y sufrimiento, sin olvidar que entre los cadáveres que dejaba a su paso yacía la chica que lo había amado, la chica a la que él había ahogado.

Volvió a casa con buenas noticias para los habitantes de Creta: ya no morirían canallas para saciar el apetito del Minotauro, pues Atenas tendría que aportar a catorce de sus hijos cada año para alimentar a mi hermano menor como pago por la vida del mayor.

Yo no pensaba en los siete muchachos y siete chicas a los que atarían y transportarían hasta nuestro hogar en barcos de velas negras. No imaginaba los terrores del laberinto: el sofocante hedor a muerte y desesperación, el sonido de los dientes rasgando la carne. Cuando pasó una cosecha y después otra, volvía la cara al cielo crepuscular y buscaba las constelaciones que los dioses habían marcado en su magnífico firmamento; las formas de los mortales con los que habían jugado, convertidas en luces bonitas.

Yo no pensaba, yo solo bailaba.

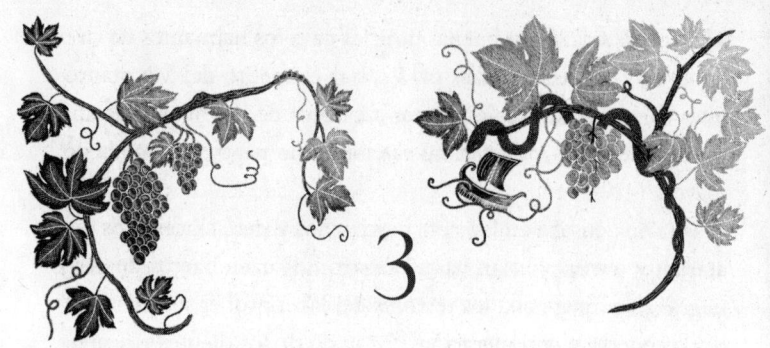

3

Yo era una chiquilla de solo dieciocho años, y tenía suerte de que fuera así. Había estado protegida, escondida, oculta tras los altos muros. Era afortunada porque mi padre me conservara como un premio aún por conceder, que no me hubiera intercambiado en una unión extranjera, subiéndome a un barco con destino a unas costas distantes para que propagara su influencia más allá, vendida como una bestia en el mercado. Pero todo eso estaba a punto de cambiar.

Minos era conocido por su juicio frío e insensible. Nunca lo oí entusiasmado o superado por la pasión. Tampoco recordaba un momento en el que lo hubiera oído reír. La humillación de los sentimientos no eran propias de él; no había peligro de que el amor o la amabilidad nublara su visión cuando llegara el momento de escoger un marido para mí. La fría racionalidad lo determinaría.

—Espero que no sea alguien viejo —dijo un día Fedra cuando estábamos sentadas en el patio, mirando el mar, y cada sílaba estaba marcada por el desagrado—. Como Radamantis. —Arrugó la cara. Tenía trece años y se consideraba una experta en todo y de todo se mofaba.

Yo me reí. Radamantis era un anciano de Creta. Minos no aceptaba consejo de nadie, pero permitía que el anciano y venerable noble emitiera su juicio sobre pequeñas disputas y agravios que llegaban a diario a palacio. La mirada legañosa de Radamantis era aún aguda cuando acudían ante él criminales y, aunque sus manos arrugadas y frágiles temblaban cuando los apuntaba con el dedo, el más vanidoso y ofendido de los querellantes se quedaba paralizado por el miedo ante sus palabras.

Pensé en su pelo gris y ralo, los ojos llorosos y las capas de piel flácidas y arrugadas. Me acordé de Amaltea, esposa del granjero Yorgos, que había acudido un día a palacio para pedir a Radamantis que interviniese en su favor por la crueldad de su esposo. Yorgos se mostró engreído e insistió en su derecho a inculcar disciplina en su casa como viera oportuno ante la aprobación de los asistentes, enfurecidos por el descaro de Amaltea. Pero Radamantis entrecerró los ojos y miró atentamente al hombre presuntuoso, que se paseaba de un lado a otro, los músculos marcados en los hombros, agitando los puños apretados mientras hablaba. Miró a la frágil mujer que sollozaba encogida, los moretones en el cuello como sombras de flores. Y entonces habló:

—Yorgos, si golpeas a un asno, este no se volverá más fuerte. No podrá llevar cargas más pesadas; lo que harás será debilitarlo. Se encogerá ante ti de miedo cuando te acerques a alimentarlo y se quedará flaco y tembloroso. Cuando vayas a cargarlo con tus bienes para ir al mercado, se desplomará bajo el peso que antes soportaba con facilidad. Se volverá inútil.

Todo el mundo era consciente de que Yorgos estaba escuchando. Ninguna de las súplicas sinceras de su esposa apelando a su misericordia y compasión lo habían conmovido lo más mínimo, pero las palabras de Radamantis habían captado su atención.

Radamantis se retrepó en la silla alta.

—Esta mujer puede darte hijos. Con tu edad avanzada, ellos se encargarán de la carga y las tareas de tus granjas. Pero un hijo fuerte es una carga pesada para una mujer y, si continúas tratándola como lo haces, como el asno se debilitará y no podrá proporcionarte semejante obsequio.

Posiblemente, a muchas mujeres no les entusiasmaría que las compararan con un asno, pero vi la tenue luz de la esperanza en los ojos de Amaltea. Yorgos carraspeó y vaciló cuando Radamantis terminó de hablar.

—Entiendo lo que dices, noble señor —habló—. Pensaré en tus palabras. —Cuando se volvió hacia su esposa, no la agarró con dureza por el hombro, sino que levantó el brazo para que ella lo tomara en un torpe intento de mostrarse atento.

Un halo de decepción apenas perceptible pareció nublar la sala en la que se habían reunido los hombres para presenciar un espectáculo mejor que ese. Yo podía ver aún sus ojos hambrientos fijos en la mujer desesperada.

—Hay opciones peores que Radamantis, supongo, por viejo que sea —sugerí a Fedra.

—Puaj —respondió ella y profirió una serie de sonidos para indicar su repulsión.

—¿Y tú quién esperas que sea? —pregunté, riéndome.

Mi hermana suspiró, pensando con pena en los nobles que frecuentaban el palacio. Apoyó los codos en el muro bajo que teníamos delante y posó la cabeza sobre las manos para mirar por encima de las rocas.

—Nadie de Creta.

Me pregunté qué barcos estaría imaginando en ese momento navegando por el mar. Teníamos un puerto concurrido; mercaderes de Micenas, Egipto, Fenicia y de más allá de los límites de nuestra imaginación pasaban por allí. Junto a los capitanes con la piel tostada y los mercaderes con el rostro áspero por el sol que bizqueaban por la luz brillante de Creta, llegaban príncipes zalameros y nobles elegantemente vestidos y con gemas resplandecientes. Además de ropajes lujosos, también transportaban por las cubiertas montañas de aceitunas esplendidas, ánforas de rico aceite extraído de ellas, sacos rebosantes de grano y animales asustados y escurridizos. ¿Quién decía que uno de ellos no buscara intercambiar sus tesoros por una de las hijas del rey Minos? El prestigio de nuestro honorable linaje entremezclado con los apabullantes escándalos de nuestra familia. El miedo y la fascinación los conducía a la corte de Minos ante la perspectiva de llevar a casa una pieza de esa mezcla de gloria y horror, de aliarse con el poder que ostentaba. Pero si alguien pidió mi mano o la de Fedra, por joven que fuera, Minos lo rechazó. Podía permitirse tomarse su tiempo y considerar qué unión le sería más ventajosa.

—Imagínatelo, Ariadna —me dijo mi hermana, volviendo la cara hacia mí—. Subir a un barco y navegar lejos. Vivir en un palacio de mármol lejano con toda clase de riquezas.

—Vivimos ahora en un palacio rico —protesté—. ¿Qué lujos imaginas que no tengamos ya?

Bajó brevemente la mirada. Sabía a qué se refería. El lujo de vivir en un palacio donde solo hubiera almacenes de grano y bodegas de vino bajo el suelo. El lujo de dormir con la seguridad de que no te iban a despertar los rugidos ansiosos de hambre que resonaban bajo tus pies. Donde el suelo no vibrara y se sacudiera con la furia de una bestia enjaulada bajo sus entrañas.

—Me gustaría alejarme de todas las miradas —comentó con tono impaciente—. De los rumores sórdidos y las conversaciones de los locos. Sería una reina respetada por mis inferiores, sin tener que aguzar los oídos para escuchar los sinsentidos que dicen cada vez que salgo de una habitación. —Tenía el semblante serio, la mandíbula tensa, y volvía a mirar el mar.

De bebé, lloraba rápido ante cualquier malestar, pateando con las pequeñas piernas para liberarse de la manta que tanto le molestaba. No quería permanecer quieta y se había mostrado decidida a seguirme en cuanto pudo arrastrarse por el suelo con un movimiento extraño. Cuando aprendió a hablar, su voz aguda y estridente resonaba imperiosa en los pasillos, pronunciando sus exigencias. Pasífae se reía por el vigor y la vitalidad de su hija más joven, hasta que Poseidón envió al toro cuando Fedra tenía cinco años y su infancia murió de forma abrupta.

La rodeé con el brazo y sentí los huesos de los hombros; era delicada como un pajarillo. Era muy joven todavía. Noté que se tensaba al tocarla y luego exhalaba un suspiro largo y profundo.

Se relajó.

—Solo espero que, allá donde vayamos, por muy lejos de aquí que sea, vayamos juntas. —Entrelazó los dedos delgados con los míos, que tenía en su brazo—. No puedo imaginarme que me dejes aquí sola.

Pero era el decreto de Minos el que importaba, no nuestros deseos. Así pues, cuando me llamó una tarde nublada, tuve la sospecha de que al fin había elegido una alianza que consideraba favorable. No me sorprendí al entrar en el gran salón y ver a un hombre desconocido, delante del trono carmesí de Minos.

Una luz gris se colaba en el salón entre los pilares del patio contiguo y el hombre permanecía en las sombras. Dudé en la entrada e intenté ver mejor con el velo que me cubría el rostro.

—Mi hija Ariadna. —El tono de voz de Minos era frío.

Bajé la mirada al suelo. Bajo los pies, un toro retozaba en el mosaico de las baldosas, apuntando con los cuernos y la mirada enloquecida a un hombre que saltaba y se retorcía en el aire ante él.

—Por sus venas corre la sangre del sol por parte de su madre y la sangre de Zeus por mi parte.

—Impresionante —respondió el hombre. No hablaba como un nativo de Creta, pero mis oídos desentrenados no pudieron identificar de dónde podía ser su acento—. Pero no es su sangre lo que me interesa. —Avanzó por las baldosas hacia mí—. ¿Puedo ver tu cara, princesa?

Alcé los ojos a Minos y él inclinó la cabeza. El corazón me latía rápido. Noté los dedos gruesos y extraños cuando fui a retirar el velo, pero lo hice demasiado lento. El hombre que deseaba algo que no era mi sangre ya me lo había quitado él mismo. Reculé bruscamente al notar el roce de su palma en la sien, esperando que mi padre lo amonestara por su impertinencia, pero Minos tan solo sonrió.

—Ariadna, él es Cíniras, de Chipre —me informó.

Cíniras de Chipre estaba tan cerca de mí que notaba su aliento en la cara. Aparté la mirada con determinación, pero él me tomó la barbilla con los dedos y me giró el rostro hacia él. Bajo la tenue luz de la sala, sus ojos poseían un brillo negro. Tenía rizos oscuros y los labios estaban húmedos, a centímetros de los míos.

—Estoy encantado de conocerte —murmuró.

Resistí el impulso de retroceder cuando noté el aliento fétido en la boca, de levantarme el bajo de la falda y huir corriendo de la habitación. Minos sonreía y tuve que esforzarme por permanecer quieta, así que anclé los pies al suelo y levanté la mirada. Para mi alivio, él reculó un par de pasos.

—Es tan adorable como decías —señaló.

Sus palabras se me pegaron a la piel como si fueran aceite. Notaba su mirada por todo mi cuerpo, oía el sonido húmedo de su boca al tragar. Se me revolvió el estómago.

—Por supuesto. —La voz de Minos sonó entrecortada—. Ya te puedes retirar, Ariadna.

Me contuve para no salir corriendo de forma indecorosa, pero ansiaba respirar el aire limpio y salobre de fuera y, en mi entusiasmo por marcharme, me tambaleé un poco en el borde donde el mosaico daba paso a la piedra suave. Cuando emergí al patio, oí la risa de los dos hombres resonando en el pasillo.

A ciegas y confundida, corrí a la habitación de mi madre, donde no me había atrevido a entrar desde aquella espantosa escena que había interrumpido. Dudé un instante. ¿Qué me encontraría allí? Por suerte, la puerta estaba abierta y vi luz, así que entré. ¿Sabría algo ella? ¿Le importaría?

—Madre, hay un hombre con padre, Cíniras, de Chipre —parloteé.

—Un rey de Chipre —respondió ella. La voz flotó en el aire, el tono falto de interés—. Gobierna en Pafos. Todos sus reyes son sacerdotes de Afrodita.

Afrodita, la diosa del amor, que en las lejanas nieblas del tiempo emergió de las aguas de la Bahía de Pafos desnuda, perfecta y reluciente, caminando con elegancia por la espuma hacia las rocas. Mientras sus poderosos hermanos gobernaban el paraíso, el cielo y el Inframundo, el dominio de Afrodita era el corazón de la humanidad y los inmortales.

Le agarré el brazo a Pasífae para que me viera.

—¿Qué planes tiene padre para ese rey, ese sacerdote? —pregunté—. ¿Por qué ha venido?

—Minos desea la riqueza del cobre de Chipre —indicó—. Enriquecerá Creta y asegurará su lealtad si los atenienses se rebelan algún día.

Me di cuenta de que repetía palabras que había escuchado antes. No sabía si comprendía siquiera lo que estaba diciendo, su voz era hueca y apática, como sus ojos.

—¿Y qué quiere a cambio Cíniras? ¿Desea casarse conmigo?

—Sí. Y así Minos tendrá el cobre. —Parecía que estuviera hablando del cielo gris o de la comida que estaban preparando los sirvientes para la noche.

Me dejé caer con pesadez en el sillón que había al lado de ella.

—Pero yo no me quiero casar con él.

46

—Su barco parte tras la cosecha. La boda se celebrará en Chipre —parloteó, como si yo no hubiera dicho nada.

—No quiero ir —insistí, pero no me respondió. Y cuando alcé la mirada, vi a Fedra en la puerta, la boca abierta en un gesto de horror, los ojos temerosos fijos en los míos.

Me levanté con piernas temblorosas.

—Me parece repulsivo —probé de nuevo, pero Pasífae estaba perdida, a la deriva en el mar distante de sus pensamientos despedazados. Fedra me miraba con compasión, sin saber qué decir—. Si tú no me ayudas, acudiré a Minos. —Mi hermana abrió mucho los ojos al escuchar mis palabras. Incluso Pasífae levantó la mirada, sorprendida por un segundo. Sabía que posiblemente no sirviera de nada, pero tenía que intentarlo.

No me sentía valiente al salir de la habitación. ¿Cómo podía llamarse a eso coraje cuando la alternativa, aceptar mi destino sin tratar de evadirlo, era mucho peor?

Cuando salí, Fedra me tomó de la mano.

—Te acompaño —se ofreció y se me llenó de amor el corazón. Era muy noble por su parte arriesgarse a que mi padre se enfadara con ella por mí.

Por supuesto, no podía permitirlo.

—Iré sola —respondí—. Pero te lo agradezco.

Pareció molesta y se apartó el pelo.

—No necesito tu protección.

—Es mejor que no vengas —insistí—. Si vamos juntas se enfadará todavía más.

Así pues, me encaminé sola a la sala del trono. Minos estaba sentado en su asiento de color carmesí. Tras él, los delfines del fresco saltaban y se zambullían en el mar infinito de baldosas. Sus consejeros, hombres, parásitos de todas clases, se encontraban allí arremolinados, pero sentí alivio al comprobar que Cíniras no estaba presente.

—Hija. —Pronunció el saludo con voz monótona, hostil.

Apreté el puño en los pliegues de la falda y me clavé las uñas en la piel de las palmas.

—Padre. —Incliné la cabeza. Ninguno de los hombres había mirado aún en mi dirección y di gracias por ello.

Minos clavó la mirada en mí, como si pudiera ver mis pensamientos y le resultaran del todo indiferentes. No eran propias de él las charlas baladíes. Aguardó en silencio hasta que me vi forzada a continuar hablando con torpeza.

Tomé aliento.

—Madre me ha dicho que voy a casarme con Cíniras.

Él asintió. Noté que, a nuestro alrededor, los hombres de la sala empezaban a mirar en nuestra dirección y las conversaciones se volvían más silenciosas.

—Padre, te suplico… —comencé.

Me interrumpió con palabras y con un movimiento de la mano.

—Cíniras es un aliado de provecho. El matrimonio será ventajoso para toda Creta.

Comprobé que tan solo contaba con ese momento de atención.

—¡Pero no me quiero casar con él!

El silencio se apoderó de la sala. Minos sonrió.

—Partirás pasado mañana con él, está decidido.

Abrí la boca para hablar de nuevo. Me ardía la cara. Las palabras se estaban formando, palabras que sabía que no debía pronunciar, pero que no podía contener.

Antes de que salieran de forma irremediable de mis labios, noté un tirón en la manga. Fedra, menuda y valiente, me había seguido. Cuando nuestros ojos se encontraron y vi que sacudía la cabeza, las palabras se esfumaron.

¿Qué podía decir para que me escuchara? Para que apartara la atención de sus preocupaciones importantes: los asuntos de la corte, las reglas de los campesinos, las frías especulaciones que rondaban su cerebro, valorando las opciones más valiosas para él, ya fuera oro, cobre o la hermosa y desesperada sensación de miedo. Para que volviera la cara y me mirara, y me viera de verdad, tal vez por primera vez.

El barco de Cíniras se marcharía de aquí, lejos del laberinto. Lejos de Minos.

Tragué el odio hirviente y burbujeante que había comenzado a abrasarme la garganta. Me imaginé mi rostro inexpresivo como el mármol suave, los ojos vacíos como los de Pasífae. Lo miré con impasividad y él asintió.

Dejé que Fedra me sacara de la habitación sin saber adónde me llevaba hasta que se detuvo y noté que me soltaba la mano. Miré a mi alrededor a regañadientes. Estábamos de nuevo en el lugar donde habíamos hablado de esposos, cuando lo peor que podíamos imaginar era que fuese viejo o feo. Fedra no dijo nada. Tal vez sabía que no había nada que pudiera decir, pero espero que supiera que su sola presencia era ya un consuelo. ¿Cuántas veces más estaríamos juntas allí?

Miramos el mar. Estaba tan preocupada que pasó tiempo hasta que reconocí la mano insistente de Fedra en mi brazo y reparé en que estaba diciendo mi nombre.

—El barco ateniense, Ariadna. ¡Mira!

Bajo nosotras, donde el acantilado se hundía en la amplia extensión del puerto, vi lo que había captado su atención y la distraía de nuestra desesperación. Un barco poderoso con velas negras. Tenía razón, seguro que se trataba de la llegada de los rehenes de este año.

—Nunca los había visto —comenté.

—Siempre sales corriendo —respondió ella.

Era cierto. Se habían celebrado dos cosechas hasta el momento, dos barcos con catorce jóvenes tristes de Atenas, y en ambas ocasiones me había ocultado en las cámaras del palacio. Solo había atisbado partes de rostros pálidos por el terror. Cuando oía el repiqueteo distante de las cadenas que los ataban, corría lo más lejos posible. Cuando mi padre me obligaba a salir para exhibir a sus hijas como alarde de su buena fortuna, siempre mantenía la vista la frente. No me permitía mirarlos a los ojos, no podía imaginar qué vería.

Esta vez, sin embargo, miré. Puede que fuera porque sabía que sería la última cosecha que presenciaría en Creta. O porque al fin noté aligerarse el peso de mi cobarde desesperación por no ver la verdad. Al día siguiente, un barco me llevaría lejos, al lado del repugnante Cíniras. Un destino más amable que aquel al que se enfrentaban los jóvenes atenienses a los que llevaban hasta nuestra costa a la luz del último atardecer que iban a vivir. Me temblaba el labio inferior, pero adopté una máscara para ocultar las emociones y los observé.

Caminaban muy juntos. Algunos trastabillaban y los guardas cretenses tiraban con dureza de ellos para que se pusieran derechos. Sentí furia e impotencia en el estómago al ver a los guardas reír. ¿No era suficiente conducir a esos jóvenes a su muerte? ¿Por qué los trataban con tanta dureza? ¿Por qué disfrutaban con la crueldad?

Una chica que iba al final del grupo tropezó, o se cayó, o intentó, desesperada, darse la vuelta, como si pudiera volver a embarcar y regresar con sus padres a casa. Entonces vi a un hombre agarrarla. Era más alto y ancho que el resto de los rehenes y al principio pensé que se trataba de un tripulante ateniense o de un emisario que acudía a presenciar el sacrificio. Vi la amabilidad con la que la ayudó a ponerse en pie, el consuelo de su brazo en torno a ella, y me alegró ver algo de caballerosidad entre tanta brutalidad. Me sentí agradecida por que alguien hubiera acudido con ellos, una cara amiga que pudieran contemplar al final. Para mi confusión, vi entonces que él también estaba amarrado a las cadenas que tiraban de ellos.

Y entonces, por un instante, levantó la mirada.

No pudo vernos con claridad por el brillo cegador del sol, pero por un segundo me dio la sensación de que nuestras miradas se encontraban. Tuve un fugaz momento de calma, un sosiego repentino en medio de la conmoción al ver sus fríos ojos verdes.

Y entonces se fueron, desaparecieron al otro lado de los muros del puerto. Miré a Fedra y comprobé que también lo había visto. Tenía el rostro retorcido con la misma expresión de desagrado que yo había sentido al ver lo que había sucedido.

—Vamos —dije, tirando de ella.

—¡Para! —Su voz sonó fuerte y clara—. Ariadna, no vuelvas a salir corriendo. ¡Este es el tercer año! —Se agarró el pelo—. ¿Cómo vamos a dejar que pase de nuevo?

Los rayos intensos del sol abrasaban mi espalda y noté puntitos negros en la vista.

—¿Cómo vamos a evitarlo?

—Tiene que haber un modo.

Fedra nunca aceptaba nada que no fuera como ella quería, pero sabía que su férrea determinación no era nada comparada con la voluntad de Minos.

—¿Qué modo? —Un sollozo emergió de mi garganta. Intenté reprimirlo y recomponerme—. ¿Cómo vamos a detener la voluntad de Minos?

—Tiene que haber un modo —repitió, pero noté que su convención flaqueaba.

—Déjalo, Fedra. Este es el tercer año y nadie ha dado todavía con una forma de detenerlo. No tenemos poder para cambiar su destino, ni tampoco el nuestro.

Agachó la cabeza, pero no respondió. Me apartó la mano y se retiró sola. Cansada, fui a seguirla, pero antes de darme la vuelta, volví a echar otro vistazo al borde del acantilado. Sabía que ya se habían ido, pero no pude evitar mirar una vez más.

El verde frío de sus ojos. Como el impacto del agua helada cuando el lecho marino desaparece de forma inesperada bajo tus pies y comprendes que has nadado mucho más profundo.

4

Había llegado la hora de la tercera cosecha y no tenía permiso para ignorala. Mi padre quería exhibir a su princesa ante su futuro yerno. Cada año, cuando llegaban los rehenes, Creta celebraba los juegos fúnebres en homenaje a Androgeo, y este año yo tenía que asistir. Ya no tenía permiso para esconderme. Aunque era varios años menor que yo, Fedra lo había convencido para asistir ella también. Mi doncella me colocó una corona en la cabeza, unas sandalias plateadas en los pies y un vestido azul que caía como el agua entre mis dedos. Aunque la ropa era preciosa, sentía que no me pertenecía y me encogí ante la idea de que atrajera las miradas de los demás. Ya tenía suficiente con que me miraran y hablaran de mí toda mi vida. Así llegué a mi asiento en un lateral de la arena.

Por supuesto, Cíniras me aguardaba, apoltronado ya en los cojines que habían colocado para su comodidad. Junto a su codo había una jarra de vino que supuse que se había bebido entera teniendo en consideración el rubor de su rostro. Vacilé y miré en dirección a Minos, que se encontraba en el podio del centro, preparado para inaugurar la ceremonia. Me miraba con el rostro eufórico por la satisfacción, parecía una moneda reluciente, y me incomodaba. Mis piernas se movieron en contra de mi voluntad.

No pensaba dejar que mi padre me viera dudar, no quería que disfrutara con mi reticencia. Cíniras sonrió con lascivia cuando me senté a su lado, tensa.

Me sentía agradecida por la sombra que me cobijaba y apenada por los competidores, que trabajaban bajo el resplandor sofocante del sol. Apenas veía lo que sucedía con el deslumbrante brillo dorado, pero el alboroto de la gente se apagó y oí los murmullos de temor y los bramidos graves del toro, adornado con guirnaldas mientras lo exhibían ante nosotros. Aunque al principio movía mucho los ojos redondos e intentaba escabullirse, la criatura se calmó cuando se aproximó al altar. Lo había visto en muchas ocasiones: la paz que embargaba a un animal que estaba a punto de morir. No podía ver la espada oculta, pero seguramente supiera que se iba a derramar su sangre por la gloria de los dioses y, tal vez, una muerte tan digna era un premio. Avanzó dócil y plácidamente, el ritual se llevó a cabo y el cuchillo le perforó la suave garganta blanca. La sangre fulguró a la luz del sol y empapó el altar. Se estaba honrando a los dioses y estos sonreían ante nuestra celebración. La cabeza noble de la bestia descendió, los lazos de color carmesí que decoraban los cuernos lucieron lustrosos sobre el río espeso que fluía por la piedra.

Por un momento, vi al Minotauro desplazándose por su prisión oscura, a solas todos los días del año, excepto el de mañana, y vi a Androgeo, y su apuesta figura borrosa en mi recuerdo, con mi misma sangre, mas un extraño para mí, empalado por los cuernos de un toro diferente. Mis hermanos. Sus tragedias nos habían conducido a este lugar, al público y a la bestia sacrificada que moría hoy ante nosotros. Y al resto de desafortunados que encontrarían su muerte al día siguiente en la oscuridad, despedazados por el animal salvaje e inconsciente al que pensé que podría amansar.

Los juegos dieron comienzo. Los hombres corrían a pie y en carros, arrojaban lanzas, lanzaban discos y forcejeaban entre sí en combates. Tenían la frente perlada en sudor y yo noté gotitas caer por mi espalda. Me removí incómoda, deseando que acabara. A mi lado, Cíniras bebía y vitoreaba con una mano húmeda y pesada sobre mi muslo. Yo rechinaba los dientes y me tragaba la humillación; trataba de separarme, aunque con ello solo conseguía que clavara con más fuerza los dedos. A mi otro lado, Fedra estaba embelesada.

—¿Cuánto va a durar esto? —murmuré.

Mi hermana se mostró incrédula ante mi falta de entusiasmo.

—Ariadna, ¡esto es lo más emocionante que vamos a ver! —Apartó la cabeza en un gesto de reprobación.

Yo ansiaba la soledad de mi pista de baile, deseaba poder liberar la frustración en la superficie suave de madera. Solo eso podría borrar de mi mente el mañana, la idea del alboroto en el laberinto solitario con la persecución, los gritos y el sonido de la carne y los huesos desgarrados. Entonces yo subiría al barco y me dirigiría a la vida que me esperaba más allá, en Chipre. Tragué saliva y me obligué a mirar hacia la arena para distraer la mente de mis horribles imaginaciones.

Una nube cubrió brevemente el sol y vi con claridad por fin.

—¿Quién es ese? —pregunté.

Había reconocido a muchos de los jóvenes que competían: la excelsa juventud de Creta, en su mayor parte; todos buscaban la gloria. Pero el joven que se adelantaba ahora al campo de batalla no me sonaba de nada. A menos que... Me adelanté y escrudiñé su rostro. Ya lo había visto, pero no entendía cómo podía ser eso posible.

Era alto, de hombros anchos, la fuerza resultaba evidente por su postura cómoda y los músculos que me recordaban a las estatuas de mármol más refinadas del palacio. Avanzaba con tal confianza y seguridad que me confundió que el lugar le fuera desconocido y se sintiera como en casa.

—Teseo, príncipe de Atenas —musitó Fedra. No era únicamente que su afirmación me resultara del todo imposible, Atenas nos odiaba, ¿por qué iba a competir su príncipe en los juegos? Pero había algo en su tono de voz que me hizo mirarla fijamente. Ella no apartó la mirada del joven cuando prosiguió—: Pidió a Minos personalmente que le permitiera participar en los juegos y lo han liberado de las ataduras solo por esta tarde.

«Atenas. ¿Liberado de las ataduras?».

—¿Es un tributo? —chillé, incrédula—. ¿El mismísimo príncipe? ¿Se presenta encadenado como sacrificio? ¿Por qué iba a enviar Atenas a su príncipe?

—Se ofreció voluntario —contestó ella y esta vez la ensoñación era clara en el tono de voz—. No quería que los jóvenes compatriotas vinieran solos, así que ocupó el lugar de uno de ellos.

—¡Menudo loco! —replicó Cíniras.

Nos quedamos un momento mirando a Teseo en silencio mientras yo absorbía las palabras de mi hermana. ¿De dónde sacaba el coraje para hacer algo así?, me pregunté. Dejar a un lado una vida de riquezas, poder y cualquier cosa que deseara, dar su vida en la flor de la juventud por su gente. Ir de forma voluntaria y consciente hasta los recovecos serpenteantes de nuestra mazmorra, ofrecerse como cebo vivo a nuestro monstruo. Observé a Teseo, como si haciéndolo con interés pudiera descifrar los pensamientos que se escondían tras ese rostro calmado. Tenía que tratarse de una máscara, pensé, un revestimiento de tranquilidad sobre el frenético ritmo de su mente. ¿Cómo no iba a volverse loco ante lo que le esperaba tan solo unas horas después?

Creía que ya tenía la respuesta cuando de pronto apareció su oponente. Taurus, el general de mi padre, un gigante, un hombre colosal. El rostro burlón y la nariz regordeta, parecida a la de un sapo; feo en contraste con la belleza de Teseo. Las venas se le marcaban en los músculos como si fueran cuerdas que brillaban como el aceite. Su crueldad era bien conocida en Creta; un hombre arrogante que no conocía la empatía. Un bruto, apenas más civilizado que mi hermano menor, que bramaba bajo el suelo de piedra. Tal vez Teseo hubiera valorado las posibilidades y prefiriese una muerte a manos del mortífero Taurus a la luz del día en lugar de morir devorado en el agujero negro.

Colisionaron con una fuerza arrasadora. Taurus era mucho más grande que Teseo y parecía tener claro que iba a ser el vencedor, pero había subestimado el valor de la destreza contra la fuerza bruta. No me di cuenta de lo mucho que me había adelantado en el asiento y la fuerza con la que aferraba el banco de madera sobre el que estaba sentada hasta que vi a Fedra con una actitud similar y me calmé. Los dos hombres se agarraron en un abrazo horrible, girando y retorciéndose en un intento de derribar al oponente. Atisbé el sudor que caía por sus espaldas y la agonía provocada por el esfuerzo que se marcaba en los músculos. Taurus, enorme como era, abrió mucho los ojos en una expresión de incredulidad cuando Teseo, despacio pero implacable, tomó la delantera y lo fue derribando hasta el suelo. Nosotras observábamos extasiadas, conteniendo la respiración, en un silencio tan sepulcral que oí hasta el crujido de los huesos.

Cuando la espalda de Taurus colisionó contra el suelo, los alaridos del público fueron ensordecedores. La historia del príncipe valeroso había suscitado su admiración, sin duda. No obstante, sabía que eso no cambiaba su ávido deseo de ver cómo alimentaba al Minotauro hambriento la tarde siguiente. Qué delicia contar con este momento de emoción y entusiasmo; la lealtad del príncipe, su valentía y su victoria eran una combinación irresistible.

Los juegos continuaron y se entregaron los premios. Ya nada captó mi interés hasta que Teseo subió al podio. Minos estaba en todo su esplendor, efusivo y generoso mientras sonreía y echaba un brazo por el hombro del príncipe.

—El mayor premio que otorgamos hoy suele ser la corona de olivo —declaró—. Pero una actuación extraordinaria merece un premio extraordinario. Teseo, príncipe de Atenas, en honor a tu gran hito de hoy, te ofrezco la libertad. Navegarás mañana a casa con el tesoro que has traído como ofrenda.

Exhalé un hondo suspiro de alivio. A mi lado, Fedra hizo lo mismo y se llevó la mano al corazón, como para calmar el pulso acelerado.

Teseo estaba serio.

—Agradezco la benevolencia, rey Minos, pero no puedo aceptar un honor tan generoso. Juré hacer compañía a mis hermanos y hermanas de Atenas durante su viaje a la oscuridad de mañana y debo mantenerme firme. Cumpliré mi juramento.

Cíniras estaba tomando un largo trago de vino y, al escuchar las palabras, escupió. Las gotas rojas cayeron en sus ropajes y lo empaparon del tono morado del vino. Tenía una expresión de estupor. Después de los discursos tan floridos que había pronunciado Minos durante la tarde, la breve negación de Teseo sonó cortante y del todo inesperada. Mi padre ocultó la sorpresa en su rostro, pero noté rabia en sus ojos.

—Tu honor y valentía son, en efecto, grandiosos, como ya había oído —respondió—. Creta recibe con gusto tu sacrificio. —Volvió la cara hacia mí—. Ariadna —me llamó.

Me sobresalté. ¿Qué había hecho? ¿Había penetrado la gélida mirada de Minos en mis pensamientos? ¿Sabía que mi rebelde corazón latía con admiración por ese hombre que acababa de dejar a mi padre en evidencia públicamente?

—Mi hija mayor —prosiguió Minos y me hizo un gesto para que me pusiera en pie.

Me levanté titubeante y sentí la mirada de cientos de personas.

—La princesa de Creta te coronará como vencedor de nuestros juegos.

Eso no me lo esperaba. Nunca antes me lo había pedido. ¿Desearía con ello impresionar de algún modo a Cíniras o si simplemente no podía confiar en sí mismo para colocar la corona sobre la cabeza de Teseo sin clavársela en ella en un gesto poco digno?

Con la mirada de Minos fija en mí, no tuve más elección que avanzar hacia el podio. Primero me encogí ante el peso de las miradas ajenas, pero entonces miré a Teseo y comprobé que me observaba. Su mirada era tranquila y firme. De pronto, la multitud se fundió en el entorno y tan solo lo veía a él.

Y entonces estaba delante de él y ya no pude sostenerle la mirada durante más tiempo. Me dejaron la corona en las manos, Minos o un siervo, no lo vi, pues era demasiado consciente de la poca distancia que separaba a Teseo de mí. El príncipe tenía la cabeza gacha. Con dedos torpes, le coloqué la corona sobre el pelo y retrocedí, y por poco me tropecé con la larga cola de la falda. Creo que hubo un aplauso. Cuando volvía a mi asiento vi a Cíniras, la jarra de vino bamboleándose en la mano y el brillo acusatorio en el rostro ebrio.

La atmósfera de celebración se disipó un poco después de eso. La dignidad de Teseo había dejado confundido a todo el mundo. Creo que había quien hubiera querido verlo libre, su vida intacta y el cuerpo sin marca, y también estaban los que sospechaban de su renuncia a aceptar semejante presente, tal vez pensaran que lo hacía para insultar a Minos y también a toda Creta.

Cuando el día se acercaba a su fin, Fedra y yo nos pusimos en pie para marcharnos. Cíniras se alejó sin dedicarnos un gesto de cortesía, la ropa manchada de vino. Fedra parecía abatida y vi que tenía los ojos llenos de lágrimas. Mi hermana pequeña era bondadosa y no sentía amor ni lealtad por el Minotauro. La exhibición de Teseo la había conmovido y me dio pena ver destrozados sus sueños idealistas.

No podía fingir, sin embargo, que era la empatía por Fedra lo que me hizo mirar en dirección al podio en el que Teseo se encontraba minutos antes. Fue otra cosa lo que me incitó a ello, y sentí los pies pesados cuando me obligué a avanzar en la otra dirección.

Por encima de las montañas, la luz naranja del sol se apagaba. Helios conducía su carro, dejando el mundo en oscuridad.

Tuvimos que dirigirnos al gran salón para el banquete: cuencos de bronce adornados con gemas y pinturas, llenos de carne, pescado, fruta, miel, aceitunas lustrosas y cuñas de queso blanco y salado. El vino fluía y los músicos tocaban y cantaban historias de dioses, héroes, tesoros y monstruos.

Se trataba de un despliegue grandioso de riqueza y poder, y me sorprendió comprobar que Minos había ordenado a los atenienses cautivos que estuvieran presentes en la celebración.

Recorrí la fila con horror. Siete chicos, siete chicas. Todos muy jóvenes. Vi que el chico del centro retorcía la cara en un intento de controlar la boca temblorosa y tensar los labios. No aparté la mirada, me fijé en el rostro de cada uno de los jóvenes atenienses que habíamos traído hasta aquí para asesinarlos. Catorce caras. Trece de ellas estaban aterradas, los ojos enrojecidos y las manos temblorosas. ¡Cuánto debía de costarles mantenerse en pie! No tuve dudas con el decimocuarto rostro.

Veía mejor a Teseo en este salón que en la arena y sentí una amalgama de emociones. ¿De qué servía contemplarlo ahora si iba a morir mañana? La crueldad de Minos al exhibir a los tributos era arrolladora. Su razonamiento era el siguiente: el banquete era en su honor. Los tributos observaban mientras los demás conversaban animados y reían en el salón. Flanqueados por los guardas y con las manos atadas por delante, temblaban y rezaban, esperando a morir devorados la noche del día siguiente.

Los atenienses no eran los únicos a los que Minos exhibía. En la parte delantera del salón, justo al lado de la mesa en la que estaba sentada mi familia, se encontraba Dédalo. Su rostro mostraba más años de los que había vivido, tenía el pelo blanco a pesar de que no era viejo. Sus creaciones eran muestra en toda Cnosos de la superioridad de Minos. La destreza de Dédalo no conocía rival en el mundo y él pertenecía a Creta. La creación más afamada era una que pocas personas habían visto; tal vez los rehenes deberían de sentirse honrados por tener el privilegio no solo de verla, sino también de adentrarse en sus pasadizos intrincados. O tal vez no. Estaba demasiado oscuro para apreciar sus maravillas, y los bramidos enloquecidos del monstruo que ansiaba despedazarlos desmerecía el asombro que podrían sentir si la situación fuera diferente. Sabía que Dédalo era consciente de ello y que le pesaba sobre los hombros, que ahora tenía hundidos. Ya no era el inventor amigable y razonable de mi infancia que había acudido a Creta para desarrollar su arte. Era el creador de esto y, aunque él no llevaba cadenas, no podía abandonar Creta mientras Minos deseara mantener cerca los secretos del laberinto.

Aunque esa noche no era a Dédalo a quien observaba. No podía apartar la mirada de los atenienses, de uno en particular.

¿Sabían los héroes de los que hablaba el bardo en sus canciones aquella noche lo que les aguardaba antes del triunfo? En esos momentos cruciales en los que se tomaban decisiones importantes, ¿notaron en el aire una chispa que los condujo a su destino? ¿O se equivocaron y no fueron conscientes del momento crucial en el que el destino cambió? No sé lo que sentí cuando mi mirada se encontró con la de Teseo. Curiosidad, seguro. Estaba derecho y tenía la barbilla alta, no lo traicionaban los temblores ni los sollozos. Me sostuvo la mirada con insolencia, como si yo no fuera una princesa y él no fuera una ofrenda en sacrificio. No parecía un instante trascendental, pero cuando aparté la mirada, comprendí que nada parecía igual, era como si el mundo se hubiera fracturado y se hubiera recompuesto casi de la misma forma, pero no del todo. Como si hubiera mirado una cascada y hubiera atisbado con sorpresa que el agua que fluía sobre la roca no dejaba de cambiar, que nunca volvería a ser la misma agua.

5

—¿Crees que intentará pelear? —preguntó Cíniras, la voz pesada y gangosa por el vino.

Lo miré. ¿Quería ahuyentarlo?, ¿hacer que se pensara el trato que había hecho con Minos de llevarme en su barco a cambio de una montaña de lingotes de cobre? Sería una ilusa. A un hombre como él, tan solo lo impulsaba la indiferencia y lo emocionaba la desgana absoluta.

—¿A qué te refieres? —pregunté con tono helado.

—El príncipe. El héroe. —Cíniras se rio y su alegría destilaba el veneno más repugnante—. No lloriquea como los demás. Me pregunto si creerá que es capaz de vencer al Minotauro con sus propias manos. —A nuestro alrededor, la gente se rio ante semejante idea.

El héroe del que tantas leyendas se contarían sobresalía entre los hombres. Era más alto, más fuerte y guapo, por supuesto, y no solo poseía el porte de un príncipe, sino el de una pantera de enorme fuerza que aguardaba para atacar. Un hombre que inspiraría canciones y poemas, cuyo nombre se oiría en todos los rincones de la tierra. ¿Vi eso entonces? ¿O tan solo era una niña fascinada que se había quedado embelesada con su pecho musculoso, el pelo espeso, los ojos brillantes? ¿Sentí los engranajes del destino, el movimiento del hilo de las Parcas, o tan solo era el latido fuerte de mi corazón emocionado? Seguramente no fuera la única que lo sentía, teniendo en cuenta la mirada cautivada de mi hermana menor. Fedra estaba sentada con los codos apoyados en la mesa y la cabeza ladeada, y tenía en los ojos el suave brillo del encaprichamiento.

No pensé que la estaba mirando a ella. Estaba segura de que notaba la calidez de su mirada en mi espalda, y sabía que no era vanidad ni optimismo lo que me hacía sentirlo.

Los de Teseo no era los únicos ojos fijos en mí. Cuando volví a alzar la cabeza, me encontré con la mirada astuta de Dédalo y me ruboricé al comprender que había sido testigo del momento que habíamos compartido Teseo y yo. Me removí, incómoda de pronto. No sabía adónde mirar e intenté ocultarme hablando en susurros con mi hermana.

—¡Fedra! Si abres más la boca, te va a entrar una mosca.

Sonaba a señora mayor, quisquillosa, mandona, pero ella se limitó a poner los ojos en blanco y me sacó la lengua. Me reí. Tras la sonrisa, sin embargo, estaba perdida en los pasadizos laberínticos de mi mente, y me escabullía, aterrada, de un camino sin salida a otro. ¿De veras iban a arrojar a esos catorce jóvenes, que apenas eran unos chiquillos, al agujero negro en tan solo unas horas? No podía hacerme a la idea. No quería pensar en el horror que suponía eso: los gritos en los pasadizos solitarios y estrechos, el hedor a descomposición y desesperación, el temblor de la tierra bajo las terribles pezuñas del monstruo que buscaba su tierna piel vulnerable. No podía soportarlo, pero ¿sería de otra manera?

Pasífae no hacía caso de la comida que tenía delante ni del vino de la jarra. En un gesto impulsivo, me puse en pie y le toqué el hombro.

—Madre, ¿tienes un momento?

Fue sencillo apartarla de allí y nadie se molestó en mirarnos. Cíniras mantenía una conversación acalorada con mi padre. Reía fuertemente con sus ocurrencias, y Minos sonreía sin ganas. Las llamas de las antorchas proyectaban una luz titilante en los ángulos duros de su rostro y formaban sombras en las mejillas. Supuse que, cuando miraba a Cíniras, lo único que veía era el cobre que obtendría a cambio de mí. Por supuesto, no se inmutó por mi salida con Pasífae.

En los pasillos de fuera podía respirar mejor. Sabía que no había conseguido que me escuchara antes, pero tal vez podría lograrlo ahora.

—Madre, por favor —supliqué y mi voz estaba teñida de histeria—. Por favor, dime que podemos hacer algo para evitar esta atrocidad. Por favor, ¡dime que hay un modo! —Eran las palabras de Fedra, la súplica que yo misma había rechazado unas horas antes.

Se quedó en silencio, pero este no era su mutismo de siempre.

—Eres mi madre, la madre de Fedra, la madre de Deucalión. —Tragué saliva con dificultad—. La madre de Asterión. —Al oírme, vi un brillo en sus ojos—. Piensa en las madres de Atenas —dije en voz baja y con tono sorprendentemente duro—, que saben lo que les aguarda a sus hijos e hijas mañana. Piensa, madre. Imagina que fuéramos uno de nosotros. Imagina que fuera yo a la que fueran a arrojar en el laberinto. Sabes en qué se ha convertido Asterión, sabes lo que les hará. Por favor, madre. Por favor, dime que no tenemos que robarles a sus hijos a catorce madres para satisfacer las ansias de poder de Minos. —Alcé la voz, exaltada, nerviosa.

Tardó un buen rato en hablar. Cuando lo hizo, le costó un enorme esfuerzo obligar a su mente fragmentada a volver al presente, al lugar donde nos encontrábamos, destrozada por los horrores del pasado y obligada a vagar a la deriva de la desesperación para siempre.

—¿Qué podemos hacer? —pronunció—. Nadie puede enfrentarse a él.

Una conexión. Algo que infundiera vida de nuevo entre las dos. Le agarré la delgada mano.

—Tal vez alguien pueda.

—Nadie puede enfrentarse a tu padre.

Noté que me soltaba la mano, que la mente comenzaba a vagar de nuevo. Pero algo que había dicho cobró sentido en mi mente.

Nadie podía enfrentarse a mi padre. Lo protegían sus ejércitos, su poder, su confianza en sí mismo y el monstruo que rugía bajo el palacio. La fuerza bruta no serviría de nada contra el poder superior de sus guardas.

Pero ¿y si no había que enfrentarse a él? Haría falta una mente ingeniosa, pero ¿y si le tomaba la ventaja a Minos? La tiranía clara y potente de mi padre estaba basada en el miedo. No esperaba engaños, pues ¿quién se atrevería siquiera a intentarlo?

Inspiré profundamente. El aire era fresco y olía a piedra. El ambiente acalló mis pensamientos, paralizó el miedo y la pena, y semejantes sentimientos se vieron remplazados por una perspicacia clara y repentina. Mi madre no podía ayudarme, pero sabía quién podía.

El banquete duró varias horas más, lo más granado de la sociedad cretense se deleitaba con la generosidad de mi padre y los cuchicheos silenciosos acerca de cuánto aguantarían los rehenes en el laberinto la noche siguiente. Cuando terminó y vi que

Dédalo se marchaba, seguido de cerca por un guarda, como siempre, me apresuré a alcanzarlo.

—Buenas noches —lo saludé. Me faltaba el aliento.

Él asintió cordialmente.

—Lo mismo digo, Ariadna.

Noté que estaba alerta, sabía que algo andaba mal, pero tuvo la paciencia de un artesano y aguardó a enterarse de qué era lo que yo deseaba.

—Se ha soltado una baldosa de mi pista de baile. —Hablé en voz alta para que me escuchara el guarda—. ¿Podrías ir a verla? No confío en poner tu creación en manos de nadie.

—Por supuesto. —Inclinó la cabeza en un gesto respetuoso—. Iré mañana a primera hora, princesa.

—No, tiene que ser ahora —contesté con tono imperioso—. Por favor, solo será un momento. Me gustaría poder bailar mañana a la salida del sol, es un día sagrado y deseo honrar a los dioses como mejor sé. Y no volveré a bailar ahí en mucho tiempo, tal vez nunca. En Chipre no tendré una obra maestra como esa.

Dédalo suavizó la mirada al escucharme, pero lo dije más para el guarda atento. Dédalo no podía ir a ningún sitio ni hablar con nadie sin vigilancia, y yo no podía permitirme levantar sospechas, pero mañana sería demasiado tarde. Dédalo era el único que podía ayudarme. Sabía que cargaba con la culpa por su papel involuntario en la creación del Minotauro; la culpa era como un cristal brillante, un peso frágil que le colgaba del cuello, uno que él alimentaba y que no podría romper nunca.

Me adelanté para guiarlo, las sandalias repiqueteaban en el suelo de piedra cada vez que girábamos por los complicados pasillos del palacio hasta el patio. Como esperaba, el guarda se quedó en la puerta y Dédalo me siguió al lado opuesto de la amplia pista. El aire de la noche calmó el sonrojo que sabía que teñía mis mejillas.

Dédalo miró las baldosas perfectas bajo nuestros pies y luego me miró a mí, confundido. Me arrodillé y, tras unos segundos, él se arrodilló a mi lado, fingiendo que examinaba el exquisito borde de la pista. Una fuente expulsaba agua clara sobre la vasija de mármol y confié en que silenciara nuestras palabras a oídos del guarda.

—Dédalo, necesito saber cómo se sale del laberinto —musité.

No pareció sorprendido. Quizá su don para crear cualquier estructura en la tierra se extendía a conocer también el corazón de los humanos. O tal vez solo me conociera a mí.

—Deseas salvar a los rehenes —murmuró—. A Teseo.

Asentí, pues no había tiempo para la modestia ni la negación de lo evidente.

—Así es. Es monstruoso y no quiero que vuelva a suceder.

—Ha sucedido muchas veces, Ariadna —respondió—. Nunca a un príncipe apuesto de Atenas, pero sí a muchos jóvenes. ¿Por qué vale más la vida de Teseo?

Las respuestas se agolparon en mi garganta y formaron una bola que bloqueó el paso de las palabras. ¿Era tan solo su rostro bonito el que me había animado a actuar? ¿Habría permitido, sin protestar, que los rehenes acudieran a su destino si ninguno de ellos tuviera ojos verdes y un cabello sedoso que ansiaba tocar?

Era consciente de que teníamos poco tiempo, así que se lo pedí directamente.

—¿Puedes ayudarme? ¿O no se puede hacer?

—Creo que no se puede. —El tono de agotamiento me sorprendió. No había pensado en la posibilidad de que hubiera algo que Dédalo no pudiera hacer, excepto escapar de la isla.

—¿De veras no se puede escapar del laberinto? ¿Ni siquiera su creador puede? —No me lo podía creer.

Él suspiró hondamente.

—Puedo contarte el método para que guíes a Teseo fuera del laberinto. —Hablaba en voz baja y rápido, pero sonaba muy, muy cansado. El corazón me dio un vuelco por lo que estaba diciendo, pero su tono me serenó—. Pero ¿crees que es lo que él quiere? —Dédalo vio la confusión en mi rostro. Miró al guarda y habló rápido, las palabras parecían una avalancha rocosa que me sepultaba—. ¿Quiere un príncipe de Atenas que anhela convertirse en una leyenda que lo rescate de un monstruo una chica preciosa? ¿Crees que te va dejar que lo lleves de la mano y lo saques de Creta escondido bajo una manta, como si fuera un saco de grano? —Me miró directamente a los ojos y absorbí las palabras.

—Me miró… —Busqué las palabras para explicar ese momento de conexión, las palabras silenciosas que sabía que me había dirigido—. Quiere mi ayuda, estoy convencida.

Dédalo sacudió la cabeza y sonrió con tristeza.

—No tengo ninguna duda de ello, Ariadna —dijo con amabilidad—. No desea morir en ese laberinto mañana por la noche y sabe que entrar ahí significa la muerte. Incluso sin el Minotauro, podría recorrer los túneles durante años y no volver a ver la luz del día. Me aseguré de ello cuando encerré a tu hermano en su corazón. —Puso énfasis en la palabra hermano—. Sabe que necesita tu ayuda, la de la princesa de Creta, pues nadie más puede asistirlo. Los rumores han llegado a Atenas, han alcanzado los rincones más lejanos del mundo. La bestia a la que alimentaste desde la infancia, tu corazón tierno; seguro que tú sabes algo más, tienes que conocer los secretos y tal vez pueda convencerte de que los divulgues. Créeme, Teseo quiere tu ayuda, pero no para que lo libres de la batalla. Su intención es derrotar mañana al poderoso Minotauro. Se marchará de Creta con el mayor de los tesoros, dejará vacío el laberinto y acabará con el mito. Se cantarán canciones acerca del coraje de Teseo y no del poder de tu padre.

El guarda se removió detrás de nosotros. Dédalo era meticuloso, pero no resultaba creíble que tardara tanto en reparar una baldosa rota. Sacó un paño de la túnica y fingió que limpiaba el espacio en el que estábamos agachados, como si estuviera concluyendo la tarea.

—Te ayudaré, Ariadna —susurró tan bajo que apenas pude oírlo. Se levantó y me ofreció la mano para ayudarme a levantarme. Cuando la acepté, noté una bola presionada en la palma—. Llevo esto conmigo desde que encerré al monstruo. Aguardaba a ver un tributo con fuerza y valentía que pudiera lograrlo. —Tenía el rostro sombrío, la luz de la luna incidía en las grietas profundas de la edad—. Pero no quiero añadir tu vida a la culpa que ya cargo, princesa. Acuérdate de Escila. Si haces esto, no puedes quedarte y enfrentarte a la ira de tu padre. Debes abandonar Creta y no volver jamás. —Con estas palabras, pasó junto a mí y regresó con el guarda, sin mirar atrás.

Me quedé allí, disfrutando del aire de la noche. Las ranas croaban y el intenso olor de las flores que se enredaban en los pilares inundaban el patio como si nada hubiera sucedido y el mundo siguiera siendo el mismo. Volví a escuchar sus palabras, graves y serias. Esperé a que los pasos del guarda se disolvieran cien veces antes de abrir los dedos para ver lo que tenía en la mano. Cuando lo hice, apareció un rayo de luz en la oscuridad que borró el futuro que tanto había temido y presentó un camino que no sabía que había ante mí.

En la mano tenía una bola de hilo rojo. Y en el centro, una pesada llave de hierro.

6

¿Afirmaría después que me había poseído la locura, que no sabía lo que hacía? ¿Que actuaba conforme a lo que ordenaban las Parcas, que no era responsable de mis actos?

No lo sé, pero lo que sí sabía era adónde me dirigía cuando me alejé corriendo del patio y lo vi todo con una claridad cristalina. No me detuve, ni siquiera dudé hasta que paré, sin aliento, en el extremo del patio central, en el núcleo del palacio.

El caballo de Selene estaba en el cielo y bañaba las piedras de una luz plateada. Me apoyé en un pilar pintado de ocre y me obligué a mirar la mano, pálida comparada con el hilo rojo, hasta que el corazón volvió a calmarse y pude respirar bien. El lugar estaba en silencio. Oía dentro del palacio el débil sonido de la fiesta: canciones y carcajadas de los hombres. Pero aquí, en el corazón mismo de Cnosos, había silencio, y era mío.

Las celdas estaban ubicadas en la esquina noroeste, apartadas del patio. No estaban custodiadas por ningún guardia, pues ¿cómo iban a escapar los prisioneros cuando había sido el mismísimo Dédalo quien había diseñado las cerraduras?

Estaban separados los muchachos de las muchachas, pero el príncipe de Atenas se encontraba en una cámara privada; no lo obligaban, ni siquiera tratándose de un prisionero y de una presa para el Minotauro, a compartir celda con los miedos y las oraciones (y, sin duda, los llantos que la densa oscuridad intensificaba) de sus compañeros. La celda estaba separada de las otras; se talló en la roca en el pasado, antes de que Dédalo llegara a nuestras costas. Lo que Dédalo me había dado entre el hilo de color rojo era la llave de la puerta de su celda. Tenía ante mí un vasto espacio vacío; una puerta cerrada y yo, y tan solo las estrellas que brillaban en la noche verían lo que haría a continuación. ¿Vigilaban las luces frías y distantes con el vestigio de los humanos que fueron antaño? Los elegidos que habían sido escogidos para permanecer tan cerca de lo divino. ¿Qué les parecería mi desafío, mi traición, el momento de mi devenir? ¿Me acusarían? ¿O simplemente bañaban de luz el cielo, pues todo vestigio de lo que fueron había ardido años atrás?

No había movimiento alguno. Las ranas croaban, la brisa corría en torno a mí cuando salí de las sombras y crucé el patio aprisa, con miedo, como una niña que no se atreve a bajar las piernas de la cama por si la atacan unos dientes y unas garras en la oscuridad. Me sentía tan expuesta en este acto autoimpuesto de valentía que me encogí como una cobarde.

Pero tenía que admitir que sentía algo más dentro de mí, algo similar al miedo, pero electrizante de vitalidad. Teseo se encontraba detrás de esa puerta, el pelo alborotado y ojos plateados, cada centímetro de su cuerpo musculoso, y no era únicamente el temor a que mi padre me descubriera lo que hacía que me ardiera la piel. No sabía mucho de hombres; entre Minos, el Minotauro y ahora Cíniras, no había tenido deseo de aprender. O eso pensaba, hasta que vi al apuesto rehén y la fuerza de su mirada; el fuego que encendía dentro de mí chamuscaba todo aquello que conocía.

Me acerqué a la puerta suavemente, como si tuviera unas pantuflas de terciopelo en los pies. Introduje la llave en la cerradura y la giré con todas mis fuerzas, esperé a notar el enorme peso de la puerta y esta cedió. Vi allí a Teseo, de pie junto a la puerta, tranquilo y sereno, sin mostrar un atisbo de sorpresa. Como si me estuviera esperando.

—Princesa —murmuró. Se puso de rodillas en un movimiento fugaz, se volvió a levantar rápidamente y me tomó del brazo.

El roce de su piel fue ardiente.

—Tenemos que ir a un lugar para evitar miradas ajenas y poder hablar sin que nos molesten —dijo con voz grave y suave—. Conoces todos los secretos de Cnosos, no tengo duda. ¿Puedes llevarnos a un lugar así?

Entonces dudé. Mi intención era entregarle el hilo allí, en esa celda oscura y sombría, e irme después. Después de qué, no estaba segura. Pero no era una ilusa y conocía los peligros de esconderme en rincones ocultos con un joven terco, uno que, además, estaba condenado a muerte. No obstante, me estaba mirando con amabilidad pero con firmeza, y escuché de nuevo las palabras de Dédalo: «Debes abandonar Creta y no volver jamás». En el momento en que sostuve la llave supe que no quedaba nada para mí en esta isla. Pensé: ¿qué más tenía que perder?

—Hay un lugar, una zona con rocas y vistas al mar —musité y, sin saber qué hacía ni cómo me atrevía, le agarré la mano y cerré la puerta al salir. Lo conduje por un pasadizo tallado tan intrínsecamente que nadie lo vería a menos que ya supiera que estaba allí. Al final del pasadizo nos recibió el aire fresco y salobre de la costa.

Podrían habernos sorprendido una docena de veces. Cuando echo la vista atrás, siento ahora el temor que por entonces la emoción suprimía. Minos podría habernos impuesto castigos horribles si nos hubiera visto algún guarda o sirvienta que pasara por allí, o un juerguista desorientado. Tiemblo solo de imaginármelo. Pero no sentí dudas; la seguridad mareante de la juventud y el deseo me dieron alas para conducir a mi amor hasta el borde del acantilado, cubierto de rocas y oculto de la vista de las demás. Entonces no sabía cómo podían las alas derretirse y separarse de tu cuerpo, lo fácil que podía alguien caer inesperadamente del vuelo hacia la libertad y que lo tragaran las olas de abajo.

Cuando llegamos a las rocas, nos reímos; lo miré a la cara bajo la luz de la luna y no me ruboricé por mi atrevimiento.

—Debo regresar antes de que me echen de menos —me dijo, mirándome a la cara, y yo oí lo que no pronunció. Nos habíamos escabullido por una ventana temporal y tan solo contaba con esos preciados minutos para forjar mi futuro.

—¿Quieres volver? —pregunté—. Ya sabes lo que te espera mañana por la noche.

Se encogió de hombros con un movimiento grácil, sinuoso. Sentí un chispazo en las venas, un intenso deseo de que me rodeara con los fuertes brazos. Tan diferente de la espantosa sensualidad de Cíniras.

—No voy a salir corriendo —se limitó a afirmar y supe que Dédalo tenía razón, por supuesto. Un héroe no se encogía ante su destino, no se escabullía de su celda y huía de la pelea. Su nombre no resonaría durante años por eso—. Conoces el laberinto, mi dama —continuó—. Y conoces a la bestia que lo mora. Si puedes ofrecerme alguna indicación, alguna clave sobre su debilidad, estaré siempre en deuda contigo.

«Siempre». Teseo sería mío para siempre. Estaba segura de que eso era lo que había dicho. Así y todo, me aferré a la modestia, fingí que no había tomado una decisión en el gran salón horas antes, cuando lo había visto, aparentemente indefenso, pero con un coraje con el que Minos, envuelto en la seguridad de la capa protectora de su tiranía, nunca podría soñar.

—La bestia es mi hermano —contesté con tono amable—. Y no existe debilidad en el Minotauro ni el laberinto. Ambos suponen una muerte segura para todo aquel que entra.

Se le escapó una carcajada. Tenía un brillo vivaz en los ojos y en ellos surgió ese extraño fulgor plateado, parecían chispas proyectadas por la luna en la oscuridad sobre el mar salobre. Recordé las historias que hablaban de las dudas acerca de la identidad de su padre: Egeo, el poderoso rey de Atenas, o Poseidón, el dios dorado del mar. En cualquier caso, era por derecho una leyenda. Si era Poseidón quien lo había engendrado, tal vez él lo había enviado a arreglar el mal que nos había hecho al crear a Asterión. Vi al trascendental dios del mar, listo para enviar la locura a mi madre, y vi a Teseo, con la misma actitud, venciendo al corrupto experimento de su padre. Tal vez yo fuera un instrumento de los dioses, reflexioné, y al ayudar a que Teseo lograra la gloria, estaba colaborando en el propósito de Poseidón y reparando el daño por la traición y la codicia de mi propio padre.

—No tengo miedo —me aseguró Teseo—. Pero creo que tú temes por mí, Ariadna.

Exhaló mi nombre. Una dulzura tan exquisita que apenas podía soportarlo. Tenía razón, mi único miedo era que, justo cuando acababa de encontrarlo, desapareciera. Abrí la mano con la bola de hilo y él abrió mucho los ojos.

Sonrió con un tinte de satisfacción en la mirada, que tenía fija en mí.

—Tal vez pueda explicarte por qué he venido a Creta encadenado y cómo pienso acabar con su opresión.

Y entonces escuché la historia de Teseo.

Su nombre resonaría por los siglos al igual que el de Heracles, que sentó las bases antes que él, y Aquiles, que llegaría después:

poderosas leyendas que lucharon contra leones, derribaron ciudades e incendiaron el mundo. Pero esa noche yo estaba con un hombre de carne y hueso. Me describió sus hazañas como si fueran actos sencillos; matar a un asesino o a un tirano sonaba, de su boca, como cortar una porción de queso o quitarle el hueso a una aceituna. No eran palabras planeadas ni intencionadas. No buscaba impresionarme con relatos adornados o exagerados. Eran bastante sobrios.

Había crecido en Trecén junto a su madre, Etra, sin saber quién era su poderoso padre hasta el día que destrozó la enorme roca bajo la cual estaban la espalda y las sandalias de Egeo. El rey ateniense las había dejado allí y le había dado instrucciones a una Etra embarazada de que, cuando el hijo que albergaba pudiera mover la roca, Egeo lo recibiría como el verdadero príncipe de Atenas.

Que Egeo fuera realmente el responsable del vientre hinchado de Etra sigue siendo una pregunta que suscita dudas. Se decía que la gran diosa del Olimpo Atenea se presentó ante Etra en un sueño después de que esta yaciera con Egeo y dirigió a la joven dormida hasta la orilla del mar, donde hizo una libación y caminó por el agua por la que se desplazaba Poseidón con la elegancia de un delfín, expectante. Por qué propició Atenea esta aventura para su tío, agitador de la tierra y tirano de los océanos, no lo sé. Ella es la diosa de la sabiduría y el funcionamiento de su cerebro astuto es insondable para todos, excepto para ella. Tal vez buscaba una reconciliación con Poseidón; habían competido con dureza por el apoyo de Atenas y su exuberante olivo se había ganado a sus ciudadanos ante la incompetencia de la fuente salada de Poseidón. Es posible que planeara el nacimiento de Teseo para vincular al padre con la leyenda de su hijo, que tan conectada estaría con su adorada Atenas. Un movimiento inteligente, pues el favor de los dioses olímpicos era una gran bendición para cualquier mortal mientras este vivía.

Teseo tenía el porte de un rey y no detecté en él la impredecibilidad del mar que golpeteaba las rocas y se tragaba barcos enteros, así que me inclinaba a ver en él la sangre del poder real en lugar de la del divino. Pero conforme lo examinaba, y me lo bebí entero como un animal agachado en un río, comencé a ver la seguridad firme y fría de sus profundos y fríos ojos verdes. No era un delfín que saltara en las olas, resplandeciente bajo la luz del sol, sino más bien un tiburón que se deslizaba con una calma turbia. Centrado, poderoso e inexorable. Y estaba concentrado en mí. Captar la atención de un hombre así era, ciertamente, embriagador, y sentí su calma y su seguridad en mis propias venas como el agua fría y verde, tranquilizando mi pulso rápido con cada sacudida.

Cuando pasó un tiempo, dejé de aguzar los oídos ante cualquier ruido lejano y de estar preparada para salir corriendo, arrodillarme o suplicar por mi vida en cualquier momento si los guardas de Minos nos descubrían. Apoyé la espalda en el muro de roca que tenía detrás y me perdí en su historia.

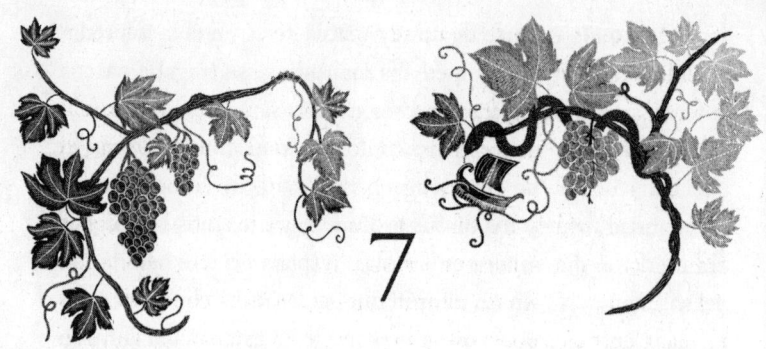

7

—Mi madre siempre me ha contado que nací de la grandeza, aunque me ocultó la identidad de mi padre. De niño, soñaba que él era un héroe, que estaba ocupado con tareas arduas y rigurosas, y esperaba que hallase sosiego en la idea de que su hijo iba a seguir sus pasos y conquistar el mundo. Quería pelear con monstruos, rescatar a princesas y castigar a los malhechores, como imaginaba que hacía él.

»Cuando tenía quince años, Heracles se alojó con nosotros varios días. Era tal y como imaginaba que sería mi padre y me encantaba escuchar sus historias. No me defraudaba nunca. Primero, su gran tamaño y fuerza eran tal y como se hablaba; era el más alto de nuestras reuniones y la piel de león que llevaba sobre los hombros era tan salvaje que muchas de nuestras sirvientas se desmayaban al verlo. Ciertamente, se parecía tanto a un león de verdad que, cuando entré en una habitación y lo vi en un sofá, me lancé para tratar de reducir a la bestia que pensé que había entrado a nuestro hogar.

»Heracles se rio con energía por mi estupidez, pero apreció mi coraje al intentar enfrentarme a un león poderoso solo con las manos, así que iniciamos una buena amistad. Lo admiraba enormemente. No podíamos describirnos como iguales, pero ansiaba aprender todo lo que pudiera de él antes de que prosiguiera con sus viajes.

»Me habló de sus hazañas: el león de Nemea al que mató a golpes con un garrote y liberó a la ciudad de su presencia; era el que llevaba ahora como capa; la derrota de la Hidra y todas sus cabezas; las aves de Estínfalo que comían hombres y las yeguas carnívoras de Diomedes que devoraban vivas a las personas; la ardua limpieza de los establos de Augías. Me emocionaban estos relatos y muchos otros. Pero también me hablaban a mí. Cuando escuchaba cómo había chamuscado las cabezas del monstruo serpiente y cómo había capturado al toro de Creta en sus costas rocosas (¡qué pena! Demasiado tarde, pues su progenie ya había arraigado en el vientre de tu madre), me vi a mí mismo tomando el relevo del garrote, aceptando la antorcha encendida y el arco y las flechas para acabar con esos monstruos, o estrangulando con mis propias manos al toro hasta acabar con su vida. Sus palabras no solo pintaban un cuadro de sus hazañas, también me mostraron el camino.

»Después, cuando bebió de nuestro mejor vino, me contó con lágrimas en los ojos que había asesinado a su propia esposa e hijo por culpa de la celosa Hera, que lo había vuelto loco. Yo era consciente de que una vida heroica no estaba exenta de dolor y sacrificio, pero, así y todo, la deseaba.

La voz de Teseo se apagó. El tono ronco, el brillo de los ojos al recordar el sufrimiento de su amigo, la pausa de respeto... todo eso me tocó el corazón. Prosiguió entonces con la historia:

—Durante el día me enseñaba algunos trucos de lucha, técnicas que me has visto usar hoy con ese matón en la arena. Me instruyó en el uso del armamento e incluso me permitió sostener el garrote con el que había matado al león. Me dio muchos consejos prácticos, pero también me contó cómo debo pensar. Cuando él estaba empezando, lo visitaron dos mujeres mientras se encontraba cuidando del rebaño de su padre en el monte Citerón. Una lo invitó a seguir el camino de la virtud a lo largo de toda su vida. Un arduo sendero sobre suelo pedregoso hasta llegar a la escarpada cima, pero una vez allí, hallaría una fama inmortal. La otra mujer, joven, le habló con tono sensual de la vida que podría llevar si elegía el placer, complacido por todo tipo de delicias terrenales durante el resto de sus días. Sería un camino sencillo, un sendero allanado ante él, y estaría exento de trabajo duro y de sufrimiento.

Teseo se quedó un instante en silencio, mirando el horizonte, y comprendí que se estaba viendo en esa tesitura, ante esa elección. Vi la llama del sacrificio y la gloria dentro de él, y lo obvia que habría sido su elección tomando la complicada escalada hacia la virtud.

—Por supuesto, Heracles escogió el camino pedregoso y en su transcurso llevó a cabo las hazañas más extenuantes y peligrosas que pudieran imaginarse. Eso le concedió una gran fama… a un coste terrible, pero uno que merecía la pena pagar mil veces.

»Y entonces llegó el día que aparté la enorme roca y hallé debajo la espada y las sandalias que demostraban que mi padre era Egeo. Había oído hablar de este líder sabio y noble muchas veces y era una satisfacción para mí que mi padre fuera un hombre por cuyas venas corría sangre de grandeza, capaz de liderar una ciudad destinada a la gloria inmortal. Ahora es mi deber demostrar que soy un digno hijo del rey de Atenas y por ello emprendí el viaje para reclamar mi derecho por nacimiento. Tenía dos opciones: navegar por una ruta por mar sencilla y libre de problemas; o viajar por tierra, una ruta asolada por bandidos, criminales y bestias salvajes. Igual que Heracles antes de mí, supe qué camino elegir.

Teseo me describió el peligroso trayecto que emprendió por el istmo de Corinto. El monstruoso gigante de un ojo Perifetes que poseía una poderosa maza de hierro no fue rival para los puños de Teseo. El estúpido Esciro, que imploraba a los viajeros que le lavaran los pies y luego les daba una patada y los enviaba al mar donde se escondía una tortuga que se alimentaba de esos desafortunados y que se comió a su propio amo cuando Teseo lo lanzó al mar. El malvado Sinis que amarraba a los viajeros entre dos pinos que él había doblado y que luego soltaba para partir en dos a sus pobres víctimas con ellos, dejando los restos allí mismo para adornar los árboles

Al escuchar este último relato, gemí por el horror y Teseo sonrió con satisfacción y continuó:

—Cómo gritó cuando los pinos volvieron a salir disparados hacia el cielo, un grito acallado de forma abrupta por el sonido ahogado de su cuerpo al acabar destrozado. El sangriento destino que había infligido a tantos era ahora también el suyo. Y así fue mientras recorría el camino hasta Atenas. Limpié los caminos de asesinos y monstruos.

—Los que viajen por ese camino te estarán muy agradecidos —intervine—. Cuántas vidas que podrían haberse perdido. —Sabía que un héroe tenía que ser valiente, justo, noble y honorable. Nunca pensé que me encontraría con uno, aunque lo buscara por el mundo entero. Teseo me sostuvo la mirada y yo no la aparté cuando prosiguió.

—Llegué a Atenas, mi hogar y mi ciudad, donde no había estado antes, y creí que las luchas habían finalizado, pues seguramente hubiera demostrado ya mi valía y valor. No obstante, no sabía que Atenas albergaba a una serpiente cuyo veneno manchaba la tierra con las inmundicias de sus anteriores crímenes. No era una simple bestia en el camino que atacaba a los que pasaban por allí, sino una criatura confabuladora y peligrosa. No tenía que acechar en áridos acantilados o tierras desiertas, se pavoneaba delante de toda la ciudad, y es que era la esposa de mi padre, la reina de Atenas: la bruja Medea. Y la parte más dura de mis hazañas acababa de empezar.

Cambió la voz al mencionar a Medea. El tono tranquilo y firme, orgulloso, que había empleado al contar sus nobles hitos se volvió amargo y viscoso con cada sílaba que pronunciaba.

—He pasado mucho tiempo viajando, asegurándome de eliminar cada mancha y mácula de bandidos, asesinos y monstruos que asomaban por cada curva como termitas. En mi ausencia, mi padre, Egeo, comenzó a desesperar ante la idea de que no tendría nunca un hijo que lo sucediera en el trono. Su fe en el bebé que creía haber dejado en el vientre de mi madre en Trecén tantos años atrás había mermado y la desesperanza lo consumía. Le preocupaba no tener nunca un heredero y que, a su muerte, fueran los hijos de Palas, su rival, quienes gobernaran Atenas.

»Con tal desánimo, se mostró débil ante las artes oscuras y malvadas de Medea. —Teseo vio que me cambió la cara al mencionar a Medea—. ¿La conoces? —preguntó.

Puse una mueca.

—Su padre es mi tío, aunque no lo conozco a él ni a su hija. Es el hermano de mi madre, hijo de Helios, pero vive muy lejos, en Cólquida, una tierra de brujería y hechicería.

Me miré las manos con los dedos entrelazados. Otra vergüenza que teníamos que soportar, otra mancha que recaía sobre nuestro nombre. Todos sabían que Medea había huido con el héroe Jasón. Todos habían oído cómo le había robado a mi padre su preciado vellocino de oro para dárselo a su amante. Pero cuando Jasón la abandonó por otra princesa, una mujer honrada, Medea hizo que su desafortunada rival ardiera bajo una capa envenenada y acabó también con los hijos que le había dado a Jasón para partir después a Atenas en el carro de Helios.

Teseo asintió.

—No conocía el alcance de sus crímenes cuando llegué. De haberlo sabido, la habría matado en los mismísimos pasillos del palacio de Egeo, por los que paseaba como si fueran de su propiedad. Llegué a la puerta del palacio en busca de hospitalidad. Oculté mi identidad, pues deseaba esperar al momento apropiado, cuando pudiera declarar con orgullo quién era y ver a mi padre feliz.

»Me recibió Medea. —Tragó saliva—. La vi caminar con paso firme hasta mí. Yo estaba maravillado por los azulejos estampados y los frisos, el oro, los pilares de jade, el mármol adornado de reluciente carmesí, los cuadros de ónice bajo mis pies. Pero cuando la vi caminar, la abundancia y riqueza que rebosaba a su alrededor se desvaneció como el humo a su paso. Avanzaba con gracia. Era preciosa, no puedo negarlo, pero la perseguía un miasma de horror que zumbaba como las moscas alrededor de un cadáver. La preciada sangre de sus propios hijos, que había asesinado con esas manos pálidas y huesudas que me extendía a mí para recibirme, manchaban todo el aire que respiraba.

»Los brazaletes de bronce repiqueteaban en las muñecas mientras se movía; el mismo bronce que suavizaba sus ojos y ocultaba la malevolencia que vería más tarde relucir en ellos. El mismo bronce que tiñe tus ojos, Ariadna, preciosa nieta del sol. Es un misterio para mí cómo pueden emerger dos ramas tan diferentes del mismo árbol. Tu dulce bondad es repugnante para ella.

Se desvaneció la tensión que se había apoderado de mí mientras describía a Medea y su belleza. Aunque cada sílaba que pronunciaba sobre ella estaba cargada de desdén, no pude evitar preguntarme si había también admiración, como el arroyo que fluye hasta un río más importante. Le repugnaban sus crímenes, sí, pero su encanto cautivador era también legendario.

—Conocí a mi padre esa noche. Fue afable y cordial; un hombre esbelto y vivaz que se mostraba vigilante, lo que me daba a entender que, como guerrero, estaba preparado para cualquier cosa. No sabía que buena parte del estado de alerta que detecté en él se debía a la cantidad de mentiras que la bruja asesina había difundido. Le había contado que yo era un criminal, un usurpador, un asesino despiadado que había llegado para infiltrarse en el palacio y hacerme con él por medio de la violencia. Lo había convencido para que le permitiera dejar ante mí una copa con veneno cuando brindáramos por el rey. Yo me lo bebería y moriría antes de poder llevar a cabo mis malévolas intenciones.

»Medea era el centro de atención, reía y conversaba alegremente, las mejillas sonrosadas de alegría. Llevaba en los brazos al niño que había tenido con Egeo para enredarlo todavía más en sus encantamientos. Era un bebé de aspecto enfermizo y muy flaco. Tal vez supiera lo que había sido de sus inocentes hermanos y temía el alimento de la leche de su madre por si podía salir de ella veneno y escorpiones.

»Medea me miró con sus extraños ojos de color bronce y sonrió. Y de pronto era como una mosca atraída por ella, que me lanzaba a su perdición. Tomé la copa, pero ella me la quitó.

—Buen Teseo —ronroneó con tono pícaro—. ¡Tu copa está vacía! Voy a llenártela para que puedas brindar por el rey. —Los ojos resplandecían mientras hablaba.

Me puse en pie de inmediato. A pesar de que Teseo se encontraba frente a mí, dejando claro que estaba a salvo de aquel peligro, no pude evitar pensar en lo cerca que había estado de la tragedia. El aire de la noche era fresco y me pasé la mano por los brazos, cuya piel se había erizado.

—Cuando me puse de pie para brindar, una brisa repentina me dejó sin habla y no pude pensar con claridad. Sentía calor, torpeza, confusión y me pregunté cómo podía ser tan fuerte el vino y cuánto había bebido. De pronto notaba la espada demasiado pesada en la cadera y fui a aflojarla.

»En ese segundo, justo cuando Medea vertió las últimas gotas brillantes en la taza de bronce y alzó la cara para mirarme, la espada cedió un poco y dejó a la vista la empuñadura de oro. Aunque extendí el brazo para aceptar la copa, la fuerza del grito de mi padre acabó con las nubes que cubrían mi cerebro y el mundo volvió ante mí, claro y agudo.

»Egeo me quitó la copa de la mano antes de que pudiera levantarla un centímetro de la mesa. El líquido que había vertido Medea siseó y saltó con rabia, burbujeando mientras roía la losa de madera oscura. Me quedé mirándolo, sin entender, y en mis oídos resonaba su grito: «¡Mi hijo!».

»Miré a mi padre, pero él tenía la mirada fija en la espada que colgaba en mi costado. La espada que él mismo había dejado bajo la roca en Trecén. La espalda que tan solo su hijo podía portar.

»Medea reculó. «¡Impostor!», gritó con furia. Agarró el brazo a su esposo y le imploró que la mirara, pero él solo me miraba a mí. «Egeo, ¡no es tu hijo!», las palabras brotaban de su lengua mentirosa demasiado rápido, demasiado desesperadas. «He visto su alma. El corazón oscuro e inmundo. Este hombre tan solo nos traerá dolor, ¡escúchame, Egeo! ¡Vi tu muerte en el momento en que cruzó nuestra puerta! Te vi a ti, sin aliento en las profundidades heladas del océano. Habías caído por un acantilado, y este hombre es la causa». Alzó la voz con un tono agudo, temeroso, pero sabía que sus palabras no le traerían ningún bien.

—Entonces Egeo te vio de verdad —lo interrumpí, emocionada.

Él asintió, serio.

—El bebé que tuvo con mi padre no era apto para gobernar su reino. Compartimos un momento de entendimiento y sé que entonces lo vio claro. Ordenó a Medea que se marchara. Ella tropezó con la falda al correr, sollozando. No estalló en una furia monstruosa. No trató de hechizarnos. No actuó con la violencia con la que había obrado con los hijos de Jasón, fruto de su vientre. Solo huyó. Parecía que tuviera miedo. La poderosa hechicera fue derrotada y todos vimos lo pequeña y vulnerable que era en realidad.

—¿Dónde fue? —Me preguntaba qué ciudad la acogería cuando dejaba tras de sí a un padre traicionado, un esposo despojado de sus hijos, un rey al que estuvo a punto de engañar para que asesinara a su propio heredero.

Teseo se encogió de hombros.

—¿Quién sabe? Pero Atenas se vio libre de su terrible presencia y yo empecé de inmediato con el aprendizaje, por parte de Egeo, de cómo gobernar una ciudad. Me preparé para ser un rey justo, tal y como era él, para defender las leyes y asegurar la justicia y la paz.

Me di cuenta de lo mucho que me estaba acercando a él. Me contaba la historia y yo me sentía atraída por ella, cada vez más, fascinada por lo sencillo que parecía todo pronunciado por Teseo. Donde había mal, él lo arreglaba en lugar de ver cómo podía aprovecharse de él. Donde había terror y oscuridad, lo vencía e inundaba el mundo con una luz cegadora. Iba a convertirse en un gobernante justo para su ciudad. No permanecería sentado, frío e implacable como Minos, encantado de reinar bajo el yugo del odio y el miedo para mantener a los ciudadanos de Creta bajo control. Tuve una certeza, noté una sensación de seguridad que no había conocido antes. A mi lado, Teseo era un ancla que me mantenía estable en un terreno firme, bañado por una luz clara.

En ese momento, una figura oscura se arrojó sobre las rocas que nos rodeaban. La forma tambaleante cayó de pie frente a nosotros, blandiendo con torpeza un pesado garrote de hierro.

8

En lo que duró un latido, entendí que aún sabía asustarme. Me quedé paralizada, anclada en el suelo por un agonizante segundo antes de poder despegar la lengua del cielo de la boca y hablar con incredulidad.

—¿Fedra?

—Ariadna —respondió ella, tratando de sonar segura, pero con un ligero tono de histeria que la traicionó.

—¿Cómo…? ¿Dónde…? ¿Has visto…? ¿Alguien…? —Intenté formular la docena de preguntas que se me amontonaban en la garganta.

Mientras buscaba las palabras, noté que Teseo le quitó el garrote con un movimiento suave, sin prisas. Estaba sereno y alerta, examinando el horizonte oscuro, atento a cualquier sonido, aunque lo único que se oía eran las olas rompiendo en las rocas más abajo y la respiración acelerada de Fedra.

—No viene nadie —le aseguró con tono altivo—. El palacio duerme. Han bebido demasiado vino y ahora roncan como cerdos. No hay ni un guarda despierto, te lo prometo. Tenemos varias horas antes de que el amanecer despierte a alguno de ellos.

«Tenemos varias horas». *¿Tenemos?*

Teseo se paseó entre las rocas que nos rodeaban, elegante como un gato, sin apenas salir de las sombras mientras supervisaba la zona, desconfiando por si alguien había seguido a Fedra. Mientras él vigilaba, agarré a mi hermana del brazo.

—Por Zeus, ¿qué haces aquí? —siseé—. ¿Estás loca?

—Igual de loca que tú —contestó con tono presumido.

—¿Cómo sabías que estábamos aquí?

—Te seguí. —Noté su orgullo ante mi sorpresa—. Te seguí con Dédalo y luego te seguí hasta la prisión. Sabía lo que querías hacer. En cuanto lo viste, supe que deseabas ayudarlo a escapar.

—¿Me has seguido? ¿Y dónde has estado todo este tiempo?

Enarcó las cejas.

—Escuchando.

Me sentí furiosa y no poco avergonzada por lo fácil que le había resultado a mi hermana pequeña burlarme. Se alzaba bajo la luz de la luna, menuda y ligera, pero feroz. Exhalé un suspiro. Habría dado cualquier cosa por mantenerla al margen de esto. Si resultaba herida, sería por mi culpa.

—¿Y de dónde has sacado el garrote? —No sabía si estaba tan loca como para saquear armamento. A esas alturas, ya nada podía sorprenderme de ella.

—Es mío—comentó Teseo. No lo había visto regresar, sus movimientos eran muy sutiles—. Está despejado, como ha dicho. Entonces, ¿es cierto que el palacio está dormido? —le preguntó.

Ahora que Teseo se había dirigido a ella, la voz de mi hermana se tornó suave como el terciopelo.

—Sí, después del banquete de esta noche, está muerto —le aseguró—. He recuperado el garrote del almacén en el que guardan las ofrendas de Atenas.

Se me revolvió el estómago. ¿Y si lo echaban de menos? Teseo, sin embargo, parecía tranquilo y, al ver lo bien que encajaba el garrote en su mano, como si fuera una extensión del brazo, me sentí más segura.

—Este garrote me hizo príncipe de Atenas —nos contó y su voz me hizo pensar en el agua fluyendo sobre la roca, fría y rápida, con fuerza—. Sin él, no estaría aquí. Gracias por devolvérmelo —añadió, dirigiéndose a Fedra, y me di cuenta, incluso con la luz tan tenue, de lo mucho que se ruborizó mi hermana.

—¿Continúas? —le pidió, casi con timidez. Estaba dividida entre el orgullo triunfante por su atrevimiento y una duda poco propia de ella por pedirle que prosiguiera con la historia que había escuchado sin que supiéramos que estaba presente.

Teseo sonrió.

—Por supuesto. Era feliz en Atenas, con las hazañas que dejaba atrás y el brillante futuro que tenía por delante. Pero empecé con las tareas propias de un príncipe: atender al pueblo, presidir los conflictos, observar a Egeo y desear ser un rey tan magnífico como él. Y entonces llegó el estruendo de la guerra. Los Palántidas marcharon a Atenas, resentidos porque Egeo estaba sentado en el trono y contaba ahora con un heredero poderoso, yo. Eran los cincuenta hijos de Palas, que no estaban satisfechos con gobernar Ática y esperaban hacerse con Atenas tras la muerte de Egeo. Ahora que no había esperanza, decidieron tomarla a la fuerza.

»Los Palántidas fueron quienes mataron a vuestro hermano Androgeo. Eran resentidos y celosos con los triunfos de los demás y su victoria en los juegos los enfureció. Ellos lo condujeron a las montañas donde el toro enloquecido lo atacó y lo mató. Quiero que sepáis que yo los maté a todos y cada uno de ellos. Cuando hube matado a sus cincuenta hijos delante de él, acabé también con Palas. Vengué la muerte de vuestro hermano con mis propias manos.

Había sentido frío cuando habló de Medea, pero, al escuchar estas palabras, ardió en mí una extraña mezcla de orgullo y vergüenza. Orgullo porque este hombre valiente había matado a los asesinos de mi hermano. Vergüenza porque mi padre lo había traído hasta aquí encadenado para que pagara el precio por una muerte que ya había reparado.

—Así pues, libré a la ciudad de otra amenaza y ofrecí esperanza y fe a la gente de que, después de Egeo, seguirían teniendo un gobierno justo por mi parte —continuó—. Pero una terrible tristeza asoló la ciudad como un nubarrón. Allá donde miraba, veía rostros desesperados. Oía el llanto de las mujeres en todas partes. Pregunté a mi padre: «¿qué aflige a nuestros ciudadanos?, ¿qué les hace llorar, aullar y rechinar los dientes? Tenemos una ciudad próspera, leyes justas y los mantenemos a salvo. ¿Qué razón hay para que sufran este desaliento?».

»Las arrugas de Egeo que se habían suavizado con su alegre despreocupación en los últimos meses habían regresado, más profundas ahora en su rostro. No pudo mirarme a los ojos al hablar: «Teseo, si hubieras estado aquí, tal vez hubiéramos tenido una oportunidad. Pero hace casi tres años, el rey Minos de Creta envió su ejército y no pudimos resistir su gran poder. Sus barcos se extendían a lo largo del horizonte, las velas ondeaban triunfalmente y los soldados portaban lanzas, poderosos escudos, un arsenal de flechas y terribles espadas que fulguraban al sol. Semejante armamento trajo, fue demasiado. Luchamos. Peleamos contra él con valentía, y bien podríamos haberlo expulsado, pues el valor de los atenienses es más poderoso que todas las riquezas de Creta. Pero Zeus favoreció a su hijo y, a petición de Minos, nos envió una plaga».

»Egeo se quedó en silencio unos segundos, recordando. Cuando retomó la historia, lo hizo en voz baja y tuve que esforzarme para escuchar las horribles palabras: «Nuestros hombres más fuertes cayeron como moscas. Los cadáveres se amontonaban en la playa antes de que nos diera tiempo a quemarlos, grises y apestosos, como un banco de peces que llega a la tierra y que es demasiado vasto para comerlo y se pudre al sol. Nuestro pueblo enfermó y murió en horas. No daba tiempo a celebrar los ritos funerarios de tantas muertes que hubo. Los espíritus de los que no enterrábamos gritaban, los gemidos se mezclaban con los de los vivos, asolados por la pena». Egeo me contó, con voz temblorosa, que Atenas no pudo soportarlo y que tuvieron que rendirse antes de que todos murieran.

Mientras Teseo describía los horrores que mi familia había infligido a su gente, sentí una gran aversión por Minos, un sentimiento que se retorcía en mi vientre, como si fuera un feto monstruoso; una pesadilla de bebé más terrible que la criatura que había concebido mi madre. El Minotauro devoraba a hombres y mujeres cada año, pero mi rabia podría reducir ciudades a cenizas en un suspiro. No obstante, aunque odiara a Minos, seguía siendo su hija, y Teseo esperaba que mostrase lealtad hacia Creta y mi padre, probablemente creyera que el sufrimiento de Atenas me haría feliz. Si lloraba, pensaría que era una mentirosa. Apreté los dientes y me limité a escuchar.

—A Egeo le dolía pronunciarlo incluso, pero me explicó su rendición y la terrible condición de vuestro padre a cambio de la paz. —Sacudió la cabeza—. Había sido testigo de la inmoralidad en simples ladrones y bandidos. Nunca imaginé la magnitud de la crueldad de un rey cuando ya tenía riqueza y un vasto poder para conseguir sus fantasías más locas y sucias de venganza y tortura. Lo que Egeo me explicó iba más allá de la maldad que yo había visto.

Catorce chicos, hombres y mujeres jóvenes que apenas empezaban a vivir, separados cada año de sus padres. Traídos hasta este lugar, exhibidos ante Minos para satisfacer sus ansias de poder y, a continuación, devorados vivos por mi hermano.

Vi que Teseo habría sabido qué hacer. Ni las dudas ni el miedo habrían retenido por un segundo a este hombre que había sesgado todo horror e injusticia a su paso sin vacilar.

—Un día amaneció y se realizó el sorteo. Un silencio triste asolaba el salón y yo notaba su peso dentro de mí, como el pesado cielo que Atlas soporta sobre sus fuertes hombros. Heracles había soportado también esa carga. Supe que era el deber de un rey sostener el cielo para sus ciudadanos, evitar que este cayera sobre ellos sin importar lo que pudiera dolerle la espalda y los músculos.

Minos nunca había hablado así sobre el terrible privilegio y el precio de gobernar. No había escuchado nunca que un rey tuviera que sacrificar su vida por su reino hasta que Teseo lo declaró, como si se tratara de una verdad obvia, innegable.

—Y entonces se supo el decimotercer desafortunado y la tensión que reinaba en la sala comenzó a disiparse un poco; solo faltaba uno y la gente podría aguardar un año más. Me adelanté un paso entonces, no iba a permitir que otro chico de Atenas se enfrentara a este horror. Yo ocuparía su lugar.

A mi lado, Fedra estaba cautivada, fascinada por su heroísmo, su decisión. Por supuesto que pensaba sacrificarse por su reino, fui capaz de ver el camino que tenía delante, no había duda, ni apatía, ni rechazo. Lo tomaría sin dudar ni por un momento cuál era la dirección correcta para un hombre, no temería a los giros ni los obstáculos. Él cortaría las zarzas espinosas que me enredaban: la repulsión y la pena por ese bebé monstruoso, la sombra del miedo y la lealtad que me unían a Minos, la ira y el amor que me ataban a Pasífae. Lo escindiría todo con un movimiento de la espada. Ansiaba ese conocimiento, esa fe que hacía que fuera tan sencillo seguir adelante.

No obstante, aunque él tuviera esa firme convicción, seguro que no todo el mundo lo veía como él.

—¿Y tu padre? —pregunté—. Seguro que no quiso permitirte hacerlo.

Me miró, casi con desprecio, por un segundo.

—¿Permitírmelo? ¿Cómo iba a evitarlo? ¿Cómo alguien podría hacerlo? Por supuesto, me aconsejó que no lo hiciera, trató de persuadirme de que podía hacer más bien quedándome en Atenas y ayudándolo a formar un ejército para poder declarar la guerra a Creta. Pero tardaríamos años, ¿cuántas docenas de nuestros chicos habrían muerto en el laberinto de Minos? No podía permitir que muriera ni uno más. —Me lanzó una mirada helada.

Deseé adentrarme en esa luz fría. Quería que congelara el calor de la vergüenza que me provocaba que fueran mi padre, mis hermanos, mi hogar, los que tanto dolor y sufrimiento le habían causado. Deseaba reparar la cobardía que me asolaba al pensar en su ejército viniendo a por nosotros, con Teseo erguido en la proa del primer barco, buscando su premio. ¿Habría corrido por la playa para postrarme a sus pies y suplicar al magnífico comandante que quemara mi palacio, arrasara mi tierra y me llevara con él? Ardía por dentro al pensar en lo que ya había sido, lo que podría haber sucedido y lo que aún teníamos por delante. Me habría gustado sumergirme en las aguas claras de su seguridad.

—¡Pero Egeo tenía razón! —La voz de Fedra era seria e interrumpió lo que fuera que estuviera pensando Teseo de mí—. ¡Tendríais que haber formado un ejército! Mejor esperar hasta que pudieras ganar y salvarlos a todos en lugar de morir para salvar solo a uno.

No lo había comprendido. No sabía a qué había venido, creía que era un gesto noble, aunque fútil. Me dieron ganas de reír. Tras escuchar su historia, Fedra creía aún que Teseo podía entrar en ese laberinto y no salir de él.

—Fedra —se dirigió a ella con calidez y amabilidad. Ella no recibió una mirada helada—. Me sorprende tu osadía. Ya has logrado proezas impropias para tu edad y tu sexo. —Inclinó la cabeza en dirección al garrote que le había traído—. Pero lo que tengo por delante, princesa, es demasiado peligroso para que te arriesgues. Te agradezco lo que has hecho esta noche. Te debo más de lo que puedo imaginar y te doy mi palabra de que te pagaré esta deuda mil veces. Pero debo pedirte un favor, adorable Fedra, y es que vuelvas ahora a tu cama y que no digas una palabra de esto a nadie.

Sus palabras y el tono cálido la emocionaron, me di cuenta, pero había tomado el rumbo erróneo con mi hermana.

—¿Que vuelva a la cama? —replicó, incrédula—. Os he seguido para ayudarte a escapar. Ariadna y yo te llevaremos a tu barco para que puedas regresar a Atenas y volver con tu ejército. Ese es el plan, ¿no? Por eso te ha traído Ariadna hasta aquí.

—Princesa, creo que no sabes qué es lo que hacen los ejércitos —dijo Teseo—. No te gustaría tener uno en tus costas si lo supieras. No voy a declarar la guerra a Creta. He venido para entrar en el laberinto del Minotauro con mis hermanos y hermanas. Ese es mi deber como heredero al trono de Atenas.

—¿Cómo se van a sentar en un trono tus huesos quebrados y esparcidos por el laberinto? —preguntó ella. Me encogí al vislumbrar la imagen, pero ella no tenía miedo—. ¿De qué va a servir tu compañía cuando vais a morir todos devorados por ese monstruo?

Asterión, me hubiera gustado corregirla, pero tenía derecho a decirlo. Mi hermano no era una estrella brillante, era un monstruo y Fedra hacía bien al no nublar su juicio con recuerdos de nuestra madre acunándolo mientras dormía y el tacto rugoso de su lengua de bebé. Ella era libre para seguir adelante con decisión.

Teseo seguía sonriendo. El desafío de mi hermana no pareció ofenderlo.

—Princesa, te aseguro que no sucederá eso. Pero no puedo contarte más, no voy a ponerte en peligro. Debes permanecer ignorante.

—¿Y Ariadna? —chilló—. Ella no sabe mentir a nuestro padre. Yo guardaría el secreto aunque unos caballos salvajes me estuvieran aplastando como los pinos de Sinis. Pero Ariadna se va a desmoronar en cuanto le pregunte. ¿Por qué no le dices a ella que se vaya?

—Ariadna no estará aquí para que le pregunten —contestó él.

Fedra se quedó anonadada.

—¿Por qué no?

Teseo me miró. Había escuchado con claridad las palabras de Dédalo y sabía que él opinaba igual.

—Ariadna estará conmigo —comentó con tono serio—. Ya ha arriesgado demasiado al liberarme esta noche. No puede quedarse.

Fedra se quedó sin aliento.

—¿Y yo sí? ¿Sin Ariadna? Tú... ella... —Me miró a mí, a Teseo y de nuevo a mí, asustada—. ¡No puedo quedarme aquí sin ella! —La histeria se palpaba en su voz.

Teseo iba a decir algo, pero posé una mano en su brazo y lo detuve.

—Tiene razón —le dije con tono suave—. No puede quedarse aquí más que yo. —Inspiré profundamente—. Cuando mates mañana al Minotauro... —Al oírme decir esto, Fedra gimió. Continué, y las palabras salieron de una parte de mi interior que no sabía que existiera—. Minos sospechará que ella sabe algo cuando se entere de que me he ido. Tenemos que llevárnosla con nosotros. —Adónde proponía que fuéramos, no lo dije. Teseo y yo no habíamos hablado de los planes. Hasta ese momento, no estaba segura de que tuviera intención de llevarme con él, aunque sí sabía que tendría que marcharme. ¿Y en calidad de qué iba a marcharme con él? ¿Su rehén? ¿Su cómplice? ¿Su esposa?

Teseo exhaló un suspiro.

—Ariadna, no voy a negarte una petición. Ella no debe acercarse al laberinto. Tú estarás fuera, en la puerta. Cuando haya terminado con la bestia, conduciré a los rehenes al exterior, y tú y yo correremos con ellos hasta mi barco. Fedra tendrá que esperarnos allí.

Mi hermana se irguió, el puño apretado en señal de victoria y los ojos brillantes.

—Allí estaré —declaró.

—Mis hombres han partido, pero han navegado una distancia corta —nos contó—. Las velas negras desaparecieron de la vista de los cretenses, pero mis hombres estarán listos para regresar cuando caiga la noche mañana. Me estarán esperando en una pequeña cala, al este, y nos llevarán al lugar donde está el barco escondido. Habremos partido antes de que se dé la alarma. Cuando el palacio despierte a la mañana siguiente y Minos descubra lo que ha sucedido, estaremos lejos de su alcance.

Fedra escuchaba atentamente mientras Teseo le daba instrucciones para llegar a la cala, pero yo tenía la mente a la deriva, en las olas oscuras que me llevarían lejos de este lugar al día siguiente. La presión de la mano de Fedra estrechando la mía me devolvió al presente.

—Te veré mañana por la mañana, hermana —me susurró, los ojos brillantes, y entonces se fue. El vestido revoloteaba por la brisa tras ella mientras corría en dirección al palacio.

Y de golpe se había marchado, tal y como había llegado, y Teseo y yo volvíamos a estar solos.

—Lo siento —me disculpé—. No sabía que nos seguiría, no me di cuenta…

Teseo esbozó de nuevo una sonrisa fácil, despreocupada.

—Te vendrá bien tenerla contigo—indicó.

Tragué saliva sin saber a qué se refería. ¿Me quedaría sola una vez que llegáramos a Atenas? ¿Adónde planeaba partir?

Se acercó a mí y tomó un mechón de mi cabello entre los dedos pulgar e índice. Me costaba respirar y Teseo ocupó todo el espacio que tenía delante.

—Te gustará —continuó— que tu hermana baile en nuestra boda.

Y entonces me besó. Fue un rayo, un trueno en el cielo, un temblor de la tierra y de todo lo que había en ella. Y cuando se apartó, me sujetó el rostro con las manos, me miró con firmeza y el mundo se paralizó una vez más. Supe que, a pesar del caos y la confusión que iba a dejar a mi paso, mi camino era claro.

Guiaría a Teseo en el laberinto. Después, el tomaría mi mano y me guiaría por el futuro. Sería su esposa, la del príncipe de Atenas, y nuestra vida sería distinta a cualquier cosa que hubiera conocido entre los muros de mármol del palacio de Minos y distinta a cualquier cosa que pudiera aguardarme en Chipre.

Le entregué la gruesa bola de hilo. La había sostenido con fuerza durante las horas que habíamos estado hablando y me había dejado marcas profundas en la palma de la mano.

—Cuando entres en el laberinto mañana —comencé—, tienes que atar esto a la puerta una vez que las cierren. Sostenlo con firmeza pues, sin él, nunca encontrarás el camino para salir. Te aseguro que es del todo imposible. Estará oscuro, tan oscuro que no verás nada delante de ti. Mañana, cuando entre, dejaré tu garrote al lado de la puerta. Ningún guarda te acompañará al interior, ningún cretense pisará ese lugar, así que no hay peligro de que lo encuentren. Si alguno de tus compañeros rehenes intenta huir por el laberinto, morirá allí. Diles que se queden donde están y ve tú delante. Camina recto, no gires. —Tragué saliva.

Lo visualicé avanzando en la oscuridad. El hedor a carne podrida y el repiqueteo de los huesos no lo disuadirían. El estruendo de las pezuñas de mi hermano no lo alarmarían. Seguro que no se imaginaba ni por un segundo que podría morir. Pero yo sí podía ver su cuerpo vivo, el pulso que latía estable bajo mis dedos, destrozado por las garras de mi hermano. ¿Cómo iba a saber, en la oscuridad del laberinto, qué dirección tomaría el monstruo? Asterión podría empalar a Teseo con los cuernos si cargaba contra él en la negrura impenetrable antes de que este pudiera siquiera levantar el garrote.

—Sé que has librado muchas batallas —dije—. Pero no has visto al Minotauro. No conoces su fuerza. —Parpadeé para deshacerme de las lágrimas que empañaban mi visión y así poder mirarlo a la cara y memorizar cada detalle. No olvidaría un segundo de esta noche.

—Volveré a tu lado —aseguró y el tono amable de su voz me destrozó. Hasta ahora, se había mostrado exigente, fuerte y poderoso. Esa ternura repentina era algo para lo que no estaba preparada. Una tormenta de sollozos emergió de mi garganta y deseé aferrarme a él como los percebes a una roca—. Espera junto a la puerta. Regresaré y, cuando lo haga, tendremos que ser rápidos. No podemos retrasarnos. Una vez que el Minotauro esté muerto, Creta se levantará contra nosotros. Debo estar de vuelta en Atenas lo antes posible para recuperar fuerzas mientras mi hogar permanece vulnerable. Pero, más que nada, tengo que alejarte de aquí antes de que puedan encontrarte.

Los planes estaban trazados. Deberían de asolarme las dudas, pero tenía claro que lo iba a hacer igualmente. Traicionar a mi padre. Provocar la muerte de mi hermano, envuelto en un hilo rojo que me devolvería a su asesino. Abandonar a mi madre. Y, por supuesto, marcharme de Creta para no regresar jamás.

No diré que fue una decisión fácil, pero era la única que podía tomar. El mundo estaba en llamas y Teseo era un estanque verde sombreado.

—¿Vas a volver a encerrarme? —preguntó Teseo.

Me reí.

—Supongo que tengo que hacerlo.

No sé cuánto tiempo estuvimos en las rocas. Un período corto, pero lo bastante largo para cambiarlo todo. Quería permanecer allí con él, pero prolongarlo más conllevaba el riesgo de perderlo. Tras la noche siguiente, nuestro futuro se extendía ante nosotros y contaría con años junto a él. Sería parte de su historia: el amor que halló en Creta y que le dio la victoria.

Volvimos a su celda, y la euforia vibrante me recorría las venas.

—No vayas a soltar el hilo —murmuré cuando abrió la pesada puerta de hierro.

Él tiró de mí hacia la habitación oscura.

—Lo llevaré conmigo —prometió—. No lo soltaré, pase lo que pase.

Me empujó contra la pared y no me importó que la piedra áspera me rasgara la piel. Sus besos eran apremiantes, y no suaves como lo habían sido en las rocas. Sentí como si me estuviera marcando.

—Mañana —musitó contra mi pelo—. Mañana seremos libres y las olas nos llevarán lejos de aquí, juntos.

Deseaba estar en ese barco junto a él en ese momento. Estaba planeando una traición contra mi familia, pero en ese momento era mi cuerpo el que me traicionaba a mí. No era capaz de ordenarles a mis piernas que me sacaran de esa despiadada celda.

—Vete, Ariadna —me dijo, aunque sus brazos eran como brazaletes de hierro a mi alrededor.

El pánico se apoderaba de mí, en mi cabeza resonaba una alarma. Sabía que tenía que marcharme, pero no sabía cómo separarme de él. Iba contra mi instinto, contra cada nervio de mi cuerpo, que ardía bajo sus manos, pero me soltó y entonces, no sé cómo, me moví y crucé la puerta hasta el patio. La puerta se cerró y quise quejarme a gritos por la barrera que nos separaba. Pero mi mano estaba insertando la llave en la cerradura y, aunque me sudaba la palma y la tenía resbaladiza contra el metal, conseguí hacerlo.

Apoyé la cabeza un momento en la madera y esperé a que los puntitos negros dejaran de danzar en mi visión, a que el zumbido se dispersara de la cabeza. ¿Estaría Teseo también apoyado en la puerta, en ese pedazo hecho de madera y hierro que separaba nuestros cuerpos?

No sería por mucho tiempo.

9

Me desperté con el primer rayo de sol del amanecer. No sé cuánto tiempo había pasado, pero estaba cansada. Estaba cargada de una energía nerviosa que me hacía sentir más despierta que nunca.

Me vestí rápido bajo la tenue luz y salí al patio cuando el cielo comenzó a aclararse. El mundo parecía tranquilo, suspendido en una balanza entre la noche y el día, y sentí que me encontraba en la cúspide de un instante fugaz. El día que anunciaba este sol sería el último de la vida que había llevado hasta ahora. No podía ni imaginar qué me esperaría después. No podía contener los sueños que me embargaban. Sería emocionante, distinto a lo que conocía, eso lo sabía, pero no sabía nada más.

El sol se alzó en el horizonte, proyectando espirales de luz rosa y ámbar en el cielo. Mi abuelo arrastraba esa bola fiera tras el carro, subiendo más y más en la oscuridad que destruía cada mañana, cuando devolvía el mundo a la vida. Sabía que su sangre corría en mi interior por una razón, que había nacido para hacer algo especial. Pasífae había cambiado el mundo, pero por culpa del rencor de Poseidón, su poder había expandido una luz oscura y fea que se había solidificado bajo las piedras de Creta y nos contaminaba a todos. Yo la limpiaría ahora y lanzaría un chorro de luz clara, como si tirara yo misma del carro de Helios.

El mundo estaba bañado de una luz dorada cuando llegué a la pista de baile. La quietud del amanecer daba paso a la emoción de la vida, las notas agudas y aflautadas del canto de los pájaros y la calidez que prometía un nuevo día caluroso. Marqué con los pies un ritmo rápido en la madera. Cualquiera que lo oyera en el palacio pensaría que anunciaba el resonar de los tambores que acompañaban el paso de los prisioneros al laberinto esa noche; que bailaba anticipando la ceremonia de la muerte. Pero entrelazado con el ritmo sombrío de mis pasos, practicaba un patrón ligero y rápido, moviéndome por la pista en espiral, como los rayos de luz que coloreaban el cielo. Hoy sellaría mi destino. Era una esposa apta para un héroe legendario y lo demostraría. Mi historia no estaría marcada por la muerte, el sufrimiento y el sacrificio. Ocuparía mi lugar en las canciones que hablarían de Teseo: la princesa que lo salvó y acabó con la monstruosidad que corrompía Creta.

Dancé por el fin de todo lo que conocía y por el principio de todo lo que desconocía. Al otro lado de los muros del palacio, los toros mugían ruidosamente mientras los conducían por las puertas para el sacrificio. En los templos quemaban incienso y enviaban el humo dulce al cielo como preparación para la sangre que lo seguiría, derramada en honor a los dioses. Y bajo mis pies, las pezuñas resonaban con impaciencia, y cuando el sol llegó triunfante al cénit del cielo de arriba, el Minotauro rugió en la oscuridad de abajo.

El día pasó con una lentitud desesperante. Ansiaba hablar con Fedra, pero me resultó imposible encontrar un momento de privacidad con ella. Cuando pasé por su habitación con la esperanza de encontrarla a solas para poder conversar, me detuve en seco ante la inesperada imagen de Pasífae peinando los rizos largos y dorados de Fedra y enredándolos para formar trenzas.

Solía ser ella quien nos peinaba, recordé. Podía oír su risa y sentir la calidez de sus dedos en el cuello, la destreza de sus manos rápidas dando forma al pelo. Hacía mucho tiempo de eso. Pero Fedra estaba allí sentada, pacientemente, y Pasífae le trenzaba el pelo en silencio.

Atenas lloraría hoy y Creta disfrutaría de su poder oscuro, y Pasífae era la razón de todo. ¿Significaba algo para ella? ¿Bastaba para alejarla de su abstracción y su silencio? ¿Para concederle cierto orgullo que le recordase la importancia de la apariencia, que la hiciese querer presentar a su hija menor hoy al mundo? Fedra, completa, inocente y llena de vitalidad. Los hijos de Pasífae: un mártir valiente, un monstruo temible, unas hijas preciosas y un heredero al trono. Quizá pensara que tenía hijos de los que enorgullecerse hoy cuando otros catorce chicos iban a morir.

Mi madre me vio en la puerta.

—Entra —me invitó. El tono de su voz era suave y alzó un instante los ojos para mirarme. Me senté en el filo del sofá de Fedra—. Preciosa —dijo Pasífae. No sé si se refería a mí, a Fedra, o a ninguna de las dos.

Observé mientras entrelazaba las trenzas para formar una corona en la cabeza de mi hermana. Ninguna habló, pero el silencio era suficiente compañía. Temí que, si Fedra abría la boca, pudiera decir cualquier cosa. Era evidente la emoción que destilaba. No parecía decoroso que una joven princesa estuviera tan emocionada ante la idea de que esa noche se llevara a cabo un sacrificio humano.

Fedra se levantó y Pasífae se volvió hacia mí. Su sonrisa era dulce, aunque tenía la mirada vacía.

—Te toca. —Me hizo un gesto para que me sentara delante de ella.

Deslizó un cepillo por mi pelo para peinarme los rizos. Noté la suave presión de los dedos acariciándome el cráneo. Me resultaba familiar, algo que casi había olvidado, y noté de inmediato las lágrimas en los ojos. Pasífae parecía contenta y me dejé llevar por la sensación de que mi madre me estuviera cepillando el cabello, como si fuera de nuevo una niña, como si no planeara ayudar al asesino de su hijo menor a llevar a cabo el crimen y despojar a Creta de su monstruo y sus princesas en una sola noche.

La habitación estaba cálida, enturbiada por el calor que penetraba en la piedra, y noté que empezaba a adormecerme. Acunada por la silenciosa atención de Pasífae, que me peinaba los rizos del cabello formando lo que sin duda era una corona como la que adornaba la cabeza de Fedra, noté pesados los ojos y pensé en los brazos de Teseo a mi alrededor. Vi un remanso de agua fría y verde transportándome lejos de aquí. La marea me mecía por el vasto océano y me transportada, emocionada y liberada, por la cresta de las olas coronadas de espuma blanca. La ensoñación me llevó por una expansión infinita de mar. Sabía que Ariadna estaba dentro de una habitación ostentosa y llena de oro mientras Pasífae le colocaba adornos pesados y llenos de joyas en el pelo, pero yo me encontraba a kilómetros de distancia, recorriendo las corrientes que me llevaban en todas direcciones, excepto a casa. Pero entonces, de forma abrupta, sentí la arena áspera debajo de mí y supe que estaba en una playa. Pero no la conocía y estaba sola, y la soledad era como una herida profunda en mi cuerpo; cuando bajé la mirada solo vi arena.

Abrí los ojos, asustada de pronto. Hacía un calor sofocante, los dedos de Pasífae estaban quietos y las trenzas que me coronaban la cabeza eran pesadas. Sentí terror, la desolación de esa playa arenosa fue por un momento real. Levanté la mirada y vi los ojos de color bronce de Pasífae fijos en mí por primera vez desde que habían aprisionado al Minotauro. Por un segundo, no pude apartar la mirada. Estábamos encerradas en un silencio frenético, sentía el peso de los años que habíamos pasado sin hablarnos. Quería gritarle que me iba esa noche y que no volvería a verla más, pero las palabras murieron en mis labios. El vidrio imperturbable e inescrutable de su mirada no flaqueó.

Fedra me tocó el brazo.

—Tienes el pelo precioso, Ariadna —murmuró y tiró de mí para que me pusiera en pie. El mundo daba vueltas a mi alrededor y por un momento me sentí mareada, pero entonces me recuperé. Fedra me apretó el brazo. Era una advertencia: «No lo estropees todo. Él confía en ti».

No sabría decir cómo transcurrió el resto del día, solo que pasó. Tenía que llevar a cabo una tarea: dejar en la entrada del laberinto el garrote de Teseo, que me había llevado la noche anterior y había escondido debajo del sofá de mi dormitorio. Era sencilla. Nadie guardaba la puerta, pues nadie estaba tan desesperado o loco como para intentar irrumpir en la guarida de la criatura. A nadie le gustaba acercarse, escuchar el repiqueteo de las pezuñas o los resoplidos. Una larga escalera se hundía en las entrañas de la tierra, se internaba en las rocas del muro del palacio, y, en el fondo, la puerta permanecía cerrada como si fuera una fortaleza.

Era por la tarde cuando me dirigí allí. El aire estaba espeso por el incienso de los altares. Todo el mundo prestaba atención a las ceremonias que tenían lugar por el sacrificio en la puesta de sol. Se llevaban a cabo ofrendas en los templos y en los santuarios de los dioses, pidiendo la gloria perpetua de Creta. Mientras mi padre rogaba a los inmortales que le concedieran el poder para que toda Grecia cayera a sus pies, yo descendía esos escalones de piedra para asegurarme de que sus oraciones no se cumplieran.

Las cerraduras de la puerta eran fuertes, por supuesto, pero tenían un patrón para abrirlas. Había que retorcer, girar y levantar, una secuencia que confundiría a cualquier otra persona, pero que yo conocía bien. Cuando Dédalo construyó este gigante, me enseñó el secreto de las cerraduras para que los pestillos cedieran fácilmente, para abrir la puerta sin hacer ruido. ¿Me estaba preparando para hoy? Tal vez. Siempre tenía la mente en el futuro, anticipando cada cambio antes de que este sucediera. ¿Cómo si no podría haber diseñado el laberinto? ¿Sabía acaso cuando encerró aquí a mi hermano que sería yo quien le abriría las puertas a su asesino un día?

Seguí la secuencia con cada cerradura. Aunque el peso era inmenso, cuando se abrían en el orden correcto, lo hacían sin emitir sonido alguno y sin esfuerzo. La última encajó en su lugar y de pronto la puerta estaba sin asegurar. Dentro estaba en silencio. Presioné la frente contra la madera. No había sonido ni movimiento. Así y todo, no abrí la puerta. Podría haber vuelto a asegurar los pestillos. Haberme marchado. Nadie lo sabría. Pero entonces entraría Teseo en unas horas y, cuando buscase el garrote, hallaría solo los muros. Ese cuerpo orgulloso y fuerte acabaría lanzado contra las paredes del laberinto. Esos ojos verdes y fríos quedarían vacíos, fijos en la oscuridad mientras su carne se escindía de los huesos.

Tenía la frente perlada en sudor. Aunque el sol descendía en el cielo, el aire seguía húmedo y caliente. Miré la mano, presionada en la puerta, como si no estuviera conectada a mi cuerpo. Las bisagras no crujieron. Lo único que tenía que hacer era levantar el garrote que tenía junto a los pies y dar dos pasos hacia delante.

Tomé aliento. Un error. El aire pesado y putrefacto de dentro del laberinto me arrasó. La oscuridad terrible me ahogaba y, cuando gemí, tosí y las lágrimas me cegaron, sentí un terror abrumador. Reaccioné antes de oír el sonido. Un sonido fuerte. Un gruñido. El roce de los cuernos contra la piedra. En la profundidad de ese abismo, el Minotauro se había movido.

Se había movido y eso significaba que tan solo me quedaban unos segundos. Sin tiempo para pensar, tomé el garrote y me interné en la negrura apestosa. Palpé el borde de la puerta y solté el garrote. El fuerte sonido del hierro golpeando el suelo rocoso resonó en el vacío y me llevé las manos a las orejas. Reprimí el grito que ascendió por mi cuerpo al oír el repiqueteo de las pezuñas y, en algún lugar de ese vasto laberinto, el rugido grave y prologando del Minotauro.

La puerta se había cerrado detrás de mí. Busqué la manilla. La oscuridad era impenetrable; palpé la madera suave, pero no veía los dedos que estaban a un centímetro de mi rostro. Las piernas me temblaban, el pánico y las plegarias inundaban mi mente. Estaba ahora golpeteando la puerta sin importarme que me oyeran fuera, aporreando la madera implacable, igual que habrían hecho muchos antes que yo.

¿Me conocería mi hermano? Si llegaba hasta mí antes de que encontrara la manilla, ¿recordaría mi olor? ¿Serviría de algo? Ya no sabía qué oía en la mente y qué provenía de él. Sabía que se acercaba a mí y que no me funcionaban los dedos. Oí el pesado golpe de los cuernos contra la pared, tan cerca que pensé que estaría ya a mi lado, y entonces encontré la palanca, abrí la puerta, y salí al aire fresco y dulce, libre de la locura del laberinto, y volví a colocar los pestillos en el orden correcto. La puerta estaba cerrada de nuevo. Caí al suelo, contra ella. En algún lugar, a tan solo unos centímetros de roca sólida, madera y hierro, el Minotauro gimió frustrado.

Obligué a las piernas temblorosas a levantarse. Ya lo había hecho. La imagen fugaz de mi hermano recorriendo el pasadizo estrecho en busca de mi sangre sería lo último que supiera de él. Y aunque para mí su infancia estaba teñida de una mezcla extraña de vergüenza, miedo y pena, sabía que el mundo sería un lugar mejor con un monstruo menos en él.

10

La noche se derramó sobre mí cuando al fin estaba fuera del laberinto. Los ritos y rituales sagrados habían concluido. Cuando el sol se puso, condujeron a los rehenes llorosos y tambaleantes en procesión hasta la terrible oscuridad del laberinto. Cerraron la puerta tras ellos y los sacerdotes testigos del sacrificio se dispersaron. Dentro tan solo había silencio. Un silencio que duró más de que lo creía que soportarían mis nervios.

Lo vi todo con detalle. Teseo moviéndose por esa eterna noche putrefacta mientras el Minotauro lo perseguía por cada pasadizo, por cada rincón, arrinconándolo en uno de los temibles callejones sin salida en los que tantos habían caído. Lo vi atravesado por los cuernos del monstruo. Lo vi arrojado contra la piedra, donde se romperían sus huesos. Vi su sangre en el morro del Minotauro y oí los dientes rasgando su piel suave.

Viví la muerte de Teseo mil veces. Me reprendí por haber creído esto posible, incluso tratándose de un héroe tan magnífico. ¿Enfrentarse a una criatura salvaje con la fuerza de diez hombres en la oscuridad? ¿Cómo iba a poder hacer algo así? ¿Cómo podía haberme engañado yo y haberle dado falsas esperanzas a él? ¿Estaría maldiciéndome en su lecho de muerte?

Entonces prorrumpí en sollozos. Estaba anclada a los peldaños de piedra por el peso de mi desesperación. Como una ilusa, el amor por Teseo me había dado esperanza, me había envuelto como si de una preciosa túnica se tratara, y mi felicidad debió de haber refulgido en los cielos a la vista de todos los dioses. Por ese amor, había planeado el asesinato de mi propio hermano y la traición al reino de mi padre. Y todo para que mi enamorado muriera de forma sangrienta en el laberinto y su cuerpo acabara destrozado hasta quedar tan solo los huesos, condenado a permanecer en la oscuridad para siempre, sin entierro, sin descansar en paz.

No sé cuánto tiempo sonaron los golpes al otro lado de la puerta del laberinto antes de que levantara la cabeza y comprendiera qué sucedía. No era una criatura monstruosa, con sed de sangre, la que golpeteaba la madera. Era el sonido de unos nudillos humanos y eso solo significaba una cosa.

Corrí hasta la puerta, seguí la secuencia de las cerraduras veloz como el rayo que enviaba Zeus al cielo. La puerta se abrió fácilmente desde dentro y el último pestillo cedió. El hedor volvió a emerger de dentro, pero esta vez no me importó. De la oscuridad salió Teseo; no temblaba, no estaba herido, ¡no estaba muerto! No hice caso del orgullo y la vergüenza no me frenó. Me lancé a su lado. Disfruté de la sensación de sus brazos rodeándome. El grueso hilo rojo atado fuertemente a la muñeca me rodeó cuando besé con ansias su mandíbula, apoyé la cabeza en su pecho y lloré un poco más. Él murmuraba mi nombre y reía suavemente mientras intentaba apartarme, pero yo estaba poseída por una locura que no sabía que albergaba en mi interior.

—Ariadna —protestó—, mi amor, ¡tenemos que marcharnos rápido al barco!

Me fijé entonces en quienes estaban detrás de él. Los atenienses esperaban, asustados e impacientes. Claro. Teseo había salvado a sus hermanos y hermanas, los tributos para la bestia. Y mientras yo seguía colgada de su cuello llorando, los estaba poniendo en riesgo a todos de nuevo.

Retrocedí y lo miré. Tenía el rostro macilento y la túnica rasgada, pero no había más pruebas de la batalla aparte de un rasguño en el antebrazo derecho. Me acerqué a la herida, pero él me apartó con firmeza y me sostuvo la mano.

—Por aquí —indicó.

Vi que llevaba sobre el hombro un abultado saco de tela marrón. En la otra mano sostenía el garrote. La luna estaba baja y me quedé un instante hipnotizada por las manchas oscuras y las motas sangrientas de cartílago que había en la superficie del garrote. Tragué saliva. Nos guio rápidamente por los muros de Cnosos, avanzando en la noche oscura y asegurándose de que no nos veían. Las formas que había dentro de la bolsa de tela se movían de forma desagradable.

Los chicos y chicas que nos seguían no dijeron nada. Trece personas caminaban con nosotros, Teseo había salvado a todos los tributos. No habría que lamentar ninguna pérdida cuando contara la historia, cuando las generaciones venideras cantaran sobre él. Su heroísmo relucía con fuerza, como la luz de la luna que nos guiaba, zigzagueando entre las rocas hasta una diminuta cala. Proyectaba una luz plateada sobre las olas. Imaginé que posaba el pie en uno de esos rayos brillantes y que era sólido. Podría seguir el camino hasta Selene, esbelta y fantasmal en el cielo nocturno.

Pero no tenía que huir así. Tres barcas nos aguardaban y tres hombres esperaban junto a ellas, nerviosos. Esbozaron unas sonrisas amplias cuando Teseo avanzó ágilmente sobre las rocas y extendió la mano libre tras él para ayudarme a pasar. Tropecé y me volví a enderezar en la arena húmeda. Teseo abrazó a sus compañeros y les dio palmadas en la espalda, riendo.

Los jóvenes atenienses se adentraron en las aguas poco profundas para subir a las pequeñas barcas. Yo me volví y examiné las rocas. ¿Dónde estaba?

Los remos golpearon el agua. Los hombres que nos estaban esperando comenzaron a remar en dos de las barcas hasta el navío de velas negras que sabía que nos esperaba en el vasto océano oscuro. Teseo me soltó la mano y dejó el saco en el suelo.

—Teseo, ¿dónde está Fedra? —pregunté.

Me miró, y de nuevo atisbé esa mirada gélida y verde.

—No estaba aquí —respondió—. Le dije dónde tenía que venir, pero mis hombres la han estado esperando desde que se puso el sol y no ha llegado.

Las rodillas me cedieron. ¿La habrían descubierto? ¿Por qué no había venido? Estaba segura de que no podía haber cambiado de opinión. Se me hizo un nudo en la garganta.

—Mi padre… Seguro que… Si él se entera…

Teseo negó con la cabeza.

—Si la hubieran descubierto, los soldados de Minos nos estarían esperando aquí, en la arena o en la puerta del laberinto. Se habrá retrasado.

Traté de calmarme.

—Tienes razón, se ha retrasado. Pero ¿cuánto va a tardar?

Él volvió a negar con la cabeza, adivinando qué estaba a punto de decir.

—No podemos esperar, Ariadna —me dijo con voz tensa—. Tu hermana no ha venido y no podemos arriesgar nuestras vidas esperándola.

No encontraba sentido a sus palabras.

—¡No podemos irnos sin ella! —Mi voz sonó tan estridente que tuvo que pedirme que hablara más bajo—. Tenemos que esperar, no podemos…

Teseo levantó una mano para acallar lo que iba a decir. Sin mirarme, concentrado en su propósito, levantó el saco y sacudió el contenido. Las pesadas formas que había en el interior rodaron por la arena. Levantó con ambas manos el garrote y vi cómo incidía en él la luz de la luna, iluminando cada pedazo de carne sanguinolenta que lo cubría. Me quedé sin aliento y se me revolvió el estómago cuando lo bajó hasta los bultos oscuros que no me apetecía mirar de cerca. El sonido ahogado de la carne separándose del hueso; el crujido de los huesos rompiéndose bajo el hierro. Alzó de nuevo el garrote y una vez más lo bajó para asestar un golpe nauseabundo. Una y otra vez, hasta que los bultos que se apreciaban quedaron reducidos a una pasta y fragmentos.

Noté el ácido subir por la garganta cuando Teseo levantó el saco y esparció los huesos, sangre y carne del Minotauro por la playa. Eso era todo cuanto quedaba de mi hermano, Asterión, con el nombre de la luz como desafío a lo que era en realidad; pedazos pequeños sobre la arena.

Teseo me agarró y tiró de mí hacia la barca. Yo me resistí, aunque parecía que me resistía contra una roca. Me agarraba con manos de hierro. Los gritos bullían en mi interior, a punto de estallar, sin importarme que hubiera que guardar silencio y ser cautos.

—Ariadna —se dirigió a mí y su rostro firme acalló los gritos antes de que pudieran escapar—. Regresaré a por Fedra. Volveré mañana. —Me señaló el mar abierto, donde desaparecían las otras dos barcas—. Tengo que poner a salvo a mis compañeros, no puedo arriesgar de nuevo sus vidas. Han aguantado con valentía, Ariadna, pero ten corazón y apiádate de su juventud y su miedo. —Movía con rapidez los remos mientras hablaba; la playa ya quedaba lejos de nuestra vista.

Me quedé mirando Creta en silencio, buscando en las formas oscuras de las rocas el cuerpo menudo de Fedra. La vi con el ojo de la mente, buscando en el mar las barcas que no regresarían a por ella, y se me rompió el corazón.

—Volveré, Ariadna —repitió.

Lo miré. Hablaba con un tono de súplica que no había percibido antes, una vulnerabilidad que se me antojaba distante de la brutal eficiencia con la que acababa de reducir el cuerpo del Minotauro a pedazos.

—Estará a salvo en el palacio, es valiente y astuta. Estará protegida y no dirá nada que nos delate. Tu padre creerá que nos hemos ido y cuando descubran tu desaparición solo te culparán a ti. Nadie cuestionará la inocencia de la pequeña Fedra. Nadie pensará que yo voy a regresar. Creerán que hemos partido directamente a Atenas. Pero ahora navegaremos a la isla de Naxos, no está lejos de aquí. Allí descansaremos y desde allí volveremos a Creta con la seguridad de la oscuridad y entraré en el mismísimo palacio en busca de Fedra. Traeré a tu hermana junto a ti, Ariadna. —Me miró con unos ojos tan claros y llenos de honestidad que el terrible temblor de mi cuerpo comenzó a mermar—. La traeré a tu lado —tomó aliento— para que pueda bailar en nuestra boda.

Sus palabras tenían sentido. No podíamos arriesgarnos a volver ahora. En cualquier momento descubrirían la puerta abierta del laberinto. En cuanto se diera la alarma, ya no estaríamos a salvo y, por muy poderoso que fuera Teseo, no podía luchar él solo contra todo un ejército. Mi hermana era, en efecto, valiente y muy astuta. Sabía que no diría una palabra y esperaba que tuviera fe en que regresaríamos a por ella.

Detrás de Teseo, empezaba a ver la silueta de un magnífico barco. Teseo remaba con movimientos rápidos y limpios, acercándonos a él. Del costado colgaba una escalera de cuerda.

Sentí que el mundo se abría debajo de mí. Me encontraba en medio del océano, en la compañía del hombre que había acabado con el orgullo y alegría de mi padre. Las cartas estaban echadas y no podía volver entre las cenizas igual que tampoco podía caminar sobre la luz que la luna proyectaba en el agua.

Teseo me izó hasta la escalera. Subí los peldaños y la cuerda me quemaba la piel de las manos mientras ascendía. La falda empapada de agua pesaba, las trenzas que me había hecho cuidadosamente mi madre se estaban soltando. Cuando los hombres de Teseo me ayudaron a pasar al barco, me pareció que estuviera en un sueño. Despertaría en el palacio de Cnosos, los atenienses estarían muertos y viviríamos bajo la sombra del Minotauro, sin aliento, para siempre.

Pero el Minotauro estaba muerto y yo me encontraba ahora a bordo de un barco enemigo; una mujer sola entre hombres extraños, una mujer alejada para siempre de su hogar. Los guardas no me perseguirían para defender mi honor. Si alguien venía a por mí, sería para ejecutar una venganza horrible. Pensé en Escila ahogándose.

Teseo saltó con facilidad a la cubierta. Las velas negras se inflaron y ondearon en la brisa. Los hombres se movían en un torbellino de actividad, cada uno llevaba a cabo su propia tarea, y todos trabajaban como si fueran una persona. La cubierta de madera se movió bajo nosotros cuando el barco comenzó a deslizarse por el agua.

Teseo se acercó a mí. Volvió a rodearme con los brazos, esta vez con ternura, y yo me apoyé en su cuerpo firme.

—Ven —me dijo con amabilidad—. Tienes el vestido mojado. No te he rescatado de Creta para perderte por un resfriado. —Me guio por la cubierta hasta las escaleras que conducían a la parte de abajo.

Lo seguí y una calma curiosa se apoderó de mí. Ya estaba hecho. Pensé que ya nada podría sorprenderme, pero me quedé sin aliento al ver un tesoro a los pies de las escaleras. Un tesoro que reconocí. Gemas, colgantes con perlas, espadas con adornos y tejidos lujosos que estaban allí colocados sin ningún cuidado. Allá donde miraba, veía el labris: tallado en empuñaduras, cosido en telas, grabado y bordado en todo cuanto allí había. Mientras Teseo luchaba en el laberinto, sus hombres debieron de saquear el palacio.

—Seguro que encuentras algo seco —me dijo y se retiró.

Me quedé anonada ante todo lo que me rodeaba y pensé en la ira de Minos ante este insulto. Me acerqué y acaricié la tela de un vestido que en el pasado perteneció a Pasífae, aunque hacía muchos años que no se lo ponía. Sería agradable tener algo que me recordara a mi hogar. El colgante de Dédalo brillaba aún sobre mi garganta, pensaba que sería la única parte de Creta que me llevaría conmigo. Tomé el vestido de Pasífae y acaricié la tela pesada con los dedos. Mi madre tenía un aspecto radiante con ese vestido de color bronce. ¿Lo tendría también yo?

Teseo y yo observamos desde la cubierta el océano extenderse tras el barco. Apenas hablamos, pero su presencia sólida era reconfortante mientras navegábamos en la noche. En ocasiones notaba pesados los ojos, pero él permanecía vigilante y atento. No vimos tierra hasta que el alba proyectó una fina línea de color rosa en el cielo distante. Naxos se encontraba ante nosotros, las montañas onduladas contra el cielo rosado. Nunca había salido de Creta y me apoyé en la barandilla del barco, ansiosa por ver un poco del mundo que había más allá de mi hogar. Había actividad por todo el barco, pero yo estaba embebida observando cómo tomaba forma Naxos y, antes de darme cuenta, estábamos de nuevo en las barcas y Teseo remaba hasta la pequeña isla.

Cuando pisé la arena dorada de Naxos, los eventos de los últimos dos días borraron de mi mente la sorpresa, la preocupación o el miedo. Sentí que vagaba a la deriva por esa playa, sin apenas tocar el suelo, con la mente llena de nubes. La isla era preciosa: el agua rompía en la cala y las montañas se extendían a nuestro alrededor. La maleza marrón estaba salpicada de árboles de troncos gruesos cuyas ramas ofrecían sombra a los viajeros sedientos.

No sabía dónde buscaríamos refugio para descansar. No veía signos de vida por ninguna parte.

—¿Conoces este lugar? —pregunté—. ¿Tienes aquí amigos que nos puedan ofrecer asilo?

Teseo se rio, me agarró con firmeza la mano y me condujo por la playa.

—Aquí no vive nadie. Paramos de camino a Creta. Sabíamos que necesitaríamos un lugar para descansar cuando escapáramos y queríamos explorar la isla en busca de peligros para asegurarnos de que era segura.

Caminaba rápido, con paso decidido. Yo me esforzaba por seguirle el ritmo y se me hundían los pies en la arena. No podría continuar así demasiado tiempo, imitando sus largas zancadas.

—¿Es segura? —me interesé.

—Ninguna bestia ni bandido nos molestó. Parece que la isla está vacía ahora.

—¿Ahora? —El sol caía a plomo sobre mí y empezaba a sentirme mareada.

—Al parecer, en algún momento estuvo habitada —explicó—. Pero se marcharon hace tiempo y ahora la isla nos pertenece solo a nosotros. —Me miró—. No es muy grande —añadió con tono suave—. Y aquí estaremos seguros. Yo te mantendré a salvo.

Me empapé de sus palabras mientras caminábamos, su manera sencilla y directa de decir las cosas me ofrecía consuelo. La enormidad de lo que habíamos hecho me asolaba por momentos. Había perdido mi hogar, ya jamás podría regresar. Había perdido a mi familia, nunca volverían a verme. Sabía que era así, pero no sentía que fuera verdad excepto en esos momentos en los que de forma repentina lo comprendía. La luz de esa extraña e impensable verdad me cegaba por un momento y después desaparecía de nuevo, una sensación fugaz de pérdida.

Estaba enfrascada en mis pensamientos caóticos cuando de pronto dejamos de caminar y vi que Teseo me miraba. Alcé la mirada sin saber por qué nos habíamos detenido. Estábamos delante de una casa construida en piedra, pequeña, pero de aspecto agradable.

—¿No has dicho que la isla está vacía?

Teseo estaba sonriendo.

—Desde hace mucho tiempo —confirmó. Empujó la puerta y me hizo un gesto para que entrara.

Dentro, el aire era húmedo y sentí un cosquilleo en la garganta.

—Creo que esta casa la ha construido un dios —comentó, guiándome entre las sombras.

Estábamos en una cocina amplia y extendí el brazo para pasar el dedo por la fina capa de polvo que se había acumulado en la mesa de madera de roble del centro. Las motas danzaron al tocarlas, dando vueltas a la suave luz grisácea.

—¿Un dios? —pregunté—. ¿Aquí, en una morada tan humilde? —Me reí. Los dioses residían en palacios de mármol, bebían de jarras doradas y se tumbaban en sofás lujosos. No vivían en casas de piedra en islas solitarias.

—Sin duda, la soledad era una ventaja —dijo Teseo con tono jocoso.

—¿Por qué? Pensaba que a los dioses no les gustaba la soledad. Eran felices con las alabanzas; los altares humeantes con ofrendas y miles de oraciones.

Un pequeño pasillo nos llevó hasta una estrecha escalera que comenzó a subir. La piedra del suelo era suave y estaba gastada.

—Para esconder a una amante de las miradas curiosas del mundo —contestó cuando giramos al final de la escalera y llegamos a otra habitación.

En el centro había una cama amplia cubierta de telas de oro y mantas suaves. Teseo tenía razón. Esos lujos no encajaban con el encanto humilde del resto de la morada. Era una cama digna de un dios, tal vez el propio Zeus había coqueteado allí con una mortal con el deseo de ocultárselo a su esposa celosa, Hera. ¿Qué le habría pasado a ella? Zeus tenía muchos encuentros amorosos, pero era bastante descuidado a la hora de mantenerlos en secreto, y las venganzas de Hera eran tema de incontables historias. Eran las mujeres, siempre las mujeres, ya fueran sirvientas indefensas o princesas, quienes pagaban las consecuencias. Maldecida a vagar sin refugio, transformada en una osa coja, una vaca o reducida a cenizas por la diosa vengativa. ¿Merecía la pena? ¿Desafiar las leyes que nos gobernaban y yacer con un dios en una cama de oro?

El aire se volvió denso en la habitación. Había quebrantado todas las leyes que conocía hasta ahora. Una ventana alta y estrecha dejaba entrar un rayo de luz en el dormitorio y, en la distancia, oía el suave choque de las olas contra la arena, pero no se oía ni a los hombres de Teseo ni a los atenienses liberados. En algún lugar, lejos de allí, mi padre estaría descubriendo mi traición y enviando a los guardas a buscarme. Pero Teseo y yo estábamos escondidos allí.

Me obligué a alzar la cabeza para mirar a Teseo. Sí, había quebrantado las leyes de nuestra sociedad, pero ¿no lo había hecho por un propósito mayor? Y al haber desobedecido tantas, ¿me quedaba ya algo que perder?

Se había abierto un abismo en la tierra bajo mis pies, pero Teseo estaba conmigo y él me mantendría a salvo. No había lugar para mí en el mundo, excepto a su lado. Y no había otro lugar donde quisiera estar desde que lo vi por primera vez.

Al día siguiente, Teseo se llevaría a mi hermana de Creta para que asistiera a nuestra boda. Hoy estábamos solos.

Sentí el mismo arrebato de coraje, desafío y deseo que me había alentado cuando lo deseé con todo mi corazón en Cnosos. Ya no tenía dudas. Lo acerqué a mí y dejé que me tumbara en una cama digna de un dios.

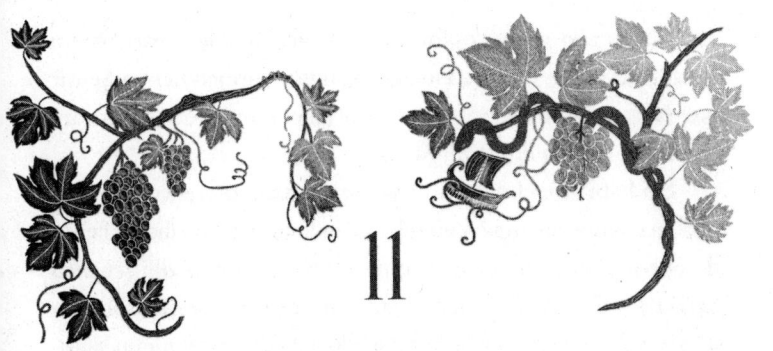

11

En cuanto me desperté supe que algo iba mal. Abrí los ojos en la oscuridad. Noté con claridad el vacío a mi alrededor. Supe que Teseo no estaba a mi lado y empezó a arder en mí la llama del pánico.

¿Dónde estaba? Me envolví con una sábana dorada y me acerqué a la ventana. Estaba alta y era pequeña, así que tuve que ponerme de puntillas para ver algo al otro lado. Las estrellas se apagaban, lo que significaba que pronto amanecería.

La pequeña casa estaba en silencio. No sabía dónde habrían descansado los hombres de Teseo el día anterior, pero habíamos tenido este lugar solo para nosotros dos. Teseo sacó de la despensa comida que habían dejado allí de camino a Creta para nosotros: carne, rebanadas secas de pan duro y aceitunas. Y un vino dulce y pegajoso. Me pareció todo un banquete. Yacía tumbado a mi lado, apoyado en un codo, bebiendo vino mientras me recorría el cuerpo con la mirada, sonriendo. Tuve la certeza de que no se encontraba ahora en la despensa, buscando el desayuno. La casa estaba demasiado tranquila.

La tela estaba fría y se me resbalaba por la piel; deseé el abrazo cálido de Teseo. Había muchas sombras.

—¿Teseo? —lo llamé y me estremecí por lo suave y temblorosa que me sonó la voz. Sabía que no obtendría respuesta, pero esperaba oír su voz reconfortante. Él hacía que la soledad fuera agradable y que lo desconocido resultara emocionante. Sentir que éramos las dos últimas personas en el mundo era electrizante; pensar que yo era la única, aterrador.

No había mucho en la casa. Arriba tan solo encontré otra habitación que albergaba un telar abandonado y las labores llenas de polvo. Pensé en la mujer que se había sentado allí, ¿cuánto haría de eso? ¿Había confeccionado tapices con historias sobre lo que le había sucedido allí? Ver aquello allí suscitó en mí un sentimiento desolador. La mujer ya no estaba y todo lo que recordaba a ella había desaparecido.

Bajé corriendo las escaleras. La cocina estaba oscura y en silencio, igual que la noche anterior. Vi la línea que había marcado con el dedo en el polvo de la mesa. Allí abajo había otra habitación con un sofá, pero Teseo no se encontraba allí. Abrí la puerta del fondo, que daba a un pequeño patio cuadrado. En el centro, sobre un plinto, descansaba una pequeña estatua de mármol. Un hombre joven con una aureola de rizos en la cabeza y una sonrisa en los labios. Por la copa que sostenía en una mano, pensé que se trataba de Dioniso, un dios devoto al vino y al disfrute. Aquí, en este frío y desierto patio, su alegría me resultaba fuera de lugar.

Salí entre los dos pilares centrales que soportaban el techo y atisbé el amanecer. Hoy no había rosas ni dorados en el cielo, la mañana aparecía entre las nubes bajas.

—¿Teseo? —volví a llamarlo entre la niebla—. ¿Teseo?

Cabía la posibilidad de que se hubiera acercado a la costa para reunirse con sus hombres. Tal vez planeara salir temprano y estuviera inmerso en las preparaciones. Sin duda, me había dejado para que durmiera todo lo posible y vendría a despertarme cuando llegara el momento de partir. Este despertar solitario era tan solo una señal de lo considerado y atento que era mi esposo por haberme dejado descansar.

Me alejé más de la casa. El sol comenzaba ya a calentar entre la niebla y miré a mi alrededor para orientarme. Al oeste, la noche teñía todavía la isla. Las montañas no tenían forma en la oscuridad. Entrecerré los ojos, me volví hacia el este y caminé con cuidado hacia el amanecer, consciente de las rocas irregulares y mis pies descalzos. Afiancé los pies sobre una roca y miré a mi alrededor.

El vasto océano se extendía ante mí, las olas retrocedían y avanzaban hasta la playa un poco más debajo de donde me encontraba. El día anterior habíamos caminado por una pendiente escarpada para llegar a la casa y la roca en la que me apoyaba sobresalía precariamente sobre una larga caída. El sol derramaba una luz naranja sobre las olas y, cuando seguí la dirección de los rayos, atisbé, incrédula, un barco grande navegando. Las velas negras me confirmaron, sin lugar a dudas, que se trataba del navío de Teseo.

¿Nos habían dejado allí? ¿Lo habían traicionado sus hombres? Pero ¿por qué? Teseo era el valiente príncipe de Atenas y les había concedido gloria. ¿Por qué iban a regresar sin él?

Pero si sus hombres no lo habían abandonado... ¿Regresarían a Creta en busca de Fedra? Me parecía del todo imposible que volvieran allí de día sin decirme nada. Esta partida furtiva parecía otra cosa. No tenía sentido y el miedo que me asolaba desde que me desperté se apoderaba por completo de mí mientras el barco se alejaba de Naxos, y no en la misma dirección que nos había traído hasta aquí, el rumbo que llevaba a Creta, con el sol saliente tras él, sino en la dirección opuesta.

Con la boca seca, me desplomé contra la roca. Si no hubiera sido por su solidez, me habría caído por el borde hasta el mar.

—¡Esperad! ¡Volved! —Me quedé sin voz.

¿Pensaba Teseo que lo había seguido? En cualquier momento, el barco cambiaría de dirección, cuando se diera cuenta de que yo no estaba a bordo. Veía una barca de remos desprenderse del enorme casco del navío con Teseo remando contra las olas para venir en mi busca.

Pero ¿cómo iba a pensar que lo había seguido? ¿Cómo iba a encontrar yo sola el camino hasta la costa en la oscuridad de esta isla desconocida para mí?

No fui capaz de moverme durante unos largos segundos, pero entonces, con una energía frenética, rodeé la roca. La playa, tenía que llegar hasta la playa. Tenía que llamarlos para que regresaran, o tal vez habían dejado una barca para que pudiera seguirlos. Empecé a sollozar mientras me tambaleaba por el risco, buscado un camino para bajar, gritando tras las impresionantes velas negras que ondeaban en el viento y alejaban a Teseo de mi lado. Me deslicé por los bordes escarpados, las piedras me rasgaban los pies, hasta que llegué a la arena. Caí sin aliento en la gran expansión dorada. El barco parecía ya un diminuto punto en el inmenso mar. El sol había salido por completo y proyectaba una luz intensa a mi alrededor.

Miré en todas direcciones, incapaz de comprender lo que veía. Vacío. Arena. Los restos de una hoguera en un punto de la playa que ahora solo eran cenizas frías. El pánico se apoderó de mí.

Las velas negras. El barco ateniense había partido de casa con velas negras como señal de duelo por las vidas condenadas que transportaba por las olas. Egeo había suplicado a Teseo que las cambiara por velas blancas si volvía a casa con vida y victorioso. Las velas seguían siendo negras. ¿Habría muerto Teseo? ¿Habría caído por las rocas y se habría abierto la cabeza? Teseo, a quien había sostenido entre mis brazos, cálido y vivaz tan solo unas horas antes.

¿Qué era peor? ¿Que Teseo hubiera muerto o que me hubiera abandonado? Las rodillas cedieron bajo mi peso. La arena era rugosa y áspera contra mi piel desnuda, la tela que llevaba a mi alrededor estaba rasgada y manchada por mi caída por la montaña. Grité con todas mis fuerzas al punto negro que se desvanecía, grité hasta que noté el sabor de la sangre.

¿Por qué no me había atado a la popa del barco y me había ahogado? Habría sido más amable que esta muerte fría y sin sangre. Habría preferido morir apaleada por las olas, ver su rostro mientras me condenaba. Pero esto, abandonarme mientras dormía, subir a su barco y partir sin tiempo siquiera para cambiar las velas y colgar las blancas en sus ansias por alejarse de mí... Me quedé allí, indefensa.

Me rodeé las rodillas con los brazos para dejar de temblar. Tenía que haber una explicación, una explicación distinta. Cuando fuera capaz de ponerme en pie, exploraría el lugar. Encontraría la señal que debían de haber dejado, conocería la razón, y ellos regresarían. En cuanto pudiera, me levantaría y la encontraría. Pero, por el momento, tan solo podía permanecer sentada en la arena, abrazándome mientras observaba cómo se desvanecía el barco en el infinito abismo azul del cielo, dejándome completamente sola en Naxos.

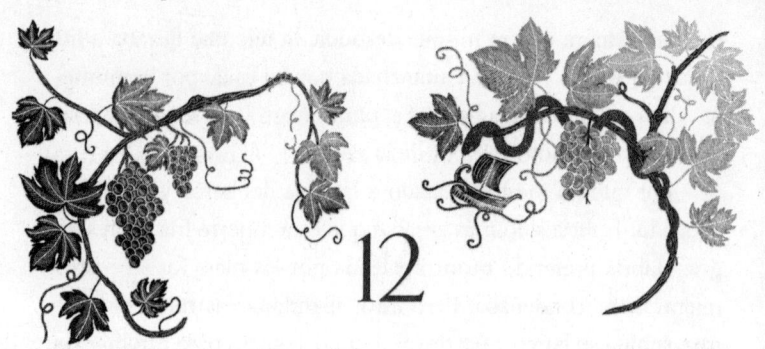

12

No sé cuántas horas pasé mirando el mar, como si pudiera hacer que el barco de Teseo volviera a aparecer. Pero conseguí controlar el cuerpo adormecido y me levanté. Aún esperaba, con cierta tensión en el vientre, encontrar algún mensaje, el consuelo de que su partida era temporal y la promesa de que volverían.

Lo que hallé aplacó la ansiedad que ardía dentro de mí con un torrente de agua helada. Me quedé sin aire en los pulmones cuando me arrodillé para mirar los bultos cuidadosamente envueltos junto a los restos de la hoguera. Carne. Queso envuelto en hojas. Un barril de agua y algo de vino que habíamos bebido Teseo y yo la noche anterior. Aceitunas. Pan. Suministros suficientes para unos cinco días, tal vez seis.

Había brindado a Teseo la pista para vencer el laberinto, catorce vidas de Atenas y la muerte de mi propio hermano. A cambio, me lo agradecía con una semana de vida en el exilio, aprisionada en una isla desierta.

Me mecí sobre los talones y de la garganta en carne viva emergió un lamento. Entre los golpes que me taladraban la cabeza, me pareció oír el sonido familiar del repiqueteo de unas pezuñas contra la roca. Una espiral de pasadizos se abrió a mi alrededor, engulléndome en sus fétidas profundidades. No sé si fue el calor abrasador del sol o las ganas de beber y comer algo desde que me había despertado a solas, pero sentí la arena áspera en la mejilla cuando la oscuridad me envolvió y caí en el profundo alivio de la inconciencia.

Me desperté cuando empezaba a anochecer. La arena me arañó la cara cuando me senté, me llovió del pelo y se me quedó apelmazada en los rizos mojados por las lágrimas. Tenía una sed terrible y alcancé el barril de agua que los hombres de Teseo me habían dejado; la vertí en el cuenco de barro que había al lado y me la bebí a largos sorbos. Y entonces paré en seco. El agua, tibia y sin sabor, me calmaba tanto la garganta reseca que solo quería beber y beber. Pero no podía hacerlo. No sabía cuánto tiempo necesitaba que me durase el barril. La desesperación y la ansiedad que había sentido durante el día había desaparecido ya y la dolorosa sensación de vacío me hacía sentir los huesos como plomo y la sangre como alquitrán. ¿Cambiaría algo que me bebiera toda el agua ahora? ¿Y si la derramaba en la arena? Desaparecería enseguida y entonces solo me aguardaría la muerte. A menos que…

Miré la playa a mi alrededor. Teseo me había dicho que no habían descubierto bestias salvajes en la isla. Pero no sabía si podía confiar en nada que me hubiera dicho.

Me ajusté la sábana en el cuerpo. ¿Qué opciones tenía? ¿Morir de sed? ¿Que unos animales hambrientos me despedazaran? Me llevé una mano a la boca para ahogar los sollozos. De pronto, me sentí desesperadamente expuesta y la piel se me puso de gallina. ¿Y el ejército de Minos? Ya habría reunido una flota que estaría surcando los mares en nuestra búsqueda. Sabía lo que le había hecho a Escila por traicionar a su padre; ¿qué castigo reservaría para su propia hija desleal?

Me puse en pie con dificultad, tropezando con la tela dorada, y las piernas casi cedieron bajo mis pies. Recogí toda la comida que habían dejado. No sabía qué temía más: a un oso hambriento, a un lobo salvaje que acechara entre los árboles, o a las velas de color carmesí de los barcos cretenses en el horizonte. El barril de agua se bamboleó, pesado, en mi mano cuando me volví para regresar por donde había llegado. Teseo me había conducido por una cuesta más suave el día anterior, pero no confiaba en mi memoria, así que tenía que intentar subir por la pendiente vertiginosa que había recorrido esa mañana.

Aun con el agua y la comida que transportaba, me aseguré de ajustar el improvisado vestido en torno a mí. Aunque no había allí nadie y no tenía que proteger mi modestia, me ponía nerviosa la idea de que se me cayera. La isla que tan acogedora y dulce me había parecido el día anterior ahora me resultaba hostil y llena de peligros ocultos. Contuve más sollozos. Si cedía de nuevo al llanto, nunca pararía. Tal vez pudiera menguar como Eco, que lloraba por el vanidoso y frío Narciso, y no era más que una voz suave transportada por el aire. Una muerte como esa resultaría poética. Indolora. Lo opuesto a lo que me aguardaba en la isla.

Subí con dificultad por el camino rocoso y escarpado, respirando cada vez más rápido. Temor tras temor inundaban mi mente y apenas podía ver lo que tenía delante de mí de lo ocupada que estaba mi cabeza conjurando todos los horrores posibles. Vi las manchas de la piel y la sangre del Minotauro en las arenas de Creta, y el agua que me había bebido con tantas ansias chapoteó en mi barriga y noté el amargo sabor de la bilis. Me llevé la mano a la frente sudada y cerré los ojos, respiré profundamente, inspirando con dificultad. *Sigue moviéndote, Ariadna*, me dije. Y cuando levanté la mirada, casi reí de alivio al ver la pequeña casa encima de mí, a pocos metros.

Llegué al patio y solté el barril de agua y el resto de suministros a la sombra. La oscuridad había descendido sobre la isla casi por completo, solo se veía una suave línea naranja en el horizonte. Miré el mar oscuro, no había señal de los barcos de Minos en el horizonte.

Si Minos se enteraba del regreso de Teseo a Atenas sin mí, ¿vendría en busca mía? Seguro que sospechaba que yo había ayudado a Teseo y mi desaparición confirmaba mi complicidad. Pero cuando se enterara de que Teseo había llegado a Atenas, radiante y glorioso, sin compartir el renombre con una esposa, ¿deduciría lo que me había sucedido?

Y si se enteraba de la verdad: que me había abandonado el hombre noble y valiente por el que había traicionado a mi tierra y que me encontraba sola en Naxos, ¿malgastaría un barco para venir a por mí? ¿Qué tormento podría creer peor que este exilio en soledad? El corazón me dio un vuelco en el pecho. La indiferencia de Minos sería mi castigo. ¿Por qué venir a por mí cuando podía dejar que muriera sola, sin nadie que llorara mi pérdida ni me enterrara? Si nadie llevaba a cabo los ritos funerarios, no me admitirían en los reinos de Hades. Si moría… Cuando muriera aquí, aquí permanecería para siempre mi espíritu. Minos no tenía que venir a buscarme.

Me di la vuelta y entré en la casa de forma automática. Estaba en silencio. La cama seguía revuelta, como la había dejado esa mañana. Me desprendí de la tela rasgada y manchada. Subí a la cama suave; las piernas me ardían por el cansancio y me dolía el corazón. En un gesto sin sentido, tracé la forma de Teseo a mi lado, donde se había tumbado la noche anterior, cuando conocí la mayor felicidad que podría haber imaginado. Me cubrí con las mantas con fuerza y fingí que eran los brazos de Teseo. En algún momento de esa eternidad, la fatiga pudo con la desesperación y me quedé dormida.

Soñé que veía el barco de velas negras en el horizonte, haciéndose cada vez más grande conforme se acercaba a la costa. Corría a la playa con el pelo suelto y el corazón resonando en el pecho. Teseo avanzaba entre la espuma de las olas hacia mí y yo lo abrazaba, y el agua salada nos empapaba a los dos. Sentía que me rodeaba con los brazos, la calidez y la seguridad de tenerlo cerca, y me sostenía con fuerza. Las olas chocaban contra mí, pero Teseo me sujetaba y caíamos en el agua fresca y verde. El océano me cubría la cabeza y apenas veía, pero Teseo seguía abrazándome y yo no necesitaba el aire ni la luz del sol; podía permanecer en las aguas inmensas y frías para siempre si él me abrazaba. Pero cuando apretaba los brazos alrededor de su cuerpo, no había nada más que agua salada que me entraba por la nariz y la boca, y entonces gritaba sin emitir sonido, ansiosa, y solo salían burbujas bajo el peso del poderoso mar, y caía en el abismo oscuro, sola.

Me desperté gritando. La luz dorada del sol entraba por la estrecha ventana que había sobre la cama, pero yo sentía el abrazo del océano frío e infinito de la tristeza que arrasaba con toda esperanza.

Teseo no estaba, no estaba, no estaba.

No tenía ningún lugar al que ir, pero no podía quedarme un segundo más en esa cama. Consumida por una energía nerviosa, me vestí con prisa; no tenía más opción que volver a ponerme el vestido de color bronce, era todo cuanto tenía. Una extraña elección para una prisionera, una exiliada, lo que fuera entonces; no una princesa, ni una colaboradora, ni una conspiradora, ni una esposa.

Los movimientos eran erráticos, incontrolados; los dedos, torpes. Volvía la cabeza ante el más mínimo movimiento, sin saber si temer o alegrarme cuando la mente me engañaba para que pensara que había oído a una persona. Estas ilusiones me asolarían en los días y noches siguientes. Cuando se me aclaraba la mente, oía pasos en las escaleras y sentía alegría en el corazón al pensar que Teseo había regresado, y luego terror por si era un bandido, un pirata o un navegante desesperado que había naufragado en la costa y venía a por mí. O tal vez un dios vengativo, pues había muchos crímenes por los que podían castigarme. ¿Había visto alguno de ellos mi desesperación y había acudido a silenciar mi llanto, mi lamento, las infructuosas plegarias que había enviado con el viento para molestar sus banquetes complacientes en el palacio dorado?

En la noche, la oscuridad que me engullía se extendía hasta los confines de la eternidad. Oía el repiqueteo de las pezuñas y los resoplidos del toro, y me aferraba a las mantas, tratando, desesperadamente, de ocultarme y aguantando la respiración hasta que las estrellas estallaban en mis ojos cerrados con fuerza y tenía que tomar aliento, aterrada por lo que vería cuando abriera los ojos.

Pasaba los días caminando con desgana. No me atrevía a explorar la isla. Caminaba por la playa, por los acantilados y observaba la gran extensión del mar, hora tras hora. Estaba vacía.

Dosificaba los suministros que me había dejado Teseo. El vacío continuo del estómago no se parecía al hambre. Todo lo que comía estaba insulso y se asentaba, pesado, en el vientre. Estaba sedienta, pero los sorbos de agua que me permitía beber no servían para apaciguar el constante latido que sentía en las sienes. El vestido bronce colgaba a mi alrededor, descolorido, manchado y rasgado por las rocas por las que pasaba cada día en mis fútiles caminatas entre la playa y la casa.

Consideré, con una extraña sensación de calma, terminar con todo más rápido. Teseo no me había dejado un cuchillo, ni una espada para clavármela en el pecho y poner fin a todo esto. Podría haberme tirado del acantilado a las olas hambrientas, me quedaba en el precipicio contemplándolas. Tal vez fuera una sensación excitante, volar por el aire, desplomarme en su abrazo, libre por unos segundos gloriosos. Me aterraba, sin embargo, la inmersión helada del final, los pulmones en busca de aire en las sofocantes profundidades saladas. Estaba asustada y, lo que era más deplorable, seguía aferrada a una mínima esperanza. Esperaba, contra toda esperanza, que Teseo se apiadara de mí, que transigiera, que regresara y me salvara.

Una de esas tristes tardes que pasaba en el patio observando el viaje del sol de un extremo del cielo al otro, vi que justo al otro lado de la casa crecían unas vides. No las había visto antes y ahora me preguntaba cómo podía haberlas pasado por alto. Los tallos gruesos se curvaban y enredaban entre sí, y las hojas verdes formaban un dosel que se mecía con la brisa. Entre ellas había racimos resplandecientes de uvas moradas.

Estaba tumbada en las piedras, demasiado fatigada por el calor para caminar. Pero al ver las uvas, la esperanza floreció en mi pecho. En la cocina ya quedaba poco: un poco de pan duro y rancio y tal vez un puñado de aceitunas. ¿Cuánta agua? No era suficiente. Estaba racionando cada sorbo, aterrada por lo que significaba que el barril se quedara vacío. Pero las uvas... ya podía saborear la dulzura en la lengua, la fruta suculenta y delicada en la boca. La emoción y la alegría me propulsaron para levantarme, era el primer atisbo de verdadera esperanza desde que desaparecieron las velas negras. No entendía cómo no las había visto antes, era como si hubieran emergido por completo justo cuando las necesitaba. Corrí hasta ellas, temiendo que pudieran desvanecerse en el aire con la misma rapidez con la que parecían haber emergido. De pronto estaba hambrienta. Arranqué las uvas de los tallos y me las introduje en la boca con un apetito que había olvidado que poseía.

Fueron una revelación para mí, una lección de lo gloriosa que podía ser la comida cuando tenías apetito de verdad. Después de las ofrendas secas y saladas que había racionado en cantidades cada vez menores durante los últimos días, esta fruta madura y exquisita era un milagro. Si la isla albergaba más regalos como este, si podía encontrar más comida para sobrevivir...

Paré de pronto. La esperanza murió. ¿De qué servía? Si encontraba bayas, frutos secos y hojas para alimentarme, ¿qué tipo de vida iba a llevar yo sola en ese lugar?

Era una exiliada. Era una traidora. Era una desertora. No tenía nada.

La desesperanza pesaba sobre mí desde que Teseo se había marchado. Había sentido la herida abierta de la tristeza, como si me hubiera destripado con la espada. Ahora, sin embargo, sentía una nueva emoción crecer en mí. No había espacio para ella en mi cuerpo, así que grité, alto y fuerte, y llena de furia. Un torrente de invectivas brotó de mi boca, incoherente y venenoso, como un arsenal de flechas ardiendo y con veneno en la punta. Las dirigí a Teseo y lo llamé cosas para las que no sabía que tenía palabras, pero hervía de ira por Minos también, e incluso por Poseidón. Esos hombres, esos dioses que habían jugado con nuestras vidas y que nos apartaban de su lado cuando ya nos habían usado, que se reían de nuestro sufrimiento y se olvidaban de nuestra existencia.

—¡Si no fuera por mí estarías muerto! —grité a Teseo, a los acantilados y el océano indiferente—. ¡Tu cuerpo estaría pudriéndose y solo quedarían tus huesos en el laberinto si no te hubiera salvado! ¡No eres un héroe, eres un cobarde traidor!

Me impulsé hacia delante. No me quedaban energías para continuar mucho más. Las lágrimas que caían por mi rostro nacían de una terrible frustración: había ofrecido a mi propio hermano por la gloria de Teseo. Estaría alardeando de cómo había vencido al monstruo de Creta, lo había matado y había esparcido sus huesos, sin decir una palabra sobre mí, mi sacrificio, lo que había hecho por él. Y no hablaría de cómo había huido antes del amanecer y me había dejado durmiendo, sin imaginar que él se estaba escabullendo. Esa retirada vergonzosa no figuraría en sus ostentaciones. Pensé en los relatos de gloria y heroísmo que tanto me habían cautivado, y también a mi hermana. ¿Qué se habría dejado sin contar? ¿A cuántas mujeres habría abandonado antes que a mí? ¿A cuántas habría encandilado y seducido y engañado para que cometieran traición antes de continuar su camino? ¿Cuántas vidas de mujeres reducidas a polvo por él mientras se aseguraba la victoria para sí solo? Pensé en Fedra; ella también lo amaba, por supuesto. Lo vi en el brillo de su rostro, y Teseo la había abandonado a propósito, sin duda. Seguramente nunca tuviera la intención de llevarla con él, pensé; nunca formó parte de su plan. Primero la abandonó a ella y luego, a mí.

Estaba de rodillas, jadeando de furia, como si me hubieran rociado de agua helada. Golpeé las losas de piedra que tenía debajo. Lo único que había hecho desde que se había marchado era pensar en su regreso, imaginarme a mí corriendo hasta sus brazos y aferrándome a él, suplicándole que se quedara. Ahora, ante mis ojos, atisbaba de forma incontrolable las visiones de su regreso, pero en lugar de abrazarlo, le arrancaba la cabeza de los hombros con mis propias manos.

Otro grito nació de mis entrañas. ¿De qué servían las uvas? ¿De qué servía la esperanza? Agarré los racimos que quedaban, los arranqué y los lancé a las rocas del borde del acantilado. El jugo morado me empapó los dedos cuando las aplasté en los puños, manchándomelos como si fuera sangre, la sangre de mi hermano que había ayudado a Teseo a derramar, la sangre que me indicaba que Teseo no me había dejado embarazada (no quedaba ningún resto de él en mí), la sangre que seguía fluyendo por mis venas, pero que dejaría de hacerlo pronto. Iba a morir aquí, sola en esta isla, y nadie lloraría mi pérdida.

SEGUNDA
PARTE

SEGUNDA
PARTE

13

Fedra

Estuve horas de pie en las rocas, buscando en las aguas negras que se extendían ante mí. Teseo había sido muy claro y yo sabía que no me había equivocado con la dirección. Así que me quedé allí, en silencio y muy quieta, esperándolo. La gran masa de Cnosos aguardaba detrás de mí, borrando la luna del cielo. Estaba muy oscuro, pero esperé durante horas. No dudé del éxito de Teseo en el laberinto. Había visto el miedo y la duda en los ojos de Ariadna, pero mi hermana siempre tenía miedo. Yo no. Yo supe siempre que los monstruos existían. No podía temer la destrucción de todo lo que era bueno porque, desde antes de que pudiera recordar, ya había existido la desgracia y yo había crecido en los restos desgastados y manchados de los días dorados de mi hermana. Ella sabía lo que era perderlo todo, pero yo no tenía nada.

Pensé en los relatos que nos había contado Teseo. Era fuerte, valiente y bueno. Sabía que no podía fallar. Me aferré firmemente a la roca toda la noche, hasta que el alba comenzó a iluminar el cielo oscuro ante mi mirada incrédula. ¿Cómo podía ser ya de día? No podíamos partir a Atenas sin el manto de la noche.

Descendí de la roca en la que me encontraba, buscando en el mar alguna señal; me dolían todos los músculos del cuerpo. Me encaminé al palacio dormido con el sigilo de un gato. ¿Habría algún problema con los barcos? ¿Estaban Teseo, Ariadna y los rehenes escondidos en algún lugar, sin poder salir? Sería entonces mi trabajo distraer la atención de los demás hasta que la noche volviera a caer. Tenía que regresar a Cnosos y fingir total ignorancia. Sus vidas podían depender de ello.

Me había mantenido siempre alejada de esa larga escalera que descendía a la entrada del laberinto, pero esta vez me atreví a acercarme al borde y echar un vistazo. Estaba muy segura de que ya había muerto. Era una chica valiente, podía ir a mirar.

Me incliné en el borde y la sangre se me subió a la cabeza. Cerré un momento los ojos y luego me obligué a abrirlos y mirar en la oscuridad. Corría una brisa a mi alrededor, el día despertaba y la pesada puerta de abajo que siempre estaba cerrada y asegurada emitió un crujido grave al abrirse. El sonido que emitió contra las piedras hizo que me sobresaltara y retrocedí con las manos en el corazón.

El laberinto estaba abierto. Teseo lo había logrado. No había rastro de él, de los otros trece atenienses ni de Ariadna, pero no podían haberse disuelto todos en el aire. Pensé rápido. Correría hasta la parte frontal del palacio, desde donde se veía la otra parte del mar. Satisfecha con el plan, avancé sin hacer ruido bajo la luz tenue.

Esperaba encontrármelo todo en silencio, pero cuando doblé la esquina hacia la espléndida arcada de Cnosos, oí un grito entre los muros del palacio. A lo largo de los muros, resonaron varios gritos, todos de los guardas que de pronto cobraban vida. Se me quedó la boca seca. ¿Habían visto el barco de Teseo antes de que le hubiera dado tiempo a escapar? ¿Estaban en la cala donde los había esperado yo, buscándome? El corazón me dio un vuelco; debería de haberme quedado allí.

Pero cuando miré al vigilante que tenía más cerca, comprobé que tenía la vista fija en el cielo y no en el mar. ¿Qué había visto? Me acerqué al borde con la mano apoyada en un pilar y busqué en el océano. Nada. Levanté la cabeza hacia el lugar que estaba mirando el vigilante. Un pájaro, más grande que cualquiera que hubiera visto, volaba en el aire delante de mis ojos. Uno más pequeño volaba a su lado, las magníficas alas blancas de ambos aleteaban con torpeza. Observé, confundida. Ningún pájaro era tan poco elegante, tan torpe, al menos que yo supiera. Pero, delante de mis ojos, la forma más grande se transformó el algo que reconocí pero que me resultó del todo imposible.

Un hombre alado. Volando en el cielo neblinoso al amanecer, en dirección al sol.

—¡Es Dédalo! —gritó un guarda, tan cerca de mí que puse una mueca—. ¡Dédalo y su hijo!

Me quedé con la boca abierta. A mi alrededor, los guardas estaban igual. Tendrían que haberse puesto en acción, haberlos perseguido de algún modo, aunque escapaba a mi razón cómo podrían dar caza a un hombre que estaba entre las nubes. Lo único que podíamos hacer era observar con fascinación el milagro. Por torpe que fuera el vuelo, era algo increíble. Comprendí que el magnífico artesano habría construido las alas para él y para su hijo, el encantador Ícaro que siempre me sonreía tímidamente bajo esa melena de pelo oscuro, que siempre se mostraba demasiado dispuesto a hacer lo que yo pedía cuando jugábamos juntos. Nos criamos demasiado cerca de las fauces del monstruo y yo me enamoré de él, pero sin los privilegios de una princesa, el privilegio de marcharme de esta isla maldita algún día, aunque fuera del brazo de un esposo elegido por mi padre.

Sacudí la cabeza y traté de aclarar la mente cansada. Dédalo e Ícaro eran prisioneros; puede que tuvieran cadenas de oro, pero eran cadenas, al fin y al cabo. Minos no permitiría jamás que la mente maravillosa de su genio quedara libre de sus garras, y, sin duda, Dédalo no se había atrevido a escapar por no poner en riesgo a su joven hijo, hasta que su ingenioso cerebro había confeccionado un plan de huida. Por más que saltaran, los guardas de Minos no podían hacer nada para capturarlos mientras se alejaban con el viento, cada vez más alto.

Sonreí al verlos, aunque seguía muy nerviosa, preguntándome qué habría sido de los conspiradores y nuestro gran plan. Era impresionante ver a padre e hijo volar libres después de tanto tiempo en cautiverio. Atisbaba su felicidad desde donde me encontraba, aunque ya eran unos meros puntitos en el cielo. La forma más menuda seguía subiendo; el cuerpo pequeño y ligero de Ícaro volaba vertiginoso con las corrientes de aire que lo alejaban de Creta. Dédalo parecía más cauto. Permanecía más abajo, aunque tenía la cabeza vuelta hacia su hijo y le hizo un gesto con el brazo que lo desestabilizó, haciendo que cayera por un momento, pero rodó a un lado y volvió a subir.

Ícaro, sin embargo, no se dio cuenta de nada. El sol ascendía más en el cielo y él profirió un grito de júbilo que resonó en el firmamento. Seguía el vertiginoso arco de Helios, persiguiendo el carro dorado por el cielo azul, cada vez más alto. Reía y gritaba con tanta euforia que no oía las advertencias de su padre, debajo de él, que se convirtieron en súplicas desesperadas. Las suaves plumas blancas comenzaron a desprenderse de las alas del muchacho; primero solo una, luego dos, y entonces varias; parecía una extraña tormenta de nieve veraniega.

La pequeña figura de Ícaro subió formando un último arco antes de caer de forma abrupta, como una piedra, al océano frío que había mucho más abajo, y una ráfaga de plumas revolotearon en el aire tras él. Las olas le cubrieron la cabeza y un momento después ya no estaba.

Me quedé sin aliento. Dédalo titubeó y me pregunté si también él caería. Las fauces hambrientas del mar se habían llevado a su hijo y lo vi dando vueltas, agitado, el cuerpo envuelto por un momento en las grandes alas blancas antes de volver a extenderlas y que el viento se lo llevara. En cuestión de unos segundos, había desaparecido en el cielo.

A mi alrededor, los guardas, sorprendidos, comenzaron a recomponerse y se produjo un revuelo de actividad; corrieron a informar de la noticia a Minos. Todos ellos temblaban ante la perspectiva de ser el primero en hablar y recibir toda la fuerza de su ira, o que lo castigara por haber tardado tanto en alertarlo. Nadie me vio cuando me puse en pie, sorprendida. El mar vacío no devolvió a Ícaro a la superficie y sentí una punzada en el corazón. Estaba tan lleno de felicidad y en un momento había desaparecido. No entendía nada. El plan había sido un éxito: el Minotauro estaba muerto e incluso Dédalo había conseguido escapar de Creta. ¿Por qué seguía yo allí, tan perdida y confundida como los vigilantes aterrados? No tuve más opción que seguirlos hasta el palacio para enterarme de si habían visto a Ariadna, Teseo y el resto de atenienses. Después tendría que obligar a mi cerebro exhausto a elaborar otro plan.

Lo que me esperaba en la sala del trono de Minos era del todo impensable. Mi padre frío, tranquilo e insensible, cuya férrea dignidad había gobernado mi vida, estaba irreconocible. Tenía las manos en la cabeza y gritaba y bramaba como un loco. Lo miré desde la entrada, espantada por cómo pisoteaba las baldosas del suelo, las sandalias destrozadas ya. Miré a mi alrededor y hallé a mi madre a unos metros de mí con el pelo suelto que le llegaba a los hombros y la mirada fija en el fresco del delfín que había sobre el trono. Las baldosas azules brillaban y pensé que tal vez imaginaba que era uno de esos delfines que se zambullía en las aguas cálidas, lejos de este palacio y del tirano que gritaba maldiciones ininteligibles, rebosante de rabia ante sus hombres paralizados. Sin duda, vi una pequeña sonrisa en el rostro de Pasífae.

Me acerqué a ella.

—¿Madre?

Volvió la cabeza para mirarme y vi algo en sus ojos que no había visto antes.

—Teseo —dijo, y el corazón me dio un vuelco—. Se ha ido… ¡ha desaparecido! El laberinto está abierto, no han encontrado a los rehenes ni sus restos. Tu hermana Ariadna también ha desaparecido. Nadie sabe dónde está Asterión, ¿habrá huido a las montañas? —La esperanza tiñó su voz. Esta era la vez que más cosas me había dicho, tal vez en toda mi vida.

—¿Y… no hay rastro de ellos? —Necesitaba escucharlo de nuevo.

Ella negó con la cabeza.

—Han saqueado los tesoros del palacio —musitó—. Oro, gemas, ropa… todo, se lo han llevado. —No parecía importarle. Creo que imaginaba a ese monstruo que había engendrado corriendo libre por las montañas, arrancando los árboles de las raíces y devorando a toda criatura que se cruzara en su paso.

—¿Por qué se han llevado…? —Me callé, confundida. No sabía qué pensar y tenía que mostrarme cuidadosa con lo que decía. Con la punta de la sandalia, tracé la forma del mosaico que tenía bajo los pies. Era uno particularmente grotesco que mostraba la cabeza con cornamenta y el morro babeante del Minotauro. Dentro de mí crecía una terrible sospecha y empezaba a pensar que debería de haberme llevado el garrote de Teseo y haberle roto el cráneo a la criatura yo misma en lugar de esperar que lo hiciera él.

Me acerqué todavía más a Pasífae. Minos era todo un espectáculo: las amenazas que lanzaba, los castigos que describía, la bilis que escupía mientras daba zancadas, rebosante de furia. Todos los que observábamos en silencio éramos conscientes de algo: todo carecía de sentido sin su monstruo recorriendo los pasadizos del laberinto. Seguro que tenía suficientes armas para desatar parte de la violencia que proclamaba, pero el laberinto estaba tan vacío como el discurso que estaba pronunciando. A pesar de los soldados y las hachas, parecía de pronto poco más que un chiquillo enfadado que gritaba porque le habían quitado su juguete preferido.

Habíamos vivido toda nuestra vida temiendo a Minos. Esperaba ahora ponerme a temblar, que las lágrimas ardieran en mis ojos y que las protestas quedaran reducidas en mi garganta. Pero lo único que sentí fue un estremecimiento de júbilo. Al fin y al cabo, solo era un hombre.

Se oyeron ruidos en la puerta. Unos hombres sin aliento tropezaban para entrar y entregar las noticias en una rastrera sumisión, con la esperanza de que el hacha de Minos no cayera sobre ellos. En ese momento sentí un gran desprecio por ellos, aunque escuché las noticias con interés.

—La torre de Dédalo, señor —dijo el primero entre gemidos—. La hemos registrado.

—¿Y? —bramó Minos.

—Había cebo, señor; comida que seguramente se llevara para dejarla en las ventanas altas para las gaviotas. Tenía una especie de trampa para cuando llegaran, un artilugio delicado para evitar matarlas o herirlas, solo para quitarles algunas plumas.

Minos miró con furia al guarda desafortunado.

—¿Cuánto tiempo habrá tardado en reunir suficientes plumas para lo que habéis presenciado esta mañana?

El hombre bajó la cabeza.

—No sabría decir, señor. Tal vez meses.

Entonces Dédalo llevaba preparando esto desde mucho antes de la llegada de Teseo. ¿Qué habría anticipado? ¿Qué habría adivinado y con qué rapidez? Sentí una punzada de añoranza por su sabiduría, la amabilidad en sus ojos y su voz. Ojalá pudiera hablar con él.

—Meses —repitió Minos—. Meses de traición, de confabulaciones en mi contra, y ninguno de vosotros, incompetentes, habéis sospechado nada. ¿No tenía vigilancia? ¿No entrabais a diario en sus aposentos en busca de cualquier pista de rebelión en mi contra?

El silencio reinó en la sala, lleno de acusaciones silenciosas, sospechas y miedo. Todos sabían de la astucia de Dédalo. Minos era el loco al pensar que podía recluir a un hombre mucho más inteligente que él y disfrutar de su genialidad para siempre.

—¿Y cómo ha transformado las plumas en unas alas lo bastante fuertes para poder volar con ellas? —prosiguió Minos.

El hombre que había hablado pareció lamentar sus prisas al adelantarse para informar. Vacilante, continuó al ver a Minos fruncir el ceño y apretar el puño en torno a su magnífica hacha de doble filo.

—Seguramente fabricara la estructura con alambre, un material que se le ha proporcionado para el trabajo que estaba haciendo aquí, de forma legítima, señor. Nadie sabía que podía estar pidiendo de más para construir la forma de las alas. Probablemente aseguró las plumas con cera fundida de las velas. Debe de ser el motivo por el que Ícaro cayó, el calor del sol derritió la cera. —Volvió a quedarse en silencio, con la vista fija en el suelo.

—¡Fuera! —gritó Minos—. ¡Fuera de aquí, idiotas!

No hizo falta que lo repitiera, pero cuando se marchaban, otro contingente estaba ya entrando y el líder sostenía un saco con manchas oscuras que goteaba. Vi el líquido negro que salía por las costuras y se me revolvió de nuevo el estómago. Me dolía la cabeza y sabía que no quería conocer qué contenía el saco.

—¡Rey Minos! ¡Hemos encontrado los restos del Minotauro!

Pasífae volvió la cabeza. Yo aparté la mirada, pues no era capaz de soportar el abismo profundo de sus pupilas dilatadas.

—En la cala, al oeste del puerto, oculta por los acantilados. Debe de ser por ahí por donde escapó Teseo.

Al oeste del puerto. Teseo me había dirigido al este, donde otros acantilados ocultaban de mi vista la pequeña cala escondida de la que hablaba ahora el hombre. Mi cerebro destrozado y privado de sueño se esforzaba por entender lo que sucedía.

Mientras yo pensaba, él levantó el saco, que desprendió un repugnante hedor. Todos retrocedieron en la sala y se llevaron las manos a la cara cuando el guarda habló de nuevo.

—Hemos traído la cabeza de la bestia. O lo que queda de ella.

En el suelo de mármol, las baldosas con mosaicos exquisitamente elaborados, la delicada artesanía por la que caminaban los nobles de Creta cada día, cayó un bulto de cartílago, hueso y pelo. Antes de que me diera tiempo a cerrar los ojos, vi los cuernos del toro, rajados y rotos.

El grito de Pasífae resonó en el cavernoso silencio. Más y más alto, el aullido discordante de su desolación hizo retumbar cada pilar que sostenía el techo sobre nosotros hasta que pensé que este caería y nos aplastaría. El sonido de su cabeza al chocar contra la piedra dura reverberó dentro de mí, pero conseguí mantenerme inmóvil.

Minos se acercó a su esposa, derrumbada en el suelo.

—Alistad mi barco —ordenó.

Nos rodeó un enjambre de actividad; la gente estaba encantada de tener una tarea, algo que los sacara de allí.

Minos ya no bramaba ni gritaba. Su voz era puro hielo, apenas más alta que un suspiro.

—Zarpamos de inmediato.

14

Ariadna

Tras mi arrebato al destruir las vides y aplastar las uvas en las rocas, supe que la muerte estaba cerca y la calma volvió a apoderarse de mí. No era el estupor que me había poseído antes, sino una paz clara y sosegada. Ya había derramado todas las lágrimas que creía que podría producir, había chillado y gritado, y ahora me sentía curiosamente limpia. Veía, con ojos imparciales y racionales, que los suministros se habían reducido hasta meras sombras. No había visto ni oído nada vivo durante mi estancia en la isla, salvo algún lagarto que se cruzaba en mi camino, los insectos o los pájaros que piaban felices en el cielo. Había peces en el agua, sin duda, y tal vez residieran otras criaturas en algún lugar, pero no sabía cómo dar con ellas, o qué hacer si me encontraba con una. Si tuviera una vida en mi poder, peluda, con aletas o escamas, ¿podría sesgarla con mis propias manos y rasgar la carne cruda con los dientes? ¿Podría volverme una bestia?

No tenía miedo, o no mucho. La aceptación se abría paso por mis venas, me colmaba el cuerpo con el peso del entendimiento. Me había alejado de Creta libre y consciente, a sabiendas de que nunca regresaría. Ningún joven más haría ese temido viaje desde Atenas, temblando ante la idea de morir devorado en la oscuridad. A lo mejor mi vida era un precio justo.

Esa noche dormí con una sensación de calma en el corazón, y a la mañana siguiente decidí que caminaría hasta la playa. El mar siempre había sido un amigo para mí en Creta. Verlo sería un sosiego para mi alma. Desde la deserción de Teseo, se había convertido en un enemigo burlón, decididamente vacío mientras yo ansiaba con desesperación que regresara su barco y que regresara conmigo. Pero hoy volvería a ser un amigo. Me sentaría en la cálida arena y observaría las olas de crestas blancas.

En la cocina, bebí las últimas gotas de agua que quedaban. Temblaba un poco cuando solté el barril vacío. Tal vez, si exploraba la isla, encontraría agua fresca, un manantial. Me detuve, indecisa.

—¿De qué te servirá, Ariadna? —dije, y el sonido de mi voz retumbó entre las paredes de piedra, sorprendiéndome por lo alta que sonaba en el silencio al que me había acostumbrado.

Abandonar resultaba deliciosamente tentador: ir a la playa, tumbarme y esperar a que el sueño me alcanzara. ¿Sería así? ¿O debería de adentrarme en la isla, arriesgarme a encontrarme con los peligros que pudieran estar acechando? ¿Moriría explorando, delirando y soltando espuma por la boca? ¿O encontraría la salvación en un arroyo y alargaría aún más mis días en soledad?

Tenía que salir de la casa, las paredes de pronto parecían una tumba que me encerraba. Avancé por el patio hasta el acantilado. Posé la frente en la superficie áspera de la roca en la que estaba apoyada y miré el mar. Había pasado días escudriñando sin éxito ese horizonte, buscando las velas de un barco que me trajeran la salvación. Y había permanecido vacío, un abismo azul que suponía mi muerte.

Pero ahora, mientras miraba esa línea en la que el sol se fusionaba con el cielo, vi por primera vez un punto que se hacía cada vez más grande conforme se acercaba a mí. Era la forma indiscutible de un barco. Un barco que navegaba hacia Naxos.

15

Fedra

Pasífae no fue de ayuda durante esos primeros días extraños e impactantes. Cuando se levantó del suelo de la sala del trono tras la partida de Minos, escarbó desesperadamente entre los repugnantes restos del monstruo. Sin importarle las manchas del pelo, el pecho y el rostro, se arrodilló allí llorando.

Yo me volví, repugnada. Necesitaba aire fresco y limpio para deshacerme del hedor y el sufrimiento, pero vi la neblina del calor del sol que incidía en las piedras de fuera, más allá de las columnas pintadas de rojo. Noté un sabor amargo ascender por la garganta.

Nadie preguntó por Ariadna. Era como si no valiera más que las gemas o el oro que Teseo y sus hombres se habían llevado. Lejos de preguntarme a mí si sabía algo, Minos y sus hombres me ignoraron. Juraron venganza y maldijeron a Dédalo y a Teseo.

¿Me habían olvidado por partida doble? ¿Había planeado Ariadna mi abandono con Teseo? No creía que mi amable hermana hubiera podido hacerlo. No la habría creído capaz de liberar a Teseo de su celda para confabularse en contra de Minos si no la hubiera visto con mis propios ojos. ¿Podía tratarse acaso de un error? ¿Un malentendido? Pero, aunque bullían preguntas en mi mente, la imagen del rostro de Teseo permanecía fija. El hambre con la que había mirado a Ariadna. Cómo le había devuelto ella la mirada, como si fuera la única persona en el mundo.

Puede que yo me hubiera interpuesto en su camino.

Yo no poseía la paciencia de Ariadna con Pasífae y, cuando la vi arrastrarse por el suelo, reuniendo los restos de su hijo monstruoso, sentí más ira que empatía. Tenía tres hijos vivos, aparte de esa criatura, pero durante años nos había mirado como si fuéramos simplemente aire. Cuando Deucalión subió al barco hacia Licia, ella apenas notó la pérdida de un hijo humano fuerte. Ariadna ya no estaba y Pasífae lloraba únicamente por una aberración que jamás debería de haber concebido. Pero no podía dejarla allí. Aunque cada centímetro de mi piel reculaba de toda esa sangre, me arrodillé para ayudarla a ponerse en pie. Murmuraba frenéticamente entre dientes, pero se levantó con la ayuda de mi brazo.

Me habría llevado sus restos a la costa y los habría dejado allí para que los arrastrara el mar, pero conduje a Pasífae hasta el mausoleo del palacio para que lo enterrara con los reyes caídos de Creta. Si estos se parecían en algo a Minos, el Minotauro no sería lo peor que descansaría allí. Creo que se sintió agradecida, pero no me quedé en aquel lugar de muertos con ella. La dejé llorando en la oscuridad.

Iba contra mi naturaleza esperar a que sucedieran las cosas. Pero ese día no sabía qué más hacer. Me dirigí a la cala para buscar algún mensaje oculto, alguna pista o rastro de Ariadna o Teseo. Las olas rompían en la arena, como siempre, y me volví sin saber más. En la distancia, el sol se puso y tuve que regresar a Cnosos con las manos vacías.

Volví por el mausoleo, pues sospechaba que Pasífae no se habría movido de allí. Oí un sonido suave colarse por la puerta cuando me aproximé. No eran llantos, sino una canción. Un himno lastimero. No había oído cantar a mi madre desde antes de que naciera el Minotauro. El distante recuerdo casi olvidado me recorrió las venas. Su rostro, borroso pero sonriente. Me rodeé el cuerpo con los brazos y arrastré los pies. No quería acercarme demasiado. La vi arrodillada junto al féretro y una pesada tela cubría compasivamente lo que yacía allí.

La luz de la luna incidía en el fresco que había sobre la entrada del mausoleo. La canción de Pasífae terminó y ella se llevó las manos a la cara. Veía su perfil cubierto de una luz plateada y sombras; la belleza devastada de su rostro apenas era soportable. Me dieron ganas de darme la vuelta cuando se pasó las uñas por la piel y salieron hilos finos de sangre. Comenzaron a brotar las lágrimas que con tanto esfuerzo había contenido todo el día.

—Pronto habrá acabado.

Me volví ante el sonido de una voz masculina detrás de mí. Respiraba con dificultad.

—Disculpa, Fedra, no era mi intención asustarte.

Me llevé la mano a la frente. La tenía empapada en sudor. Por una sensación de culpa, tal vez.

—Radamantis, no te había oído.

Extendió una mano arrugada y la posó en mi hombro con amabilidad.

—Estás muy cansada, querida —indicó con tono suave. Asintió en dirección al mausoleo, los mechones de pelo grises revoloteaban con la brisa—. Solo quería decir que el duelo de tu madre terminará pronto.

—¿De verdad amaba a esa cosa? —pregunté. No sabía que la pregunta pugnaba por salir—. ¿Cómo puede sufrir tanto, sabiendo lo que era?

El hombre apretó los labios finos. Los pliegues de la piel de papel formaron arrugas profundas en su rostro.

—¿Sufre por la bestia? ¿O sufre por lo que representa su muerte? Lo que le han hecho todos estos años, lo dispersa que tiene la mente; tal vez ahora que ha terminado puede permitirse llorar por ello.

Lo miré, sorprendida. Nunca nadie había hablado de ese modo de Pasífae. Estaba acostumbrada a las insinuaciones, las murmuraciones que la perseguían allá por donde iba en Creta. Radamantis sonaba compasivo y me quedé pasmada un instante. Me sentí culpable por la manera tan despectiva con la que había hablado de él, tan solo me había fijado en cómo le temblaban las piernas ancianas y en el gorjeo de su voz. Lo había mencionado como el peor ejemplo de marido que podía ofrecer Creta. Y entonces Minos había presentado a Cíniras, que ya había regresado a Chipre, horrorizado ante las pruebas de lo depravada que era nuestra familia. Y Ariadna había encontrado a Teseo. Ni en nuestras ensoñaciones infantiles podríamos haber imaginado nada más increíble. Pero ¿dónde estaba ahora mi hermana?

—Ya que tu padre se ha ido de forma tan repentina, he asumido hoy su puesto —indicó Radamantis al ver que no era capaz de elaborar una respuesta a lo que había dicho sobre Pasífae—. Pero te aseguro que solo es por necesidad, princesa. He enviado un barco directo a Licia para pedir a tu hermano que vuelva a casa. El trono pertenece a Deucalión... al menos hasta que vuelva Minos. —Parecía preocupado. ¿Qué pensaría de las prisas de Minos, de su ausencia?

Asentí.

—Gracias.

En el mausoleo, Pasífae se movió con la intención de levantarse. Radamantis bajó la cabeza para despedirse de forma cordial y se alejó. Yo aguardé a que las piernas rígidas de mi madre la devolvieran a mi lado. Cuando llegó a la puerta, a pesar de tener la cara manchada de sangre propia, el pelo enredado y el vestido roto, me miró a los ojos y no vaciló.

La rodeé con el brazo y la conduje a casa.

Minos podría haber navegado con su ejército a Atenas, pero creo que temía hacerlo. Teseo lo había vencido con facilidad, había abierto el laberinto y aplastado en la arena el cráneo del temido Minotauro como si de un huevo se tratara. Lo último a lo que podía arriesgarse era a perder una guerra. Pero ardía en deseos de vengarse. Así pues, esa mañana partió en busca de Dédalo. A matarlo o capturarlo, ni siquiera sé si él lo tenía claro.

Pero ¿cómo persigues al hombre más astuto y brillante del mundo? Supongo que Minos sabría que Dédalo encontraría a no pocos aliados poderosos dispuestos a protegerlo a cambio de una sola gota de su sabiduría y destreza. Mi padre era lo bastante inteligente como para saber que no era buena idea ejecutar un ataque contra un hombre como Dédalo. Para nuestra sorpresa, envió de vuelta a sus hombres en el barco tan solo unos días después. Él viajó disfrazado, deambuló a pie de ciudad en ciudad, buscándolo. Cuando los soldados retornaron sin él y nos contaron esto, pensé que se había vuelto loco.

Los siguientes días estuvieron empañados por la preocupación. No llegaron noticias de Minos ni de Ariadna, y tampoco había rastro del barco que había marchado para devolver a Deucalión a casa. Sabía lo que ya sentían los nobles inquietos de Creta por nosotras y, durante esos días, tuve la sensación de que mi destino y el de Pasífae colgaba precariamente de un hilo. Por más respeto que infundiera Radamantis en la corte, no era más que un anciano entre un buen número de jóvenes rapaces hambrientos de poder, y el trono era muy tentador para todos ellos. Yo examinaba el horizonte en busca de barcos. Esperaba que mi hermano, que se encontraba en el umbral entre la niñez y la juventud cuando lo vi por última vez, hubiera aprendido bien de su tío cómo gobernar una ciudad. Cuando al fin vi las familiares velas de color escarlata en el puerto, sentí un profundo alivio.

Corrí hasta el embarcadero sin nadie que me detuviera en nombre del decoro. Me abrí paso entre vendedores y mercaderes que paseaban por allí, gritándose entre ellos para hacerse oír con el ruido de las olas y el viento que agitaba las telas que colgaban de los barcos que allí se amontonaban. Yo tenía la mirada fija en la figura que descendía de nuestro barco real, mucho más impresionante y grandiosa que el resto. No me importaron las quejas y protestas cuando pasé junto a todos ellos dando codazos.

Estaba más alto, mucho más que la última vez que lo vi, pero la sonrisa era la misma. Mi querido Deucalión, mi hermano bondadoso había regresado a mi lado. Lo rodeé con los brazos cuando dio el último paso hasta el muelle, haciendo que se tambaleara un poco.

Rompió a reír.

—¡Fedra!

—Me alegro mucho, mucho de que hayas vuelto —fue todo cuando dije, apoyada en su pecho. Sentí la cálida presión de su mano en la espalda.

—Siento el retraso. Paré en Atenas de camino a casa.

Me quedé pasmada y retrocedí.

—¿Atenas? ¿Has… Has visto a Ariadna? —Apenas me atrevía a formular la pregunta, las palabras abandonaron temblorosas mis labios y no me reconocía.

El rostro de mi hermano se empañó.

—Tengo noticias de Ariadna. Lo explicaré todo en palacio, no aquí. —Ladeó la cabeza en dirección a la masa de gente que nos rodeaba, los soldados que lo flanqueaban y las miradas curiosas e interrogantes que nos dirigían. Cuando los allí presentes comprendieron quién era, comenzaron a bajar las cabezas y las charlas ruidosas mermaron.

¿Qué se sentiría? Al ganarse el respeto de gente que llevaba años sin verte y que no sabía nada de ti, excepto que eras el hijo, y no la hija, del rey. Pero estaba impaciente por escuchar las nuevas de mi hermana y aliviada de que Creta no se hallara en plena rebelión, así que caminé junto a él y los guardas avanzaron a nuestro lado en una majestuosa procesión.

—¿Qué hay de nuestra madre? —me preguntó en voz baja—. ¿Cómo se encuentra?

Me quedé pensativa.

—Más fuerte cada día. —¿Estaba Radamantis en lo cierto con su valoración en el mausoleo? ¿Lamentaba ella en lo que se había convertido cuando lloraba ante los restos del Minotauro?—. Creo que está hallando algo de paz. —Por supuesto, la ausencia del tirano de Minos era de ayuda. Pasífae podía, por fin, respirar libremente.

Deucalión asintió.

—Bien. —Me maravillé por la fuerza de su presencia, lo cómodo que parecía encontrarse subiendo los escalones hasta el palacio, su palacio, al menos por ahora. Cuando nos aproximamos a la arcada de la entrada, consejeros, nobles y sirvientes se acercaron a nosotros, pero mi hermano los apartó—. Ya habrá tiempo para asuntos de estado —pronunció—. Primero quiero hablar con Fedra.

Me sorprendieron sus palabras.

Me condujo a una cámara; recordaba los entresijos del palacio como si lo hubiera abandonado el día anterior. Al fin estábamos a solas y tan solo había una cosa que deseaba saber.

—¿Ariadna? —pregunté.

Él exhaló una bocanada de aire. Fui incapaz de leer la expresión de sus ojos, pero se me paró el corazón al ver que los segundos se alargaban. Justo cuando pensaba que no podía aguantar más, habló:

—Ariadna ha muerto.

Lo supe antes de que lo dijera. Mi hermana, tan dulce, confiada y valiente.

—Teseo me lo ha contado todo. Cómo intrigó con él para matar al monstruo y esperó fuera. Huyeron esa noche en su barco y pararon en una isla llamada Naxos para descansar. Me contó que sus hombres y él instalaron un campamento y dejaron un espacio separado para ella, para proteger su virtud. Pero, por la mañana, cuando acudió a despertarla, la halló fría, envuelta en el abrazo de una serpiente que la había matado con su veneno. Luchó contra la serpiente, según él, tan grande que supo que debió de haberla enviado un dios, y la derrotó. Me prometió que llevaron a cabo los ritos funerarios antes de partir. Cuando llegó a Atenas, consultó con un oráculo y este le reveló que Artemisa había enviado la serpiente como castigo por la traición de Ariadna a su padre y a su ciudad. —Exhaló un hondo suspiro—. Teseo lamentó comunicarme la noticia y yo lamento cargarte con ello también a ti, joven Fedra.

Me quedé sin aliento, las palabras ahogadas en la garganta. Me hormigueaba la piel, como si unas hormigas me recorrieran el cuerpo. Tan solo podía pensar en ella muerta en el abrazo de una serpiente venenosa, la piel dura y drenada de la vida que ruborizaba sus mejillas la última vez que la vi.

—¿Y por qué solo a nuestra hermana? —conseguí pronunciar por fin—. ¿Por qué solo la castigó a ella?

Deucalión se llevó la mano a la boca.

—Ella fue quien cometió el delito, Fedra. Sé por qué lo hizo, pero fue ella quien desobedeció a Minos y actuó en deslealtad a Creta. Teseo era nuestro enemigo y ella lo ayudó.

—¿Nuestro enemigo? —La voz salió aguda, estridente, desconocida para mí—. ¡Él nos salvó a todos!

—No puedo negar que nos ha procurado un servicio al deshacerse del Minotauro y librarnos de esa monstruosa cosecha. —Deucalión asintió—. Ahora solo quiero hacer las paces con Atenas. No les guardo rencor.

—Pero Ariadna ha pagado el precio —musité.

Se quedó un buen rato en silencio.

—Aún no se ha pagado el precio, Fedra.

Levanté la mirada.

—¿Qué quieres decir?

—Minos se ha ido y nadie sabe cuándo regresará. No tenemos al Minotauro. Los comentarios acerca de una rebelión plagan Cnosos. No podemos permitirnos una enemistad con Atenas ahora, pero les hemos arrebatado dos veces a sus hijos para alimentar a nuestro monstruo. Si Teseo no lo hubiera matado, también la habríamos privado de su príncipe y esto habría durado para siempre; un sacrificio sin fin. No será fácil recuperar su amistad.

—¡Solo pudo matar al Minotauro gracias a Ariadna! —Me contuve para no decir más. Por razones que tan solo él conocía, Teseo no me había inculpado. Tal vez la mirada compasiva de Artemisa también me había pasado de largo.

—Es verdad. —La mirada de mi hermano era pensativa y el tono razonable—. El pueblo de Atenas sabe que los hijos de Minos no son Minos. Podemos demostrarle que su tiranía ha finalizado y nuestro peor enemigo podría ser nuestro gran aliado. Pero las palabras no bastan. Tenemos que efectuar reparaciones, ganarnos su confianza. Sobre todas las cosas, debemos evitar una guerra mientras Creta se encuentre en el borde del abismo, a punto de estallar en el caos a la mínima de cambio.

—¿Por qué iban a confiar en nosotros? —pregunté. No podía imaginar a qué se refería.

—Les quitamos a veintiocho de sus hijos, que murieron devorados en nuestro laberinto —prosiguió con calma—. Sugerí a Teseo que les diéramos, a cambio, solo a uno de los nuestros.

Me quedé inmóvil.

—Tu mano en matrimonio, Fedra, cuando tengas la edad. Una princesa de Creta casada con el rey de Atenas. Eso asegurará su apoyo en lugar de provocar su ira contra nosotros. Seguro que lo entiendes.

—¿El rey de Atenas? —pregunté, horrorizada—. ¿Quieres que me case con Egeo?

Él negó rápidamente con la cabeza. Se rio y entonces se contuvo al recordar que estaba hablando de venderme.

—No, no. Egeo ha muerto. Teseo me contó que, por la pena y confusión ante la muerte de nuestra hermana, olvidó cambiar las velas negras por las blancas. Egeo aguardaba cada día en el borde del acantilado, escudriñando el mar, esperando el regreso del barco ateniense. Cuando lo vio aproximarse, todavía con las velas negras de luto, pensó que su hijo había muerto en el laberinto. Se lanzó al mar y Teseo bajó de ese barco siendo ya rey.

Otra vida ateniense arrebatada por nuestra culpa. Con razón Deucalión creía estar haciendo un trato justo. Un negocio ventajoso, pues Creta tan solo perdía a una chica.

—Amaba a Ariadna —comentó con tono amable—. Pero podrá amarte a ti en su lugar. Ha servido bien a nuestra familia. Tenemos suerte de contar con esta oportunidad.

—Entonces, ¿parto a Atenas en cinco años? —pregunté.

Él negó con la cabeza.

—No podemos esperar que confíen en que mantendremos nuestra palabra. Partirás lo antes posible.

Me quedé mirándolo.

—Ellos cuidarán de ti. El palacio de Atenas es grande y bonito. Allí vivirás bien.

Sola en una ciudad en la que todo el mundo me odiaba por representar todo lo que habían perdido a manos de mi padre. Deucalión hablaba como si este fuera un gesto de unidad entre Atenas y Creta, pero sería una rehén en nombre de la frágil paz que ansiaba. Me aparté de mi hermano con la mano en la boca. Pensaba que él traería la salvación, y en su lugar había cambiado mi cautiverio por otro.

Mi hermano fue fiel a su palabra. Un barco provisto de riquezas para apaciguar a Atenas y con la misión de suplicar perdón, aguardaba en el puerto al día siguiente. Tan solo esperaba el último regalo: yo.

Notaba el rostro rígido mientras caminaba hacia el navío, las piernas pesadas me arrastraban. No había conocido una infancia en Creta, pero no conocía ningún otro lugar. Sentí una ligera calma en el corazón al ver a Pasífae en el puerto, esperando para despedirse de mí. Aún seguía teniendo temblores, a veces la veía llorar y a menudo se le empañaba la mirada cuando conversaba. Pero desde que habíamos perdido a Ariadna, al Minotauro y a Minos, había días que notaba que mi madre estaba allí dentro. Me aferró con fuerza y me abandoné en su cálido abrazo.

Quizá los dioses ya habían terminado con ella. Ojalá pudiera envejecer sin la interferencia de estos.

Deucalión permaneció recto, sin titubear, y era la última persona que me separaba del barco. Posó la mano en mi hombro y lo miré a los ojos.

—Sé valiente, hermana —me dijo—. Atenas es una ciudad espléndida. Allí prosperarás.

No respondí. No había nada que decir. Me quedé en la cubierta y observé cómo caían las olas entre mi hogar y yo. Al principio lloré, no puedo negarlo, pero pasaron las horas y no pude llorar más. Empecé a pensar qué aspecto tendría el palacio ateniense, cómo sería ver de nuevo a Teseo. Confieso que aquella noche, con Ariadna, sentí celos del tiempo que pasaron a solas. Yo ansiaba unir fuerzas con él, lanzar fuego sobre mi propia ciudad y castigarla por lo que habíamos vivido. Pero ahora comprendía que habría dado todos los momentos con Teseo a cambio de una sola conversación más con mi hermana. Sentía que tenía mil años más que la chica que los había sorprendido con el garrote de Teseo que yo misma había sustraído. Lo que ahora quería del rey de Atenas, por encima de todo, eran respuestas.

Fue un viaje largo. Me hubiera gustado que parásemos en Naxos para poder dejar flores por Ariadna, pero Deucalión había sido claro en sus órdenes de navegar directo a Atenas. Tenía la mente demasiado acelerada como para poder dormir, me hormigueaba el cuerpo de nervios. Cuando nos aproximábamos a Atenas, me agarré a la barandilla de la cubierta con tanta fuerza que se me pusieron blancos los nudillos. Mi doncella, una chica callada que, supuse, también dejaba atrás su hogar y a su familia para acompañarme, me tiró de la manga y trató de convencerme para peinarme y cambiarme el vestido antes de que llegáramos. Solo acepté cuando vi lo joven que era y pensé en lo asustada que estaría también ella.

Él estaba allí para recibirnos. No sabía si era lo que esperaba o no. Estaba apoyado en un muro del puerto, haciendo visera con la mano. Seguía siendo igual de apuesto, confirmé sin emoción alguna. La tristeza no desapareció al ver su rostro ni cuando me tomó la mano para ayudarme a bajar del barco.

—Fedra, toda Atenas te da la bienvenida —me dijo.

—¿Una hija de Creta, bienvenida aquí? Lo dudo —respondí.

Él resopló, sorprendido y divertido.

—Es verdad —coincidió—. Y yo también me alegro de verte de nuevo. Espero que seas feliz aquí. —Bajó la voz—. No pienses que Atenas te guarda rencor, joven Fedra. Todos saben que tú eres inocente de cualquier fechoría. Los actos de tu padre no son los tuyos. —Tragó saliva—. Ni de tu hermana, por supuesto. Todo el mundo sabe que dejó Creta por decisión propia. Saben que tú y ella no erais cómplices de los crímenes de tu ciudad.

Esperaba que tuviera razón. Había sido tema de cotilleos toda mi vida, aquí me reconocerían rápidamente. Pero mientras me conducía con paso rápido por el puerto tranquilo a la luz del amanecer, dejando que los tripulantes y sirvientes descargaran el barco, saqué el tema que tanto ansiaba tratar.

—Cuéntame qué le pasó —le pedí y él palideció.

—No te gustaría escucharlo, te lo aseguro.

—Pero quiero. Estuviste con ella antes de que muriera. Cuéntame cómo sucedió.

Se rascó la nariz y tomó aliento.

—Artemisa envió una serpiente para matarla mientras dormía.

—¿Por qué estaba durmiendo sola? —quise saber.

Me miró.

—No habría sido… apropiado que durmiera en mi compañía. —Carraspeó.

—Pero ¿y las otras chicas? Las rehenes. Había siete. ¿Dónde durmieron ellas? —Observé su rostro, pero ahora caminaba deprisa y me costaba seguirle el ritmo.

Apartó la cara, como si estuviera esquivando una mosca.

—Durmieron en el barco.

—¿Y por qué ella no? —No me podía imaginar que mi hermana deseara dormir a solas en medio de la naturaleza. Me acordé de cómo se estiraba como un gato al sol en los sofás que había en el patio del palacio, en Cnosos.

—¡No lo sé! —replicó. Suspiró, bajó el ritmo y se detuvo. Me tomó ambas manos con una de las suyas y me levantó la cabeza con la otra—. Lo lamento, Fedra. Es natural que quieras saber cómo fue la muerte prematura de tu hermana. Es una tragedia. Pero fue voluntad de Artemisa. Tal vez la gran diosa la maldijo con la locura, tal vez por eso quiso dormir allí fuera.

—¿Y por qué no se lo impediste? —No pude contenerme.

—Tal vez Artemisa nos maldijo a todos con la locura —respondió con tono serio.

Intenté zafarme de sus manos.

—¿Te maldijo con la locura Artemisa cuando me diste la dirección de una cala falsa?

Se quedó sorprendido. No estaba preparado. ¿Esperaba que me mostrara dócil, sobrepasada, tan feliz de estar allí con él que no había pensado en interrogarlo?

Me soltó las manos.

—Yo no hice tal cosa. —La voz sonaba tensa, cargada de dignidad y reproche—. Seguramente te equivocaras. No pudimos esperarte, los guardas de tu padre podrían habernos alcanzado en cualquier momento.

Deseaba poder creerle, pero estaba segura de que mentía, aunque no sabía cuánto ni sobre qué. Ahora que estaba alerta, también sabía que tenía que ser cuidadosa. Él era el rey de Atenas y yo, la hija del mayor enemigo de la ciudad.

—¿Quién entiende la voluntad de los dioses? —acabé diciendo y me esforcé por mantener un tono neutral—. Todo está en manos de ellos. No osaré interpretar lo que Artemisa plantó en nuestras cabezas para hacer justicia.

Teseo exhaló un suspiro de alivio.

—Así es. —Me hizo un gesto para que continuara adelante.

El camino ascendió por una pendiente y fue un alivio que estuviera ya acostumbrada a las cuestas de Cnosos, porque, si no, me habría quedado sin aliento. Cuando llegamos a la cima y Cecropia entera se hallaba ante mí en toda su gloria, me quedé inmóvil y las preguntas que me rondaban tan fervientemente la cabeza se acallaron por un instante. La cima de la enorme montaña que habíamos subido era como una mesa a nuestros pies. Pude vislumbrar sus dimensiones a través de la entrada con forma de arco por la que Teseo me hizo pasar. Levanté la mano para detenerlo, para que se detuviera un instante y poder contemplarla. Una torre alta se alzaba en el cielo a la derecha y atisbé la atenta mirada de un vigilante que nos observaba con el arco preparado para atacar a los intrusos. Los muros que rodeaban la ciudadela eran más gruesos que cualesquiera que hubiera visto en Creta, metros de piedra construidos para evadir a los atacantes.

Ninguna de esas defensas pudo contener la plaga que Minos suplicó a Zeus que enviara, pensé, agachando la cabeza con una mezcla de vergüenza y enfado. El sufrimiento que mi familia había provocado en este lugar era, ciertamente, inimaginable, y ahora el palacio de Atenas se encontraba ante mí, imponente y glorioso. Tendría que demostrar que su dolor no era culpa mía, que yo no era como mi padre. El sudor me empapaba la nuca, por debajo de la melena que la doncella me había recogido. Me alegraba ahora de haberla dejado que me vistiera con un atuendo más elegante.

—Tu nuevo hogar —indicó Teseo.

Quedaban aún años para que me casara con él. Tiempo suficiente para descubrir la verdad. Yo no era como mi hermana y no poseía su fe ni su inocencia. Bajé la mirada en un gesto de modestia cuando lo seguí por el suelo de mármol. Pero no descansaría hasta saberlo todo.

16

Ariadna

Se me revolvió el estómago y me tambaleé; me agarré a la enorme roca y la rodeé con los brazos mientras el mundo daba vueltas a mi alrededor. Un barco. Las velas no eran negras, pero, por supuesto, Teseo habría colgado ya unas nuevas, las velas blancas de la victoria para alertar a su padre, el anciano Egeo, que seguramente contemplara nervioso el mar desde Atenas, con la misma ansia con la que lo había hecho yo en Naxos, aguardando a su hijo.

Podía tratarse de Teseo. ¿Pensaba golpearle el pecho y gritarle? ¿O me lanzaría a sus pies y le suplicaría que me amara? No estaba segura.

Y si no era Teseo, ¿quién podía ser? ¿Unos marineros que pasaban por allí? ¿Piratas? ¿El ejército de Creta?

Me aparté del borde y volví al patio. Allí me detuve y resollé.

El día anterior había destrozado las vides. Las había lanzado en todas direcciones y había arrancado las raíces con los dedos. No quedaba nada más que ramas destrozadas y fruta aplastada que había visto esa misma mañana al pasar por allí.

Ahora, solo unas horas más tarde, había ante mí más vides que se enredaban orgullosas entre sí, extendiendo las hojas brillantes y exuberantes al sol. De las ramas colgaban racimos de uvas moradas y maduras que se mecían suavemente por su propio peso.

Me llevé la mano a la boca.

—No puede ser, no es real... —murmuré una y otra vez.

Pero parecían muy convincentes, muy reales. Seguramente me hubiera vuelto loca, estaba sufriendo alucinaciones. O cabía la posibilidad de que hubiera muerto ya y que esta fuera mi existencia, la de un espectro condenado a deambular por esta isla eternamente. Pero ¿por qué había uvas en el más allá de un espíritu errante? Ese pensamiento absurdo me pareció tan divertido que a punto estuve de echarme a reír, pero el horror ante la idea de que podía haberme vuelto completamente loca me detuvo. No pensaba con claridad y comprobé que el ruido que me impedía hacerlo era el del agua. Me volví tan rápido que tropecé. La pequeña estatua del dios jubiloso que seguramente fuera Dioniso estaba ahora sobre una fuente burbujeante, y de la copa que sostenía en alto la deidad sonriente manaba un chorro de agua pura y cristalina.

Me dio un escalofrío. No existía explicación para lo que estaba sucediendo. Era un milagro, aunque los milagros no podían ser tan aterradores. O sí. Tal vez contemplar la magia verdadera tan de cerca con tus propios ojos fuera suficiente para rasgar el velo de la cordura de la mente de una persona y dejar en su lugar el caos de la locura.

Me encontraba hechizada por la imagen de la fuente, pero volví a la realidad de golpe al comprender que el agua podía desaparecer tan rápido como había aparecido. Fui a recoger el barril vacío que había soltado con total desesperanza solo unas horas antes. Al ver cómo se llenaba con la gloriosa agua que daba vida, mejor que cualquier otro néctar que pudieran beber los dioses en el Monte Olimpo, me reí. Algo, de algún modo, en alguna parte me había bendecido.

O alguien. Tal vez sí había algo por lo que vivir. Si un dios, una ninfa, cualquier clase de deidad, se había apiadado lo suficiente para crear esta fuente para mí, entonces estaba mostrando por mí una gran amabilidad. Era posible que mis crímenes no hubieran enfadado a todos los seres inmortales.

Siempre supe que los dioses existían. Les había hecho ofrendas, había rezado y seguido los rituales requeridos para enaltecer su gloria. Pero nunca esperé que uno pudiera honrarme con algún signo de su presencia. Las conversaciones con los dioses estaban limitadas a los hombres poderosos que convivían con nosotros. Para un héroe como Teseo sería un privilegio llevar a cabo sus hazañas bajo la guía de un olímpico orgulloso, uno de los grandes dioses que nos gobernaban a todos y disfrutaban escogiendo a sus favoritos de entre la élite de los campeones. Y sabía, por supuesto, que aquellos que atraían la atención de los dioses por razones equivocadas eran castigados. En toda mi vida, nunca pensé que pudiera encontrarme con un dios de notable importancia. Pensé que lo máximo que me acercaría a la divinidad en carne y hueso era con mi hermano toro y su desesperada locura.

Esto, sin embargo, el milagro del agua, la belleza de las uvas brillando a la luz del sol, era un regalo de la pureza y benevolencia divina. Y aunque no conocía la fuente de la que provenía, sí sabía que tenía que ser rauda a la hora de expresar mi gratitud. Antes de entregarme a la frescura del agua fría o la dulzura de las deliciosas uvas, di las gracias.

Volví a entrar en la cocina para tomar el vino que había dejado Teseo. Tan solo quedaban unas pocas gotas en la jarra, pero era todo cuanto tenía. Pensé en las complejas libaciones que había visto en Creta; el vino que habíamos vertido de forma liberada para complacer a los dioses, la sangre derramada de las gargantas puras y blancas de los toros, la grasa que goteaba de los asados de carne y el humo que desprendían en el aire para deleite de los inmortales. Aquí no había nada de eso, pero tenía la esperanza de que el dios que me había bendecido aceptara mi gratitud. Llevé la jarra y un pequeño cuenco al patio, pasé junto a la milagrosa fuente de agua y salí del patio. Alcé la jarra con mano temblorosa.

—Al amable dios que me ha sonreído hoy, Ariadna de Creta le da las gracias —proclamé y vertí las pocas gotas que quedaban en el cuenco, radiantes y rojas.

Esperaba que fuera suficiente para apaciguar a mi divino benefactor y que no se mostrara ofendido por mi ingratitud y creyera conveniente hacerme pagar por ello. Ahora que había dado gracias, la ansiedad se apoderó de mí al pensar que el agua podía secarse tan rápido como había brotado, así que corrí hasta el tonel rebosante. Me llené las manos y me llevé el agua a la boca. Beber sin miedo era una experiencia gloriosa.

Volví a la roca y busqué el barco, que se había acercado más. Estaba muy nerviosa y no podía permanecer quieta. Me froté las manos y deambulé de la roca al patio una y otra vez. En el patio me detuve, incrédula.

Ya no salía agua. En su lugar, era vino lo que fluía: un líquido de un profundo color rubí manaba de la pequeña copa de la estatua en chorros mareantes, y percibí el aroma embriagador antes de ver lo que era. Más allá, había más uvas en las vides.

Me quedé boquiabierta. Me acerqué un paso, luego otro, y entonces toqué con la mano el líquido rojo. El vino estaba cálido y sabía dulce cuando lo probé de mi piel. Me aparté el pelo de la frente, miré más de cerca, luego a mi alrededor, y me reí a carcajadas, incrédula.

Otro regalo milagroso, otra sorprendente transformación. La isla no era ya un lugar lóbrego y estéril de horrores, con el acecho de la muerte con cada brisa. Ahora, cada molécula de aire vibraba como una promesa invisible, el mundo estaba lleno de posibilidades. Ahora sí tenía claro que debía de estar en presencia de algo más poderoso que cualquier cosa que conociera. El miedo se entremezcló con la emoción y la felicidad. ¿Qué vendría después? El patio se tornó sofocante, los vapores intensos del vino serpenteaban en el aire cálido. Se me pegó el pelo a la nuca. Me agarré los brazos y, temblando, volví a acercarme a las rocas para buscar el barco. Deseaba que la brisa se llevara la confusión y aplacara el pánico que me reconcomía. Me habían salvado, o eso parecía, pero ¿con qué propósito?

A bordo de aquel barco debía de estar quien había hecho fluir el vino y brotar las uvas, maduras y deliciosas, del suelo árido. Me esforzaba por ver algo, con los nervios a flor de piel. Más que nada, temía que el navío cambiara de rumbo. Que no se dirigiera a Naxos, que la rodeara y desapareciera de nuevo en la nada. Pero no fue así. Avanzaba más y más, cada vez más cerca y más grande, en dirección a la playa.

Desde mi ubicación en las alturas, empecé a ver lo extraño que era. El mástil era alto y de él colgaban unas velas blancas y grandes. La vegetación comenzaba a trepar por el alto poste de madera. Las vides se extendían y curvaban, y las hojas se tornaban gruesas e hinchadas. Ante mis asombrados ojos, contemplé cómo emergían ramas impresionantes de la parte superior de la embarcación y de ellas colgaban exuberantes uvas. Colgaban del barco en racimos abundantes, mucho más grandes que los que habían crecido en el patio, con el mismo tono morado.

Oí gritos provenientes de la cubierta. Los hombres corrían de un lado a otro bajo semejante visión, inimaginable y absurda. Los vi señalar con los rostros alzados, formando una «o» con la boca por la sorpresa. Y conforme se lanzaban de un lado a otro, asustados, vi unas coronas de hiedra retorcerse a lo largo de los costados del barco, como si fueran serpientes que se aferraban al navío.

La embarcación se acercaba más, ya estaba justo debajo de las rocas, y pude ver el río de color escarlata que comenzó a fluir de la proa sobre las tablas de madera. Los hombres levantaron los pies y sacudieron los bajos de las túnicas que, como pude comprobar, estaban manchados de un rojo brillante. Parecía que una marea de sangre empapara el barco, pero yo sabía que tenía que tratarse de vino: delicioso vino tinto que caía en la madera y se extendía por el suelo en un flujo imparable.

En medio del caos yacía una figura sentada, inmóvil. Atisbé una aureola de rizos dorados que resplandecían a la luz del sol. Los hombres se movían asustados, pero esta figura, que no pude adivinar si se trataba de un niño, un hombre o tal vez una mujer, estaba totalmente inmóvil, posada junto al mástil. Me pareció oír la rítmica melodía de una carcajada que se alzaba por encima de los gritos de la tripulación. Las figuras que corrían se fueron deteniendo poco a poco y vi que se arrodillaban, una a una, ante la persona del pelo dorado que había en el centro. Los gritos de miedo murieron y todo se quedó en silencio, excepto por el sonido de las olas y de la vegetación que engalanaba el barco.

Me estiré para mirar por encima del borde del acantilado. El barco, que ya estaba debajo de mí, se encontraba tan cerca que veía el pelo oscuro de los marineros agitarse con la brisa marina. La figura de pelo dorado se levantó y comprobé que era un hombre joven. Era ligero, pero aguardó con confianza en el centro del círculo formado por personas mirando boca abajo. Abrió la boca para hablar, pero el suave aliento de Eolo se llevó las palabras con el viento. Sostenía en la mano un esbelto bastón de madera envuelto con una gruesa enredadera en cuyo extremo había hojas.

En la punta oscilaba otro racimo de uvas que se balanceó cuando movió el bastón.

El efecto fue instantáneo. Los cuerpos de todos los hombres arrodillados con la cabeza gacha se convulsionaron de repente. Se retorcieron, aporreando la cubierta con el puño y rugiendo de forma terrible. El miedo me aferró con su garra helada, pero no pude apartar la mirada cuando la espalda de los marineros empezó a redondearse para formar jorobas. Una piel lisa y gris rasgó las túnicas y los cuerpos estallaron en grandes formas plateadas que al principio no reconocí. Las criaturas que tan solo un momento antes eran hombres rodaron por el barco, las colas golpeaban la madera que antes habían aporreado los puños humanos con desesperación. Resonaron aullidos y chillidos extraños, una canción melancólica y confusa. Todo ese barullo cobró de pronto formas que comprendí. Alrededor del joven, donde antes había doce hombres, había ahora doce delfines arqueando los cuerpos en el aire. No, doce no, eran once. Quedaba un hombre arrodillado que observaba la escena, asombrado, con las manos en la cara y la boca abierta.

Uno de los delfines consiguió, con torpeza, lanzarse por el lateral del barco y zambullirse en las profundas aguas azules. Noté el alivio en la criatura, que saltaba en las olas, alejándose del terror del barco. Los otros lo imitaron rápidamente, acercaron el cuerpo gris a los costados de la embarcación hasta encontrar la libertad. Cuando el último lo consiguió, en las olas saltaban las formas de los delfines, que rodeaban el barco.

El dios, pues no había ya duda de que se trataba de una poderosa deidad, echó la cabeza atrás, riendo a carcajadas. El único hombre que seguía arrodillado en la cubierta sacudía la cabeza con incredulidad, con las manos todavía en el pelo, como si deseara arrancarse de la cabeza los recuerdos de lo que acababa de presenciar. El dios se aproximó a él. El hombre se encogió, pero el ser inmortal le dio unas palmadas alegres en los hombros. Él era el favorito, al que había salvado del destino de sus compañeros. El dios estaba señalando la playa y hablaba rápido. Aunque seguía sin oír las palabras, supe que tenía la clara intención de atracar en la costa de Naxos. Sin duda, las uvas y el vino habían aparecido anticipándose a su llegada.

Me escondí detrás de la roca; tenía el corazón acelerado y la cabeza me daba vueltas. Esta isla, la que había creído que sería mi tumba, era ahora el destino de un impredecible e inimaginablemente poderoso dios del Olimpo. Si le apetecía, podía matarme en un segundo. O peor. No tenía defensa, ni medios de protección. Lo había visto transformar a hombres en bestias marinas. Volví a presenciarlo en la mente, con los ojos cerrados. Oí la piel de los marineros rasgarse, los huesos quebrarse en esa horrible mutación. Derramé lágrimas de pánico.

¿Qué me iba a hacer a mí? La pregunta latía en mis sienes. ¿Me escondía? O podía correr al interior del bosque de la isla, pero ¿qué eran los árboles para un dios? Ningún escondite podría ocultarme de los ojos divinos.

La casa era de él. Era su cama divina a la que me había llevado Teseo, donde habíamos disfrutado de nuestro encuentro amoroso ilícito. Pensé en la furia de Atenea cuando Poseidón violó a Medusa en su templo y me puse a temblar. Yo había accedido de forma voluntaria. Ahora, en algún lugar sobre el amplio mar azul, Teseo yacía con impunidad sobre sus aposentos reales, admirado por su valentía, sus hazañas nobles y audaces; y, como miles de mujeres antes que yo, me tocaría pagar las consecuencias de lo que habíamos hecho los dos.

Aunque sentía que podría desvanecerme por el miedo, las ascuas de la rabia, que pensaba haber reducido al destruir las uvas, volvieron a la vida en mi pecho. Si Dioniso venía para castigarme, no había nada que yo pudiera hacer. Podía morir llorando o podía enfrentarme a mi destino con el coraje de todas esas mujeres que me precedieron. Visualicé la imagen de Medusa para calmar la respiración agitada. Las serpientes siseaban, escupían y se contorsionaban en la cabeza, infundiendo miedo en los corazones de los supuestos héroes, que se encogían de pavor. Yo podía hacer lo mismo. La rabia sería mi escudo. Aunque Dioniso pudiera reducir mi cuerpo con un destello de los ojos dorados, no me encogería de miedo.

Me alejé de la pequeña casa y tomé el camino hacia la playa. Alisé el vestido, que era el mismo con el que había llegado. El vestido de mi madre, robado por los hombres de Teseo y ahora manchado y rasgado, era el único que tenía. Me llevé los dedos al pelo, a los rizos enmarañados. El colgante de la abeja seguía brillando de manera incongruente en mi garganta.

Caminé tranquila. En algún lugar de mi interior había nervios, pero era un lugar lejano, oculto por la manta de una certeza. Fuera lo que fuese lo que me sucediera ahora, no era el destino que había temido cuando desperté en esa cama vacía con un presentimiento que me pesaba en el vientre como si fuera una roca fría. No iba a morir sola en Naxos. Tal vez Dioniso, pues imaginaba que se trataba de él, se apiadara de mí. Donde antes había desesperación, ahora notaba la llama de la esperanza.

Llegué a la arena dorada y me quedé mirando el casco de madera del barco deslizarse por el agua hacia la costa. El dios y el hombre estaban ocupados en la cubierta, guiando el navío con firmeza y atracando entre las olas. Aguardé lo más recta posible, con la cabeza alta y los puños apretados.

Descendieron por el costado del barco, deslizándose con agilidad por las cuerdas. El hombre siguió al dios. Cuando cayeron al agua, supe que me habían visto, pero no distinguía sus expresiones.

El sol ardiente caía sobre nosotros, haciendo que las olas destellaran como espadas blancas y afiladas que dejaban una huella en mis párpados cuando cerraba los ojos. Entrecerré los ojos, retrocedí y perdí el equilibrio. La risa de Dioniso me alcanzó antes que él, un sonido alegre y melódico que lo precedía por el agua. Cuando las dos figuras se acercaron, el hombre tapó con el cuerpo el resplandor del sol y al fin los pude ver con claridad.

El marinero parecía perplejo. Tenía la boca abierta y los ojos de par en par, mirándome. Seguramente se esforzara por seguir el ritmo de estos acontecimientos extraños: el barco envuelto por la hiedra y empapado de vino, la tripulación transformada y desaparecida en unos segundos y ahora una mujer desaliñada en una isla desierta. El dios, sin embargo…

Su figura era ligera y grácil mientras caminaba por el agua. Tras él, el hombre parecía torpe y rudo, los brazos musculados se balanceaban con torpeza y tenía la piel áspera y enrojecida. Dioniso parecía acabar de alcanzar la edad adulta; tenía un rostro aniñado, teñido por la travesura y el júbilo apenas contenidos. No parecía sorprendido al verme aquí y me miraba con calidez, como si se acercara a una vieja amiga.

No hace falta remarcar que era sobrecogedor: una visión fulgurante, a su lado cualquier mortal sufriría en comparación. Pero su sonrisa era tan fácil que lo hacía menos intimidante, menos imponente de lo que habría imaginado que sería un olímpico.

Salieron del rompeolas y caminaron por la arena. El hombre seguía embobado, deslumbrado por su acompañante divino, tambaleándose entre la confusión o el miedo de lo que estaba aún por suceder.

El dios sonrió y extendió el brazo en mi dirección.

—¡Saludos! —Su voz era suave y rica como la miel.

No sabía qué hacer, de pronto era muy consciente de que estaba temblando. Alcé aún más la barbilla y no permití que el cuerpo me traicionara.

—No esperaba encontrar aquí a nadie —comentó—. ¿Quién eres y cómo has llegado hasta aquí sola?

Sus palabras me sorprendieron. ¿Cómo sabía que estaba sola? Qué pregunta más ridícula. Era un dios del Olimpo, sabía todo lo que quería saber.

—Mi nombre es Ariadna —respondí, vacilante—. Soy una princesa de Creta. —Al decirlo, me encogí un poco. ¿Habría oído Dioniso mi historia, tal vez de boca de un marinero? ¿Sabría lo que había hecho? ¿O los rumores sobre los asuntos de los mortales le daban igual? A menos que mi presencia en Naxos lo ofendiera, ¿por qué motivo iba a prestarme la más mínima atención?

Nos quedamos mirándonos por un momento. Ahora veía que tenía los ojos azules.

El hombre cayó al suelo con una sacudida que me sorprendió.

—Mi dios —murmuró en la arena—. Dios divino de las uvas, del vino y de la música, portador de felicidad y placer, por favor, ten piedad de mí, pues yo no sabía, yo no... —Su cuerpo se convulsionó con los sollozos.

Miré la figura postrada. ¿Debía de arrodillarme junto a él en la arena? ¿Degradarme ante este ser divino y suplicar compasión? Seguramente era eso lo que necesitaba: compasión. Pero algo me contuvo, la diversión en los ojos de Dioniso me hizo pensar que sería un acto ridículo.

—Vamos, Acetes —dijo el dios, dándole una palmada en la espalda y ayudándolo a levantarse. Aunque el marinero era mucho más alto y ancho que Dioniso, a este no le costó ningún esfuerzo alzar al hombre desesperado de la arena, como si no fuera más que un chiquillo—. No te arrodilles ante mí, somos amigos.

Acetes empezó a balbucear su gratitud, pero Dioniso volvió a hablar.

—Soy yo quien estoy agradecido contigo, hombre. Tu tripulación quería engañarme y planeaba venderme como esclavo, pero tú te opusiste a ellos incluso antes de que revelara mi identidad. Eres un buen hombre, Acetes, y un amigo para mí. ¡Quédate conmigo! —Hablaba con tono jovial, con la voz tintada de felicidad. Se volvió entonces hacia mí—. Estamos en presencia de una princesa: Ariadna de Creta.

El pobre Acetes abrió mucho los ojos. Creo que valoró, por un instante, volver a arrodillarse, esta vez ante mí, pero Dioniso seguía rodeándole los hombros con el brazo y, aunque daba la impresión de era un gesto amistoso, sospechaba que estaba sosteniendo firmemente al hombre.

—Seguro que tiene historias que contarnos —continuó el dios con mirada amable y tono bromista—. Espero que ella también escuche con educación nuestros aburridos relatos. Vamos a mi casa, una pequeña morada que tengo aquí en Naxos y que creo que Ariadna ha cuidado por mí.

¿Había algo que no supiera?

—Te recuperarás con una copa de vino, amigo mío, y aquí conoceremos nuestras historias.

Y así fue como conocí a un dios.

17

Cuando llegamos a la casa, me quedé boquiabierta. Ya no era una pequeña vivienda de piedra; en su lugar se alzaba un reluciente palacio blanco. El hogar de un dios. Los pilares majestuosos de la parte delantera estaban tallados y adornados con filigranas doradas que se retorcían para formar vides y de las que brotaban uvas en relieve. El mármol impecable resplandecía donde antes había piedra rugosa.

Dioniso nos condujo al interior. Del centro partía una magnífica escalera en espiral en lugar de la estrecha y polvorienta que había subido yo para ir a la cama. El pequeño patio era ahora un vasto espacio rectangular y la estatua se alzaba en el centro; de ella manaba un chorro de vino tinto. Alrededor había dispuestos sofás de color bronce con cojines morados. Dioniso llevó a Acetes a uno de ellos con una amabilidad que nunca había oído que pudiera poseer un dios. Inclinó la cabeza en dirección a otro de los sofás para que yo me acomodara y se fue un instante; rodeó un pilar y desapareció en otra habitación.

Me senté en el sofá. El rostro de Acetes, sin duda, era un reflejo del mío. Pero antes de que pudiéramos expresar nuestro desconcierto, Dioniso estaba de vuelta con bandejas llenas de comida: carne humeante en el centro con un aroma delicioso que flotaba en el aire, porciones de queso, panecillos, aceitunas grue-sas. Me rugió el estómago de emoción. Comida real y deliciosa que hacía que las uvas por las que antes me había sentido tan agradecida parecieran una nimiedad.

—Comed —nos animó, y no necesité más invitación que esa.

¿Era un sueño?, me pregunté. Un sueño provocado por el delirio del hambre, un sueño con copiosa comida y vino dulce, servido en un palacio por un dios poderoso. Tal vez lo había con-jurado mi mente para calmarme antes de morir.

¡Pero menudo consuelo era! La sensación de la comida abundante en mi cuerpo era indescriptible. El vino calmó el ba-rullo de mi mente; la conversación fácil de nuestro anfitrión di-vino lo sosegó aún más. Me enteré de que Dioniso había pedido a la tripulación condenada que lo llevara a Naxos y ellos habían planeado en secreto vender a este bello joven a un buen precio en Tebas. Tan solo Acetes había puesto reparos y había suplica-do a los hombres que se comportaran con honor y mantuvieran su palabra de dejarlo en Naxos, como habían prometido. ¿Por qué les habría pedido Dioniso que lo llevaran? Había oído histo-rias que contaban que podía desplazarse por las olas sin necesi-dad de barcos ni velas, ni siquiera de una humilde balsa que lo mantuviera a flote. O que podía ponerse un par de alas y volar, según su capricho. No le pregunté, pero el brillo pícaro en su mirada me decía que había encontrado una ocasión para hacer travesuras y que eso era motivo suficiente. Era difícil temerle. Sabía que, si lo ofendía de algún modo, de forma intencionada o no, podría verme sin voz y atrapada bajo una piel gris y gruesa bajo el mar, pero era tan cautivador y amable que, conforme pasaba el tiempo, pude olvidar con quién conversaba.

Nunca antes había hablado con tanta libertad con un hom-bre, aunque sabía que Dioniso era más que un hombre. No era como las conversaciones ostentosas con Teseo durante aquella noche que tan lejana parecía ahora. Me sentía igual que en las horas perdidas y tranquilas que disfrutaba con Fedra hablando de nimiedades. En ocasiones, recordaba dónde me encontraba y qué estaba sucediendo. Pero conforme la tarde pasaba, cada vez me parecía menos alarmante. Dioniso nos habló de sus viajes a lugares lejanos; no eran relatos de su valentía, como los de Teseo, no había monstruos a los que asesinar ni criminales a los que castigar, sino descripciones de tierras exóticas y extranjeras con costumbres, personas y criaturas que jamás habían aparecido en las historias que me habían contado previamente. Al rato, el sol comenzó a hundirse en el cielo y proyectó un brillo intenso en el patio. Vi entonces que Acetes tenía la mirada cansada.

Dioniso también se fijó. Sonrió y me tendió la mano.

—Ven, princesa —me dijo—. Vamos a caminar un rato y dejemos que este joven hombre duerma. Hoy ha hecho un gran servicio por mí y merece descansar. No lo molestaremos con nuestra charla.

Me ayudó a levantarme de los cojines suaves; un dios quería caminar conmigo. De pronto me hubiera gustado lucir uno de mis vestidos espléndidos de Creta, pero ¿qué más daba? Al lado de la grandiosidad de Dioniso, cualquier prenda elegante o joya no era más que harapos y rocas sin sentido.

Se adaptó a mi ritmo. No nos escoltaba un carro tirado por leopardos ni nos transportaban unas alas de plumas. Caminó a mi lado como haría cualquier hombre mortal, con una gracia felina, y cuando llegamos a la playa, el agua le mojó las sandalias y empapó el bajo de la túnica, como si no pudiera contener las olas ni aunque lo deseara.

Le conté mi historia. Las palabras fluyeron con facilidad. El horror mezclado con la ternura que sentía por el nacimiento de mi hermano malformado. La futilidad de los intentos de Pasífae, y también los míos, por humanizar a la bestia. La repulsión que sentí al ver a los rehenes atenienses ante nosotros en los juegos y el banquete. Incluso la sensación embriagadora que sentí al mirar a Teseo a los ojos, cuando me uní a él. Y la devastadora desesperación cuando desperté sola en Naxos y supe que moriría sin volver a ver otro rostro humano.

Él escuchó con atención. Sus sonrisas me habían encandilado; la risa incontrolable que acentuaba su discurso me había llevado a un estado de relajación confiada. Parecía encontrarle el humor a todo, pero no se mofó de ninguna parte de mi historia. Solo cuando terminé, volvió a sonreír.

—Entonces ha sido una suerte que haya llegado ahora —comentó—. Me alegro de no haber regresado un día más tarde.

—Yo también —coincidí, con una sonrisa en los labios. No podía fingir solemnidad, ni siquiera para mostrar respeto por su divinidad. Podía irse de nuevo, en un día, una semana o un mes, y dejarme aquí, sola una vez más. Pero me había concedido este respiro de una muerte inminente, y en ese momento tan solo podía sentir alegría por ello.

—Tenemos en común la historia de nuestra madre —indicó, señalándome una roca suave para que me sentara.

No podía imaginar que él estuviera cansado, pero el agotamiento de haber estado a punto de morir de hambre no me había abandonado por completo, y ese descanso fue un alivio.

—Los detalles no, pero sí el espíritu. Las dos fueron víctimas del rencor y el orgullo herido de los dioses. —Una sombra volvió a empañarle el rostro, igual que cuando me escuchaba contarle el sufrimiento de Pasífae—. Mi madre era Sémele, una mujer mortal. Aunque me llevó dentro de ella, no me alumbró y nunca me vio. Cuando abrí los ojos por vez primera, ella no era más que cenizas… —Se quedó un instante en silencio. ¿Cómo podía una deidad tan poderosa parecer tan vulnerable, tan herida?—. Me gustaría hablarte de ella, Ariadna. Me gustaría contarte más, no solo las historias de mis viajes.

Me miró expectante. ¿Pensaba que iba a negarme a escuchar? Por un segundo, nos miramos el uno al otro y la intimidad de ese momento fue sobrecogedora. En ese día tan extraño, esa intensidad repentina hizo que la cabeza me diera vueltas. Me pitaban los oídos y el aire pareció cobrar vida a nuestro alrededor.

—Pero creo que nuestro amigo Acetes se está despertando —prosiguió y volvió la cabeza, como si pudiera oír el sonido de los ojos de Acetes al abrirse al otro lado de las rocas, en el imponente palacio en el que había convertido mi humilde casa—. Seguro que duda de sus recuerdos de lo que ha sucedido hoy, y probablemente de su cordura. —Dioniso sonrió—. Volvamos para convencerlo de que no está loco, o al menos no más loco que el resto del mundo. Os mostraré a los dos vuestras habitaciones.

Sentí un gran alivio al escucharlo. A pesar del encanto y la gentileza que dispensaba, no me había olvidado de qué era ni tampoco de la fragilidad de mi posición allí. Había llegado a Naxos como una novia rebelde y me había convertido en una exiliada condenada. Ahora era la invitada de un dios del Olimpo, y sabía qué clase de anfitriones podían ser con las mujeres que encontraban en sus viajes.

—Tengo que pedirte algo —continuó—. Piénsalo.

Me quedé inmóvil, expectante.

—Has dejado tu hogar y no parece que Creta vaya a volver a abrirte sus puertas ni que tú quieras regresar. Te puedo ofrecer una alternativa. Por ahora, al menos.

Me temblaban los labios.

—¿Qué tipo de alternativa?

Señaló la isla que teníamos detrás.

—Que seas la guardiana de mi hogar en Naxos. Que te ocupes de mi santuario, que seas mi sacerdotisa, si lo deseas. Viajo con frecuencia, me gustaría tener a alguien aquí para que cuide de esto mientras estoy ausente.

El corazón me dio un vuelco. ¿Cuánto podría durar una invitación como esa de parte de un dios? ¿Qué me pediría después? Si es que regresaba. No podía volver a casa, pero si sobrevivía aquí, aunque solo fuera el capricho de un dios y se olvidara de mí en cuanto se marchara, era una oportunidad.

—Me gustaría mucho —respondí—. Pero ¿puedo pedirte a ti algo?

Él se rio, parecía complacido.

—¡Por supuesto!

—En tus viajes, ¿podrías enterarte de qué ha sido de mi hermana Fedra, por favor? Qué le sucedió... después de que yo me marchara.

Suavizó los rasgos del rostro.

—Claro. Te traeré noticias de tu hermana cuando regrese la próxima vez.

Mi destino no podría haberse revertido de forma más dramática que esa, y ese cambio tan abrupto me hizo sentir mareada. Esa noche dormí en una recámara ventilada colmada de galas. Me desperté con el amanecer rosado y, mientras contemplaba la luz ámbar, la esperanza batalló con la duda en mi pecho. Sabía de los dioses y sus demandas, de cómo jugaban con los mortales y luego despreciaban los fragmentos rotos de los humanos que los adoraban. Parecía que yo había dado con un dios que no me pedía nada y ofrecía de forma generosa; un dios que sonreía y se ría como un muchacho, de forma pícara y con alegría. Un dios que me hablaba como un viejo amigo en esta extraña isla en la que no se aplicaban las normas habituales. Deseaba creer que esto era verdad. Pero lo que pensaba era que

Teseo y él me habían abandonado en esta playa desolada a mi suerte, con mi hogar en ruinas, lejos de mi alcance. Había mirado en sus ojos verdes y claros y había visto sinceridad. ¿Cómo podía saber lo que había en realidad detrás de las sonrisas de Dioniso?

Esa mañana volvió a subir a su barco con Acetes.

—Regresarás a tu hogar en mi compañía —le indicó y le dio una palmada en la espalda—. Te daré muchos tesoros como agradecimiento por tu piedad y podrás contar a todo el mundo que eres un amigo querido de Dioniso. —Se volvió hacia mí—. Tú estarás a salvo aquí, Ariadna —me aseguró—. Habrá comida en la despensa y el vino y el agua fluirán libremente. Y no tardaré mucho en regresar.

Así pues, volví a quedarme sola en Naxos, pero vivía ahora en una lujosa comodidad que jamás conocí ni siquiera en Cnosos. Los dioses vivían mejor que los reyes.

Podría haber pensado que lo había soñado todo, pero tal y como había asegurado Dioniso, la despensa estaba rebosante de comida y el agua fluía clara, fresca y abundante. Llené todos los cuencos que encontré. No podía confiar en que no fuera a parar; mientras él recorría el mundo, seguramente se olvidara de su promesa y la fuente se volviera a secar. Paseaba inquieta por el patio. Una y otra vez, escudriñaba el horizonte en busca de un barco. Sentí temor al pensar en qué diferencia supondría que muriera en un palacio vacío en lugar de en una casita solitaria. Que el hambre y la sed se llevaran mi vida como la princesa traidora de Creta o como la sacerdotisa olvidada de Naxos.

Ya fuera por la temeridad ante la idea de una muerte inminente o el extraño confort que me producía saber que esta era la isla de Dioniso, me atreví a adentrarme más en ella. Aún me encogía de miedo al pensar en las bestias salvajes, las rocas traicioneras o las profundidades oscuras del bosque, pero la curiosidad se volvió más fuerte que el miedo. No había conocido más lugar que Creta y había pasado la mayor parte de mi vida tras los muros del palacio. Vi a Dédalo con el ojo de la mente, hablándome de tierras lejanas cuando pasaba tiempo con él de niña. El hambre creció en mí y caminé.

Me parecía conocer cada centímetro de la amplia extensión de la bahía y la masa de rocas que había tras mi recién construido palacio. En cuestión de días, esto era más real para mí que Creta. El hogar de mi infancia se me antojaba un recuerdo polvoriento ahora, un mundo lejano. En el interior de la isla, el bosque se espesaba a los pies de la imponente montaña que se alzaba como si ansiara alcanzar el cielo de los olímpicos. El bosque yacía en la base, pero los árboles comenzaban a clarear conforme tomaban altura, los espacios verdes cada vez eran más escasos en la tierra marrón y los peñascos. Allí no me acerqué.

Al principio bordeé el bosque, temerosa de los matorrales oscuros y enredados, pero cuando me armé de coraje, avancé hacia el interior. Iba constantemente alerta al repentino movimiento de un jabalí o el suave sonido de una serpiente deslizándose por una rama, pero lo único que oía eran cigarras y el ocasional gorjeo de un pájaro en los árboles. Deseaba llegar a la montaña, escalar una parte del terreno con la esperanza de ver el alcance de la isla, pero la cautela me refrenaba para que no me alejara y me perdiera entre los árboles. Siempre me daba la vuelta.

Conforme pasaban los días, la ansiedad me corroía por dentro. Había sido una ilusa al creer que podía confiar en un dios, ¡de entre todas las criaturas! Yo había sido una diversión para él, un entretenimiento, una testigo de cómo había convertido a los piratas en delfines, una mortal que lo admirara antes de que volviera a marcharse. La soledad y el silencio pesaban a mi alrededor.

—¡Maldito seas, Dioniso! —hablé en voz alta. El sonido de mi voz resonó demasiado fuerte y extraña al rebotar en los fríos pilares de mármol y reverberar en el aire.

—Menudas formas de hablar con una deidad —fue la respuesta.

Me di la vuelta y la sangre se me heló en las venas.

Esa mañana no había buscado el barco en el horizonte, pues estaba convencida ya de que no regresaría. Y aquí estaba, más deslumbrante de lo que lo recordaba, con una sonrisa más bromista y los ojos chispeantes. Por dentro me encogí ante mi estupidez al hablar de forma tan apresurada, pero me mantuve firme.

—Perdóname. No pensaba...

Él se acercó. Estudió mi rostro, mis mejillas encendidas.

—No pensabas que regresaría —terminó por mí—. ¿Por qué no?

—Creí que te habrías olvidado. Pensaba... —No acabé la frase.

—¿Qué? —preguntó—. ¿Que era como Teseo? —Resopló—. Yo no finjo, Ariadna, ni hago promesas que puedo olvidar como si nada. Me pediste que te trajera noticias de tu hermana, ¿no es así?

Alcé la mirada. ¿Sabía qué había ocurrido en Creta tras mi marcha? Estaba desesperada por saber de Fedra.

Dioniso debió de leer en mi rostro que quería saberlo todo, pues habló antes de que pudiera hacerlo yo:

—Te diré lo que sé. No es todo, pues me he enterado por un oráculo y sabes que hablan con acertijos. Pero esto es lo que sé: no sufre en Creta. Teseo estaba en lo cierto: nadie sospechó que tuviera algo que ver en la liberación de los rehenes atenienses y la muerte del Minotauro. Solo una de las hijas cargó con la culpa. Fedra se libró de la furia que desató Minos: gritó, sobre todo, al cielo y al mar, invocando a todos los dioses que recordaba para maldecir a Teseo. Minos estaba tan acostumbrado a ser un favorito de los dioses que se había olvidado de lo volubles que podían ser ellos. —Dioniso sonrió al decir esto—. El valiente héroe es mucho más interesante ahora para ellos. Los altares abarrotados en agradecimiento por la derrota del Minotauro son más gratificantes que los desvaríos de Minos. Un rey en desgracia y humillado solo les puede ofrecer diversión. Ya habían vuelto las miradas a cosas mucho más emocionantes. Así que desoyeron las oraciones de Minos. Él, frustrado, salió en busca del inventor prófugo, Dédalo...

—¿Dédalo escapó? —lo interrumpí, sorprendida.

—Eso parece, aunque desconozco cómo. Tu hermano, Deucalión, gobierna en Creta mientras Minos lo busca. Deucalión es un rey sensato, su primera tarea fue calmar una posible rebelión en Creta y el caos inicial. Con Minos lejos, el laberinto abierto y el Minotauro reducido a una masa de tejidos y cartílago, no podía arriesgarse a que se produjera una revuelta. Deucalión necesita aliados. Buscó un esposo para Fedra, un importante príncipe de una poderosa ciudad, y ella embarcó al día siguiente. Vive ahora en otro palacio, rodeada de un ejército de sirvientas y con todas sus necesidades atendidas mientras pasan los años hasta que tenga edad de casarse. Por favor, no me preguntes sobre su situación en el presente, pues no puedo contarte más. Las Parcas tienen planes para tu hermana, y no puedo desviar su destino y traértela aquí. Aunque soy consciente de que anhelas verla de nuevo, si eres honesta contigo misma, sabes que esta isla tranquila no es lugar para ella.

No podía negarlo: un palacio lujoso en una ciudad extranjera era mucho más atractivo para mi hermana que una vida en exilio y soledad. No sabía cómo de precaria podía ser mi posición aquí. No era justificable que arrastrara a Fedra a mi lado. Añoraba su rostro abierto y su conversación inquisitiva más de lo que podía expresar con palabras, pero deseaba, sobre todas las cosas, que se encontrara bien y su príncipe, fuera quien fuese, no recibiría bien una alianza con una princesa que había traicionado a todo su reino y había permitido que saquearan, destrozaran y robaran sus tesoros en una noche. Dioniso me prometió que volvería a ver a Fedra una vez su nuevo estatus estuviera asegurado, que la había visto llegar aquí en un poderoso barco un día, envuelta en galas.

Pensé en regresar a Creta ahora que Minos no estaba. Pero él podía volver en cualquier momento, por lo que no existía una posible segunda oportunidad para mí allí. Además, había cometido un terrible crimen. ¿Podría Deucalión, un rey novato, recibir a la mujer que había traicionado a la ciudad, aunque los ciudadanos se alegraran en secreto de verse liberados del Minotauro? No lo creía. Naxos era un lugar más seguro para mí por el momento y, mientras Dioniso estaba allí, no podía negar que una parte de mí deseaba quedarse.

18

Fedra

Había ciertas cosas en las que Teseo no mintió. En los años posteriores, serían esas las que contaría, los momentos de honestidad desperdigados en el mar del engaño en el que nadaba sin ningún esfuerzo.

Primero, fue verdad que Atenas me recibió cordialmente, mucho más de lo que esperaba. Poco a poco, dejé de oír los susurros en las esquinas. En Cnosos, la desgracia de nuestra familia nos perseguía como una cadena que estuviéramos obligados a arrastrar y que tiraba de nosotros, haciéndonos tropezar. En Atenas, me fascinó descubrir que podía moverme con libertad, sin ese peso. En lugar de condena, encontré compasión.

La ciudadela era pequeña, más de lo que esperaba, acostumbrada al esplendor de Cnosos. Pedí a Teseo que me lo mostrara todo con la esperanza de que, mientras caminábamos, pudiera sonsacarle más información, conocer las últimas horas de mi hermana en Naxos. Mas él no hablaba de eso, a pesar de mis esfuerzos. Yo no gozaba de la habilidad de la manipulación, la persuasión ni el engatusamiento. Estaba acostumbrada a un acercamiento más directo. Si le preguntaba por esa noche, él fruncía el ceño y encontraba un motivo para poner fin a la conversación.

Pero sí era feliz hablando de sus proezas. Escuché muchas veces cómo había vencido al Minotauro, reduciéndolo a una masa de sangre, pelo y cuernos en la oscuridad del laberinto. Exageraba las historias, las ensayaba una y otra vez para mí. Dejé de escuchar y me dediqué a observar los detalles de mi nuevo hogar.

La ciudadela estaba firmemente protegida con sus fortificaciones en la cima plana de la montaña que subimos durante mi primer día allí. Los peldaños de piedra que había en la ladera bajaban hasta el puerto y el río sinuoso que fluía por los valles fértiles, abundante y verde, al contrario que las rocas secas y polvorientas de Creta.

Juntos paseábamos por el ajetreado mercado, donde los vendedores competían enérgicamente para vender sacos de aceitunas brillantes, rica miel dorada, ánforas de vino tinto, pilas de joyas y cerámica. Sabía por qué le gustaba a Teseo caminar entre la gente. Lo veneraban como si fuera un dios, el hombre que los había salvado de la brutalidad inhumana de los cretenses. Pero también hablaban bien de mí, me sonreían y pronunciaban mi nombre. No puedo negar que me sentía un tanto emocionada por caminar al lado de un hombre al que adoraban tanto y cuya gloria se reflejaba en mí, la consorte que había escogido.

En el concurrido centro, nos dirigíamos al oeste de la ciudad, donde prevalecía un silencio respetuoso. El imponente olivo con las ramas llenas de fruto emergía de la tierra donde Atenea había golpeado el suelo para hacerlo crecer cuando compitió con Poseidón por la ciudad en la que nos encontrábamos ahora. A su lado se encontraba un santuario donde solía haber una procesión de sacerdotisas para venerar a la diosa y presidir los ritos en su honor.

Yo disfrutaba explorando Atenas, a pesar de que no me ofrecía la verdad que tanto ansiaba escuchar de mi acompañante. Lo máximo que me había hablado del tema fue cuando me advirtió de que guardara silencio.

—No cuentes a la gente tu papel en este asunto —me dijo uno de los primeros días.

Lo miré. El rostro, tan apuesto pero tan poco interesante para mí ya, estaba tan serio que ni siquiera me devolvió la mirada, pues la tenía fija al frente.

—¿Qué asunto? —Quería que lo dijera: la muerte del Minotauro, la salvación de los rehenes. Tanto Ariadna como yo habíamos representado un papel vital. ¿Quién le había devuelto el preciado garrote? Y ahora quería que fingiera que había sido todo cosa de él, otra historia para construir su leyenda.

Sus rasgos se ensombrecieron.

—El asunto de Creta. —El tono era brusco—. Aquí la gente es compasiva contigo. Saben que eras prisionera de tu padre, igual que nuestros niños atenienses. Por supuesto, tú odiabas y temías al monstruo y, por supuesto, te alegras de que ya no esté. Pero si se enteran de que tú y tu hermana queríais traicionar a vuestra ciudad, a vuestra propia familia… —La amenaza permaneció en el aire, pero yo la oí con claridad.

Y, aunque me fastidiaba admitirlo, tenía razón. Me sugirió que era mejor fingir ignorancia, decir que él había superado solo el laberinto y rescatado a Ariadna del gobierno tiránico de Minos por piedad por su bondadoso corazón, que había sufrido por los temblorosos rehenes. Así nadie sospecharía del corazón rebelde que tenía bajo el pecho.

Era la ciudad de Teseo. Hice como él me ordenó. Y, por un tiempo, aunque temía desmoronarme por completo, todo había ido sorprendentemente bien. Se llevaron a cabo grandes celebraciones en toda la ciudad por la muerte del Minotauro y también en las posteriores cosechas, cuando no había tributos que se enviaran por el mar a su terrible destino. Teseo disfrutaba de la gloria que esto suponía para él cada año. En los días restantes, sin embargo, observé una apatía en su comportamiento y supe cómo aprovecharme de ella.

—La gente sigue estando muy agradecida contigo —comenté un día en el patio del palacio. Estaba tendido en un sofá; la pose desprendía cierto malhumor, una languidez que me parecía ir en contra de su naturaleza—. Tu hazaña en el laberinto te ha dado una fama más allá de lo imaginable. —Lo observé cuidadosamente. La adulación era la clave para ganar el favor de Teseo, tenía que armarme de sutileza, algo de lo que había carecido hasta el momento. Me esforcé por adoptar un tono desenfadado, mirar al cielo como si estuviera pronunciando ideas intrascendentes—. ¿Cuánto durará su gratitud? ¿Cuánto tiempo lo recordarán? —comenté.

Eso lo irritó. Era muy fácil molestarlo. Se sentó, enfurecido.

—He salvado la vida de sus hijos, una y otra vez —replicó—. Deberían recordarlo todos los días, cuando miran sus rostros sonrientes, y agradecer que sus huesos no estén esparcidos en unas mazmorras cretenses.

—Por supuesto que sí —me apresuré a responder—. Pero ya sabes cómo es la gente.

Frunció el ceño, confundido.

—¿Qué quieres decir?

—Que olvidan lo que podría ser y se centran solo en las preocupaciones del presente. «Qué más da que evitara que un monstruo devorara vivos a nuestros hijos, ¿por qué no detiene a los ladrones de la ciudad o repara los muros?». —Se le ensombreció el rostro y añadí rápidamente—: Es solo un ejemplo.

—Tragué saliva, posé una mano tranquilizadora en su brazo y lo miré a los ojos—. Pero la gente es estúpida —comenté con tono amable—. ¿Por qué iba a rebajarse el poderoso Teseo a ocuparse de ladrones comunes? Algo así es poco para ti, el mayor héroe tras Heracles.

Esperé a que absorbiera mis palabras. Sabía que para él no era suficiente seguir los pasos de su fascinante mentor. Anhelaba superar las hazañas de Heracles. Pero Heracles había matado a muchos más monstruos que tan solo un Minotauro.

—¿Qué más da lo que opinen? —proseguí tras hacer una pausa—. Su opinión no importa. Y ahora debo irme a prepararme para la celebración de después.

A Teseo le encantaban las celebraciones y mis sirvientas siempre pasaban mucho tiempo arreglándome el pelo, el vestido y las joyas para satisfacerlo a él. Era el momento perfecto para retirarme y que mis últimas palabras fermentaran en su mente. A Teseo le importaba mucho la opinión de los demás, y yo lo sabía.

Funcionó, mucho más rápido de lo que pensaba. En tan solo una cuestión de días, Teseo accedió a la sala del trono muy emocionado para contarme que partiría pronto: se le había presentado otra misión y acudiría. El trabajo rutinario de gobernar una ciudad no era estimulante para él, pero nunca lo admitiría. Le agradaba ceder los pormenores a sus consejeros. En el mundo había tiranos que vencer y monstruos que derrotar, y solo él podía hacerlo.

Por supuesto, esta solo fue la primera misión de muchas y Teseo empezó a desaparecer durante grandes temporadas. Cuando me despedía de él en el puerto, sentía un gran alivio que me sobrepasaba. Cualquiera que me viera pensaría que caía al suelo por el temor de perderlo o la preocupación de que pudieran matarlo. Pero no era así.

Al alivio lo superaba siempre la culpa. ¿Habían visto los dioses dentro de mi corazón pequeño y frívolo aquella noche con Teseo y Ariadna? Si en aquellas rocas me hubieran rajado para abrirme en dos y dejar expuesta mi alma, no podría ocultar ese pequeño rincón en el que deseé que mi hermana desapareciera para quedarme a solas con Teseo. Así no, por supuesto, pues nunca le deseé el mal. Pero mi existencia en Atenas, libre de la pesadilla del laberinto, prometida con el héroe que nos había salvado a todos, era lo que soñaba cuando miraba hacia el mar en Cnosos.

¿Era ese mi castigo? ¿Vivir la realidad de mi sueño y descubrir que su belleza resplandeciente se desvanecía conforme se aproximaba el momento de que el sueño se cumpliera? El tiempo me alejaba de aquella noche y empecé a dudar: con la emoción del momento, ¿era posible que hubiera entendido mal a Teseo? Si hubiera escuchado con más atención, ¿habría estado en la cala correcta cuando partieron? Si así hubiera sido, podría haber convencido a Ariadna de que permaneciera en la seguridad del barco. Habría dormido a mi lado y ahora estaríamos juntas en Atenas. Por mucho que lo intentara, no podía imaginármelo. A lo mejor Artemisa habría acabado con las dos.

Seguía sufriendo por mi hermana, pero la vida en la corte de Atenas estaba llena de entretenimientos y, en las largas ausencias de Teseo, yo prosperaba como nunca lo había hecho en Creta. A veces sentía añoranza por mi madre; cada vez que acudían a nuestras costas visitantes que pudieran tener noticias de mi antiguo hogar, me abalanzaba sobre ellos, y así me enteré de que Minos permanecía ausente, el gobierno de Deucalión seguía siendo moderado y Pasífae estaba siempre en su jardín, al parecer, en paz. Cuando crecí, me dediqué a observar a los ancianos y presté mucha atención a cómo se dirigía una ciudad cuando no la gobernaban el miedo, los dientes y la sangre. Cuando regresaba Teseo, fingía mostrarme cautivada por sus historias grandiosas. Oh, eran relatos muy amenos, llenos de aventuras y emoción, pero me cansé de escuchar lo perfecto que era, siempre un paso por delante del enemigo, más fuerte que todos y vencedor al final. Sabía que no pasaría mucho tiempo hasta que el canto de sirena de la gloria lo devolviera al mar y Atenas volviera a ser mía.

Mía para hacer qué, no lo sabía. Una princesa era una princesa, estuviera donde estuviese, y en Atenas, igual que en Creta, los pasatiempos disponibles parecían limitados a tejer, bailar y sonreír a los hombres. Era Ariadna la que bailaba, no yo. Yo la observada, ensimismada en los pasos, perdiéndose en su magia, y no sentía ningún interés en aprender. Sabía que nunca me movería como mi hermana, que nunca poseería su elegancia. Tejer, sin embargo, lo habíamos hecho juntas. Me dolía el corazón cuando me sentaba delante del telar en la cámara vacía de Atenas y pasaba horas aburrida tejiendo una historia en tela sin su compañía.

Por lo tanto, solo me quedaba sonreír.

No pasó mucho hasta que mis pasos me llevaron, de forma irresistible, hasta el encanto del salón en el que se atendían los asuntos de palacio. La primera vez que entré, vi ceños fruncidos y sentí la mirada de los hombres más importantes de Atenas. Esbocé esa sonrisa real, la más brillante que pude, y avancé.

—Esperaba sentarme esta mañana con vosotros —dije. Dirigí las palabras a Pandión, un hombre amable de mediana edad en quien Teseo había depositado su confianza.

—No es costumbre en Atenas —contestó con tono afable.

Lo que pensaban los demás se reflejaba en sus rostros, inconfundible como un rayo. «Esto es Atenas, un lugar civilizado. Da igual lo que sucediera en Creta, aquí es diferente». Cuadré los hombros.

—Si Teseo estuviera aquí, ocuparía su lugar entre vosotros —indiqué dulcemente—, pero está luchando importantes batallas más allá de los mares para traer paz y justicia al mundo en nombre de Atenas. Y mientras él lucha, me deja sin guía en esta ciudad nueva para mí. Sé que desea que aprenda cómo se gobierna un reino justo y recto. Además... —Dudé al comprobar que me escuchaban, que no se reían de mí, o algo peor—. Además, solo conozco la forma de reinar de mi padre. Quiero conocer una forma mejor. —Contuve la respiración. Podían tomárselo como una horrible insolencia, pero esperaba que se sintieran complacidos y me perdonaran por mis modos tan poco civilizados teniendo en cuenta de dónde procedía.

Una sonrisa apareció, casi a regañadientes, en el rostro de Pandión y le siguieron los murmullos en la sala.

—Princesa, espero que nuestras tareas no te resulten tediosas.

A punto estuve de reírme. Me encantaba poder manipular a estos hombres dignos e importantes, y, entre los pliegues de la falda, apreté el puño en una señal de triunfo cuando Pandión me hizo un gesto para que me acomodara en el trono más pequeño, uno que aguardaba vacío junto al de Teseo, más grande.

—Estábamos tratando las noticias que nos ha traído Laurión sobre las colinas del sur —retomó Pandión—. Han descubierto plata allí y puede que quede más por extraer.

Me incliné hacia delante, dispuesta a escucharlo todo. Yo no tenía poder, cierto, pero escuché. Mientras Teseo se aburría, miraba y ponía excusas para marcharse, yo me mantenía derecha y prestaba atención. No hablé ni una sola palabra, no quería que me consideraran demasiado atrevida. Pero, poco a poco, me fui haciendo experta en susurrar en los oídos correctos y en el momento oportuno, y descubrí que podía hacerles creer que hablaba en nombre de mi adorado esposo mientras él estaba lejos. Me ponía de los nervios que solo les importaran mis palabras porque pensaban que provenían de mi marido. A veces veía cómo me miraban de arriba abajo y lo insignificante que para ellos resultaba mi mente. Pero, aunque creyeran que eran un mero conducto para las palabras de Teseo, por primera vez en mi vida, los hombres que poseían el poder se callaban para dejarme hablar. Reprimí la frustración y lo usé en mi beneficio.

Mi décimo octavo cumpleaños se acercaba. No sabía cuánto tiempo podría salirme con la mía. Teseo no necesitaba una esposa, él necesitaba un público agradecido y alguien que gobernara la ciudad mientras él tallaba su nombre en la historia. Pero nuestra unión era parte de la tregua con Creta y sabía que era inevitable. Un día, mientras estaba de viaje, envió noticias de su regreso e indicó que se comenzaran las preparaciones de nuestra boda.

El día de la boda, igual que el del nacimiento del Minotauro, era un recuerdo que quería olvidar. Cada vez que aparecía en mi mente, lo primero que sentía era el dolor por no tener a Ariadna a mi lado. Unas manos atenienses, amables pero extrañas y distantes, me peinaron el cabello con trenzas y me envolvieron en telas fluidas. No era mi hermana. Mi hermana, que había soñado con este día para ella.

Si en algún momento pensé que casarme con Teseo apaciguaría las sospechas que seguían ardiendo dentro de mí, estaba equivocada. Después de contraer matrimonio, me cuestioné todavía más si era verdad que había dejado a solas a Ariadna por respeto a su virtud. Hasta donde yo sabía, Artemisa, la diosa casada con su propia castidad, no tenía razones para enviar una serpiente a Ariadna solo porque hubiera ayudado a Teseo a salir del laberinto. Tan solo se me ocurría que mi hermana hubiera pagado el precio de otro acto, algo mucho más ofensivo para la virgen inmortal.

Pero Teseo, que dormía a mi lado, jamás me contaría nada.

19

Ariadna

Esperaba que Dioniso me informara de que volvía a marcharse, que el mundo lo necesitaba y tomaría las olas y desaparecería. Pero se quedó. Al principio, no volvió a hablar de su madre, pero cuando adoptamos la rutina de caminar por la tarde juntos por la playa, volvió a sacar el tema.

—Mi madre, Sémele, era una mujer mortal, pero mi padre era Zeus, dios del trueno y gobernador del Monte Olimpo. A pesar de los celos amargos de su esposa, Hera, mi padre no pudo resistir la tentación de la preciosa mujer que vio en la tierra. Tenía a la magnífica Hera en todo su esplendor, pero no estaba satisfecho solo con una mujer, aunque esta fuera la reina de todas las diosas. Por eso, cuando vio a Sémele, no dudó en poseerla.

Una historia familiar. Pero en boca de Dioniso, las palabras vibraban con un significado oculto. Los dioses tomaban lo que querían cuando lo querían. Pero ¿qué quería Dioniso? Su rostro era amable y no tenía malicia, y aunque estaba preparada para lo que podía venir a continuación, él sencillamente continuó con la historia.

—Sémele se mostró encantada de recibir la atención de este joven apuesto. No dudó de su palabra cuando le contó que era el más poderoso de entre los inmortales. Y no se resistió cuando la llevó a una cala apartada, lejos de la mirada de su siempre atenta esposa. Con el tiempo, su vientre se hinchó y alardeó delante de todo aquel que la escuchaba. Cuando Hera oyó las noticias de la estúpida mortal que presumía de su hijo divino, planeó la venganza. Visitó a mi madre disfrazada de anciana y puso en duda su historia. «¿Por qué no acude a ti en toda su gloria, igual que visita a su esposa inmortal?», le preguntó a Sémele. «Dile que te muestre su aspecto real y entonces sabrás, sin lugar a dudas, que llevas dentro del vientre a su hijo».

Dioniso se quedó callado. El estómago se me revolvió al escuchar la historia. Conocía el rencor de Hera y los castigos que había infligido en las desafortunadas amantes mortales de Zeus. Sabía que tenía que tratarse de un engaño y sentí el dolor de Dioniso al contar lo que le había hecho a su madre.

—Sémele acudió a Zeus y le hizo jurar que le concedería cualquier deseo que ella le pidiera. Riendo, accedió y juró por el Estigia, el río que se lleva a los espíritus a las sombras oscuras del Hades. El poderoso Zeus quedó atado a ese juramento con unas cadenas inquebrantables. Cuando Sémele expresó en voz alta su deseo, que le revelara su verdadero aspecto inmortal, supo de inmediato que Hera lo había descubierto y que esta era su venganza. Con pesar, se despojó de su apariencia mortal y mostró su espléndida divinidad. No existían ojos humanos que pudieran soportar esa visión. Mi madre embarazada quedó reducida a cenizas en un segundo.

Tragué saliva. El castigo de Hera fue muy inteligente; de nuevo, había sido más lista que su desviado esposo. De nuevo, otra mujer pagaba las consecuencias.

—¿Y cómo...? —comencé.

—¿Cómo es posible que no me convirtiera en cenizas en su vientre? —Dioniso puso una mueca—. Mi padre me sacó de su vientre cuando ella ardió. No estaba preparado para nacer, así que me plantó en su propio muslo hasta que llegó el momento. Así pues, nací dos veces y pude exigir mi derecho como un verdadero olímpico, pues la sangre dorada de mi padre me nutrió.

Sentí pena por él, un bebé apartado de su madre por el rencor y el orgullo herido. Al menos el Minotauro había conocido las caricias amables de su madre, aunque su cerebro enloquecido no fuera capaz de comprender ese amor.

—Hera, por supuesto, no permitió que tomara un asiento en el salón del Monte Olimpo, así que mi padre confió mi cuidado a las ninfas del Monte Nisa. Se encontraba lejos de los lugares preferidos de Hera, por lo que estaría seguro allí, oculto mientras era tan joven.

Esto explicaba por qué su comportamiento no encajaba con lo que esperaba de un dios. No se había criado en los salones del Monte Olimpo entre la multitud de inmortales crueles que competían por la supremacía. No había aprendido, sentado en las rodillas de Zeus, que el mundo se extendía ante él como si fuera un banquete en el que podía elegir lo que quería quedarse y lo que quería desechar.

—Crecí en la ladera de la montaña con el amor y el cuidado de las ninfas. Eran un grupo de hermanas que vivían con su padre, Sileno. De él aprendí a pisar las uvas para hacer vino. Era un anciano jovial, siempre se reía de las cosas absurdas de la vida, y un gran amante del vino. Me enseñó sus secretos de juventud.

El ánimo de Dioniso había mejorado al hablar de sus primeros días en el Monte Nisa. Nos habíamos detenido junto a un montón de peñascos donde me podía sentar, y él se apoyó en uno de ellos. El sol le alumbraba la cara, proyectando una luz dorada a su alrededor que me dejó sin aliento. Un matiz de la gloria de

Zeus, un susurro de cómo debió de mostrarse ante Sémele antes de que esta muriera. Se llevó el brazo a la frente para hacerse sombra y me sonrió con gracia.

—El anciano Sileno fue a pasear un día, como tenía por costumbre, y acabó a los pies de la montaña del reino de Frigia, gobernado por Midas. Sileno solía emborracharse a menudo y, cuando se detuvo en una fuente para beber agua, se quedó dormido sin querer bajo el sol de mediodía. El rey Midas le ofreció su hospitalidad cuando despertó, por lo que prometí al rey que, a cambio por su amabilidad, le concedería el regalo que él gustase.

Me quedé mirando a Dioniso sin saber qué rumbo estaba tomando la historia. Seguía sonriendo, aunque ya no veía sus ojos bajo la sombra del brazo. Sonreí yo también, contagiada por su buen humor.

—El rey Midas quedó encantado por la oferta y lo pensó mucho. Frigia no era un reino rico. Deseaba sentirse superior a sus rivales vecinos, tener más oro que nadie. —No pudo contener una carcajada—. Así que oro fue lo que pidió. Para ser precisos, la habilidad de convertir todo aquello que tocaba en oro.

»Puedes imaginar su alegría cuando le concedí el deseo y la mesa en la que descansaba su mano resplandeció dorada de pronto. Se dio la vuelta, mareado de tanta felicidad, tocó los pilares que tenía al lado y vio cómo se transformaban. La fuente de la que había bebido Sileno refulgió cuando posó la mano en ella y el chorro de agua se quedó congelado en olas doradas. Las losas bajo sus pies, los olivos nudosos a los que se acercó, incluso las briznas de hierba que se mecían con la brisa cuando se arrodilló y pasó los dedos sobre ellas. Todo era oro. Las superficies brillantes reflejaban los rayos del sol de forma cegadora, lo que hacía que sus cortesanos fruncieran el ceño y se tuvieran que proteger los ojos. Midas volvió a reír y dio vueltas por el patio, como un niño, antes de tropezar y caer de forma abrupta. Su ropa ya no era de tela, sino de oro sólido y firme. La duda apareció en sus ojos cuando intentó ponerse en pie; parecía una tortuga bocarriba.

Al escucharlo me reí. La imagen poco digna del rey, removiéndose en el suelo para liberarse del oro que tanto ansiaba, era graciosa. Pero había un brillo malicioso en los ojos de Dioniso y empecé a sentirme incómoda.

—El rey era un hombre testarudo y estaba decidido a levantarse. Cuando sus sirvientes se acercaron a él, les hizo un gesto para que se apartaran. Pero como estaban distraídos, nadie vio a la hija de Midas correr por el patio hasta su padre, dispuesta a unirse a su juego.

Me quedé sin aliento. Seguramente Dioniso no…

—No tendría más de tres años y adoraba a su padre. Corrió hasta donde estaba él en el suelo, impresionada por su ropa rígida, y le rodeó el cuello con los bracitos regordetes, presionando el rostro a su mejilla para darle un beso.

»La estatua dorada de una niña cayó al suelo dorado y el ruido metálico resonó en el lugar, que de pronto se había quedado en total silencio. —Dioniso se quedó callado para observar mi expresión despavorida—. Y cuando el padre lloró, las lágrimas saladas se solidificaron en sus mejillas como si fueran joyas relucientes.

No podía hablar. Estaba horrorizada. Pensé en la pequeña, en su confianza y alegría silenciada y convertida en una réplica fría y bonita de ella misma. Había creído que Dioniso no era como los demás dioses: frío, cruel y ruin.

No sé cómo era mi cara de horror, pero hizo que Dioniso echara la cabeza hacia atrás y riera con ganas.

—¡Ariadna! No creerás que dejé así a la niña, ¿no? Yo nunca castigaría a un inocente —dijo, conteniendo el tono bromista—.

Y estaba agradecido de verdad con Midas, que era un hombre amable y generoso, por haber cuidado de Sileno. Enseguida entendió el sinsentido de su deseo. Dejé que se retractara y lo ayudé a llegar al río más cercano para eliminar el poder. El cieno de ese río sigue teniendo oro incluso a día de hoy. Insuflé vida en su hija, que no recordaba lo que había sucedido, y todo quedó restaurado a como había sido antes. El rey Midas aprendió una lección de lo que era de verdad importante y todo quedó en una anécdota entretenida, no puedo negarlo.

Me sentí aliviada, pero también desconcertada. La benevolencia de Dioniso era lo que convertía el relato en una historia divertida en lugar de una tragedia horrible. El deseo del dios lo había cambiado todo.

Me tendió la mano para ayudarme a levantarme y me miró a la cara. La fuerza de su belleza me dejó sin aliento. Parecía haberse cubierto a sí mismo de oro, como si los dedos de Midas le hubieran acariciado la piel y la hubieran transformado en oro. El gran Helios era mi abuelo y sabía que un eco de su brillo me tocó a mí y a mis hermanos y nos infundió un suave brillo, pero le presencia de Dioniso ardía en su totalidad con una magnificencia y vitalidad espectacular que hacía que la sangre del sol que fluía por mis venas pareciese débil en comparación. Me tocó las mejillas con los dedos y me dio la sensación de que me marcaba la piel hasta llegar al alma. Detrás de él, el cielo se iluminó con una gloriosa puesta de sol. Parecía que este momento era tangible, algo a lo que podía aferrarme. Había encontrado un lugar seguro aquí, en esta isla que creía que me arrancaría la piel y blanquearía mis huesos. Pero seguía sin saber si la historia de Midas era una advertencia o un consuelo.

Apartó la mano de mi rostro.

—No confías en mí.

Era cierto, aunque no encontraba el motivo de mi rechazo. ¿Pensaba que estaba jugando conmigo, que todo era una fachada para divertirse y que en el fondo era un salvaje, como el resto de los dioses? No estaba segura.

—Cuando era pequeña, confiaba en los dioses —me oí decir—. Pero Poseidón nos envió al Minotauro y mi padre lo apoyó. Cuando llegó Teseo, pensé que no era como ellos. Pero resultó que era peor, ya que ellos, al menos, no fingían ser lo que no eran.

Su rostro se ensombreció, solo un poco. Cuando no sonreía, parecía estar tallado en mármol, aunque los planos sobrenaturales del rostro iban más allá del arte de cualquier escultor que hubiera vivido.

—Yo no finjo —indicó.

Pero ¿cómo podía saberlo? Lo único que sabía era que habría un mañana y que, probablemente, él estuviera aquí. O tal vez ya se hubiera ido.

Para mi sorpresa, no me desperté sola, abandonada al amanecer. Cada mañana que pasaba, desafiando mis expectativas, Dioniso estaba allí y la isla cobraba vida con su conversación, canciones y risas. Las vides crecieron de forma abundante y me enseñó a podar los tallos para evitar que devoraran todo el palacio. Al lado de estas, plantó vegetales y árboles frutales, y fue una enorme satisfacción para mí enterrar las manos en la tierra a su lado y observar, día a día, los brotes verdes que emergían del suelo y las granadas, limones e higos que maduraban en las ramas.

Todos los días paseaba con un importante dios. Lo convencí para que me mostrara más partes de la isla y, en su compañía, penetré en las profundidades del bosque. Me sorprendió descubrir que mis piernas ganaron fuerza durante todo ese tiempo y cuando me enseñó el camino entre los árboles que llegaba a la base de la gran montaña, subimos juntos parte de la pendiente. Me sentí orgullosa cuando llegamos al claro de árboles donde había una plataforma de roca con vistas a lo que se encontraba detrás de la montaña.

—¿Qué te parece mi hogar? —me preguntó con picardía.

Apenas podía hablar.

—Es precioso —conseguí pronunciar. Y lo era de verdad. La isla de Naxos se extendía más allá de lo que había imaginado. Era rica en vegetación, con grandes extensiones de bosque que llegaban hasta las espectaculares curvas de la bahía, en la que la arena dorada daba paso al agua esmeralda. Otras montañas, más pequeñas que la que estábamos pisando, se alzaban en el centro con suaves picos, y la luz de Helios lo bañaba todo con su glorioso brillo.

—Me alegra que te guste —dijo Dioniso.

Me fue contando más historias de su vida. Pintó un cuadro de una juventud idílica. La ternura y el amor de las ninfas, las bromas y simplezas de Sileno habían hecho su infancia muy distinta a la de los demás dioses, que o bien nacieron completamente formados para una existencia despiada o lucharon y se abrieron camino a la edad adulta.

Un día, durante el crepúsculo, señaló un círculo de estrellas que brillaban suavemente en el cielo azul y habló:

—Esas son mis tías, las ninfas que me criaron con tanto amor. Cuando murieron, Zeus las colocó en el cielo como agradecimiento por su servicio al educarme y ocultarme de Hera.

»Pero ella no había acabado conmigo —continuó—. Cuando crecí y mi padre consideró que ya estaba a salvo, me llevó al palacio del Olimpo. Ella no podía acabar conmigo, pero me contagió de una locura que me envió del monte cubierto de nubes a la tierra. Sentí mil escorpiones dentro del cráneo, un tormento horrible e incansable que impedía que entendiera nada. Deambulé desesperado durante meses, años, sin ver nada y sin sentir nada más que la agonía. Cuando me alejé de su influencia maligna y cuando pasó el tiempo y se concentró en otros resentimientos y otros odios, poco a poco, la locura pasó. Abrí los ojos una mañana y pude ver con claridad; la visión ya no estaba tintada de rojo y volvía a pensar libremente.

»No tenía prisa por volver al Monte Olimpo. En lugar de ello, viví entre los hombres. Compartí con ellos los métodos para convertir las uvas en vino y les mostré la éctasis dulce y agradable que puede conferir este. Me lo agradecieron profusamente y construyeron santuarios en mi honor. Las mujeres dejaban sus vidas de monotonía y obediencia, se apartaban los velos y soltaban el cabello en las montañas para ejecutar ritos secretos, lejos de las miradas de los hombres. Los varones lo toleraban y sus mujeres oprimidas regresaron con una nueva vida, felices y contentas de nuevo. Algunas escogieron seguirme, y mis ménades crecen en número cada día. Vendrán a Naxos cuando... cuando sea el momento. Y las verás.

Tartamudeó al decir eso, algo nada propio de él, y lo miré pensando a qué «momento» se estaría refiriendo.

—Un día conocí a un joven llamado Ámpelo cuya belleza rivalizaba con la de cualquier dios que hubiera visto en el Monte Olimpo. Fuerte, de piel suave y siempre risueño, parecía ser mi mitad mortal, la que creía destruida junto a mi madre. Ayudé a su gente enseñándoles a arar los campos con bueyes en lugar de las manos. Juntos cultivamos magníficos campos de vides que crecieron tan altas y tan gruesas que se convirtieron en un bosque repleto de uvas maravillosas y maduras. De las prensas surgía abundante y delicioso vino tinto, y creí que había encontrado una paz y felicidad que no conocía desde mis días en el Monte Nisa.

Se le empañó la mirada al hablar. Me tensé y me clavé las uñas en la palma. Me quedé sentada muy quieta y sigilosa, como un gato, deseando saber qué venía a continuación.

—Pero Ámpelo era mortal y propenso a las fragilidades de todos los humanos. No fue una maldición vengativa de los dioses ni un castigo divino lo que apartó a Ámpelo de mi lado, sino la sencilla humillación que las Parcas han previsto para toda la humanidad. Un día subió demasiado alto para alcanzar un tentador racimo de uvas y perdió el equilibrio. Mi querido amigo cayó al suelo y se rompió el cuello con las rocas.

—¿Y no pudiste salvarlo? —lo interrumpí.

Negó con la cabeza con decisión, como si estuviera espantando una mosca irritante.

—Los dioses no deben intervenir en el decreto de las Parcas. Todos los mortales viven y mueren según los hilos que penden, y un mortal debe morir cuando cortan ese hilo. Lloré por mi preciado Ámpelo, pero se había ido acorde a las leyes que gobiernan la humanidad y yo no podía revertir el mundo para salvar a mi amor. Lo único que podía hacer era arrancarle la luz del alma en el momento en que murió para poder salvarla de la fría eternidad del Inframundo. Coloqué a Ámpelo entre las estrellas, donde su belleza iluminaría el cielo oscuro y maravillaría a toda la humanidad.

Me estremecí, a pesar de que la tarde era cálida. Las estrellas brillarían pronto, los restos de los deseos de los dioses que seguían ardiendo en la oscuridad. Me acordé de las historias de Eirene y sentí que la ira volvía a brotar dentro de mí.

—¿Que maravillaría a la humanidad? —pregunté con tono tenso—. ¿O que nos recordaría cuál es nuestro lugar? Toda mi vida he escuchado lo que sucede cuando los dioses se fijan en un mortal. Nunca parece terminar bien para nosotros. Lo he visto con mis propios ojos.

La mirada de Dioniso se endureció.

—Ámpelo tuvo una muerte humana. Sucede mil veces cada día.

—Nos sucede a nosotros. A lo mejor mañana me resbalo en las rocas y caigo por el acantilado, o un oso hambriento sale del bosque y me ataca. ¿Entonces qué?

—Entonces morirás, como habría pasado si yo no hubiera llegado. —Su tono era duro y, cuando lo miré esta vez, la postura descuidada que lo hacía parecer tan humano se volvió rígida y destiló de él una dignidad propia de una divinidad ofendida—. No sería culpa mía si te hubieras consumido aquí hasta morir, tal y como era intención de Teseo al abandonarte en este lugar.

Sabía que no era culpa de él. No estaba enfadada con él, lo que ardía en mi interior era que no sabía cuándo seguiría su camino sin pensar en mí. Él tenía todo el poder. Yo esperaba aquí, en su isla, porque no tenía otro lugar al que ir, preguntándome cuánto duraría su interés por mí, porque seguramente fuera ese el motivo por el que me mantenía con vida.

—Pero claro, eso es lo que tú prefieres. ¡Que así sea! —exclamó.

Antes de que pudiera decir una palabra, se había ido, y el silencio vibraba a mi alrededor.

Sabía que se había marchado de la isla y el peso de su ausencia me ahogaba. Lo había echado con esa ira que de pronto había brotado en mí. Su presencia aquí, a pesar de ser alegre, suponía la amenaza de que podía marcharse en cualquier momento. Y ahora había pasado por mi culpa, así que ya no tenía que temerlo más.

Ese abandono en Naxos, sin embargo, no era la misma sentencia de muerte que antes. Aunque la magia de Dioniso desapareciera, comprendí que el conocimiento que me había mostrado no lo haría.

Sin él allí, seguí cultivando los vegetales. Aplasté trigo entre dos piedras para hacer pan. Limpié los suelos de mármol hasta dejarlos relucientes. Ya no era la hija cautiva de Minos, no era un trato con Cíniras a cambio de cobre, ni un entretenimiento de Teseo en medio de sus hazañas y gloria. Había sobrevivido a todos ellos y aquí estaba, libre al fin. Tenía mi vida ante mí, como una de las semillas que tenía en la mano para sembrar. Mi destino nunca me había pertenecido hasta que dejé Creta y me las arreglé sola. ¿Qué iba a hacer ahora?

Bailé los pasos viejos que me había enseñado mi madre en el patio, libre de las miradas atentas y los susurros maliciosos de Cnosos; los pasos que recordaba de una época anterior a los monstruos y a los hombres que usaban a las bestias por poder y gloria. El telar que estaba lleno de polvo antes de que Dioniso transformara la vieja casa en su palacio, resplandecía ahora, lustroso, y me dispuse a tejer. Mientras hilaba el suave vellón, la destreza de mis dedos me recordó las mil veces que había hecho eso mismo con Fedra. Habíamos tejido tapices con escenas que considerábamos apropiadas para las princesas: bodas, y todo mientras aguardábamos a que llegara la nuestra. La complejidad de la tarea siempre me había absorbido, aunque la lentitud frustraba a Fedra, y recordé el cuidado con el que había bordado cada pavo real, cada granada en los bordes, el símbolo de Hera. Como diosa del matrimonio, nuestras escenas nupciales con hilo brillante estaban dedicadas a ella y eran ejemplo de nuestra devoción por el deber.

No quería recrear esos tapices aquí, en Naxos. Sin nadie que mirara por encima de mi hombro, era libre para contar las historias que deseaba. La agotada Leto, condenada por Hera a vagar por la tierra mientras su vientre se hinchaba con los gemelos que había engendrado Zeus. Io, desorientada por su metamorfosis de mujer a vaca cuando Zeus quiso, una vez más, ocultar su infidelidad. Y, por supuesto, Sémele, intentando inútilmente protegerse los ojos del destello de luz dorada que la redujo a cenizas.

Me perdí en el frenesí de la creación; las horas pasaron en un abrir y cerrar de ojos mientras el elevador iba de un lado a otro entre mis manos. Cuando terminé el tapiz, lo sostuve con un orgullo fiero. No presentaba escenas cuidadosas de alabanza a los dioses. Esto era algo totalmente distinto.

Esa noche soñé con las escenas que había tejido: mujeres transformadas y atormentadas. Y el sueño pasó a tener lugar en Naxos: yo estaba en la arena, con los robles gigantes y los cipreses a mi espalda, mirando las caras rocosas de las montañas. Sentí un cosquilleo incómodo en la base de la espalda cuando miré la cima alta, donde se encontraba una figura. Cuando una nube tapó el sol, la vi con claridad. Los brazos blancos relucían como el mármol. Tenía los ojos grandes y redondos, bordeados por unas pestañas espesas que parecían una parodia de la inocencia. La mirada negra estaba fija en mí, implacable, y sentí el acero frío de su odio como una espada en la garganta. Hera.

Me removí y sentí que caía en una red resbaladiza, me acercaba a los bordes en un desesperado intento de escapar. Respiraba con dificultad por el miedo y me arañé la garganta en un intento de tomar aire. Me senté rápido y me enredé con las mantas. La luz del amanecer entraba en la habitación y estaba sola. Inspiré profundamente y sacudí la cabeza, tratando de deshacerme de las garras del sueño que aún me aferraban, esperando a que el miedo se disipara en la tranquila soledad de la mañana.

20

Fedra

—¿Dónde has estado todo el día? —Teseo estaba malhumorado, tumbado en un sofá que tenía la longitud de una pared de nuestro amplio dormitorio. Encima de su cabeza, el sol entraba por la ventana abierta en la piedra, proyectando sombras en su rostro.

Me detuve al verlo. Pensaba que estaba en las colinas, persiguiendo a criaturas más enclenques que los monstruos con los que prefería luchar; descargando la frustración que acompañaba siempre sus estancias en casa con ciervos y jabalíes inocentes que vagaban por nuestras montañas. Parecía, en cambio, que su víctima era yo. Me puse recta, me aparté el pelo de la cara y lo miré a los ojos.

—He estado en la corte —respondí con tono frío. Las palabras que no pronuncié se cernieron sobre nosotros: «La gente espera que su rey esté allí. ¿Qué clase de rey permite que su esposa se encargue de sus deberes?».

—¿Qué problemas fascinantes has escuchado hoy? —se burló—. ¿Un granjero que acusa a su enemigo de aproximarse a su sarnosa oveja, tal vez? ¿Una colmena demasiado cerca de la casa de un vecino? ¿El perro de alguien ha mordido a una persona que pasaba por su lado? Siento habérmelo perdido.

—Es tu pueblo —le recordé—. Sus vidas les importan y deberían importarte a ti.

Resopló y el silencio se volvió pesado en la habitación.

—Hoy han hablado de algo que podría haberte interesado. —Alcancé un cepillo que tenía en el tocador y comencé a pasármelo por los rizos. El entrar y salir de tanta gente en el gran salón levantaba mucho polvo y lo notaba en la piel y el pelo. Me tomé el silencio como una invitación para continuar—: Las colinas de Laurión, en el sur, dan cada día más plata. Han sugerido usar parte de esa riqueza para construir más barcos.

Teseo se encogió de hombros.

—¿Quiere Atenas un ejército naval más grande? —pregunté. No esperé respuesta—. Los barcos de Minos fueron antaño la plaga de Grecia, pero parece que ya nadie teme el poder de Creta.

—Tu hermano no es Minos.

Era verdad. Con el gobierno pacífico de mi hermano en Creta, la confusión y el miedo que sentían las islas colindantes tras la muerte del Minotauro habían dado lugar a una falta de respeto, e incluso cierto desprecio, por el trono de Cnosos. Atenas parecía haber ganado más prominencia y Creta había pasado a las sombras. Nuestra pequeña ciudadela estaba a diario ocupada por mercaderes y vendedores de todas partes.

—¿Crees que somos ya tan poderosos como Creta? ¿Podemos lanzar una flota similar a la de ellos?

—Mejor —respondió Teseo.

—Pero Atenas es pequeña —repliqué—. Los yacimientos de plata nos ofrecen riqueza, pero ¿tenemos el poder de Minos? ¿Podemos reunir a suficientes hombres de esta ciudad para luchar y conquistar como hizo él?

—¿Acaso deseas liderar una invasión?

El tono burlón de su pregunta me enfadó y solté el cepillo con más fuerza de lo que pretendía. Cayó del borde de la mesa tallada en madera y rebotó en las baldosas de mármol del suelo.

—Mi padre tuvo secuestrada su ciudad durante tres años —repliqué—. Querrás protegernos de cualquiera que tenga intención de emular su reinado, ¿no? ¿Qué mejor manera de hacerlo que incrementando nuestro poder?

Se sentó y me lanzó una mirada cargada de sospecha.

—Sigue, joven Fedra.

Joven Fedra. Seguía considerándome la chiquilla de trece años cautivada por sus hazañas. Iba a demostrarle que había pasado los años aprendiendo; mientras él vagaba por el mundo en busca de emociones, yo había estado aquí, observando y aguardando.

—Las montañas nos ofrecen una defensa natural contra cualquiera que quiera atacarnos por tierra; ningún ejército ha podido nunca cruzarlas —comencé—. Tomamos el agua del río y la llevamos directamente a la ciudadela, no existe asedio que pueda cortarnos el suministro. La costa es extensa aquí, es nuestra debilidad, pero podría convertirse en nuestra fortaleza.

Sus ojos eran fríos ahora y me miraba con interés.

—Somos vulnerables a un ataque por mar, así es como llegó Minos a Atenas la primera vez. Creo que es una idea inteligente construir una fuerza naval más fuerte; las bases de una poderosa flota que nos asegure poder durante siglos. Pero si tenemos más barcos, necesitaremos más hombres.

—¿Y dónde sugieres que los encontremos?

Extendí los brazos, pensativa.

—Busca en Ática. A nuestro alrededor solo hay ciudades pequeñas y pueblos. Por sí solos, son diminutos, pero si se unen a nosotros, podríamos controlar a doce veces más hombres de los que tenemos ahora.

—¿Quieres que los asaltemos? —Teseo se había puesto en pie y tenía el rostro iluminado.

—Por la fuerza no —respondí despacio. Al ver su decepción, posé una mano en su brazo para que me mirara—. He visto a Minos gobernar como un tirano —le recordé—. Dominó Atenas con miedo y mira la lealtad que le profesaste. No van a estar de nuestro lado si los atacamos.

—¿Y cómo estarán de nuestro lado? —Parecía malhumorado.

Esbocé una sonrisa.

—Creo que tengo una idea.

—Un festival —anunció Teseo al día siguiente delante de los consejeros sorprendidos, que no estaban habituados a verlo—. Invitaremos a todos los asentamientos de esta península a Atenas para un festival, unos juegos y venerar a la gran Atenea, que da nombre a nuestra ciudad y nos protege. Los recibiremos bajo la amable mirada de la diosa y compartirán su devoción a Atenea con nosotros.

Los preparativos fueron inmensos. El telar polvoriento y sin usar me dio una idea; sugerí que buscásemos a buenas tejedoras en la región y las juntáramos. Bajo mi dirección, tejerían un *peplos* enorme para ponérselo a la estatua de Atenea al comienzo de las celebraciones. Vinieron de lugares lejanos como Citerón y Parnés, de los confines de Oropo y las orillas de Asopo, y formaron un alegre grupo de mujeres jóvenes. Cuando las teníamos a todas en la amplia sala que había solicitado para este propósito, ante el magnífico telar en el que tejeríamos la prenda sagrada, sentí una punzada en el corazón al ver sus rostros felices y el pelo lustroso.

Volví a acordarme de Ariadna y yo tejiendo juntas, no pude evitarlo. La sensación de tener la lana en los dedos, el sol calentando la habitación, la suave melodía que entonaba mi hermana. Se me llenaron los ojos de lágrimas un momento. Tragué saliva y hablé:

—Chicas, os encomiendo la tarea más importante del festival. —Estaban calladas. Las miradas serias y rostros sinceros me conmovieron—. Vamos a tejer el *peplos* más grande que se haya visto nunca, lo bastante grande para la estatua de Atenea que se encuentra en el corazón de nuestra ciudad, y tiene que ser glorioso para agradar a la diosa. Os hemos elegido a vosotras por vuestra destreza tejiendo, tenéis ahora la oportunidad de demostrar vuestro talento a toda Ática.

Para mí, sin embargo, el verdadero regalo fue verlas trabajar y hablar sin restricciones. Aquí no las vigilaba ningún hombre, en este espacio sagrado para las mujeres y las diosas. La vivacidad les iluminaba los rostros jóvenes y oía en sus conversaciones animadas el eco de dos hermanas que se amaban tantos años atrás en Creta.

Fueron meses de preparación, pero, al fin, nos levantamos un día al amanecer, a comienzos de la primavera. El aire era fresco y el cielo seguía oscuro y plagado de estrellas. Las chicas subieron la escarpada colina que llevaba a la acrópolis y el sonido de su canción flotaba con la brisa hasta donde estaba yo, observando desde los muros del palacio. Una melodía suave y fantasmal que parecía impregnada en el aire de la mañana.

Llevaban el *peplos* con ellas, una prenda delicada y de gran complejidad, tejida en amarillo con bordes azules que mostraba la historia de la intensa batalla entre dioses y titanes al comienzo de los tiempos. Atenea, diosa guerrera, estaba en el centro de la batalla. Al lado de Teseo, una sonrisa de victoria apareció en mi rostro.

Tras la procesión llegó el sacrificio, las *kanephoroi* llevaban a los bueyes. Esas sacerdotisas vírgenes lanzaron un aullido ululante cuando entregaron los cuchillos sagrados a los hombres para que cortaran las gargantas a las bestias adornadas con cintas. Cuando el sol lucía alto en el cielo, el humo de los altares transportaba el aroma de la carne asada hasta la cima del mismísimo Monte Olimpo.

Y entonces dieron comienzo los juegos. En Creta había visto juegos, pero nunca unos tan variados como estos. De todos los rincones de Ática había llegado un buen número de contendientes. El centro de Atenas estaba cargado de ruidos, ajetreo y color. Me alegraba por Teseo, que me agarraba la mano mientras me guiaba entre la multitud. Los jóvenes se retaban a carreras a pie, animados por un público ensordecedor. Varones musculosos se impregnaban en aceite mientras evaluaban a sus contrincantes, listos para boxear y pelear. Sentía la admiración de Teseo y, por el entusiasmo ante el éxito del festival, una armonía inusual se instaló entre nosotros dos conforme transcurría el día. Las bonitas melodías de las liras y los cantos se entremezclaban con el calor y la neblina del día. Cuando Teseo entregó los premios al final de la jornada, estallaron vítores en su honor: Teseo, que había unido a toda Ática en esta maravillosa celebración. Lo vi sonreír, disfrutar de la adoración y el éxito. Sabía que la idea había sido mía, pero no me importó que se atribuyera el mérito. Ya suponía para mí una gran satisfacción ver lo que había conseguido.

La admiración de los demás aumentó, no solo de la región de Ática, y nuestra ciudad estaba encaminada a convertirse en la más poderosa de Grecia. La ansiedad por el regreso de Minos era lo único que en ocasiones me inquietaba. Hacía años que no llegaban noticias de él, pero no me atrevía a imaginar que hubiera muerto solo en alguna costa lejana.

Cuando mi esposo volvía de sus viajes, su compañía me parecía mucho más soportable por su brevedad, aunque solo una de sus historias me resultó interesante de verdad. Aproximadamente un año después de la boda, al fin llegó a casa con noticias de Minos. Por una vez, agucé los oídos, ansiosa por escuchar lo que tenía que contarme.

Me explicó que, mientras mi padre buscaba ciudad por ciudad, a lo largo de todas las tierras del mundo, llevaba consigo una caracola con forma de espiral y lanzaba un desafío en cada corte a la que llegaba: buscaba a un hombre capaz de guiar un hilo por todas sus curvas.

—Algo que solo podía hacer Dédalo —comenté.

—¡Por supuesto! —coincidió él con entusiasmo. Le brillaban los ojos a la luz de la antorcha. Se tumbó en el sofá con una copa de vino en la mano. No podía negar que seguía siendo imponente, por muy aburrida que fuera su conversación—. Cuando llegó a la corte del rey Cócalo, en Sicilia, el viejo rey afirmó que conocía al hombre capaz de hacerlo y le presentó al mismísimo Dédalo. Minos aguardó envuelto en una capa con el rostro oculto mientras Dédalo ataba un hilo tan fino que apenas se veía a la pata de una hormiga que luego puso en la caracola para que caminara, arrastrando el hilo tras ella, hasta llegar al extremo. Entonces Minos se puso en pie, se quitó la capucha de la cabeza y se presentó como el poderoso y temido rey de Creta.

Teseo se echó a reír y le dio un sorbo al vino. Se limpió la boca con la mano y continuó:

—Pidió al amable rey que le devolviera a su prisionero y este se mostró horrorizado al descubrir el engaño de Minos. El rey Cócalo no deseaba dejar marchar a su sabio invitado, que había enriquecido el palacio con sus magníficas invenciones. Prometió acceder a las demandas de Minos, pero lo convenció para que se quedara en el palacio a descansar antes de emprender el largo viaje a casa con su premio. Le dijo que sus adorables hijas ya le habían preparado un baño con los mejores aceites aromáticos y agua templada para que se lavara la tierra y el cansancio por el largo viaje del cuerpo dolorido y agotado. Por supuesto, Minos aceptó. Se metió en la bañera y disfrutó de los cumplidos y las adulaciones de las bellas princesas, hasta que estas abrieron una válvula de la bañera diseñada por Dédalo para la ocasión. Oí que esta liberó un torrente de agua hirviendo que achicharró a tu padre y lo mató en un momento.

Estaba sentada muy recta cuando llegó al final de relato, aferrándome con fuerza al borde curvado del sofá. Teseo me miraba para ver cuál era mi reacción. Cuando comprendí la realidad, de mi garganta salió una risa extraña. No sabía por qué sonaba de ese modo.

Teseo sonrió.

—Pensé que querrías saberlo.

A lo mejor me conocía mejor de lo que yo pensaba. Lo notaba tan absorto en su propia leyenda que era incapaz de ver a ninguna otra persona como algo mejor que una parte ínfima de su importante historia. Quedaba claro, sin embargo, que había escuchado lo suficiente para saber lo profundo que era mi odio por Minos.

—Gracias —le dije. Y, por una vez, cuando sus ojos se encontraron con los míos, no aparté la mirada.

Lo odiaba por los secretos que guardaba en ese cráneo duro que tenía. Pero me había garantizado una vida mejor de lo que esperaba para mí en Creta. No le importaba cómo pasaba los días y mi interés por la corte nunca fue amenaza para él. Lo único que le preocupaba era que Atenas continuara siendo próspera e influyente, no tener que cargar de verdad con las responsabilidades de un gobernante y ser libre para emprender viajes.

Pero cuando me tocó, me estremecí. Sus manos… ¿habían sido las últimas en sostener a mi hermana? ¿De veras había enterrado sus restos con los ritos adecuados tal y como decía? ¿O había dejado allí su cuerpo, olvidado? ¿Vagaba el espíritu de Ariadna todavía por la isla de Naxos, vengativo y desconsolado, sin poder entrar al Inframundo?

En Creta, las miradas y las impresionantes historias de Teseo me habían hechizado. Ahora entendía mi capricho infantil: insustancial, derretido al sol de la mañana como la nieve que a veces se queda en las colinas. Pero nunca podría mostrar el más mínimo signo de frustración ante él, pues sabía que, por mucho que disfrutara de la ilusión del poder, estaba en sus manos arrebatármelo. Podía ser una ventaja para cautivar a los dignatarios visitantes, calmar a los habitantes inquietos cuando acudían a quejarse (con un tacto y tranquilidad que había aprendido y perfeccionado), pero no podía olvidarme de que el rey era Teseo. Si tenía que cautivar a alguien, era a él.

Funcionaba. Estaba contento con su reina, con sus aventuras y la promesa de la gloria eterna por sus hazañas continuas. A veces era una compañía tolerable, si apartaba la sospecha que me consumía y me olvidaba de mi hermana. Esa era la clave para sobrevivir en Atenas. No podía pensar en mi hermana. Conforme pasaron los años, se convirtió en un hábito.

A pesar del patrón aleatorio de las visitas de Teseo y los períodos cada vez más largos de tiempo que transcurrían antes de su llegada a las costas de Atenas, poco después de una de sus estancias en casa, mi vientre comenzó a hincharse: de pronto tenía otra cosa en la que ocupar por completo mi mente. Reprimí el dolor, la pena y la rabia. Ya me había acostumbrado a pensar muy poco en Ariadna.

21

Ariadna

Tras la pesadilla de Hera, me costó deshacerme de la sensación claustrofóbica en todo el día. Mientras me ocupaba de los vegetales a la cálida luz del sol, sentía todavía la opresión de su mirada. No podía evitar mirar con frecuencia las montañas para comprobar que estaban vacías.

Ese día no pude dejar de pensar en Dioniso, y los pensamientos se me enredaban en el cuerpo como las vides que me recordaban a él cada vez que las miraba. A lo mejor yo las había invocado al pensar de nuevo en su madre y en la crueldad con la que Hera se había vengado. Dioniso no me había tratado como los demás. No había medido lo que valía yo, lo que podía hacer por él, cómo podía usarme. Se había limitado a entregarme su amabilidad y hospitalidad. Lo echaba mucho de menos. Cuando cantaba, mi voz sonaba suave y vibraba en el palacio vacío. Cuando sentía orgullo por las frutas que había cosechado en el jardín, sentía también un vacío en el estómago porque él no estaba allí para verlas.

Me sentí culpable por mi reacción a la historia de Ámpelo. Había compartido conmigo su dolor y yo había respondido con furia. Transcurrían los días, pasaba mucho tiempo inmersa en mis pensamientos y empecé a valorar la raíz de mi ira. Estaba enfadada con los dioses, que tenían las vidas de los mortales en sus manos y los trataban con tanto descuido, pero tenía que admitir que Dioniso no había obrado así con Ámpelo. Me había descuidado y había caído en su hechizo, y estaba enfadada por no haber aprendido nada después de depositar mi confianza en Teseo, aunque sabía que Dioniso no era un héroe presumido desprovisto de conciencia y preocupaciones. Y tenía que admitir que, en un rincón escondido de mi corazón, tal vez estaba enfadada porque, si no fuera por un pie mal colocado en una rama podrida, Dioniso estaría lejos de allí con el mortal al que amaba.

Tenía muchas ganas de volver a verlo, de mitigar el dolor por nuestra separación. Después de días, tal vez semanas, cuando otro día llegaba a su fin, lo vi una vez más en la playa y sentí un profundo alivio. No me contuve y corrí hacia él.

Su sonrisa cálida, abierta y entusiasta era un faro dorado de confianza. Me tomó en sus brazos y, tras la soledad de los días, su abrazo me resultaba al mismo tiempo ilusorio e innegablemente sólido y real.

Todas las cosas que podría haberle dicho se enredaron en mi interior. Lo que dije fue sencillo y honesto:

—Me alegro mucho de que hayas vuelto.

—Siempre volveré —respondió, mirándome.

Quería creer que era verdad.

—Lo siento… por todo. Y lamento también lo de Ámpelo. Sé que lo que compartisteis no fue como con el resto de dioses y humanos.

Inclinó la cabeza.

—No lo fue. Pero ¿cómo ibas a saberlo después de todo lo que has visto? Quiero contarte lo distinto que es para que lo comprendas.

Atrapada en la marea de la felicidad, los miedos y las dudas eran una corriente que tiraban de mí hacia abajo, pero los aparté. Al menos por ahora, no iba a pensar en ello. Iba a dejar que hablara y a esperar, esta vez, que sus palabras me convencieran. Le agarré la mano y lo llevé hasta el palacio.

—Ven a beber vino conmigo y cuéntame cómo fue de verdad.

El patio estaba iluminado por las antorchas que proclamaban su regreso. Aunque Naxos le pertenecía a él, estaba tan acostumbrada a que fuera mía que sentía que era él el invitado y por ello saqué cojines para los sofás y jarras para el vino. Cuando estábamos sentados, di un sorbo del rico líquido dulce y lo invité a hablar.

—¿Qué hiciste tras la muerte de Ámpelo?

Se quedó mirando el vino de la copa y suspiró.

—Estaba hundido y herido por la pérdida y no paraba de darle vueltas: cómo podían los humanos ser tan vitales, estar tan vivos y llenos de pasión, y morir en cuestión de un solo segundo. Pensaba en ello mientras viajaba. ¿Cómo podía ser así y a qué propósito servía? Había huido a tierras lejanas con la locura que me había conferido Hera. Ahora regresaba con la locura de todas las preguntas que no podía responder, igual de desesperante.

Se quedó callado una vez más y miró detrás de mí, un lugar que no podía ver, perdido en el pasado.

—Son las preguntas que plagan la humanidad, por supuesto. Pero, al contrario que los mortales, yo tenía el poder para hallar las respuestas. Decidí que encontraría el Inframundo del que había protegido el espíritu de Ámpelo. Creo que no podría haberlo hecho si ello significara ver allí su rostro, fantasmal y de ojos vacíos. Pero esperaba poder ver, solo una vez, el rostro de mi madre, la cara que nunca conocí. Era un bebé indefenso cuando murió, ni siquiera lo bastante fuerte para sobrevivir fuera del vientre, y no pude hacer por ella lo que había hecho por Ámpelo, así que mi madre vagaba por el fantasmal reino de Hades. Tal vez si la veía, podía reparar de alguna forma la gran injusticia que había recaído sobre nosotros dos.

—¿El Inframundo? —Me quedé sin aliento—. Pero ¿cómo...?

Esbozó una sonrisa.

—El viaje fue largo. Ese lugar está bien escondido, incluso para ojos inmortales. Los dioses consentidos del Monte Olimpo temen el reino oscuro de Hades. Tienen miedo de su semblante gris y oscuro cuando visita su reino. Acostumbrados a beber néctar y a comer manjares celestiales en sus sofás, envueltos en pureza, oro y lujos de su mundo, ninguno de ellos osaría caminar por los túneles oscuros y fríos que se internan en el Inframundo, llenos de insectos, gusanos y criaturas rápidas. Pero yo no era como ellos y no me daba miedo la oscuridad. —Le dio un largo sorbo al vino.

Vi cómo curvaba los dedos en torno a la jarra, el movimiento suave de la garganta al tragar.

—¿Cómo era? —pregunté, fascinada.

—No se parecía a nada que hubiera visto en mis viajes. Cuando llegué a la orilla pantanosa del río Estigia, la figura silenciosa de Caronte me saludó únicamente con una inclinación de la cabeza. Los espectros llorosos que pululaban por la orilla trataron de agarrarme la túnica, subir al barco desvencijado, pero eran las almas de los insepultos, condenadas a permanecer en las marismas por toda la eternidad. No podían retenerme y no podían acompañarme.

Me estremecí. Ese podría haber sido mi destino si Dioniso no hubiera llegado cuando lo hizo.

—¿Cómo puedo describirte el viaje por ese río inerte y negro? El llanto de las almas perdidas se transformó en un coro débil de quejidos cuando cruzamos la enorme caverna. El agua era espesa y estaba llena de lodo y, conforme avanzábamos, el único sonido era el del chapoteo del remo de Caronte cuando lo hundía en la superficie viscosa. Los humanos deben hacer solo una vez ese viaje y no pueden regresar. Pero yo sabía que retornaría a la superficie, que sentiría el calor del sol en la piel una vez más, y eso aligeró mi espíritu y mi esperanza durante el trayecto desolador.

»Finalmente llegamos a la orilla opuesta. Allí, en el verdadero corazón del Inframundo, no era todo tan inquietante y silencioso como en el largo viaje. El reino de los muertos es una ciudad magnífica y animada y, aunque está empañada de sombras negras y grises, hay movimiento y ruido: las conversaciones de todas las almas que han vivido y muerto en la tierra. En el centro se alzaba un palacio enorme y delante estaba la gran planicie del juicio, donde Hades pesaba la vida de todas las almas que llegaban temblorosas y dóciles ante él.

»Con el tiempo, la tarea del juicio será demasiado solo para Hades. Un día tu propio padre, el rey Minos de Creta, gobernará la planicie del juicio y sentenciará a todos los muertos.

—¿Mi padre? ¿Cómo puede ser?

Dioniso se encogió de hombros.

—Veo que sucederá, pero el significado y las intenciones de Hades son impenetrables para mí.

Desde que Dioniso había llegado a Naxos, ya no temía ver las banderas de color escarlata de los barcos de Minos en el horizonte. Podía vivir libre de mi padre. Pero ahora me afligía la horrible visión de Minos entronado en la tierra de los muertos, juzgando a las almas temblorosas. Sabía que no habría compasión en su mirada implacable. No dispensaría indulgencia. Me imaginé la satisfacción que le produciría determinar mi eterno castigo. La idea me dejó consternada.

—No sabía dónde encontrar a mi madre entre toda aquella multitud —continuó Dioniso. Tenía la mirada puesta en mí, sabía del miedo que me había asolado, pero prosiguió con la historia—: Pero Hades sabe dónde están todas las almas en cada momento y uno de sus mensajeros encapuchados me acompañó hasta el mismísimo palacio. La planicie que se extendía delante del importante edificio estaba abarrotada de espíritus nerviosos cuyos lamentos y llantos se alzaban en la oscuridad cavernosa formando una cacofonía de desesperación. Una vez que se decidiera su destino, beberían del río Lete y la certeza amarga y lamentable de su muerte se vería calmada.

»Crucé la planicie hacia la vasta arcada de pilares de mármol en la parte delantera del palacio. En el centro yacía el enorme trono de Hades, una construcción oscura y retorcida de madera hecha de un árbol monstruoso que se encontraba en los intestinos de la tierra desde el principio de los tiempos. Las raíces se hundían en el suelo bajo nosotros, sosteniendo el trono por la eternidad. Cuando las estrellas caigan sobre nosotros y el fuego consuma el mundo, cuando todo quede reducido a polvo, Hades seguirá allí sentado, gobernando su reino desbordado.

»Cuando habló, la voz era un rugido grave y profundo, espesado por la tierra húmeda y el frío humo de las cenizas. «Dioniso, has viajado hasta mi Inframundo. Ningún dios ha intentado nunca semejante empresa, aunque todos poseen el poder. ¿Por qué has venido?».

»Nadie puede ocultar sus propósitos a Hades en su reino. Él conoce la mente de todas las criaturas que llegan allí. Carraspeé, un sonido exiguo en ese lugar cavernoso y resonante, y hablé: «Nunca he visto a mi madre. Se fue demasiado pronto por un cruel engaño de la celosa Hera. Me gustaría verla solo una vez». No mencioné mis insistentes preguntas, el tormento que se había apoderado de mí desde la muerte de Ámpelo y la necesidad de preguntar por qué. Por qué los mortales brotaban como las flores y se desmoronaban después. Por qué su ausencia dejaba un dolor ardiente, un vacío profundo que nunca podría llenarse de nuevo. Y cómo todo lo que eran, ese brillo que tenían, podía extinguirse y el mundo no se derrumbaba bajo el peso de tanto dolor y pena.

Soltó una carcajada amarga.

—No formulé las preguntas en voz alta, pero no necesitaba hacerlo, Hades las conocía. «Tu madre cumplió su propósito», me dijo. Pronunció las palabras como si fueran pesadas rocas delante de mí, pero no había maldad en su tono. «Dejó un bebé destinado a la grandeza. Su vida no estaba incompleta. Te hizo un dios y no un hombre. ¿Por qué te gustaría ser otra cosa?». En realidad no lo quería. Nunca había deseado ser un hombre o renunciar a mi divinidad. Solo quería comprender el precio que había exigido.

»Hades aguardaba firme y derecho en el trono de madera. Su rostro no mostraba interés en mis pensamientos ni motivaciones. No parecía esperar una respuesta. «Sémele se acerca. Puedes hablar con ella, mirarla como tanto deseas. Pero ahora pertenece a mi reino y no te va a conocer ni entenderá lo que dices. Solo puede recuperar sus recuerdos del mundo si regresa allí, y eso está prohibido». Levanté la cabeza, perplejo. Esos ojos negros y fríos seguían mirándome, pero antes de que pudiera decir nada, vi a mi madre avanzando hacia nosotros.

»No sé cómo la hizo venir Hades. Y no puedo explicar por qué supe de inmediato que se trataba de ella. Sencillamente, la reconocí sin haberla visto nunca ni haber oído hablar de su apariencia más allá de que era lo bastante guapa para atraer el fatal interés de Zeus. Mis huesos, mis nervios, mi sangre la conocían. Lo sentí de forma inconfundible, en mi corazón.

»Ella no me conoció. Los ojos vacíos miraban más allá de mí. No volvió la cabeza cuando hablé. Y cuando intenté tomarla del brazo, mis dedos solo tocaron humo. «Te seguirá», me dijo Hades y su aliento era una espesa niebla en mi oreja. No lo había oído ni visto levantarse, pero de pronto estaba detrás de mí, muy cerca. «Puedes pasear con tu madre por mi reino, joven dios, pero cuando termines de hablar, mi barquero te aguarda para llevarte por el Estigia. Recuerda que te llevará solo a ti». La advertencia hizo que me diera un escalofrío.

»Comencé a caminar de forma apresurada, brusca, sin saber adónde iba, solo que tenía que alejarme del temible dios. Y mi madre me siguió, aunque apenas era una sombra en movimiento. No obstante, aunque pareciera ausente, era la primera vez que caminaba junto a mi madre.

Se le quebró un poco la voz y lo miré con interés. Tenía el rostro teñido de emoción: una tristeza que hacía que su cara atemporal pareciera infantil por la vulnerabilidad y, aparte de eso, atisbé un destello de furia. Dioniso era un dios, y los dioses no tenían que sufrir las indecencias del dolor. Sabía bien, por todas las historias, que cuando un dios lloraba, otra persona sufría

—De pronto tuve claro el plan. No sabía, o no me había permitido saber, mis intenciones, pero entonces la certeza me asoló como las raíces de un árbol anciano, penetró en mis entrañas. No podía limitarme a volver en la barca de Caronte y alejarme de la oscuridad. Tenía la irrefutable certeza de que la imposibilidad de tocar a mi madre se desvanecería si podía ver la luz del sol una vez más, y juré que me la llevaría conmigo.

—Pero ¿cómo...? —pregunté, vacilante—. ¿Cómo ibas a llevártela sin que se enterara Hades, con tu poder incluso? Tú mismo has dicho que no se puede hacer algo así.

Me miró al rostro una vez más y la expresión tensa se suavizó un poco.

—Tienes razón, nadie puede robar en el reino de Hades, ni el mismo Zeus pudo hacerlo. ¡Ni Zeus, con el viento y los truenos! Ni siquiera el dios del engaño, Hermes, con sus sandalias con alas, que lleva a las almas temblorosas de los muertos hasta sus puertas, el único olímpico que se acerca tanto al temible reino. Ni siquiera él se ha atrevido nunca a robar uno de esos espectros fríos. No querría suscitar la venganza de Hades.

»Pero ya te he dicho que los demás dioses no son como yo. Yo he caminado entre mortales durante muchos años y conozco los juegos de la humanidad: el poder frágil y feroz del amor humano y la fuerza salvaje del dolor. Cuando comparto vino con los mortales, celebramos juntos y siento los anhelos y esperanzas, el dolor y los temores que compartís vosotros. En estos ritos sagrados, tan simples y antiguos como el mundo, alzamos una copa y bebemos juntos, y nuestras almas quedan libres de las limitaciones del día. Hallamos lo que nos une, lo que tenemos en común. He sentido la profunda herida y los bordes afilados del dolor. Sé que la vida humana brilla con más fuerza porque es una llama incandescente en una eternidad de oscuridad y puede extinguirse con la brisa más leve.

Se acercó a mí y me tomó la mano. Me miró con intensidad y no pude apartar la mirada.

Habló con tono apasionado.

—Los dioses no conocen el amor porque no pueden imaginar el final de nada que les guste. Sus pasiones no arden con tanta intensidad como las de un mortal porque tienen todo lo que desean para el resto de la eternidad. ¿Cómo van a valorar o atesorar algo? Para ellos todo es una diversión pasajera y cuando se cansan, encuentran otra, y otra, y otra hasta el final de los tiempos. Sus héroes no conocen el amor porque solo valoran lo que pueden medir: las montañas que construyen con los huesos de sus enemigos, los tesoros que ganan y los versos inmortales que se entonan en su nombre. Solo ven la fama y son ciegos a las recompensas que únicamente la vida humana puede ofrecer y que ellos apartan como si fuera basura. Son todos dementes.

Al escuchar las palabras, noté una sensación cálida en el vientre que disolvió el dolor amargo que seguía apareciendo cada vez que pensaba en cómo había perdido el amor de Teseo. Las palabras de Dioniso acallaron las preguntas que seguían plagando mi mente. Teseo no me había dejado porque yo tuviera fallos o porque no fuera importante. Me había dejado porque a él nada le importaba más allá de la búsqueda de su propia fama. No iba a permitir que un hombre que no apreciaba el valor de nada me hiciera dudar de mi valor.

—¿Y Hades no sospechó? —pregunté.

Dioniso volvió a sonreír.

—Resulta que faltaba un guarda ese día en el Inframundo. El reino está rodeado por el gran río Océano y otros cinco ríos llegan y parten de él. Caronte guarda el importante Estigia, pero los otros ofrecen una posible salida, aunque peligrosa. Una de las puertas está bloqueada por el monstruoso Cerbero, el enorme perro que supera en altura al hombre más alto y que escupe espuma de las tres cabezas. Admito que no me hubiera gustado enfrentarme a Cerbero, pues yo no poseo la destreza de Orfeo con la lira para inducir un sueño tranquilo en la bestia. Pero, por suerte para mí, el día que descendí al Inframundo, me había precedido el célebre héroe Heracles. Su labor en el Inframundo fue doble: someter al temible perro guardián y rescatar a su adorado protegido. Sí, tu amado Teseo quedó atrapado en el barro del Inframundo durante la estúpida misión de raptar a la reina del Inframundo, Perséfone, de su trono, al lado de Hades.

Se rio al ver la sorpresa en mi cara.

—¿Se olvidó el noble Teseo de contarte esta historia cuando te habló de sus valerosos triunfos? ¡Ja! Claro que sí. Su estúpido compañero, Pirítoo, murió despedazado por Cerbero, y Teseo, aterrado, se escondió y aguardó hasta que Heracles lo salvó. —Al decir esto, Dioniso echó hacia atrás la cabeza y las carcajadas volvieron a inundar el cielo oscuro.

No sabía si reírme u horrorizarme. La imagen ridícula que había descrito Dioniso de Teseo (la codicia, el engaño y la cobardía al final) no podía ser más distante de las historias que contaba él de sus hazañas. Así y todo, parecía verdad y no lo dudé.

Levanté la mirada del suelo. La abrasadora vergüenza que sentía por el abandono de Teseo por fin se extinguía. La mirada de Dioniso era amable y cálida, y estaba fija en mí. De pronto, el aire que nos separaba me pareció sólido, cargado y potente.

—Entonces, ¿pudiste sacar a Sémele porque Heracles había capturado a Cerbero?

El dios se encogió de hombros.

—Tal vez. Fue una suerte. Cuando la conduje por ese camino y vi la entrada sin guardián y la cadena de Cerbero en el suelo con los eslabones de hierro rotos, supe que no podía desaprovechar esa oportunidad. Pasé por allí con ella sin dudarlo, pero confieso que durante el viaje largo y enrevesado hasta la superficie sentí el toque del miedo que en raras ocasiones conoce un dios.

—¿Y por qué dices tal vez? —Estaba confundida.

—La mente de Hades es insondable para mí y la mía para él es un libro abierto. Me pregunto si no sabría que Cerbero no estaba y la verdad del deseo que me había llevado hasta su reino. Sabía que quería recuperar a mi madre.

—¿Y por qué la dejó marchar? Por lo que sé de Hades, no es un dios compasivo.

—No juzgues de forma equivocada la capacidad de venganza de un dios. —Enarcó una ceja—. Hades conoce los celos ardientes de Hera. Y sabía que, una vez que sacara a mi madre del Inframundo, no permitiría que volviera. No sabría decir qué piensa o siente, pero imagino que la idea de ver a Hera retorcerse de frustración y odio al ver a su rival ascender al Monte Olimpo, compartir con ella los sofás dorados y beber el néctar celestial con todos ellos, le resultaba a él tan atractivo como a mí. Tal vez la idea trajo un poco de calidez a sus aposentos helados y disipó por un instante parte de la niebla que lo rodeaba. Pero estoy seguro de que, de otro modo, no habría permitido que lo desobedeciera y no puedo creer que fuese capaz de burlarlo.

Me quedé un instante sin palabras.

—Entonces, ¿tu madre...?

—Se convirtió en una diosa dorada del Monte Olimpo, sí —confirmó. El brillo del triunfo teñía su rostro—. Mi padre me concedió esa bendición cuando ascendí con su alma, que quedó completamente recobrada en cuanto dejamos el Inframundo, y vio lo que había conseguido. No pudo negarme mi petición. Preside mis ritos ahora como la diosa Tione. Y Hera no puede tocarla, pero debe verla cada día.

La historia de Dioniso era tan encantadora que no pude contener una sonrisa. Estaba cautivada por su disposición a hablar libremente y con tanta franqueza de lo que sintió y de la felicidad que le causó ver a Hera rechinando los dientes por su éxito, cuando había planeado con tanto interés desterrarlo. El desagrado que sentía por Teseo mitigaba mi dolor, era como un aceite calmante en la herida provocada por una quemadura.

Había sido una ingenua al confiar en un héroe, un hombre que solo podía amar el eco de su nombre a través de los siglos. Podría haberme arruinado. Podría haber muerto en esta playa. Podría haber llorado un océano entero de lágrimas antes de que los cuervos vinieran a por mis ojos, y mi espíritu ciego habría aullado toda la eternidad en las marismas de la orilla del río Estigia. Pero este dios alegre había arrojado luz a mi historia.

Era Teseo quien se quedaría sin nada al final. Nada excepto el ondulante e ilusorio velo de la historia, que podía favorecerlo

233

para que los oyentes, alrededor de un fuego o en un banquete, se maravillaran y quedaran anonadados por su coraje y valentía. Pero el calor de sus llamas no arrojaría luz ni consuelo en la tenue niebla en la que viviría por entonces. Su espíritu desprovisto de forma tendría que tomar las escasas migajas de alegría que pudiera de sus historias susurradas que flotaran como cenizas en la brisa apagada.

¿Y yo? Había sido su víctima y, por lo que él sabía, mis huesos estaban ya desprovistos de piel. ¿Pensaba en mí? Cuando contaba cómo le había destrozado el cráneo al Minotauro con el garrote de hierro y había aplastado los huesos de la bestia con sus puños ¿aparecía yo en su mente? El hilo grueso y rojo que le había atado a la muñeca. La monstruosa arma que había dejado en el laberinto para que la utilizara para convertir a mi hermano en cartílago y sangre, y dejar luego sus restos aún calientes en las arenas de Creta, bajo la luna. Las promesas que le hice con honestidad.

Teseo contaba con lo peor de los inmortales: la codicia, la maldad y el deseo egoísta de darle la vuelta al mundo, como si fuera una simple caja, y saquear su contenido por un capricho pasajero porque creen que les pertenece. Era igual que muchas deidades ávaras y ruines, que tomaban lo que querían y desechaban lo que no deseaban sin pensar, ni un segundo, en lo que dejaban a su paso.

Pero Dioniso me había asegurado que él no era como los demás dioses y sabía que tampoco era como el resto de hombres. Le di un apretón en la mano.

Había vuelto. Tal vez podía empezar a creer que se iba a quedar de verdad.

22

La isla cambiaba día a día. Debieron de propagarse las noticias del regreso de Dioniso, pues cada tarde llegaban visitas nuevas. Llegó un grupo de mujeres jóvenes risueñas y cantarinas que lo seguían allá donde él iba y, de pronto, la playa solitaria y los bosques vacíos se llenaron del sonido de las flautas, las liras y las voces de las muchachas. Me tenían fascinada; me había dicho que se llamaban ménades y sus rostros sonrientes me recibían en todas partes. Sus conversaciones sencillas llenaron de vida la isla silenciosa. Igual que Dioniso, sus seguidoras parecían curiosamente inocentes y dulces. Las observaba mientras caminaban entre los árboles y subían las laderas de las montañas; la brisa transportaba el canto y me llegaban fragmentos de las canciones. Por la noche servían ríos de vino dulce en honor a Dioniso mientras él las contemplaba con una sonrisa de aprobación y bebían juntos antes de comenzar a dar vueltas, bailando. Parecían animadas únicamente por la simple felicidad de vivir. El brillo de la luna en las olas o el olor de las flores daba lugar a más canciones y más risas. Durante la mañana se ocupaban de sus propias parcelas de vegetales, tejían en el magnífico telar, que ahora resplandecía como el ónice, ordeñaban a las cabras que salpicaban el campo y faenaban felices y silenciosas en su pequeña industria doméstica.

Jamás había visto grupos de mujeres parecidos. No llevaban velo, no eran calladas, no se mostraban serviles. Hablaban libremente, con franqueza. ¿Qué pensarían los padres, hermanos y esposos a los que habían dejado atrás si vieran a sus mujeres paseando por la isla con libertad?

No había un lugar en el que no estuvieran, pero me sentía cómoda caminando entre ellas. Hallaba una enorme paz bajo la luz del sol podando, regando y cosechando los milagros de nuestros granos. Y Dioniso siempre estaba allí. Comíamos juntos y, cuando presidía las veneraciones de las ménades, yo me sentaba a su lado en lugar de arrodillarme con ellas. Los días pasaban como las cuentas en un cordel, formando un precioso collar, un regalo que nunca me habría esperado.

Pasaba cada día con Dioniso, esta vez no se marchó. Me demostró que, ciertamente, era el mejor de todos los hombres, de todos los dioses. No eran solo sus historias, ya me había enamorado antes de los relatos tejidos bajo la luz de la luna y había aprendido a no confiar en el amor propio de un hombre. Lo vi en su risa fácil cuando caminábamos en compañía de sus ménades, su hospitalidad y cómo cuidaba de todas nosotras. Lo vi en sus modos gentiles al buscar mi amistad, al querer obtener mi aprobación. Creó para todas nosotras un paraíso en Naxos, una comunidad feliz y próspera más allá de las leyes y las opresiones del mundo que habíamos dejado atrás. Cuando bailábamos en Naxos, sentía una ligera punzada de nostalgia por la magnífica pista de madera que había confeccionado Dédalo en Cnosos. Aquí no llegaban los cuchicheos de los demás y no oía los distantes bramidos ni el sonido frenético de las pezuñas bajo mis pies. No sentía vergüenza al ver la forma encorvada de mi madre moviéndose cautelosamente entre los bonitos tapices y las estatuas impecables. No había malicia en el ambiente, ni hedor a pudrición en los pilares de madera y las baldosas de cada mosaico. Daba gracias por vivir una vida que ni en sueños había conocido. No añoraba Creta.

Me enamoré de Teseo en lo que dura el resplandor de un relámpago, cuando nuestras miradas conectaron en medio de una fiesta macabra; cuando, encadenado, me prometió con la mirada limpia que me haría libre. No sabía nada de él cuando juré convertirme en su esposa salvo por las mentiras que me había contado. Con Dioniso, todo era distinto. Sentía que habíamos forjado una confianza mutua, algo real y tangible, y no podía negar lo mucho que lo deseaba. Pero tampoco podía ignorar lo obvio.

—¿Seguirás visitando esta isla dentro de unos años? —le pregunté una tarde que caminábamos juntos por la playa.

Parecía sorprendido y ligeramente divertido.

—Llevo semanas sin marcharme —contestó—. Más bien deberías hacer la pregunta contraria.

—Posiblemente, la isla cambiará en los próximos años. Yo cambiaré —comenté, acercándome a lo que de veras deseaba decir—. Pero tú seguirás con el mismo aspecto, ¿no es cierto?

Pensó la respuesta. Sabía a lo que me refería.

—Los dioses no envejecen —afirmó al fin.

—Pero yo sí. Tal vez no quieras venir aquí, ver cómo cuido por entonces de tu hogar. O puede que traigas a otras bellezas contigo, y yo estaré barriendo el suelo e hirviendo agua para ti cuando mi pelo tenga canas y el rostro arrugado por el tiempo. —No pude contener la amargura del tono de voz al imaginarme cómo sería.

—Te amaré cuando seas anciana y estés arrugada —prometió con una intensidad en la voz que jamás había escuchado.

Yo tenía la mirada apartada, fija en las estrellas que comenzaban a brillar en el cielo oscuro, pero al escuchar sus palabras volví el rostro hacia él. Nunca me había hablado así y el corazón me latía fuerte en el pecho.

—¿Puede ser verdad tal cosa? —susurré.

Me tomó de la mano.

—Puedo ir a cualquier lugar que desee del mundo —dijo—. La libertad de un dios no conoce límites. Pero solo deseo estar aquí, ordeñando cabras y hablando contigo. —Se quedó un instante callado—. No puedo amar a otro inmortal. Son vanidosos y estúpidos, henchidos de amor propio y crueldad. Los mortales pueden envejecer, pero los dioses son prisioneros de sus caprichos infantiles, no pueden cambiar y no saben lo que es el amor porque no se arriesgan a sufrir la pérdida.

Su rostro era sincero, estaba teñido de dolor y honestidad. Nunca me pareció más humano. Un dios no podía ser tan vulnerable, ¿no?

—Amaba a Ámpelo, sé lo que es perder a alguien. Pero me enseñó que cada segundo puede ser importante, incluso en la eternidad de un dios. No quiero perder ninguno. No puedo soportar la idea de verte casada con un hombre que no te merece o ver cómo se reduce a nada tu vida, sin dejar en el mundo hijos o una huella de que pasaste por esta tierra. Puede que solo disfrutemos de una vida mortal, pero nos pertenecerá a nosotros y a nadie más.

Tal vez mi vida le perteneciera a él de verdad, me había salvado de las garras de la muerte, después de todo. No existía un hombre mortal en el que pudiera confiar más que en él. Deseaba descubrir cómo sería la vida con este inmortal curioso e infantil cuyo poder podía quebrar en dos la tierra, pero cuya naturaleza era más amable que la de nadie que hubiera conocido. Posé la otra mano sobre nuestros dedos entrelazados y sostuve su mano con la mía.

Una nube oscureció el brillo de la luna, como el velo de una novia el día de su boda. Dioniso me envolvió en un abrazo silencioso. Sentí el latido de su corazón, como el de un hombre mortal. Fue demasiado fácil olvidar que no lo era.

¿Cómo puede ser la boda de un dios del Olimpo? ¿La novia descendiendo en un carro de nubes tirado por caballos plateados? ¿Vestidos elegantes con incrustaciones de rubíes y esmeraldas, con bordes morados y ajustados con cadenas de oro? ¿Un banquete servido en bandejas de bronce con montañas de carne y ríos de bebida celestial? ¿Un puñado de divinidades enormes y fieras, incandescentes de poder y belleza, más allá de lo imaginable?

Dioniso y yo contrajimos matrimonio en nuestra playa al anochecer con un círculo de ménades con el pelo lleno de flores a nuestro alrededor. Después bebimos vino tinto en lugar del néctar de los dioses y la ceremonia estuvo iluminada por la suave luz del sol poniente en lugar de rayos fulgurantes. Asamos peces del mar bajo el brillo plateado de la luna y no dedicamos un pensamiento a nadie ni nada que estuviera más allá de nuestro paraíso.

El único símbolo de esplendor que tuvimos fue la magnífica corona que Dioniso colocó en mi cabeza cuando estuvimos juntos. No sé qué artesano la habría fabricado. Las delicadas puntas se alzaban de la banda fina y plateada en un arco brillante, y la base de cada una de ellas tenía joyas incrustadas que resplandecían con el toque de los rayos del sol. Ni siquiera como princesa de Creta había visto nada tan bonito. Por eso, más tarde esa noche, me mostré horrorizada cuando, mientras caminábamos por la orilla, Dioniso me la quitó de pronto de la cabeza y la lanzó en la oscuridad.

Grité, sorprendida, desprovista de palabras para semejante acto. Cuando me volví hacia él, no me sorprendió comprobar que reía y, como su esposa, me enfadé con él.

—¿Por qué has hecho eso? —pregunté.

—Una baratija se puede perder —contestó.

Contuve la respuesta furiosa que quería pronunciar.

—La pueden robar, puede rasgarse, mancharse y perder el lustre —continuó—. No deseo darte un regalo tan transitorio. Por eso te la he quitado de la cabeza, donde tiene un aspecto aburrido en comparación con tu fulgor, y la he dejado en otra parte donde brillará para siempre. —Me tomó la mejilla con la mano y me alzó la barbilla hacia el cielo oscuro—. ¿Ves esa nueva constelación?

En la eternidad de la noche, vi unos puntitos de luz nuevos que brillaban formando un arco. El lustre de mi corona, resplandeciendo en todo su esplendor en la oscuridad.

—Igual que nunca me perderás a mí, nunca perderás tu corona —murmuró, abrazándome con fuerza—. Guiará a los marineros en el laberinto de los mares traicioneros. Las mujeres la mirarán en busca de consuelo, una luz en la oscuridad. Los niños susurrarán deseos antes de cerrar los ojos y soñar. Permanecerá ahí por todos los tiempos.

Ya estábamos casados y el idilio de nuestra vida juntos nos aguardaba.

Llevamos una vida fantasiosa y productiva bajo el sol dorado. Los jardines florecían, las cabras producían leche cremosa y espumosa para elaborar queso, las vides crecían allá donde mirábamos y pisábamos el lustroso fruto morado para hacer el vino que bebíamos juntos cada noche bajo las estrellas.

Los meses pasaron y, de pronto, un día arrugué la nariz ante el repentino hedor que desprendía la leche cremosa que ordeñé de mi cabra favorita. Y el sol parecía sofocarme con un peso insoportable que me hizo desear soltarlo todo y hundirme bajo un montón de hojas a la sombra para dormir y descansar de la fatiga que me asolaba. El vino se tornó amargo en la copa y se me revolvía el estómago, provocándome una alarmante sacudida de náuseas que me hacía sentir que me encontraba a bordo de un barco.

Pensé que me estaba muriendo, pero las ménades fueron más prácticas que yo y diagnosticaron de forma correcta mi condición. Estaba embarazada y la feliz noticia iluminó la niebla de agotamiento y malestar que me asolaba. No brillaba y resplandecía, pero esa información me dio consuelo en medio de la humillación de mi malestar. Sabía que, cuando sostuviera a mi bebé en los brazos, todo esto no sería más que un recuerdo.

Si es que sostenía a mi bebé en los brazos cuando esto terminara, claro. Incluso antes del nacimiento del Minotauro, para mi madre los embarazos no habían sido un camino sencillo que culminara en un bebé, envuelto en una manta, esperanzador, con la luz del futuro en el pequeño rostro arrugado. Todas las mujeres sabían que el camino hasta el parto era un viaje entre la vida y la muerte, para ellas y para los bebés. Conforme se acercaba la hora del nacimiento, no podía dejar de pensar en ese peligroso camino. Me acordaba de Dioniso hablando de su querido Ámpelo, de que el destino de todos los mortales estaba decidido en el momento en que las Parcas cortaban sus hilos, y que él no podía alterarlo. Su felicidad por la noticia parecía completa y sincera, y no detecté en él ninguna señal de que hubiera anticipado una tragedia en lugar de un nuevo comienzo. Pero yo sabía que, incluso con su poder divino, no conocía por completo el futuro. Los misterios de un nacimiento eran un secreto para todos y ni siquiera las diosas del Olimpo eran inmunes a ellos.

Realicé libaciones en honor a Ilitía, la diosa del parto. Di gracias a Demetrio por haber bendecido mi vientre. Reuní a las ménades que habían ayudado ya a otras mujeres a transitar por ese peligroso sendero y a algunas también que lo habían vivido. Hicimos todas las preparaciones que pudimos. Así y todo, cuando sentí la primera punzada aguda de dolor que me dejó sin aliento, supe que no estaba en absoluto preparada.

Había escuchado historias entre las sirvientas de Creta del trabajo y el tormento que me aguardaba. Todas las chicas sentían, con incredulidad, que un día serían ellas quienes estarían ahí, asoladas por el miedo y el dolor, temiendo romperse en pedazos en sus intentos por traer a un bebé al mundo. Al principio, sentí el terror junto a los dolores. Tensé el cuerpo y luché contra las olas que me sacudían por dentro hasta que mis parteras me convencieron de que dejara de resistirme. Me colocaron paños fríos en la frente, me tomaron de la mano y respiraron conmigo en medio del dolor.

Al hacer eso, empecé a sentir la calma. ¿Cuántas mujeres estaban pasando por eso al mismo tiempo que yo? Todas nosotras hacíamos fuerzas y gruñíamos para tener a salvo a nuestros bebés. Pensé en ellas cada vez que una ola me arrasaba el vientre. En lugar de resistirme, intentaba acompañar la ola hasta el final y tomar aliento en los momentos de calma que tenía entre ola y ola. Vi a las mujeres del mundo: en suaves y amplios sofás en palacios dorados, en tiendas oscuras en las arenas del desierto, en refugios construidos con piedra o barro en lugares que se extendían hasta los confines de la tierra. Y, abrazada a mis piernas, sentí que estábamos todas en sincronía. Como una vasta constelación de estrellas que brilla en la noche oscura; sentía que trabajábamos juntas para traer nuevas chispas de luz al universo. Me pareció sentir su apoyo, sus manos en la espalda y sus palabras de ánimo susurradas al oído cuando, con un último esfuerzo, nació mi hijo.

En el frenesí de movimiento que lo siguió, alguien me lo entregó y lo sostuve en los brazos, pequeño, húmedo y enfadado. No tenía palabras para este sentimiento. Poco a poco, la habitación se calmó y entonces me fijé en la brisa fresca que entraba por la ventana. La luz gris del amanecer iluminaba el cielo y las nubes tenían un tono rosado. Las diminutas uñas perfectas del bebé relucían como pequeñas caracolas bajo los primeros rayos de la luz de la mañana mientras me agarraba el dedo con el pequeño puño.

No pasó un cometa por el horizonte proclamando el nacimiento del hijo de Dioniso. Ningún terremoto sacudió la tierra ni se oyeron truenos en el cielo. Mi hijo no había nacido para derribar montañas ni luchar con gigantes. Nunca vi en su rostro menudo un destino importante asomar en la frente arrugada mientras dormía, empachado de leche, contra mi piel. Mientras estaba despierto y estiraba piernas y brazos como una estrella de mar, sorprendido por no encontrarse en la cálida cuna del vientre, nunca vi la sombra de un futuro brillante a su alrededor, aferrándolo en su pesada oscuridad. Esos pequeños puños no tendrían que estrangular a ninguna serpiente y no le aguardaba ningún secreto bajo una roca pesada que tuviera que apartar.

Lo llamamos Enopión, bebedor de vino. No deseaba que sintiera el peso de la sangre divina de su padre. Solo quería que compartiera la naturaleza feliz de su progenitor y que creciera bajo la influencia de la prensa de vino, el delicioso tacto de las uvas y las simpáticas aventuras que pudiera ofrecerle el viajar. No sería amenaza para la vengativa Hera, no traería discordia en el Olimpo con exigencias de gloria.

Me esforzaba por ocultar mi euforia con una calma amable. No exclamaba mi buena fortuna ni clamaba al cielo mi felicidad. Seguimos con nuestra tranquila existencia y me aseguraba de no aplaudir demasiado fuerte cuando mi hijo lograba sus diminutos triunfos: la primera sonrisa, los primeros pasos tambaleantes, el sonido de las primeras palabras. Contenía dentro de mí la alegría y el orgullo, y presionaba el rostro sonriente en su cabecita perfecta de pelo suave con la esperanza de que el paraíso no reparara en cómo aspiraba su olor. Estaba decidida a evitar atraer la atención divina.

Contenía la respiración cuando Dioniso lo abrazaba y se lo llevaba a la playa, cuando lo miraba a los ojos y le decía sinsentidos con tono serio, como si estuvieran manteniendo una conversación importante, cuando arrugaba la cara en una serie de expresiones ridículas que hacían que Enopión riera alegre. «No permitas que vean lo mucho que lo quieres», le pedía en silencio. Pero si algún inmortal depositó la mirada en Naxos, seguramente encontrara nuestra actividad doméstica demasiado aburrida para inspirar la más mínima intención de destrucción. Cada estación daba paso a una nueva, y todas traían una nueva alegría. Mi vientre volvió a hincharse, y luego otra vez, y parecía que nuestra felicidad fluía como un río, por lo que empecé a dudar de si realmente escaparíamos al interés del resto del mundo para siempre.

Por supuesto, yo era la única que quería evitar ese interés. Dioniso seguía buscando seguidoras: más ménades en nuestras costas, más santuarios en el mundo en su honor. Yo estaba inmersa en la maternidad, absorta por cada nuevo descubrimiento de mis hijos, decidida a que no hallaran, al mirarme, el vacío de los ojos de Pasífae.

Ya no acompañaba a Dioniso al bosque para los rituales del vino. Él llevaba a sus ménades a las montañas en procesión mientras yo metía a los niños en la cama cada noche. Sabía lo que implicaban los ritos: himnos en su gloria, vino y bailes de celebración. Un dios podía necesitar la adulación de sus seguidores, pero yo estaba satisfecha con los brazos regordetes de mis hijos en torno a mi cuello y los besos pegajosos que me daban en las mejillas.

No creía que pudiera haber cambiado nada en los rituales hasta una mañana en la que estaba paseando con mi hijo menor,

Taurópolo, tratando de dormirlo con el movimiento, ya que no le agradaba la idea de descansar en una cuna. Cuando empezaba a cerrar los ojos, vi a un grupo de ménades golpeando telas blancas contra las piedras junto al río, algo bastante común, pero ese día miré varias veces. El agua que fluía sobre las rocas solía ser cristalina y formaba un torrente translúcido, reluciente. Ahora, en cambio, caía en cascada con un tono carmesí oscuro y, en el fondo de las piedras se formaba una nube de color rubí. Me detuve, confundida, y aspiré el olor a hierro y sal del ambiente.

Los sacrificios de animales nunca habían formado parte de los rituales cuando yo asistía a ellos. Había visto muchos en Creta, pero nunca aquí, y me había parecido una fortuna que Dioniso nunca se los hubiera pedido a sus seguidoras. Retrocedí al pensar que esto podía haber cambiado. Siempre lo había odiado: el destello del cuchillo, los chorros de sangre que descendían por las ranuras del altar y la criatura sin vida. Los otros dioses disfrutaban con esa crueldad, pero Dioniso no. Pero ¿qué otra explicación había para que las ménades estuvieran retirando esa cantidad de sangre de las vestimentas?

Dioniso se había marchado de la isla al amanecer y no sabía cuándo regresaría para preguntarle el significado de lo que había visto. ¿Hablaba con las mujeres ahora o esperaba a su retorno? Me quedé sin aliento. ¿Podía confiar en que él me respondiera con honestidad si le preguntaba directamente? Dudé un instante, pero, cuando estaba a punto de dar un paso adelante, miré el océano y, por segunda vez esa mañana, una visión sorprendente me detuvo en seco.

Se aproximaba un barco a nuestra costa y llevaba las velas blancas de Atenas.

TERCERA
PARTE

23

Fedra

Ahora solo me sorprende que la noticia tardara tanto en llegar a nuestro palacio. Naxos estaba muy cerca. Todos estos años, podría haber llegado allí con solo un día de navegación. Pero, aunque no podía confiar en la historia de Teseo de lo que realmente había pasado allí entre ellos, nunca dudé de que estuviera muerta de verdad.

El festival que había iniciado se había convertido en un evento anual y atraía a la ciudad a docenas de visitantes. Recibíamos a muchas personas al año: mercaderes ricos y miembros de la realeza de muchas regiones de Grecia y de más allá acudían a Atenas de forma constante. Me encantaba ser la anfitriona, sentarme como la reina en el centro de todos, y esa noche no fue una excepción. Había sido un día sofocante, el sol calentaba con tanta fuerza que las piedras de la calle ardían bajo las sandalias delgadas. Estaba embarazada y me había sentido pesada todo ese verano, el calor me producía dolor en los huesos y un enorme agotamiento. Ansiaba disfrutar del viento fresco, la niebla, la lluvia, la nieve en las cimas de las montañas distantes. Ahora, el

suave brillo de la luna y la brisa de la noche me resultaban acoge-
doras mientras estábamos sentados bajo las estrellas, en el patio
abierto, bebiendo vino tras una deliciosa comida.

El capitán de una flota que había llegado ese día con un car-
gamento de bienes para intercambiar por nuestra plata alzó el
vaso y le sonreí.

—Brindo por tu vino, reina Fedra —dijo—. Está tan bueno
que me pregunto si procede del mismísimo Dioniso.

Me reí.

—No podemos presumir tanto, buen capitán, pero los viñe-
dos de Atenas son excelentes. —Pensaba que estaba bromeando.

—Ah, creí que tal vez era un regalo de tu importante cuñado
—respondió él.

Lo miré con el ceño fruncido.

—¿Disculpa?

Se mostró confundido ante mi desconcierto.

—Dioniso, el esposo de tu hermana, el dios del vino… —Se
calló al ver mi expresión.

—Creo que es un malentendido, capitán. No tengo ninguna
hermana viva. —Miré a Teseo y comprobé que tenía un aspecto
pálido nada propio de él. Me puse recta en la silla.

El capitán frunció el ceño.

—Mis condolencias pues por la pérdida, señora. Debe de ser
muy reciente.

Entonces lo noté, el comportamiento ansioso de Teseo. Fue
a ponerse en pie, pero alcé una mano para que se detuviera y
algo en mi rostro hizo que obedeciera. No había nada que deseara más que un heredero y, por ello, la balanza del poder se había
inclinado un poco más en mi favor últimamente.

—He creído muerta a mi hermana estos últimos siete años
—indiqué con tono suave—. Hablas de Ariadna, imagino. Pues,
que yo sepa, no tengo más hermanas.

El capitán tartamudeó un poco, enormemente desconcertado por cómo lo mirábamos Teseo y yo; había quedado atrapado en mitad de nuestra cólera, pero nunca llegaría a comprender el motivo. Noté que deseaba no haber hablado.

—Ariadna, sí —contestó—. Pero lejos de llevar muerta siete años, se ha casado con Dioniso de Naxos. Yo no... No podía... No me imaginaba que no lo supieras.

—¿Cómo es posible? —musité. El bebé que llevaba dentro se movió y presionó los pies contra mi estómago. Estaba tan confinado estas últimas semanas que apenas tenía espacio para moverse.

El capitán tragó saliva.

—La constelación que tenemos encima, señora —se animó a proseguir—, la corona de estrellas, justo ahí, en el cielo.

La señaló y alcé la mirada, como en un sueño. El arco de estrellas del cielo no parecía una corona.

—Fue la corona que él le regaló por su boda —comentó.

La sorpresa me arrasó como una marea. Me puse en pie. Odié cómo perdí el equilibrio y lo mucho que el peso me entorpecía ahora que no quería más que salir corriendo.

—Mi esposa —dijo Teseo rápidamente— se encuentra indispuesta. Disculpadnos, por favor.

Me tomó del codo en una muestra de apoyo, pero noté la presión de los dedos. Me mareé ligeramente. Me estaba sacando del patio, apartándome de la gente. Detrás de nosotros, se alzaron conversaciones de desconcierto, pero él no se detuvo y tiró de mí hasta el interior del palacio, de mi dormitorio.

Una vez dentro, cerró la puerta con fuerza. Su rostro era desafiante. Frío. Me senté en la cama con las manos en el vientre. Traté de centrarme en lo que necesitaba decir para conseguir que al fin me contara la verdad.

Empezó él.

—No te mentí.

Me habría echado a reír, pero seguía respirando de forma entrecortada.

—Al principio no —continuó—. La vi allí, muerta. —Vio que abría la boca y levantó la mano para interrumpirme—. Lo sé, sé lo que vas a decir. Creo... Creo que Artemisa debió de enviarme una visión.

Impactada como estaba, todavía me sorprendía la lealtad que mostraba con la mentira que me contó tantos años atrás. Sentí algo dentro de mí, un puño que se cerraba despacio en mi vientre. Inspiré con dificultad.

—Eso es —prosiguió y empezó a caminar por la habitación, con la mano en la barbilla, sin mirarme—. Seguramente Dioniso quisiera quedarse con Ariadna. Así que Artemisa hizo que creyera que estuviera muerta para dejársela a él.

—Me dijiste que luchaste con la serpiente. Que enterraste su cuerpo. —Me esforcé por pronunciar las palabras.

—Un sueño —respondió—. Seguramente fuera un sueño.

—Lo soñaste. Y dejaste allí a mi hermana, sola. —Hablaba con tono serio.

No me miró a los ojos.

—Tú misma me dijiste que no podemos entender la mente de los dioses. Su poder... sus engaños. Son más inmensos que ninguno de nosotros.

El engaño era mi vida. Me quedé sin aliento cuando, de nuevo, noté un profundo dolor dentro de mí, en la parte baja.

—Pero tú lo sabías —siseé con los dientes apretados.

Creyó que era la furia lo que me hacía gruñir. No sospechaba del profundo dolor que me asolaba.

—Lo oí... más tarde. Mucho más tarde. Me enteré hace poco. —Miró mi forma redondeada—. No quería preocuparte, sabía que te inquietaría enterarte.

Noté la frente empapada en sudor. Comencé a gemir al notar las olas de dolor en el vientre.

—Me inquietaba más pensar que el cuerpo de mi hermana no era más que huesos podridos en una isla distante. Pero ahora sé que es la esposa de un olímpico.

Al fin me miró a los ojos y respondió a mi pregunta silenciosa.

—Tu hermana era una traidora —dijo—. ¿Cómo la iba a traer al palacio de Atenas? Mi pueblo acababa de librarse del yugo venenoso de Medea, otra princesa extranjera que derramó la sangre de su propia descendencia.

—Tú eres su héroe, ¡podías haber vuelto con la esposa que eligieras! —grité—. Además, Atenas debe a mi hermana su gratitud por lo que hizo, ¡los hijos a los que salvó!

Abrió la boca para discutir, pero esta vez fui yo quien lo silenció. Era consciente de lo que significaban las olas de dolor que me asaltaban. Cuando el espasmo regresó, hablé antes de que me volviera a robar el aliento.

—Teseo —gimoteé—. Ve a buscar a las mujeres. Ha comenzado.

24

Había oído mucho acerca del tormento del parto, pero de lo que nadie me había hablado era de la tristeza que lo seguía. Cuando me colocaron al bebé en los brazos, me sentí confundida. Las parteras se amontonaron a mi alrededor, expectantes. No entendía qué esperaban. Estaba dolorida y exhausta. Deseaba dormir más que cualquier cosa. Y ellas me dieron a esa criatura llorona, el rostro diminuto y rojo contorsionado por la violencia de los gritos. Pensé que la cabeza me estallaría por el volumen del llanto.

Mis brazos inexpertos no lo confortaban. Lloré de frustración cuando apartó la cabeza de mi pecho y aulló. Recordé a mi propia madre, que había logrado amar a un monstruo, y me pregunté por qué lo único que sentía yo era desesperación mezclada con compasión por este diminuto bebé enfadado que parecía muy decepcionado por estar conmigo.

—Tómalo —prácticamente supliqué. Cuando la mujer que había a mi lado obedeció, mirándome con inseguridad, tan solo sentí alivio. En sus brazos experimentados, los gritos comenzaron a calmarse y pasaron a ser un resoplido suave. Aparté la mirada.

La falta de instinto maternal me llenó de vergüenza. Las lágrimas que ardían en mis ojos no eran de alivio, ni de amor, ni de felicidad. Lloraba por mí, por la terrible certeza que se abría paso en mi interior; el pozo negro y profundo que había en mi alma.

La verdad era que odiaba la maternidad. Desde ese primer momento impactante tras el nacimiento y cada hora que le siguió. El bebé se pasaba el día entero enganchado a mi pecho, hambriento y desesperado. Lloraba durante la noche y los gritos agudos acababan con mi paz una y otra vez, hasta creer que perdería la cabeza. Ansiosa por que nadie detectara esa temible falta de amor, esta extraña sensación que crecía dentro de mí, putrefacta y salvaje, insistía en ser yo quien atendiera todas sus necesidades. Echaba a mis sirvientas de la habitación, apartaba la cara a las ancianas preocupadas, que parecían estar a mi lado a cada momento, ofreciendo incansables consejos y ayuda. No podía permitir que vieran lo que era. ¿Quién había oído hablar alguna vez de una madre con semejante falta de amor por su propio hijo?

Cuando Teseo venía a ver al niño, lo observaba con curiosidad. Parecía complacido, aunque no particularmente interesado. Envidiaba su despreocupada indiferencia.

—¿Cómo se llama? —preguntó.

Me encogí de brazos. No confiaba en mí para hablar. El agotamiento devastador que me asolaba podía salir a relucir si abría la boca.

Tenía un aspecto incoherente, casi ridículo, con un bebé tan diminuto en los brazos fuertes y musculosos. No dudaba en lanzarse al abismo oscuro y batallar contra los horrores que allí había con su garrote de hierro, pero no tenía la más mínima idea de qué hacer con un bebé. Apoyé la cabeza en las almohadas suaves que tenía detrás y noté lágrimas en los ojos. Para mí no había salvación ni descanso. Estaría sola en eso, aunque tampoco había imaginado otra cosa. El orgullo relució en algún lugar de mi cuerpo. Jamás permitiría que nadie conociera la soledad que sentía al mirar a mi esposo sostener a mi hijo.

—¿Acamas? ¿Linos? ¿Demofonte?

Asentí sin abrir los ojos.

—Demofonte —acepté. No me importaba, pero el bebé tenía un nombre al fin.

Desarrollé una extraña habilidad para atenderlo. Él lloraba y yo lo amamantaba. Caminaba con él e incluso le cantaba. Cuando eso no funcionaba, la furia ardía en mi garganta; noche tras noche, la contenía y perseveraba. Tenía la fe de que, si continuaba comportándome como una madre normal, finalmente acabaría siendo una.

Una mañana observaba el sol salir con los codos apoyados en el alféizar de la ventana y sentí en el rostro el calor distante de aquel disco de oro. Había pasado mucho tiempo despierta y tenía el cuerpo exhausto, pero la mente frenética, demasiado caótica para descansar. El bebé respiraba tranquilo detrás de mí. Le gustaba estar alejado de mis brazos, donde se había pasado toda la noche removiéndose, quejándose y llorando. No me quería más de lo que yo lo quería a él. Lo notaba rígido contra mi cuerpo, arqueaba la espalda y pataleaba cada vez que lo tomaba en brazos. Sería mejor para los dos que saliera del palacio dormido y me internara en el fiero amanecer para no regresar jamás, cavilé con una extraña calma.

Reflexioné en busca del motivo de mi frialdad. El único bebé al que había conocido de cerca era la monstruosidad que mi madre había alumbrado. Solo Ariadna había sido valiente y había vuelto al dormitorio de Pasífae una y otra vez, reprimiendo su repulsión, y lo había tratado como si fuera un bebé normal. Ariadna, mi amable hermana, viva, pero lejos de mí. Si ella estuviera aquí, si ella me viera, sabría en un segundo lo que me sucedía y se mostraría horrorizada. Era mejor que no estuviera, que no supiera del vacío en el corazón de su hermana pequeña.

Pero el Minotauro era una aberración. Me obligué a mirar el pequeño rostro de mi hijo y traté de sentir, en lo más profundo del corazón, la conexión entre madre e hijo. Había nacido de mí, ¿por qué lo miraba y veía a un extraño? No era el producto de un hecho atroz. No era un ser horrible. Mi bebé, al menos, era humano. ¿Por qué me costaba tanto amarlo? No lo sabía.

Parecía nadar en los primeros meses de vida de mi hijo sumergida en un mar de cansancio. Tropezaba y me sentía torpe y muy sola. Me había engañado a mí misma con mi determinación al venir aquí en aquel barco hace años, con la idea de que mi hermana estaba muerta, un intercambio de mi hermano por la paz, como si fuera un saco de lingotes de oro o una manada de ganado. Sabía que era una ingenuidad confiar, así que me contenté por la independencia que suponía para mí. Había disfrutado de la compañía de otros, compartido bromas y conversaciones agradables, pero no había cultivado nada parecido a una amistad. Hasta ahora, me encantaba la oportunidad de estar en soledad, los momentos de tranquilidad que tenía fuera de la corte y entre tantos invitados, cuando podía centrarme en mis pensamientos. Pero por entonces los pensamientos nunca me habían asustado. Ahora, esos momentos en soledad eran aterradores. Cuando podía escapar del tedio de mi bebé y tomar un respiro, salía a dar un paseo junto a los muros de la ciudad, pensando si podría reunir la energía para lanzarme desde ellos a las cuestas rocosas de debajo.

Estaba apoyada en uno de ellos, pensando eso exactamente, cuando noté las manos de Teseo en los hombros. Me di la vuelta, sorprendida, sabiendo que se trataba de él. Llevaba un tiempo lejos de la ciudad, no sabía cuánto, pues las semanas pasaban una detrás de otra como una neblina gris. Me sorprendió un aleteo en el pecho al ver su rostro conocido. Estaba bronceado por el sol, iluminado por la vitalidad, con el fulgor de alguien que había pasado tiempo en el mar, y parecía feliz.

Le rodeé el cuello con los brazos y noté su sorpresa. Nunca me había mostrado tan efusiva. Olí la sal en su piel y cerré los ojos para absorber el aroma. En ese momento, él tenía todo lo que yo deseaba: libertad, emoción, evasión. Intentó apartarse, pero yo me aferré más a él.

Se rio, encantado por esta muestra de afecto, creyendo que era por él. Inspiré más profundamente, inhalando el olor del mar y las posibilidades que aguardaban entre las olas.

—¿Cómo está nuestro hijo? —preguntó. Estaba feliz, interesado por las noticias de nuestro hogar.

Por una vez, yo solo deseaba escuchar las historias de sus viajes y me aparté, decepcionada.

—Crece mucho —contesté, de nuevo irritada y cansada.

—Casi un año —comentó él. La voz estaba teñida de orgullo por la salud de su hijo, que crecía rápido.

—A lo mejor se asusta y llora cuando te vea —advertí. Ya lloraba bastante cuando me veía a mí, a pesar de que hacía todo lo que se suponía que debía de hacer una buena madre. Nunca susurraba una palabra triste en sus oídos. Aun así, mi abatimiento debía de haberle infectado de algún modo.

—Se acostumbrará a mí —declaró Teseo—. ¿Dónde está? Quiero verlo ahora.

Cuando lo llevé junto al bebé, Demofonte gritó de alegría y esbozó una sonrisa al ver a su padre. Al verlos juntos, una mano fría me estrujó por dentro. El pequeño sonreía igual que Teseo; era un reflejo del rostro de mi marido en miniatura.

Me había abrazado a mi esposo junto a los muros de la ciudad a pesar del resentimiento que albergaba por él, a pesar de mi desconfianza en su historia de la visión, el sueño divino que había hecho que se marchara de Naxos y dejara allí a mi hermana, a su suerte, lo que lo convertía en un asesino, aunque no quisiera. Reculé de nuevo. Me había visto a mí misma como un monstruo, incapaz de amar a este niño inocente. Y aquí estaba Demofonte, una versión en miniatura de su padre. Tal vez solo fuera un bebé ahora, pero era el hijo de su padre, y no sabía la de mentiras que podrían salir de sus labios sin ningún tipo de esfuerzo en el futuro y lo fácil que podría sostener en un puño la vida de una mujer y reducirla a polvo. Me estremecí y me di la vuelta. Había valorado un instante buscar cierto consuelo en la presencia de Teseo, pero sabía con certeza que cualquier afecto que pudiera albergar por él en el pasado había muerto años atrás.

Sencillamente, estaba muy cansada. Sentía que ya no sabía quién era. La reina competente que había tratado con tanta habilidad las necesidades de la ciudad era ahora esclava del llanto incansable de la cuna. Mi único consuelo era pensar que, conforme se hiciera mayor, mi hijo me necesitaría menos y, tal vez, podría empezar a reunir los fragmentos de mi vida.

Aprendió a caminar y cada paso que se alejaba de mí me reconfortaba. El entumecimiento que envolvía mi corazón comenzó al fin a desvanecerse y sentí los inicios de algo que podía llamarse amor, o interés, al menos. Ya no parecía tan enfadado con el mundo y, en lugar de los intensos gritos que me despertaban la mayoría de las mañanas, a veces lo veía contento y balbuceando. Una mañana, cuando vio mi cara encima de él, me sonrió y un pequeño cascote de hielo se derritió en mi interior cuando alzó los brazos regordetes para rodearme el cuello.

El primer año terrible pasó y me atreví a pensar que empezaba a emerger de la niebla. La esperanza asomaba en mi desconsuelo, poco a poco. Teseo se marchó y cuando pasaron varias semanas creí que tal vez podría conocer una vez más la felicidad. Y entonces, una mañana, un sirviente me trajo una bandeja con pan, queso y miel para desayunar y se me revolvió el estómago solo con ver la comida. Las náuseas me dejaron sin hambre y, para mi horror, antes de que pudiera evitarlo, vomité en el suelo. Me quedé mirando el charco y una idea horrible empezó a tomar forma en mi mente.

Estaba desesperada por creer que se trataba de una enfermedad, cualquier tipo de mal excepto el que pensaba que era en realidad. Duró demasiado, acompañado de una horrible sensación familiar de cansancio en los huesos. No obstante, por mucho que lo deseara, no llegó sangre con la nueva luna. Comprendí horrorizada que estaba embarazada de nuevo y la desesperación amenazó con hundirme una vez más.

El embarazo fue una pesadilla. Me sentía atrapada bajo el peso de la responsabilidad, la monotonía y el agotamiento. Nació mi segundo hijo. El parto fue más sencillo que el primero, pero, de nuevo, cuando me dieron al bebé, no sentí nada. Esa llamada que sentí del mar junto a los muros de la ciudad, cuando abracé a Teseo, esa oleada de posibilidad era un recuerdo distante. Naxos estaba a una corta distancia por el océano, pero parecía tan fuera de mi alcance como las estrellas del cielo nocturno.

Ariadna no había venido a buscarme. No había contemplado la idea de avisarme de que estaba viva. Ahora que estaba casada con un inmortal, ¿se avergonzaba de su familia humana? ¿Había renacido del hedor de nuestra maldición, la bestia que nos subyugaba a todos? ¿Se había liberado de nosotros?

Quería encontrar a mi hermana, pero las continuas demandas de mis dos hijos me mantenían anclada, atrapada en este lugar los primeros años. Y también quería saber el resto de secretos que me había ocultado Teseo, uno en particular que me ataba a Atenas, antes de pensar en partir a ver de nuevo el rostro de mi hermana.

25

Ariadna

Llevaba años sin ver un barco así. Las ménades llegaban en barcos de remos o balsas para unirse a nuestra comunidad de seguidoras, conducidas por mujeres jóvenes y fuertes: muchachas que buscaban refugio de un matrimonio con hombres viejos y arrugados; esposas cansadas de la agotadora tarea diaria de atender las necesidades de todos excepto las suyas; mujeres inteligentes y pasionales que limpiaban suelos, cuidaban del fuego, tejían ropa y golpeaban prendas manchadas en las orillas de los ríos mientras los hombres jugaban a los dados en las plazas y hablaban largo y tendido de filosofía mientras bebían vino y arreglaban el mundo para su beneficio. Las mujeres tomaban el amplio mar azul en embarcaciones peligrosas en busca de una vida mejor que, según habían oído, encontrarían con nosotros.

Dioniso no era un líder estricto. Con un movimiento de la mano, invitaba a las mujeres a beber vino y a disfrutar. Veía las procesiones hacia las montañas, las melenas sueltas, meciéndose tras ellas mientras reían. Los altares dedicados a mi esposo estaban humeantes de incienso y la suave fragancia de las flores inundaba la isla. Me gustaba que no les exigiera grandes sacrificios. A él no le preocupaban las plagas, los vientres estériles ni las muertes prematuras por las que los demás dioses visitaban a sus seguidores, salpicadas de vez en cuando por un pequeño pero preciado milagro: una lluvia, un bebé vivo entre una docena, un campo de grano que florecía. Así seguían ofreciendo regalos a los inmortales desmerecedores, como si de ese modo sus esperanzas llegaran hasta la misma cima del Monte Olimpo. Estos no eran los modos de Dioniso. Él permitía que sus seguidoras lo adoraran como ellas gustaran. Siempre y cuando fluyera el vino, su culto era de poco interés.

¿Tendría que haberme preocupado por lo que sucedía esas noches, cuando guiaba a las mujeres por el bosque, más allá de donde me alcanzaba la vista? Siempre había confiado en él. Confiaba en que yo era suficiente para él, para este dios que no era como el resto de dioses. Ahora, al ver la sangre en los vestidos de las ménades, que tenían arrugas nuevas de preocupación en los rostros frescos, me asoló un momento de inseguridad. ¿Sucedía algo que yo no sabía? Vacilé un momento y una extraña sensación familiar de mareo amenazó con derribarme, como si me encontrara, de forma inesperada, en un precipicio cuando pensaba que estaba caminando por un sendero seguro y conocido.

Sabía que a Dioniso también lo seguían hombres: sátiros se llamaban. Había oído hablar de sus desfiles ebrios y exhibiciones lascivas, pero no perturbaban nuestra isla tranquila con sus celebraciones estridentes y yo no creía que Dioniso fuera como ellos. Y no navegaban hasta nuestra playa en barcos imponentes cuyo mástil tapaba el mismísimo sol.

Me aparté de las ménades y su horrible colada y corrí hasta mi roca, la misma en la que estaba apoyada cuando vi el barco pirata que trajo, por primera vez, a Dioniso a mi lado. Taurópolo se removió en mis brazos cuando me asomé más aún, imprudente en mi impaciencia por ver mejor. Calmé a mi hijo, inquieto desde su nacimiento, y retrocedí, paralizada un instante por la indecisión.

Dioniso se encontraba en uno de sus viajes. Últimamente se marchaba con más frecuencia, lo que me molestaba un poco, pero nunca pasaba demasiado tiempo fuera. Recorría el mundo para dar a conocer su vino y difundir la feliz sabiduría de aquellos que lo seguían, pero sus pies divinos lo propulsaban rápidamente por el mar hasta nosotros, para vernos y jugar con sus queridos hijos. Elegía a sus seguidores de entre aquellos que ansiaban los placeres sencillos del vino y la canción, intoxicados por lo que tan feliz compañía podía traerles. Ellos trajeron gloria a Dioniso.

No me parecía probable que este enorme barco transportara a ménades espabiladas y veloces que buscaran la libertad, ni que estuviera comandado por los simpáticos, pero libidinosos borrachos que celebraban con él en otras tierras. ¿Quién estaba entonces al mando de este navío y por qué se aproximaba? Tenía que decidir qué hacer, y rápido. Era tradición recibir a todo el mundo, la hospitalidad era nuestro lema, pues en cualquier momento alguna de nosotras podría acabar en costas distantes en busca de una cena copiosa y una cama cálida para la noche. El extraño podía ser un príncipe vestido con harapos o incluso un dios disfrazado de mortal que quisiera probar tu amabilidad.

Las ménades también habían visto el barco y el palacio y los alrededores se inundaron de cuchicheos ansiosos acerca de quién podría ser. ¿El primero de un ejército de hombres furiosos que venían a recuperar a sus mujeres? Tenían miedo, y fue su temor lo que me confirió una extraña calma.

—No os preocupéis —les pedí y las mantuve ocupadas con tareas: verter vino en las copas doradas, limpiar el suelo para que las túnicas de nuestros invitados no se llenaran de polvo, sacudir las camas rellenas de plumas para la comodidad de los viajeros exhaustos. Al hacer esto, me tranquilicé lo suficiente para caminar hasta la playa.

Un barco de Atenas. No había pensado ni una sola vez en Teseo en años, pero ahora lo hice. ¿Sería su vuelta con retraso (demasiado retraso)? ¿Qué querría de mí ahora? ¿Se había enterado de que estaba viva y del cambio inesperado y exitoso de mi fortuna? ¿Había surcado las aguas, frío y arrogante como siempre, con la idea de que accediera a sus demandas? ¿O venía a pedir perdón con la esperanza de ganarse el favor de mi esposo inmortal?

Era incapaz de decidir cómo responder a cada una de las versiones de Teseo. Busqué en mi interior palabras de reproche o enfado, pero descubrí, sorprendida, que no había. Acaricié la cabeza suave del bebé que tenía dormido contra el pecho, maravillosamente tranquilo por el momento. ¿Cómo iba a importarme lo que me había hecho Teseo tantos años atrás?

Permanecí en la arena, observado el barco mientras atracaba. Un bote más pequeño bajó del imponente navío de madera y alguien remó en mi dirección. Cuando se acercó, no pude discernir la estatura de Teseo. Aunque el tiempo hubiera suavizado su musculatura, no podía haberlo tornado tan ligero como la de la figura que cada vez tenía más cerca. Hice visera con la mano para ver con más claridad. Me pareció atisbar una melena de rizos dorados, muy parecidos a los que me caían hasta los hombros. Se me aceleró el corazón. Me quedé sin aliento y las lágrimas me empañaron los ojos cuando me llevé la mano a la boca.

Allí estaba, en unos minutos la tendría delante. Ajena a las olas que rompían en torno a sus pies, bajó de la barca con esa agilidad que recordaba de los lejanos días en Cnosos.

—¡Ariadna! —exclamó justo cuando yo pronunciaba su nombre y, antes de darme cuenta, volví a abrazar a mi hermana.

—¡Fedra! ¿Cómo…? ¿Dónde…? ¿Qué…?

Se rio y retrocedió un poco. Le cambió la cara al ver al pequeño Taurópolo envuelto en una tela larga que tenía atada a mi cuerpo.

—No puedo creer… —dijo y asentí. Las lágrimas salpicaban sus ojos, igual que los míos, cuando acercó una mano vacilante y acarició los dedos del bebé. El pequeño se movió, frunció el ceño y volvió a acomodarse—. No creía que te volvería a ver —habló en voz baja.

Sabía que había alegría en su voz por nuestro encuentro, pero también había otra cosa, algo que no pude identificar. ¿Qué la había traído hasta aquí después de tanto tiempo?

Cuando me miró a los ojos, sentí el impacto vibrante de la confianza. El mismo rostro decidido de la última vez que nos vimos, bajo la luz de la luna en Creta, donde planeamos la destrucción de nuestra propia familia. Aún atisbaba ese desafío ardiendo en su mirada. La forma que tenía Fedra de mirar al mundo, como diciendo que podía esforzarse todo lo que quisiera, pero que en ella hallaría a una adversaria más poderosa de lo que esperaba. ¿Qué veía ella cuando me miraba a mí?

Tenía muchas preguntas, pero bajé la mirada. La hospitalidad dictaba que primero tenía que dar la bienvenida a nuestros invitados.

—Pide a tu tripulación que desembarque —la animé—. Tenemos pescado fresco y todo el vino que podáis beber, por supuesto. —Me reí. De pronto me sentía insegura por cómo recibirla, cómo hablar con la mujer que había florecido de esa niña a la que amaba tanto y a la que dejé de forma tan abrupta. Afortunadamente, mis ménades estaban mejor preparadas que yo para la ocasión y animaron a nuestros visitantes con sonrisas alegres.

Me fijé en la naturalidad con la que Fedra ordenaba a los hombres con los que viajaba. Cuando les dijo que fueran a recibir la hospitalidad de mis ménades, vi, por un momento, la barbilla imperiosa de Minos y cómo sus palabras tajantes habían inspirado siempre una docilidad instantánea.

Taurópolo se movió, agitó el tobillo y se enredó con los pliegues de la tela en la que estaba envuelto. Las mejillas se le tiñeron de rojo por el enfado, y el color se extendió hasta las sienes cuando arqueó la espalda y abrió la boca para llorar. Lo mecí en vano, murmurando palabras suaves que tan solo lo enfadaron más, antes de unirme a la procesión que se dirigía al palacio.

Fedra inclinó la cabeza, sugiriéndome que saliéramos fuera del salón concurrido en el que sus hombres permanecían sentados a la mesa, comiendo copiosamente. Me alegró salir a la sombra del patio, lejos del ruido de los cubiertos y el murmullo discordante de las voces masculinas, tan diferente del coro de la conversación femenina.

Algunas de las preguntas que predominaban antes empezaron a surgir ahora en mi mente, a pesar del gruñido de Taurópolo.

—Las velas de vuestro barco… Las capas que llevan tus hombres, Fedra… —abordé, caminando por el patio a sabiendas de que si se me ocurría sentarme en uno de los cómodos sofás, los aullidos del bebé se alzarían ensordecedores.

Movió la mano en el aire, interrumpiendo mi confuso flujo de palabras.

—Son atenienses, sí —contestó—. Ahora me siento en el trono de Atenas, es verdad. Ya veo que tengo que contarte muchas cosas que no sabes. —Miró al bebé quejica que tenía en el pecho.

Noté una punzada de vergüenza en el vientre. ¿Por qué no sabía nada? ¿Por qué no se me había ocurrido investigar? Vivía enfrascada en la preocupación por mis hijos, que me ocupaba cada día: lo rápido que crecía Enopión, que se encontraba en un punto entre la niñez y la juventud; la naturaleza seria de mi segundo hijo, Latromis, a quien siempre tenía que animar a que sonriera; lo rápido que asomaban los tobillos huesudos de Estafilo por debajo de las túnicas, por mucha prisa que me diera tejiendo; cómo había que apartar a su curioso hermano pequeño, Toas, de los acantilados rocosos y disuadirlo de que tocara los escorpiones que tan desesperadamente trataba de perseguir hasta las cuevas; cómo convencer a Taurópolo de que durmiera más de una hora seguida. Mi mundo, que parecía tan rico y completo esa mañana en la playa, observando las olas brillantes y maravillada por mi buena fortuna, me parecía de pronto muy pequeño visto desde fuera.

—Vamos a pasear —sugerí—. Para que el bebé se duerma, no le gusta estar quieto.

Los rasgos de Fedra se suavizaron.

—Sé lo que es —murmuró.

Exhalé una bocanada de aire que no sabía que estaba conteniendo. Sentí una oleada de... no sé qué tipo de emoción. Las lágrimas me picaban en los ojos e intenté deshacerme de ellas, impaciente.

—¿Tienes un bebé? —pregunté con una mezcla agridulce de alegría y lamento.

Volvió a mover la mano, como si no fuera algo trascendental.

—Dos —contestó, pero no dio más detalles—. Pero no deseo comenzar por ahí... por el final, menudo lío. —Inspiró profundamente, pero no supe si de exasperación o inseguridad.

—Entonces, empieza por el principio.

—El principio —repitió, despacio.

Habíamos atravesado el patio, salido a la roca desde la que observaba el mar, bajado por el camino que bordeaba la colina. Aunque ella nunca había pisado la isla, caminamos al mismo ritmo en lugar de ser yo quien la guiara a ella. Aún avanzaba con la confianza de la chiquilla que saltaba de las rocas en la oscuridad, blandiendo un garrote que casi la igualaba en tamaño, lista para enfrentarse a lo que viniera.

Levantó las comisuras de los labios en una sonrisa, pensando en alguna broma privada. No le proporcionaba un simple placer, por la forma en la que torcía la boca, parecía más bien una mueca. El bebé seguía inquieto y el viento me alborotaba el pelo, que me tapaba los ojos de una forma muy irritante, pero no me atreví a mover las manos del cuerpo del niño por miedo a que empezara a gritar de nuevo.

—Ariadna, ¿sabes que Minos está muerto?

Mi rostro debió de mostrar de forma elocuente mi sorpresa.

—Lleva muerto muchos años, desde… —Exhaló un suspiro hondo con los labios apretados—. Pero ni siquiera ese es el principio. Yo no…

Ahora sí sentí la pregunta de verdad formándose en mis labios, la única que había deseado hacerle desde el momento en que la había visto caminando entre las olas.

—¿Fue horrible? El día siguiente, cuando se enteró.

Soltó una carcajada que me sobresaltó. Taurópolo chilló de rabia y se contorsionó, volví a ver el malestar en su mirada cuando traté de calmarlo. Me había imaginado muchas veces nuestro encuentro, pero no era de este modo. Esperaba recibir recriminaciones, sí, y ver el dolor y la tristeza, pero creía que nuestro encuentro habría sido sencillo. No esperaba enfrentarme a estos bordes afilados, estas irritaciones inesperadas. ¿Qué clase de horrores habría dejado atrás de verdad aquella noche?

—Saltó, chilló y maldijo, sí. —Movió las manos en un gesto despectivo—. Parecía un loco, ya no tenía un monstruo que devoraba la carne de sus enemigos. Gracias a ti —añadió.

—Pero incluso sin el Minotauro, seguro... —comencé. Me extrañaba oírla reír por la ira de Minos. La imagen que describía de él, lanzando amenazas vacías, no era la del comportamiento gélido del tirano que recordaba yo.

—Esa noche no solo perdió al Minotauro. —Por un momento pensé que se refería a mí, pero entonces prosiguió—: Fue la pérdida de Dédalo la que más le dolió, creo.

El júbilo me inundó el corazón.

—Me enteré de que Dédalo había escapado. Cuéntame cómo lo logró, ¡me lo he preguntado a menudo!

La brisa fuerte me cubrió los ojos con un mechón de pelo y no pude ver el rostro de Fedra mientras hablaba, aunque la voz era tranquila y comedida, como si me estuviera hablando del tiempo, mientras me contaba qué había sido del amable arquitecto de mi liberación y su amado hijo. Me aferré al colgante que llevaba todavía puesto, tan brillante como el día que me lo entregó, pues ninguna de las creaciones de Dédalo sufría por el tiempo. Fedra se fijó en mi gesto y retorció el labio, otra cosa que recordaba de nuestra infancia.

Rodeé a Taurópolo con los brazos. Pensé en las caras inocentes y sonrientes de mis hijos cuando estaban enfrascados en sus pequeños placeres, corriendo con los brazos extendidos por la arena dorada de la playa, y cómo transportaba el viento sus risas hasta mí. Cerré los ojos en un intento de borrar la imagen de sus caras, silenciosas e inmóviles, engullidas por el agua despiadada.

—Una bestia hambrienta rugiendo por sangre es una fuente efectiva de terror, lo sé —reflexionó Fedra—. Pero tener a tu disposición la mente de Dédalo, eso vuelve a un rey más poderoso que un monstruo estúpido encerrado en la oscuridad —prosiguió, y describió cómo había salido Minos en busca de Dédalo de inmediato.

—Al principio, buscaba las velas de Minos en el horizonte cada día —admití, encogiéndome ante el recuerdo—. Pensaba que recorrería los mares en mi busca.

Mi hermana volvió a reírse.

—Ariadna, ¡Minos apenas te mencionó! Perdió a su creación legendaria y perdió a su prodigioso inventor. ¿Qué le podía importar la pérdida de una hija? Tú no le conferías prestigio, no podías infundir miedo en su nombre.

No trató de suavizar las palabras por mí y di gracias por el azote de la brisa en mis mejillas encendidas.

—¿Y su muerte? —quise saber.

Me contó cómo murió, quemado vivo en el baño de una corte siciliana, muy lejos de casa.

Detuve la mano con la que había estado acariciando con movimientos rítmicos la espalda de Taurópolo mientras escuchaba el relato de Fedra, aunque no estaba segura de si lo hacía más por él que por mí. No podía fingir que sentía pena por Minos, aunque tampoco podía alegrarme ante la imagen de su muerte. Sí oí, sin embargo, cierto tono afilado en la voz de Fedra. Minos ya estaría en el Inframundo, esas tierras oscuras y sombrías que me había descrito Dioniso. ¿Esperaba allí a que descendiera un día, sentado ya en el trono ante el magnífico palacio de Hades, enjuiciando a todas las almas que se presentaban ante él, tal y como había predicho Dioniso? Me dio un escalofrío al pensar en esa mirada impasible fija en mi espíritu.

—Con Minos lejos, en su misión ineficaz —continuó entonces Fedra—, Deucalión tuvo que tomar el mando. Sabía del odio por nuestra familia que bullía en el corazón de los hombres de Creta y más allá. Era consciente de que podía contener ese odio con miedo, igual que había hecho siempre Minos, o que podía escoger un camino distinto y buscar la paz con nuestros enemigos. Nuestro hermano es un hombre noble, Ariadna. Ya sabes lo que eligió.

Eso lo sabía. Las piezas encajaban ahora con un final terrible.

—Tu barco ateniense —dije—. El príncipe con el que Dioniso me contó que te habías prometido…

Asintió.

—Aunque Teseo ya era rey por entonces. Y se acordó que yo fuera su reina.

En lo más profundo de mi ser, sabía que no podía existir otra explicación, pero la confirmación fue repugnante.

—¿Y yo qué? —pregunté, enfadada por lo temblorosa y aguda que sonó mi voz, incluso para mis propios oídos.

Tensó con firmeza la mandíbula y movió la cabeza de una forma que recordaba.

—No sabíamos lo que te había pasado de verdad, Ariadna. —Sonaba irritada, como si yo fuera una mosca a la que no pudiera espantar—. Teseo estaba preparado con mentiras que salían muy fácilmente de sus labios. —Usó un tono mordaz al confirmarme lo que contó él sobre el tiempo que pasamos en Naxos.

Por supuesto, Teseo había preparado una historia. No pensaba contar al mundo su traición.

—¿Y todo este tiempo has creído que estaba muerta? —pregunté, sorprendida.

—Durante un tiempo, sí —respondió, pensativa. Habíamos recorrido una buena distancia por la colina ventosa y se detuvo en un banco de piedra que estaba justo en el punto idóneo para observar la bahía y la amplia expansión de océano—. Por entonces no sabía que ese hombre mentía igual de bien que respiraba, caminaba o bebía vino. —Me sorprendió la amargura en el tono de voz, aunque no lo hizo su afirmación sobre el carácter de Teseo. ¿Cómo habría sido para ella escapar de la prisión de Cnosos para llegar a la corte de un hombre como Teseo?

Cuando Dioniso me contó que Fedra se iba a casar con un magnífico príncipe, había imaginado su felicidad. De haber sabido que ese príncipe era Teseo, me habría sentido muy diferente. ¿Por eso no me contó Dioniso toda la verdad? ¿Me lo había ocultado para preservar la paz de mi mente? ¿Qué habría hecho yo si hubiera sido honesto conmigo? ¿Habría querido navegar hasta Atenas para recoger a mi hermana menor y alejarla de semejante esposo?

Aún podía verla con la mirada embelesada fija en él, en aquel círculo de rocas donde nos contó sus historias. Me trató con una indiferencia fría cuando ya no necesitaba mi ayuda y al pensarlo aún me quedaba sin aliento, pero eso no significa que hubiera tratado igual a mi hermana. Era posible que su naturaleza rebelde le hubiera sido de utilidad, a lo mejor no despreciaba su adoración pasiva, como le había pasado conmigo. Seguro que ella le había presentado más retos y había estado menos dispuesta a creer cada una de sus mentiras como había hecho yo años antes. No obstante, su voz al pronunciar su nombre sugería otra cosa. No hablaba de un matrimonio feliz y me pregunté si habría sido doloroso para ella comprender la verdadera naturaleza del hombre al que amaba, como me había pasado a mí.

—No tuve elección en la decisión de casarme con él, pero al menos no sabía que te había abandonado.

Creí la sinceridad que percibí en su tono de voz. Por un instante, el espacio que había entre las dos y que no me veía capaz de cruzar pareció encogerse un poco.

—Tenía mis sospechas, pero no me permitía pensar en ello. No sabía nada seguro y no me hacía ningún bien obsesionarme. Además, nacieron mis hijos y ya sabes lo mucho que ocupa la mente la maternidad. —Cambió un poco el tono y noté algo que no pude identificar—. Me hubiera gustado conocer a mi cuñado inmortal, qué decepción que no esté en casa, aunque he oído que viaja mucho y durante mucho tiempo.

Busqué a tientas palabras que tendrían que haber salido de forma natural, pero se me escapaban. Taurópolo estaba inquietándose de nuevo ahora que habíamos parado y emitió una serie de sonidos agudos que anticipaban una inminente tormenta de llantos. Lo mecí con la danza de la maternidad que bamboleaba mis caderas a un lado y a otro para calmar al bebé en lugar de con las espirales que ejecutaba en una pista de baile.

—No importa —dijo, ya no esperaba mi respuesta—. No he venido por una reunión familiar, por muy interesante que me resulte tu magnífico esposo olímpico.

Volví a mostrarme sorprendida. ¿Para qué había venido si no era para verme?

—Teseo no podía guardar el secreto para siempre. La fama de Dioniso se extendió por nuestra tierra y oímos hablar de la princesa cretense que se había convertido en su esposa; la magnífica corona de estrellas del cielo que decían que había colocado allí por ti. La historia pasó a ser que Dioniso había convencido a Artemisa para que creara el engaño de tu muerte para que Teseo te dejara allí sin pelear y el dios pudiera hacerte suya. Pero comprendí que era mentira en el momento en que lo escuché, como una flecha en el corazón.

El enfado era palpable. Me conmovió que se sintiera tan disgustada en mi nombre, que la sangre que compartíamos y la infancia que habíamos vivido juntas aún le suscitara ese sentimiento.

—Sabía lo fácil que era para él dejar a una mujer atrás. —Resopló y se apartó el pelo de la cara.

Me la imaginé esperándonos aquella noche: menuda, valerosa y paciente mientras la noche daba paso al día. Deseé con fuerza haber podido abrazar su cuerpo menudo, que hubiéramos podido compartir nuestro sufrimiento y nuestra rabia en ese amanecer gris, cuando las dos aguardábamos en soledad en costas inhóspitas y diferentes.

—Se me cayó la venda de los ojos de pronto. Me alegraba que estuvieras viva, pero comprendí que mi vida era un engaño… —Se quedó callada.

Me preguntaba qué estaría viendo, con la mirada perdida en las gaviotas que sobrevolaban el cielo distante.

—… y entonces llegó Hipólito.

26

Fedra

Cuando me enteré de que Ariadna estaba viva y comencé a indagar lo que había pasado en realidad en Naxos, comenzaron a surgir más mentiras de Teseo; era como si hubiera tirado de un solo hilo de un tapiz y empezaran a salir agujeros enteros en su superficie.

En Creta, Teseo nos contó que había limpiado la ruta entre Trecén y Atenas de monstruos y asesinos, pero no nos contó adónde más fue en su magnífico viaje. Esta vez agucé los oídos a las murmuraciones. Ya no temía que hablaran de mí. Escuché atentamente a los marineros, visitantes, mercaderes y miembros de la realeza que acudían a nuestra corte. Acechaba cuando las sirvientas hablaban, arrastraba los pies en las multitudes y permanecía atenta a cualquier comentario sobre el rey. Una ventaja útil que hallé en la maternidad de mi segundo hijo fue que tener un bebé en el pecho era un entretenimiento perfecto. De mala gana, me acostumbré a dar gracias por el bebé glotón cuando reparé en que las mujeres hablaban con la madre de un recién nacido con la guardia baja y el corazón tan abierto como la boca.

Sucedió lo mismo cuando mis hijos crecieron; los contemplaba jugando mientras escuchaba lo que hablaban otras madres a mi alrededor. Poco a poco, conocí más del hombre con el que me había casado.

Primero, me enteré de dónde había viajado Teseo en realidad tanto tiempo atrás. No había tomado la ruta más directa de Trecén a casa. Descubrí que había ido a buscar un premio jugoso a la tierra de las temidas amazonas. Junté las piezas: tenía la intención de cruzar las puertas del palacio de Egeo no solo con el triunfo de haber vencido a hombres malvados y bestias deformes, también con una esposa del brazo que demostraría a su padre qué clase de hombre era su hijo.

De niña yo misma escuché que, más allá de las costas que conocía, había una isla misteriosa justo frente a la costa de Licia. La leyenda contaba que estaba poblada por una raza salvaje de mujeres más altas que el más alto de nuestros hombres, que galopaban a caballo contra cualquier intruso, persiguiéndolos con una ristra de flechas mortíferas. Estas mujeres guerreras inspiraban miedo e intriga en el corazón de muchos aventureros, que deseaban verlas en persona y, al mismo tiempo, desconfiaban de su existencia. El joven Teseo vio la oportunidad de hacerse con un trofeo legendario del que podría presumir en el palacio de Atenas. Eligió a Hipólita, la mismísima reina de las amazonas.

Según los chismorreos y los marineros lascivos, Teseo se presentó ante la temible tribu a solas y aparentemente desarmado, un marinero humilde que buscaba refugio. Ellas se apiadaron y lo recibieron con comida, bebida y un lugar donde descansar. Sé bien qué historias les habría contado. A cambio, él entró en la habitación de Hipólita esa noche y se la llevó mientras dormía. La amazona había bebido demasiado vino y Teseo logró arrastrarla hasta su barco antes de que la reina despertara a sus hermanas con sus gritos y estas lo persiguieran. Pero Teseo fue rápido. Abandonó el plan de llevársela a casa, pero aprovechó la oportunidad mientras tenía a su prisionera a solas en el barco. Cuando Hipólita consiguió liberarse de sus garras y volvió, tambaleante, por el agua hacia las amazonas vengadoras que galopaban en su rescate, Teseo ya había tomado lo que quería. La reina no lo sabía cuando las mujeres la llevaron de vuelta a su hogar y el barco de Teseo era ya un punto en el horizonte, pero este la había dejado embarazada de un hijo, Hipólito.

Pasaron los años. Teseo se aseguró su derecho de nacimiento en Atenas y fue a saquear Creta. Abandonó en Naxos a Ariadna y un tiempo después se casó conmigo. Y el joven Hipólito se hacía mayor como el único hombre en la tribu de las amazonas.

Por supuesto, Teseo nunca me mencionó a su hijo. Toda esta información tan preciada la tuve que recopilar en fragmentos de aquellas personas indiscretas que murmuraban cerca de mí. De una parte me enteré por el propio Hipólito.

No creo que olvide el día en que llegó a nuestro palacio. Fue en una de las pocas ocasiones en las que Teseo estaba en casa y yo me encontraba a su lado en el salón del trono; los dos aguardábamos en nuestros sillones elegantes que resplandecían con oro y joyas. Y entonces entró Hipólito. Vestido únicamente con una túnica sencilla que sostenía con una cuerda atada en la cintura, parecía algo desconfiado. De pronto me dio la sensación de que vestía demasiados adornos: las pesadas cadenas de oro en el cuello, las gemas que brillaban en la muñeca y en los dedos y la complicada torre de rizos de la cabeza. Esa mañana, me había parecido muy elegante y ahora me sentía ridícula, como un pavo real que lucía la cola delante de las criaturas sencillas y decorosas del bosque.

Hipólito no compartía nada de su padre; tenía el mismo brillo bronce de su madre guerrera. Era mucho más alto que Teseo, y aún no había alcanzado su altura máxima. Nada en su apariencia podría habernos advertido de su identidad. Cuando abrió la boca para expresar la razón por la que había requerido una audiencia con nosotros, nos sorprendió a ambos.

—Mi nombre es Hipólito —se presentó. Me fijé en que estaba cohibido, intranquilo en nuestra presencia, pero poseía una gran seguridad—. La reina amazona, Hipólita, es mi madre y tú, Teseo, rey de Atenas, eres mi padre.

Gemí en voz alta. Por entonces ya conocía la historia de la violación de Teseo a Hipólita, otro motivo por el que lo despreciaba. Pero hasta ese momento, no sabía que existía un hijo. En el silencio que siguió, Hipólito inspiró profundamente antes de volver a hablar.

—No vengo a reclamar tu trono. No voy a desafiar el derecho de tus hijos. —Inclinó la cabeza hacia mí mientras hablaba—. Solo vengo a pedir un hogar con mi padre, pues no puedo vivir más tiempo en el Amazonas.

Comprendí de inmediato que no había venido a Atenas igual que había hecho Teseo tantos años atrás, para reclamar a Egeo como su padre. Hipólito no poseía el brillo de la gloria, no tenía relatos de conquistas ni revelaciones impactantes, solo una honestidad que su padre mentiroso aborrecía.

—¿Por qué? —preguntó Teseo.

El tono hostil que empleó me sobresaltó. Estaba tan absorta con la imagen de este joven valiente que no había mirado a mi esposo para comprobar cómo reaccionaba a la noticia.

Hipólito vaciló, pero solo un poco. Alzó la mirada a su padre y le explicó que todo había ido bien cuando era un niño, criado con una madre, tías, hermanas y primas que lo prodigaban de afecto y le enseñaban sus habilidades: cómo amansar a los caballos más salvajes y disparar las flechas más mortíferas.

—Pero cuando crecí… —La pena le atravesó el rostro, el dolor por la soledad.

Ahora lo entendía. Cuando creció, los delicados rasgos del niño dieron paso a la gran estatura del hombre en el que se estaba convirtiendo y ya no podía permanecer en una isla de mujeres. Nos contó que su madre, Hipólita, lo había enviado a Atenas a hacernos esta petición como pago por la crueldad que había perpetrado Teseo en ella.

Habló con una convicción firme, aunque era un joven callado y contenido. A mi lado, noté que Teseo se movía en el trono, esperando a comprobar qué se ocultaba tras esa petición. Movió los dedos hacia el garrote infernal, que siempre tenía cerca. Supe que anticipaba la llegada de un hijo vengativo.

Miraba a Hipólito mientras hablaba, hasta que se quedó en silencio. Él había hecho la petición y ahora estaba en poder de Teseo, y solo de él, conceder su deseo.

Permaneció en silencio.

Al fin se puso en pie. Se acercó a su hijo y lo miró de arriba abajo. Se fijó en su físico, el abultamiento de los músculos bajo la túnica, la altura que, según comprobé, lo provocaba. Se me revolvió el estómago. Nunca permitiría que ese joven se quedara. No sabía por qué era tan importante para mí que accediera. Tal vez anhelaba que mi esposo arreglara al menos uno de sus errores, que pagara por uno de sus crímenes del pasado.

—No niego que tengo una deuda contigo —bramó por fin.

Levanté la mirada, sorprendida. El tono grosero de su voz no encajaba con las palabras.

—Tienes derecho a nuestra hospitalidad como invitado. —Pronunció la siguiente parte de la frase de mala gana—: Y como mi hijo. —Con esa invitación tan descortés, el joven se volvió y salió de la sala.

Me ardían las mejillas por la falta de amabilidad de mi esposo y la dureza con la que había tratado a un joven tan educado. Miré a mi alrededor, a los ancianos que murmuraban sobre la vanidad de su rey. De nuevo, me tocó a mí calmar las aguas alborotadas por Teseo.

Me puse en pie. Para mi confusión, me temblaron ligeramente las piernas cuando me encaminé hacia Hipólito, pero ya tenía práctica ocultando mis sentimientos.

—Ven. —Le sonreí—. Deja que te enseñe las habitaciones de invitados. Las sirvientas te prepararán un baño y comida tras el largo viaje que has emprendido.

Se removió un tanto inquieto.

—Gracias, mi reina —contestó—. Pero ¿pueden mostrarme el establo? Me gustaría atender primero a mis caballos.

Me reí.

—Tenemos buenas manos en el establo que cuidarán de tus animales —le aseguré.

Él negó con la cabeza.

—No, gracias —dijo—. No quiero que nadie más los cuide.

No estaba segura de si la respuesta era ruda o no, pero me miraba con tal calidez que supe que no pretendía ofenderme. Tenía que comprender aún lo mucho que amaba a sus caballos, sobre todas las cosas, pero en ese momento sentí que podría concederle cualquier petición. Incliné la cabeza en dirección a un siervo, que se acercó de inmediato para llevar a nuestro invitado al establo, tal y como era su deseo.

Se marchó. Era muy diferente a cualquier persona que hubiera venido antes a palacio. Y en nada se parecía a su padre.

Al principio, Teseo no confiaba en su hijo. No sabía comprender un carácter tan distinto al suyo. No creía en la simple virtud de su juventud; confundió la tímida cautela por hosquedad, arrogancia, resentimiento oculto y un millar de otros sinsentidos que no albergaban el alma de Hipólito. Que Teseo no pudiera reconocer un corazón tan puro decía mucho de lo deslustrado que estaba el suyo. Pero lo observó durante las siguientes semanas, desconfiado y en guardia, e Hipólito siguió atendiendo en silencio a sus caballos: alimentándolos con hierba, quitando las espinas que se les clavaba y apartando las moscas que los molestaban. Comenzó a entender entonces que no había maldad oculta en su hijo y que no albergaba el deseo de retar a su padre y ocupar su trono.

Un día lo contemplamos juntos, Teseo y yo, mientras montaba a su magnífico semental por el campo. Era una bestia enorme de un tono blanco puro con unos músculos prominentes a los flancos. Hipólito guiaba a la enorme y poderosa criatura con las caricias más gentiles; no restallaba un látigo ni le gritaba al oído como había visto tantas veces hacer a Teseo con sus corceles, reduciéndolos a unas meras sombras acobardadas que babeaban espuma por el miedo y el agotamiento. Hipólito agachó la cabeza hasta el cuello esbelto del caballo y le murmuró al oído, y este se movió como el agua bajo la caricia de sus dedos expertos. Comenzó con un trote pausado, continuó con un paso estable y entonces el animal voló como un águila bajo él, corriendo por la pura alegría de hacer ejercicio y agradar a su querido amo.

Podía observarlos durante horas. Teseo se acabó aburriendo y se marchó a por vino o a buscar a otro de los mozos de cuadra para jugar a las cartas. Yo me quedaba cerca del establo, aguardando el regreso de Hipólito de sus salidas a galope, y lo veía llenar de agua un abrevadero y posar la mano en el lomo del caballo mientras bebía. Los animales inclinaban el largo cuello hacia él y agachaban la cabeza bajo sus manos para que pudiera rascarle las orejas; apoyaban el morro en su hombro, felices por estar cerca de él.

Teseo y él se llevaban muy bien, algo sorprendente tratándose de dos personas tan distintas. No me imaginaba de lo que podían estar hablando, pero a menudo los encontraba manteniendo una conversación. Anhelaba escuchar más historias de su tiempo con su madre amazona y lo que había aprendido allí, pues parecía maduro para su edad. Pero cada vez que intentaba alejarlo de la timidez y saber más de él, tal vez incluso penetrar en la apariencia seria y a veces grave que mostraba al mundo, para hallar la calidez que estaba segura de que tenía dentro, allí estaba Teseo, alardeando de alguna misión épica que había ensayado con la firme seguridad de que Hipólito deseaba escucharla. No puedo imaginar cómo era capaz Hipólito de soportarlo.

Al fin, una mañana, llegué al establo antes de que Teseo se despertara. La luz del amanecer empezaba a iluminar el cielo por el este, tiñéndolo de un suave brillo rosado. Como imaginaba, Hipólito estaba con sus animales. En medio del silencio de la hora tan temprana, su tono calmado y los resoplidos de felicidad que los caballos emitían como respuesta era todo cuanto se oía.

Me quedé un momento observando. Era incapaz de creer lo amable que se mostraba con los caballos. Pensé que, si creía que nadie lo observaba, tal vez oiría alguna amenaza, una muestra de brutalidad por la mañana que explicara su sumisión durante todo el día. Pero no fue así. Hablaba libremente con ellos, sinsentidos en su mayor parte, una rapsodia de devoción y, como respuesta, ellos movían la enorme cabeza en su dirección y cerraban los ojos extasiados cuando les acariciaba el morro y les rascaba detrás de las orejas como si fueran potrillos jóvenes.

No parecía haber nada oculto en Hipólito. Era una especie rara: un hombre que era justo lo que afirmaba ser. No pude evitar sentirme fascinada.

Me acerqué sigilosamente a él y pensé que lo asustaría, pero seguramente me perdiera en una especie de ensoñación, porque fue el carraspeo de su garganta lo que me trajo de vuelta a la realidad, y comprobé que tenía la mirada fija en mí.

—Mi reina —me saludó con respeto—. ¿Qué te trae al establo tan temprano?

Estaba desconcertada y, por un momento, no supe qué responder.

—No podía dormir —respondí, y era verdad. Llevaba horas despierta, esperando a que los primeros rayos de sol iluminaran el cielo.

Se encogió de hombros. La respuesta le satisfizo y no tenía necesidad de saber más. Era un hombre de naturaleza sencilla, pensé. No necesitaba iniciar una conversación innecesaria, adular, halagar o buscar ningún tipo de favor. Había formulado la pregunta solo porque deseaba de verdad conocer la respuesta.

—¿Y tú? —pregunté yo—. ¿Has pasado mala noche? ¿Es incómoda la cama o hay cualquier otra cosa que no te guste? Solo tienes que decirlo y enviaré a alguien para que se ocupe de lo que necesites.

Se rio.

—No, gracias. No necesito una cama.

—¿Qué quieres decir? Tienes a tu disposición nuestras mejores habitaciones de invitados, ¿duermes en el suelo frío de mármol? ¿O es que las amazonas no necesitan dormir?

Parecía confundido.

—¿Por qué no íbamos a dormir?

Sonreí, encantada por su perplejidad sincera.

—Solo es una broma, Hipólito —dije—. Aunque a veces dudo de que seáis humanos como el resto de nosotros. Tus historias sobre las amazonas me resultan tan mágicas y maravillosas que probablemente seáis otro tipo de seres.

—Somos mortales —respondió. Se le ensombreció ligeramente el rostro—. Simplemente escojo no dormir en un palacio. Prefiero permanecer cerca de mis caballos.

Miré a mi alrededor. El establo era una simple choza de muros desnudos y suelo de piedra, nada que ver con el mármol del palacio, decorado con frescos, mosaicos y alfombras elegantes.

—Pero ¿dónde...? —comencé, y entonces vi un catre de paja en un rincón—. ¿De veras? —pregunté y una carcajada se formó en mi garganta, aunque no me parecía divertido, más bien tan inusual que no sabía cómo tomármelo.

—Me parece más confortable que una cama con cojines. —Me dio la espalda.

No sabía si estaba avergonzado por lo que me apresuré a calmarlo.

—Claro, como gustes. Este es tu hogar y solo deseo tu comodidad. Si eres feliz en el establo... —Me quedé callada.

—No pretendo insultaros a ti ni a mi padre. Simplemente prefiero estar fuera. —Comenzó a cepillar la crin del caballo que tenía al lado y este resopló suavemente, feliz.

—Te aseguro que no nos ofende. A tu padre no le importaría ni que durmieras en el tejado. No le interesa el protocolo, te lo aseguro.

—Me alegro. Es una de las cosas que más me gustan de él.

Dudé un instante y cambié de tema. No quería hablar más de mi esposo en este tranquilo establo en el que Hipólito y yo podíamos conversar a solas.

—Pero un día, tu esposa puede protestar si prefieres dormir con los caballos en lugar de a su lado —comenté. Esperaba que esa broma amable lo calmara un poco. Parecía muy rígido, tímido en mi compañía. Deseaba ayudar a ese joven serio a relajarse, ver una sonrisa en su rostro u oírlo reír.

—No tomaré esposa.

Se dispuso a guiar al magnífico caballo blanco hacia la puerta del establo. Tuve que apartarme rápido para dejarle espacio.

—¡Es demasiado pronto para decidir eso! —protesté, pues no quería que la conversación terminara de forma tan abrupta—. Acabas de dejar tu isla, no has visto lo que el mundo puede ofrecerte.

Movió la cabeza y el pelo brilló bajo la tenue luz. Seguro que lo tenía muy suave, pensé.

—He dedicado mi vida a Artemisa. En honor a la diosa virgen, permaneceré casto. Y ahora tengo que salir con este caballo, reina Fedra. Está ansioso por correr.

Balbuceé un poco en busca de una respuesta, pero un segundo después se había subido a lomos del animal y se alejaba, dejándome absorta en esa extraña revelación. Hipólito, el hijo del robusto Teseo, ¿había jurado castidad? Sabía que no se parecía en nada a su padre, pero esta revelación me dejó anonadada. ¿Qué joven fuerte y apuesto con riqueza y privilegios a sus pies elegiría una vida en solitario en las montañas en honor a la calculadora Artemisa? No lo podía comprender.

Rechazaba la gloria y conquistas, sí. Hipólito no había crecido con las historias que alimentaban a hombres como Teseo. El musculoso Heracles no se había alojado en los sofás del palacio del Amazonas, alardeando de conquistas y asesinatos, y tallando su nombre en la historia para encender un fuego voraz en el joven Hipólito o despertar un gran apetito que jamás se vería satisfecho. A Hipólito lo habían criado mujeres; mujeres poderosas y feroces, sí, pero que solo mataban en defensa propia. Las amazonas no albergaban interés en invadir tierras lejanas o gobernar reinos remotos, y no habían enseñado a su hijo los modos de su padre. Pero no entendía por qué su crianza pudiera traer como consecuencia una vida en soledad. No concebía por qué había elegido permanecer soltero, a menos que existiera ya una mujer a la que amara y no pudiera tener. Me detuve en seco. Eso explicaría su extraña elección. Si se había enamorado y sabía que no era un amor correspondido, tal vez había elegido sumergir la pasión en las aguas heladas donde nadaban solos los seguidores de Artemisa para tratar de aplacar las llamas ardientes.

Una mujer que pensara que no podía poseer. Era una posibilidad. Me acerqué a la puerta por la que había salido de forma tan repentina, reacio a decir nada más y deseoso de abandonar mi compañía. ¿Antes de excederse hablando? Reflexioné con la mirada fija en el horizonte. Era ya una figura diminuta que galopaba por el valle. Nunca antes me había sentido particularmente atraída por los caballos, pero, mientras lo veía desaparecer ahora, pensé en la clase de libertad que sentiría. En mi interior, sentí un eco de la Fedra que fui antaño: una niña llena de fuego y determinación, una niña que había sostenido el garrote de Teseo aquella fatídica noche en Cnosos cuyas repercusiones habían plagado cada rincón de mi vida. Una niña cuyo espíritu había apagado por completo el matrimonio y la maternidad.

Ya era incapaz de soportar estar cerca de Teseo desde antes de enterarme de su traición. Lo odiaba por abandonar a mi hermana, por abandonarme a mí, por sus mentiras, por todo. Pero ahora todas sus costumbres me resultaban desagradables, su conversación me parecía aburrida e interminable. Y pensar que una vez me sentí embelesada por sus palabras y sus ojos verdes, ¡y lo creí apuesto, emocionante, noble! Sentía vergüenza por mi estupidez. Miraba a mis propios hijos y me encogía al ver la barbilla de Teseo o su perfil en sus rostros.

Nuestras conversaciones eran breves, pero así y todo sentía que conocía a Hipólito, que podía ver a través de él, y cuanto más lo conocía, más entendía lo que podía ser en realidad un hombre. Y todo el resentimiento por Teseo bullía en un torrente de odio. No hallaba paz en mi alma, ni sueño en la cama, ni júbilo en la risa de mis hijos.

No podía corregir tantísimos errores que él había cometido en todos los años que habían pasado desde nuestro matrimonio y antes de él. Pero podía actuar en consecuencia a la información que conocía desde hacía tiempo y que me infundía tanto temor. Podía navegar hasta Naxos y visitar a mi hermana.

27

Ariadna

El viento cambió y ahora era una brisa fresca que soplaba hacia el mar mientras Eolo conducía las corrientes de aire según su antojo. Traía el aroma entremezclado de las lilas y el tomillo, espeso y embriagador. Taurópolo se removió y gritó fuerte, presionando la pequeña frente dura contra mi pecho. Me aflojé el vestido para que pudiera mamar y, unos minutos más tarde, volvió a calmarse.

¿Qué era lo que había notado en la voz de Fedra? La suavidad con la que había pronunciado el nombre de Hipólito. El brillo soñador de sus ojos cuando se volvió para mirar el horizonte, en dirección a Atenas. Tenía el rostro resplandeciente y no me miraba, embelesada como estaba en la visión que contemplaba con la mirada interna. Comprendí que no se hallaba en un acantilado con su hermana, se encontraba perdida sin remedio en un lugar del que no podía recuperarla.

Sus palabras me alarmaron, pero me pareció más preocupante el cambio en el tono de voz. Al hablar de Minos y de Teseo, el discurso estaba impregnado de un desprecio amargo, había desdén en cada palabra. Ahora, al relatar la llegada a Atenas de su hijastro, la voz era como la miel más suave. Dulces y viscosas, las palabras fluían una detrás de otra, inevitables, imparables.

—Fedra —intervine al fin. Taurópolo echó la cabeza hacia atrás, la leche le salpicó la frente y fui a limpiarla con la esquina de la tela para que estuviera más cómodo, pero noté los dedos pesados, torpes, confundidos. Tenía que pensar con cuidado cómo pronunciar las palabras, pero dudé, distraída por el bebé que tenía en el pecho, y el discurso sabio que pronunciaría una hermana no salió—. Hablas de Hipólito con mucho... No parece un sentimiento puramente maternal... —Me quedé callada, sin dar voz a la última parte, aunque yo oí las palabras altas y claras en el aire que nos separaba.

—Oh, Ariadna. —Parecía impaciente por mi estupidez y mi lentitud—. ¿Qué conozco yo del amor? Cuando Teseo vino a Creta, yo era una niña. Me embelesó con su engaño, pero pronto entendí cómo era en realidad y mi corazón ha permanecido puro e intacto. Hasta que llegó Hipólito, no sabía lo pleno y rico que podía sentir el corazón. Él es todo lo que Teseo no es. Es serio, mientras que Teseo es descuidado; tierno, mientras que Teseo es frío. Y firme en su virtud, no como su padre degenerado y ruin.

El sonido apasionado de su voz acabó con cualquier respuesta que pudiera haberle dado antes de haberla concebido. Fedra se creía muy cambiada de la chica que dejé atrás, pero reconocí esa resolución firme, era la misma de siempre. Se apartó el pelo de la cara y retorció los rizos en el puño. Por un segundo, parecía no saber qué decir.

—Se ha entregado a Artemisa —continuó—. Caza con arco y flecha y dedica a su gloria todo lo que mata. Como ella, ha jurado permanecer casto. En eso somos parecidos, pues yo nunca he conocido el amor y en mi corazón y alma soy tan pura como él. Nos descubrimos el uno al otro, llegamos a los brazos del otro frescos, como si estuviéramos en la flor de la juventud.

Estaba igual que siempre; ese gesto terco y desafiante en la mandíbula seguía siendo el mismo y sentí una punzada en el corazón al verlo. Pero la mirada penetrante del sol dejaba a la vista cómo le colgaba ligeramente la piel y las suaves pero claras líneas que se marcaban en las esquinas de los ojos. Seguía siendo bella, pero los largos años de matrimonio infeliz, casada con el padre de ese joven noble, estaban marcados en su rostro. ¿Cómo era posible que no viera que las probabilidades estaban en su contra? ¿Cómo estaba tan ciega ante la historia que ella misma estaba contando?

Se rio, una carcajada breve y sin gracia, y sacudió la cabeza.

—O eso traté de decirle; una, dos, ¡tres veces lo intenté! Las palabras se quedaron atrapadas en mi boca, se convirtieron en rocas pesadas, y no pude decir nada. En cambio, le pedí que me llevara a cazar con él, yo, que nunca he sostenido una flecha. Por Hipólito, podía desafiar los bosques y recorrer las montañas con una manada de perros a los pies. Me siento como una de tus ménades, perdida en el placer de la caza, sin preocupaciones que me asolen, ideas de propiedad o la dignidad que ha de poseer una reina. Si me llevara con él al campo abierto, encontraríamos un lugar más allá de las miradas indiscretas donde le abriría mi corazón. Como Afrodita con su bello Adonis, he soñado que podríamos hallar un lugar escondido juntos para descansar de la caza. Eos, la diosa de la aurora, se ha alejado muchas veces de su esposo para citarse con el joven y apuesto Céfalo en el bosque.

Me quedé anonadada. Fedra había sido siempre muy directa, pero ¡decir semejantes cosas de forma tan abierta!

Retorció el labio al ver mi cara.

—Me miras horrorizada, querida hermana, pero yo solo me fijo en los dioses y lo que han hecho. Yo no sugiero nada tan vulgar, tan repugnante, tan depravado como lo que ha hecho Teseo mil veces, ¡y así y todo lo reciben en todos lados como a un héroe! Tú misma, por mucho que te impresionen mis sueños de amor, te metiste de forma voluntaria con Teseo en la cama, en esta misma isla, y no eras su esposa. No sé cómo te atreves a juzgarme. Me guía únicamente mi profunda entrega a un hombre mucho más noble y virtuoso que cualquiera que hayas conocido nunca, tú que te has casado con un dios conocido por su libertinaje y ebriedad, cuyas seguidoras abandonan a sus esposos e hijos, desafían a sus padres para dedicarse a los ritos de Dioniso, ocultas en las montañas, donde nadie puede contemplar sus perversiones.

Sus palabras fueron como agua helada sobre mi cuerpo.

—¡No es como dices! —protesté. Me esforcé por apartar de la mente la imagen de las ménades limpiando la sangre de la ropa. No pensé en ello. Lo que Fedra sugería no podía ser verdad—. Los ritos son privados y sagrados, eso es verdad, pero no es lo que insinúas. Cualquier maldad de la que se las acuse proviene de la oscuridad de las mentes de los acusadores, no... Yo no... —Las palabras se enredaban, defensivas, confusas—. Fedra, ¡piensa lo que estás diciendo! El chico es muy joven. Ha jurado castidad a Artemisa y es leal a su padre. De entre todas las personas, no va a caer en la seducción de su propia madrastra. ¿No lo ves? Es absurdo.

Había elegido mal la palabra, lo supe en cuanto la pronuncié. Las mejillas de mi hermana se ruborizaron, tiñéndose de un rojo intenso. No era mi intención ridiculizarla, pero enseguida comprobé que ella se lo había tomado así.

Movió la cabeza.

—¿Absurdo? —replicó—. Absurdo es que haya venido hasta aquí, a tu lado, en busca de algún tipo de ayuda. Tú, tan complacida en tu exilio aquí que ni siquiera sabes cómo es tu propio esposo. ¡Un dios! Las dos sabemos bien cómo son los dioses, Ariadna. ¿Qué tiene de absurdo mi amor, mi esperanza? Conservo mi juventud. No se me ha ensanchado la cintura, apenas tengo arrugas de la edad en el rostro. Ya no hay bebés chillones en mis pechos —al decir esto, me lanzó una mirada mordaz y me miró de arriba abajo— ocupando mi mente con asuntos triviales y domésticos. Es mi hijastro, sí, pero fíjate en nuestros dioses; Zeus se sienta en el trono del Monte Olimpo con su propia hermana, Hera, como su esposa. —Se detuvo para tomar aire. Por un momento, el silencio era atronador, pero entonces continuó, en voz más baja—: Tus preocupaciones son muy simples. Puedo entenderlo. Has estado aquí, viviendo como una ama de casa todos estos años. El mundo sigue moviéndose más allá de Naxos, no comprendes lo mucho que ha cambiado. Has olvidado cómo es una ciudad. Acuérdate de Creta, de nuestra madre, que sedujo a un toro salvaje. ¡Ningún hombre se resistirá ante mí, la nieta del sol!

Negué con la cabeza, exasperada.

—¡Es en nuestra madre en quien pienso cuando te digo que no hagas esto! No olvidaré jamás las burlas, las murmuraciones que nos envolvían como una marea repugnante. Recuerdo que nos consideraban a todas grotescas por lo que hizo ella; las sonrisas y las carcajadas ahogadas, y mucho peor. ¿Eso es lo que deseas? ¿No has aprendido nada de nuestra infancia? —Pero me di cuenta de que no me estaba escuchando.

—He venido aquí para pedir la protección de tu esposo —dijo—. No creí que él fuera a juzgar nuestra moral. He escuchado suficiente acerca de la danza que lidera por el mundo para saber que lo que sugiero yo no puede ofenderlo precisamente a él, entre todos los dioses. Esperaba encontrar refugio para Hipólito y para mí aquí, en Naxos, a salvo de la venganza de Teseo. Pero ya veo que no hay sitio aquí para nosotros.

—No hagas esto, Fedra —imploré. No traté de suavizar las palabras esta vez para no herir sus sentimientos—. Hipólito no se va a marchar contigo. Sí, eres bella, pero eres la esposa de su padre, y nada de lo que has dicho va a convencerlo de que se aleje de su camino de castidad. Él no te desea, Fedra, ni la vergüenza que semejante unión os va a traer. Ha encontrado a su padre, no querrá perderlo de forma tan deplorable. Si no quieres pensar en él, ¡piensa entonces en tus hijos! ¿Cómo podrán soportar la vergüenza si te...?

Contorsionó el rostro por una emoción que no identificar. Se le llenaron los ojos de lágrimas y se volvió de forma abrupta. Las palabras duras que habíamos intercambiado merodeaban entre las dos y deseé desesperadamente poder iniciar de nuevo la conversación. Busqué las palabras adecuadas, pero no se me ocurrió nada antes de que se diera la vuelta, el rostro tranquilo y vacío de nuevo.

—Son los hijos de Teseo —indicó con tono amargo; de pronto parecía muy cansada—. No veo nada mío en ellos... No los comprendo. No debería de haberme casado nunca con él, y si no lo hubiera hecho, ellos no vivirían.

Retrocedí.

—Pero seguro que eso no es lo que deseas. —Pensé en ello. Imaginaba que sus hijos le habrían supuesto un enorme consuelo, que los amaría más porque eran todo cuanto tenía, que los miraría y comprendería que del matrimonio infeliz había surgido algo bueno.

Exhaló un suspiro. El vacío de su mirada me horrorizó. Fedra estaba llena de vida y de energía cuando éramos niñas. Nunca imaginé que vería desesperación en ella.

—¿Quién sabe? Pensaba que eras afortunada porque Teseo te escogió, pero lo que te hizo afortunada fue que te abandonase. —Intentó sonreír y puse una mueca al ver lo falso que fue el gesto—. Tienes una vida que te hace feliz. No creo que puedas imaginar una distinta. Vives aquí desde los dieciocho años. Yo he gobernado la ciudad más poderosa de Grecia. Nuestras experiencias son más distintas de lo que pensaba. —El tono se volvió brusco y duro—. Te doy las gracias por la hospitalidad que has mostrado con mi tripulación, pero regresaremos a Atenas de inmediato.

Sacudí la cabeza con vehemencia.

—Quedaos la noche —le pedí—. Si no lo haces por mí, hazlo por consideración por tus hombres. Deja que descansen, tenemos camas suficientes. Pronto anochecerá, no los pongas en peligro en mar abierto.

Frunció los labios y miró el sol para comprobar si lo que decía era verdad. Noté que ardía en deseos de volver a Atenas, concentrada en su misión destructiva. Pero, aunque podía ignorar todo lo demás que había dicho, no podía negar que la noche caería mucho antes de que llegara a sus costas.

Ella no volvió a hablar de Hipólito y yo no lo volví a intentar. Descansó con sus hombres las cortas horas de oscuridad y embarcó de nuevo en cuanto las primeras luces del amanecer aparecieron en el cielo oscuro. Bajo la niebla, en la playa, la abracé y le imploré una vez más que cambiara de idea.

—Teseo ha partido de nuevo a una de sus estúpidas misiones —indicó—. Es mi oportunidad. No pienso desaprovecharla.

Incluso en la oscuridad, atisbé la determinación en su rostro. Bajé los brazos de su cuello y retrocedí.

—Entonces, te deseo suerte. —Lo dije de verdad, aunque no había esperanza ni tampoco confianza en mis palabras—. Y ten por seguro que aquí, en Naxos, siempre habrá un lugar seguro para ti, un hogar.

No me imaginaba que pudiera acabar de otro modo que en desastre, humillación, desesperación. Todos los errores de nuestra infancia se repetían de nuevo en ese deseo monstruoso. Pero ella no lo veía así y supe que no podría convencerla. La vi partir. Me quedé largo rato después de su marcha mirando el horizonte, por donde había desaparecido. ¿Volvería a ver a mi hermana?

28

Fedra

Di gracias a todos los dioses porque los vientos fueron raudos. Tan solo cuando el agua nos rodeaba y la brillante joya de Naxos se encogió y desvaneció hasta formar un mero punto en el horizonte sentí que la abrasadora humillación comenzaba a desvanecerse solo un poco.

Ariadna podía fingir, envuelta en la comodidad que le suponía la maternidad y la fachada idílica de su preciada isla, tan apartada del resto del mundo. Podía fingir que había olvidado las verdades que ambas conocimos en Cnosos, pero yo sabía que tan solo se estaba mintiendo a sí misma. Comprendí que había hecho un trato: actuaba como si tuviera una vida perfecta y miraba hacia otro lado para protegerse de cualquier detalle que demostrara lo contrario. Así podía dormir por las noches.

Como si no hubiéramos aprendido, viviendo con nuestra madre destrozada y su hijo monstruoso, que lo único que puede hacer una mujer en este mundo es tomar lo que quiere y arrasar con los que se interponen en su camino antes de que la rompan en pedazos, como a Pasífae. Yo había soportado el peso de la culpa demasiados años; culpa por ser la hija que había sobrevivido, que se había casado con el héroe y llevaba una vida soportable mientras pensaba que Ariadna estaba muerta. Mientras tanto, ella paseaba por Naxos de la mano de su amante divino.

Apreté los dientes, frustrada, deseando que el barco llegara a casa más rápido. Ahora podía apartar esa culpa, eso seguro. Estaba cansada de pagar el precio: los hijos que habían muerto para que nosotros pudiéramos conservar el poder en Creta; el esposo al que soportaba para poder vestir elegantemente y beber vino de jarras refinadas; el deseo que intentaba aplacar para conservar el respeto y la buena opinión de personas que no me importaban.

Hipólito me había aportado claridad: el regalo de ver mi vida como era en realidad. Que Ariadna no fuera capaz de ver la suya era motivo para compadecerse de ella. El mundo entero sabía lo que sucedía en esos rituales nocturnos de Naxos y volvía la cara, sometido por la misma condena que a nosotras nos llenaba de vergüenza en Creta. Tal vez ella pensara que era un precio justo a cambio de su encantadora vida. Pero ¿cómo se atrevía entonces a juzgarme a mí?

Quería pisotear el suelo con fuerza y gritar al cielo nublado, aunque sabía que me pondría en ridículo. Yo también me había mentido a mí misma, me había convencido de que Teseo era un hombre como cualquier otro y por ello tenía que intentar llevar lo mejor posible mis circunstancias. Hipólito me había demostrado que existía otro tipo de vida. La posibilidad de un mundo en el que reinaba la bondad y no la brutalidad, la avaricia o la rapacidad.

Se me aceleró el corazón al pensar en la crueldad de mi hermana al rechazar la idea de que él pudiera sentir lo mismo. No podía ser. No era posible que esta pasión, un amor tan puro y fuerte como este solo fluyera de una parte. Tal vez Hipólito no se hubiera dado cuenta porque era muy puro y modesto. Pero cuando hablara con él, cuando regresara a Atenas y le ofreciera un futuro conmigo y sus caballos, lejos de un mundo de política y reglas anquilosadas, un mundo como ese del que procedía, un mundo que haríamos nuestro... Lo sabía, sabía en lo más profundo de mi corazón que él también sentiría lo mismo.

Naxos estaba cerrada a nosotros, pero no me importaba. No quería formar parte de lo que sucedía en sus bosques. No importaba adónde fuéramos siempre y cuando estuviera lejos de Atenas y de Teseo, y de la vida a la que nunca soportaría regresar. No podía recoger los pedazos y seguir tratando de hallar un equilibrio entre el deber y la rabia durante más tiempo.

Cuando la costa ateniense comenzó a materializarse en la distancia, la calma se apoderó de mí de nuevo. No necesitaba la ayuda de Ariadna. Nunca la había necesitado. Lejos de disuadirme, tan solo había conseguido que me sintiera más decidida que nunca.

Esa noche me bañaría con los aceites perfumados más refinados, aprovecharía los lujos que pronto dejaría atrás. Si Hipólito estaba cazando, algo que hacía con frecuencia, esperaría a su regreso y no permitiría que las palabras murieran de nuevo en la garganta. Había reencontrado el coraje, no lo iba a dejar escapar.

29

Ariadna

La visita de Fedra, breve y dolorosa, dejó huella. Era incapaz de olvidarme de lo que había dicho, por mucho que lo intentara. Había acudido a mí en busca de un refugio para ella e Hipólito, no había pensado en Naxos por mí. Como ella misma había admitido, deseaba quedarse en el hogar de Dioniso porque creía que era un lugar de transgresores y que no cerraríamos las puertas a un par de pecadores más. Lo que sugería, la unión de madrastra e hijastro, me resultaba repugnante y no creía que el resto del mundo se mostrara tan optimista ante semejante acuerdo. ¿Por qué necesitaba venir aquí si era como decía? ¿Y por qué había pronunciado esas palabras acerca de Dioniso? «Ni siquiera sabes cómo es tu propio esposo».

Era cierto que venían mujeres para escapar de las ataduras de matrimonios infelices, no podía negarlo. Pero no traían a sus amantes, venían para vivir en paz y armonía entre mujeres que deseaban una libertad que no podían encontrar en otro lugar. ¿Qué había insinuado Fedra al hablar de los ritos en las montañas? Las ménades subían a las montañas cuando se ponía el sol con flores en el cabello y jarras de vino en alto. Siempre me había mostrado confiada en la inocencia y la pureza de los rituales, creía que bebían vino y liberaban el alma, que se abandonaban a sus placeres embriagadores, afianzando el vínculo de amor y amistad que había entre ellas. Cuando Fedra lo mencionó, contaminó las palabras con insinuaciones escandalosas. Describió la danza que lideraba Dioniso por el mundo como un sinfín de vicios y depravación que desencadenaba a su paso. Yo sabía que no era así. Estaba segura de que los hombres furiosos y resentidos que mis ménades dejaban atrás hablaban de ese modo, y me sorprendía que ella creyera esas palabras injustas cuando sabía de primera mano lo falsos y crueles que podían ser los narradores. Cuando ella misma se convertiría en víctima de las murmuraciones lascivas si seguía adelante con su plan.

No podía ser cierto, estaba segura. Pero tampoco podía olvidarme de cómo había descrito mi vida en Naxos, de cómo había achicado mi mundo. Tenía razón, no sabía cómo habían cambiado las cosas fuera de la isla, y era cierto que no sabía dónde iba Dioniso ni por qué. Desde su visita a Naxos, mi paz se había quebrado y las dudas que había dejado tras su paso eran un coro molesto en mi mente, con el recuerdo de la imagen de las ménades junto al río teñido de rojo, una imagen que no podría olvidar.

Cuando Dioniso volvió, lo contemplé cuidadosamente. El dios aniñado, travieso y pícaro que había acudido en mi rescate tantos años atrás había cambiado un poco en este tiempo. Los dioses no envejecen; su atractivo permanecía intacto, pero noté los ojos distintos. No resplandecían con la alegría de antes. En raras ocasiones hablábamos del mundo exterior, más allá de sus historias divertidas y reveladoras de tierras exóticas y costumbres extranjeras. Pero ahora hablaba más de los lugares que visitaba y el tono adquiría un matiz irritable cuando mencionaba las ciudades en las que no veneraban su culto. Lugares donde no pisaban las uvas, donde no alzaban las copas para alabar a Dioniso, el dador de vino. Lugares, incluso, donde evitaban el consumo y sospechaban de sus efectos embriagadores.

Yo lo miraba en busca de signos del dios impulsivo que había concedido a Midas su deseo estúpido y luego lo había retirado. Ahora hablaba del Monte Olimpo, de donde acababa de llegar, y yo esperaba que sus comentarios sonaran mordaces; aguardaba las descripciones que hacía de los otros dioses y cómo se reía de su hedonismo, de su humor aburrido y sus preocupaciones absurdas. Estaba relatando una conversación que había mantenido con Zeus y yo esperaba el momento en el que se burlaría de la actitud digna de su poderoso padre y se reiría de su postura pretenciosa.

—Me quejé ante él, pues también es padre de Perseo, y seguro que puede hacerse cargo de su propio hijo…

El tono malhumorado de Dioniso me sorprendió. No lo había oído hablar de ese modo antes.

—¿Qué quieres decir?

Frunció el ceño.

—No escuchas nada de lo que digo —respondió—. ¿Ahora quieres que lo repita? —Suspiró hondamente—. Dame. —Me quitó a Taurópolo de los brazos, donde dormía, como siempre, pues nunca podía soltarlo sin que se pusiera a llorar. Desde la visita de Fedra, tampoco había encontrado la fuerza ni la voluntad para hacerlo.

Dioniso acunó a su hijo en los brazos. Si otra persona hubiera intentado mover al bebé mientras dormía, se habría ganado toda la fuerza de su furia, pero todos mis hijos eran unos ángeles con su padre inmortal. Taurópolo se acurrucó en el hueco del codo de su padre, estiró el brazo regordete y lo apoyó en el pecho de Dioniso. Tenía la vista fija en los deditos estirados en la túnica blanca del dios y tuve que obligarme a devolver la atención a lo que estaba diciendo Dioniso.

—Mi medio hermano mortal, Perseo. El asesino de gorgonas con caballos alados que se cree demasiado importante y poderoso. No permite que construyan mis santuarios en su ciudad, Argos. Ha prohibido que me adoren dentro de sus muros y que las mujeres suban a las montañas a practicar mis ritos. Compartimos el mismo padre inmortal, debería arrodillarse ante su hermano mayor, pero, en cambio, me desprecia y Zeus lo permite.

Perseo. Hijo de Dánae, cuyo padre la encerró en una torre alta sin tejado para que ningún pretendiente pudiera alcanzarla. Sola y con las únicas vistas del cielo azul que tenía encima. Un padre estúpido que dejó un premio tentador a la vista del cielo. Zeus no tuvo competencia cuando se deslizó por los muros de la prisión circular con la forma de mil gotas de lluvia dorada. Perseo. Asesino de monstruos y gobernador de Argos. Estaba sentado en el trono sin rivales que lo retaran, con el monstruoso escudo con la cabeza de Medusa, que convertiría en piedra a cualquier rival posible con una sola mirada.

—¿Qué te dijo Zeus cuando te quejaste? —No me interesaba la devoción de Perseo. Podía desairar a Dioniso cuanto quisiera. No lo quería aquí, en busca del favor de su hermano.

—No piensa intervenir. —El gesto serio me advertía que no preguntara más—. Siempre que sus altares estén llenos de ofrendas, no se preocupará por los de nadie más. Me ha dicho que busque seguidores en otra parte, que el mundo es grande y está lleno de adoradores dispuestos si los busco.

—Siempre te ha gustado viajar en su búsqueda —comenté con tono suave.

El destello oscuro de sus ojos, desconocido para mí, se alzó como una serpiente de entre las hojas.

—Estoy cansado de viajar —replicó—. Y si mi propio hermano me desprecia, ¿por qué iban a arrodillarse unos extraños de islas bárbaras que nunca han oído hablar de mí?

¿Cuándo había pedido mi esposo a alguien que se arrodillara? Siempre había invitado a sus seguidores a bailar. No sé qué debería de haber dicho a continuación, pero entonces llegaron Estafilo y Toas. Gritando de júbilo por el ansiado regreso de su padre, se lanzaron a sus brazos y escalaron por su cuerpo. Taurópolo protestó, pero sus hermanos no le prestaron atención. Dioniso volvía a reír y vi las caras de mis hijos florecer bajo el sol. Por un momento escandaloso, eran un lío de extremidades, pelo y besos, y sentí una profunda dulzura en el corazón al verlo.

Se acomodaron con él, Estafilo intentando colocarse bajo el brazo de su padre, con sus piernas larguiruchas de ocho años, y Toas debajo del otro. Taurópolo seguía acurrucado en su pecho y todos lo miraban embelesados, pidiendo las historias de dónde había estado. Como siempre, accedió y les habló de imponentes dragones en la tierra lejana de Cólquida, donde hasta los toros respiraban fuego, de serpientes marinas que salían de las cuevas rocosas, de tierras salvajes donde vivían caníbales y los cíclopes cuidaban de rebaños de ovejas gigantes. Estaban absortos con cada una de sus palabras hasta que encontré el momento de introducir noticias nuestras.

—Nosotros hemos tenido visita en tu ausencia —le dije cuando comenzaba otro relato sobre un lugar lejano—. Mi hermana Fedra vino a nuestras costas en busca de mi ayuda.

Noté un breve brillo de interés en sus ojos, pero comprobé que no era muy interesante para él.

—Fedra, que lleva muchos años casada con ese príncipe del que me hablaste. —El ácido goteaba de las palabras.

Entonces recordó.

—Ah. —Pareció avergonzado por un segundo—. Sí, Fedra. ¿Disfruta de la vida con el valiente Teseo? ¿Es como la soñaba?

Era consciente de la presencia de los niños, por lo que no podía pronunciar lo que ardía en mi pecho.

—Puede que no —respondí—. Chicos, corred a la casa y avisad del regreso de vuestro padre para que las ménades puedan preparar el banquete. —Interrumpí las protestas y animé a los mayores a que se marcharan. Cuando me volví hacia Dioniso, había una mirada desafiante que no había visto antes y me enfadé—. ¿Por qué me mentiste? ¿Por qué no me dijiste que se había prometido con Teseo?

Se encogió de hombros. Esa despreocupación que siempre había adorado me irritaba ahora más de lo que podía soportar.

—Te habría molestado —contestó—. Y no podías hacer nada. Te conté la verdad: Fedra era feliz. Más que feliz. Tenía todo cuanto deseaba, todo con lo que había soñado en Creta, cuando escuchó a tu lado sus historias.

—¡No sabía cómo era! —grité—. No sabía lo que había hecho de verdad.

Dioniso meció a Taurópolo en los brazos. Nunca había dudado de él hasta que Fedra llegó con la vela ateniense y sembró las semillas de la desconfianza. Me miró a los ojos.

—No habría servido de nada —respondió con calma—. Fedra estaba obsesionada con Teseo, tal vez más de lo que estuviste tú. Y estaba a salvo en Atenas, mucho más de lo que habría estado en Creta. Minos había emprendido la estúpida misión en busca de Dédalo y la paz había vuelto. Me pareció que todo había salido mucho mejor de lo que podría haber sido. No te lo conté todo porque no quería causarte desasosiego. Pero, por cómo me miras, ya veo que a Fedra se le ha caído la venda de los ojos. ¿Cómo la ha decepcionado?

Vacilé. Me acordé de mi hermana de niña, el brillo de sus ojos en el salón de Cnosos durante el banquete, la mirada fija en un rehén con cadenas y ojos verdes. ¿La habría ahuyentado saber cómo me había abandonado? ¿O Teseo la habría convencido, persuadido y encandilado de todos modos? La mujer orgullosa, impulsiva y pasional que había reemplazado a esa niña decidida no había querido escuchar ninguno de mis razonamientos. ¿Me habría escuchado entonces? Me removí, incómoda. Conocía a mi esposo desde hacía más tiempo que a mi hermana, comprendí entonces.

—El hijo de Teseo, Hipólito, ha ido a vivir con ellos a Atenas —comencé. No deseaba hablarle de la pasión oculta de mi hermana, pero no sabía cómo evitar el tema.

—Hipólito —repitió—. Artemisa presume de él. Un seguidor muy entregado. Ha jurado castidad, nada que ver con su padre. Hay en él mucho más de la amazona que del héroe, debo decir. Un buen hombre. Un hijo mejor de lo que merece Teseo.

—Creo que Fedra coincidiría contigo. —No tuve que decir más. Dioniso sabía leer el tono de mi voz bastante bien. Puso cara de sorpresa y me pareció ver un ápice de humor en sus rasgos. No pensaba perdonarlo si se atrevía a mostrarlo abiertamente.

—Ha depositado su corazón en otro objetivo condenado.

Me sentí derrotada y, sin duda, se me notó en la cara, incluso sin el beneficio de la percepción divina. Dioniso me rodeó con el brazo. Durante unos minutos silenciosos, observamos a Taurópolo, que dormía plácidamente.

—Mortales —musitó. Apoyó la mejilla en mi pelo—. Suelen ser tan testarudos, tan decididos a no razonar. Todos deberían de vivir con nuestra sencillez en Naxos en lugar de construir esas enormes trampas en las que quedan atrapados. Son la causa de su propio sufrimiento y no lo ven. Se pasan el día enfadados con los dioses y en la oscuridad de la noche les rezan y suplican piedad. Pero nunca ven lo fácil que sería construir vidas mejores.

No estaba acostumbrada a escuchar unas palabras tan tristes por parte del siempre optimista e incansable Dioniso. Y, mientras hablaba, resonaban en mi mente, como un redoble, las palabras de Fedra: «Ni siquiera sabes cómo es tu propio esposo».

Me había mostrado confiada y obediente. Pensaba que era así como debía de ser, el camino hacia la paz y la felicidad. La dicha doméstica que se había instalado en nuestra isla como una niebla dorada era un pequeño paraíso y creía de verdad que Dioniso prefería estar aquí con nosotros en lugar de aposentado en un trono del Monte Olimpo. Pensaba que nuestro amor valía más para él que la adoración de miles de seguidores de su culto. Todavía lo seguía creyendo. Pero, por primera vez, no sabía si yo era suficiente para satisfacer a un dios.

Cuando Dioniso me encontró en Naxos, estaba preparada para aceptar la muerte. Había hecho un balance de mi vida y había comprendido que las futuras vidas atenienses que había salvado sobrepasaban el valor de mi existencia y sabía que era justo. Ahora tenía cinco hijos, mis niños, llenos de curiosidad e inocencia. Cinco rayos de luz que iluminaban mi vida con una felicidad arrolladora. No había precio que pudiera pagarse por ellos, transacción noble que se pudiera hacer, recompensa que pudiera justificar un ápice de su confort. Si Dioniso se había cansado, juré que eso no perturbaría la felicidad de mis hijos.

Contemplamos juntos el anochecer, como habíamos hecho mil veces antes. Nos rodeaba con los brazos a mí y a nuestro bebé, tan cálido y protector como siempre. Pero decidí que investigaría más. Seguiría a las ménades y observaría lo que hacían; asistiría a los ritos sagrados de Dioniso en las montañas y sabría lo que eran de verdad él y sus seguidoras. Tenía la esperanza, y creía, que demostraría que Fedra estaba equivocada.

Celebramos su regreso, como siempre, con un banquete. En el centro de la larga mesa había bandejas de carne asada, aceitunas brillantes y, por supuesto, el vino fluía abundante. Los dos niños mayores permanecían atentos a las palabras de su padre mientras los pequeños le rodeaban el cuello con los brazos, acomodados en su regazo y, después, con las caras soñolientas pegadas a su cuello, bostezando. Yo estaba más pendiente de lo habitual, pero no había nada distinto en su comportamiento. ¿Había permitido que las palabras de Fedra me afectaran más de lo debido?

Como siempre, fui a llevar a los niños a la cama y, mientras tanto, mi esposo y sus ménades salieron de la casa. Sabía que caminaban por el sendero del bosque, el sendero que me había enseñado Dioniso años atrás, cuando llegó a Naxos, que conducía a un claro en la ladera de la montaña. La moneda completa de la luna los iluminaría esta noche, pero la luna era la única testigo de lo que allí acontecía.

Recorrí las habitaciones vacías de nuestro hogar. Como madre de niños pequeños, el silencio de la noche siempre había sido un lujo para mí, pero ahora me sentía sola. Acabé en la puerta, el aire fresco de la noche me acariciaba la piel, y examiné la pendiente que llevaba al bosque. Me hubiera gustado poder ver más allá de los árboles, donde las ménades estarían cantando mientras caminaban detrás de mi esposo.

Volví a mirar en las habitaciones, el brillo dorado de las velas iluminaba la oscuridad que se extendía delante de mí. Detrás estaba nuestro hogar, donde dormían plácidamente los niños. Delante... no lo sabía. Naxos no era mía de noche. Pertenecía a Dioniso y me sentí una intrusa al pisar la tierra suave que había más allá de los confines de nuestros muros. ¿Cómo habíamos llegado a esto? ¿Cuándo habían cambiado las cosas y por qué no me había dado cuenta?

Vacilé. ¿Iba hasta allí, como había jurado hacer? Me había parecido mucho más sencillo pronunciar semejante juramento con la luz del día. No había nada que ver, me dije a mí misma. Por un momento, volví a ver la sangre manchando las aguas claras del río. El rostro de las ménades, vacío y desnudo, mientras frotaban los vestidos y el color carmesí teñía sus manos. Sacudí la cabeza en un intento de aclarar la mente. Retrocedí entonces al suelo familiar de mi hogar.

Ya lo había decidido. Esa noche no. No iría esa noche.

Pasé las largas horas hasta el amanecer preguntándome cuándo volvería. Cuando al fin entró a nuestro dormitorio despacio, los pies inmortales silenciosos sobre el suelo de mármol, traté de discernir bajo la luz suave alguna diferencia en él. Busqué palabras para preguntarle, pero no llegaron.

Él durmió sin problema, pero yo me levanté temprano, antes siquiera de que se despertaran los niños. Salí al exterior y la belleza de Naxos volvió a aparecer ante mis ojos con la luz del día. Noté la humedad de la tierra bajo las sandalias mientras seguía el camino hacia el bosque silencioso.

¿Qué estaba buscando? No lo sabía. En mi corazón, buscaba que todo estuviera igual, que todo fuera tal y como esperaba. Los bosques, tan familiares para mí, no albergaban secretos, no había oscuridad en mi isla de luz y felicidad. Quería borrar la intranquilidad que me había traído Fedra y restaurar mi fe en la felicidad de Dioniso.

Oí respiraciones agitadas antes de verlas. Una ronquera entrecortada que sonaba más animal que humana, como de una presa aterrorizada que encontraba refugio tras una intensa persecución por el bosque. No me vieron cuando bajaban a trompicones por el sendero hacia mí. Las ménades conocían cada centímetro del bosque, se desplazaban por él con gracia y facilidad, pero estas dos parecían aturdidas, como si se encontraran en suelos desconocidos. Se agarraban una al brazo de la otra en busca de apoyo y, desde donde estaba yo, podía ver los dobladillos de los vestidos desgarrados y las manchas de color carmesí de las faldas.

El corazón me retumbaba en los oídos. Me aparté detrás del tronco nudoso de un cedro enorme. Noté el aroma en la garganta y tragué saliva. El enorme tronco me sujetaba mientras observaba su avance torpe.

Cuando pasaron cerca de mí, vi tierra y lágrimas en sus mejillas pálidas. Pensé en la respiración tranquila de Dioniso cuando lo dejé durmiendo, el rostro relajado. ¿Había dejado a estas mujeres en el bosque? No eran más que unas niñas, unas chiquillas que habían huido de la crueldad y el sufrimiento para venir aquí, a un lugar de refugio.

¿Qué precio había exigido mi esposo a cambio de su seguridad? ¿Qué había tenido lugar aquí antes de que regresara a mi lado? ¿Me atrevería a preguntarles qué les había pedido su dios en el bosque desierto a la luz de la luna?

A lo mejor había sucedido algo tras la marcha de Dioniso. Un ataque animal, una bestia que las hubiera sorprendido mientras se entretenían con las otras. Era mejor que les preguntara, que saliera a ayudarlas. Emergí de mi aturdimiento y me dispuse a hacerlo, pero cuando me adelanté, vi a otras ménades corriendo hacia ellas por el camino, rodeándolas con los brazos y llevándoselas de allí.

Las vi marchar. Si les preguntaba qué había sucedido, Dioniso se enteraría. La única forma de saberlo con seguridad era haciendo lo que debería de haber hecho la noche anterior. No tenía más elección que seguirlos y verlo por mí misma.

30

Esa noche volvimos a celebrar hasta que se hizo tan tarde que nuestros hijos menores se quedaron dormidos en los brazos de su padre. Las pestañas de los pequeños se extendían en abanico hasta las mejillas suaves y redondeadas mientras dormían en su regazo. Él me miró desde el otro lado de la mesa y, con un gesto silencioso, inclinó la cabeza y los dos nos levantamos. Los llevó sin esfuerzo. Parecía un hombre tan normal cuando hacía estas cosas, con el rostro ligeramente ruborizado por el vino y la risa, que podía olvidar que era un dios hasta que lo veía caminar sin ningún problema con sus tres hijos en brazos. Se movía con suavidad y ninguno de ellos se inmutó. Lo seguí hasta la habitación, donde los dejó en los catres suaves. La luna proyectaba una línea plateada en las baldosas del suelo. Noté el aire fresco en el rostro. Dioniso se colocó detrás de mí, bloqueando la luz de las antorchas por un momento, y después se fue.

Por la ventana, vi sus siluetas bajo el resplandor de la luz de la luna. Una larga procesión que subía por la ladera de la montaña. Las faldas blancas ondeaban tras la ménades, tenían el pelo suelto y el murmullo suave de su canción llegaba hasta mí transportado por la brisa.

La casa estaba vacía. Enopión y Latromis ya se habían acostado. El único sonido era el de las respiraciones de los niños dormidos. Sabía que Taurópolo se despertaría pronto con un grito de hambre que desgarraría el silencio. Si iba a seguirlos, tenía que ser ya.

Nadie se atrevería a violar la santidad de la casa de Dioniso. Ni siquiera una bestia del bosque, un jabalí salvaje ni un lobo hambriento cruzaría la puerta. Su protección divina estaba en cada umbral, en cada ventana. Nos mantenía a salvo cuando él se encontraba en el mar, o cuando salía por la noche a las montañas con las ménades. Así y todo, dudé de si dejar solos a los niños en la oscuridad. En la distancia, oía el siseo del mar contra las rocas y el ulular de un búho bajo las estrellas.

Si fuera tan solo lo que había dicho Fedra, podría haberlo desechado como un simple rumor malicioso. La chica feliz y esperanzada con la que compartí infancia en Creta había ardido en cenizas y sus palabras no eran más que los fragmentos achicharrados de su ira ululando en el viento. Ella juzgaba a todos los hombres como si fueran Teseo. ¿Cómo no iba a hacerlo? Pero el río ensangrentado, las ménades llorando en el bosque... Y recordé también el destello en la mirada de Dioniso mientras hablaba de los altares de otros dioses repletos de ofrendas mientras que a él lo desdeñaban. La imagen no me dejaba en paz. ¿Era furia? ¿Desprecio? ¿O la chispa enloquecedora de la codicia?

No tenía que tomar ninguna decisión. Me volví rápidamente. Tenía que ser rápida, Taurópolo no se enteraría de que me había marchado. Me cubrí los hombros con un mantón y salí corriendo de la casa, silenciosa como un fantasma. Las ménades se habían ido hacía ya un rato, pero pude seguir el camino serpenteante por la ladera, y los robles amplios que ocultaban parte del sendero me ofrecieron escondite cuando me acerqué. La noche era más fría de lo que esperaba y el corazón me latía deprisa, al ritmo de los pasos acelerados.

Los primeros días me había sentado con Dioniso en los claros mientras las ménades cantaban y realizaban las libaciones. No sabía cuándo había cambiado eso. Cuando nació Enopión, me quedé a su lado en la cama, y poco después llegó Latromis. Cuando llegaba la noche, yo estaba con un bebé en los brazos, los ojos empañados de sueño; no subía a una montaña para beber vino de una jarra dorada. Pero siempre tuve la sensación de que podría haber acompañado a mi esposo, que mi presencia era bienvenida.

Ahora sentía el abrazo helado de los nervios, que, si me veía, suscitaría su ira, y no sabía cuándo ni por qué había sucedido eso. ¿Dónde estaba la Ariadna audaz que se había subido al barco de Teseo, dejando atrás su vieja vida hecha pedazos y enfrentándose a un futuro desconocido? La chica que había abierto el laberinto, la mujer que había llevado la corona de Dioniso, la madre que había sacado fuerzas de su cuerpo para traer al mundo a sus hijos. ¿Cómo podía dudar de mi derecho a caminar por las colinas de mi propia isla, donde gobernaba junto a un dios? ¿Por qué avanzaba a escondidas entre los árboles en lugar de caminar con confianza hasta mi lugar, al lado de mi propio esposo?

Estaba dividida entre dos opciones: las ganas de llegar al claro y saberlo todo al fin, pero también la ansiedad por que Taurópolo se despertara y se diera cuenta de que no estaba allí. Tal vez por eso sentía el pánico dentro de mí. Quizá solo se tratara de mi instinto maternal, que me pedía que volviera junto a mis hijos dormidos, nada más.

El canto de las ménades era claro ahora junto al ritmo estable de un instrumento, que sonaba lento e implacable. El claro estaba delante de mí, bañado por la luz de la luna. Junto a la canción y el redoble, oí otro ruido, un sonido lamentoso. Se parecía tanto al llanto de un bebé que me sobresalté, creyendo que se trataba de Taurópolo, pero continuó y entonces comprendí que era más animal que humano. Una cabra, tan solo un cabritillo, con el pelaje suave y ralo. Cuando me aproximé, lo vi alzado en el centro del círculo de mujeres. Posé la mano en el viejo tronco de un roble en busca de apoyo.

Si no estuviera tan embelesado y absorto por el acto, seguro que se habría dado cuenta de que yo estaba allí. Tenía los hombros cubiertos por la piel de un animal, en la mano sostenía un enorme cuerno de hueso blanco surcado por chorros de un líquido espeso rojo. El aroma dulce y embriagador del vino inundaba el ambiente. Llevaba una corona de laurel encima de los rizos dorados. Los ojos, vacíos a la luz de la luna, estaban fijos en el cabritillo cuyos chillidos de pánico se hacían más fuertes.

Nunca había visto así a mi marido aniñado, pícaro y travieso. No podía apartar la mirada de su rostro. Vi de refilón las caras blancas de las ménades, el vacío de sus ojos, las cavernas amplias de sus bocas. El redoble era ahora frenético, salvaje. Ya no era una canción lo que salía de sus labios, sino un quejido ondulante, prolongado. Estas mujeres, que se ocupaban cada día de los jardines a mi lado, que le daban uvas a Toas cuando les tiraba de las faldas con los dedos ya manchados, cuya risa resonaba en toda la isla, parecían ahora modelos espantosos de ellas mismas tallados en cera, con los rasgos distorsionados y curiosamente vacíos.

Retrocedí, horrorizada. No reconocía nada en este claro, en los ritos, en la figura que había en el centro, alzando los brazos al cielo, como si estuviera arrancando esta cacofonía discordante de sus gargantas. No quería ver más. Las palmas me resbalan por la corteza, la piel me hormigueaba y el corazón latía acelerado, más rápido que los cantos. Estaba desesperada por que no me vieran, aunque no sabía si podrían ver algo tras el velo de la locura que parecía haber descendido a la reunión. Más que nada, sabía que no quería entrar en ese círculo, ocupar un lugar entre ellos y olvidarme de quién era.

Pensé en mis niños dormidos, acurrucados juntos entre los cojines rellenos de plumas, y deseé abrazarlos una vez más. Pedí a las piernas temblorosas que se movieran, pero se negaron a obedecer.

No pude evitarlo y aguardé para presenciar lo que pasó a continuación.

Una de las ménades estaba alzando al cabritillo. Del círculo salió una mano que agarró una de las patas del animal, que se movía desesperado. Luego otra, y otra. Lo sujetaban con fuerza, agarrando cada extremidad con dedos delgados que hundían en el vellón, retorciendo los mechones de lana. La criatura chillaba, un sonido rasgado, prologando, que pensé que me destrozaría la mente.

Y de pronto un sonido ahogado y silencio. Un desgarro suave, otro más fuerte.

Ya no balaba.

Tenía las manos sobre los ojos ahora, aunque podía ver lo sucedido una y otra vez en la oscuridad de los párpados. La bilis ascendió, espesa y amarga, por la garganta. Tragué y recé para que el cuerpo no me traicionara. No me atreví a mirar de nuevo, pero no me oculté más. Si me veían, me pondría en pie. Inspiré profundamente y me obligué a apartar las manos y bajarlas.

Miré.

Dioniso estaba sobre los restos sangrientos y destrozados del cabritillo. El rostro parecía tallado en mármol. Las ménades que retorcían al animal y gritaban un momento antes estaban ahora inmóviles y en silencio. El único movimiento en el claro era el suave borboteo de la sangre por sus brazos y mejillas, tan espesa y oscura que parecía negra. Los rostros adoptaron forma ahora.

Al lado de Dioniso estaba Eufrósine, nuestra más reciente incorporación en Naxos. La recordé bajando de la barca de remos con el pelo brillante como la madera pulida y el rostro sonriente tan solo un día antes. Ahora el pelo le colgaba suelto en largos mechones manchados de sangre. El único sonido que percibía eran sus jadeos.

Dioniso habló. Un sonido ancestral, salvaje. Palabras que nunca antes había escuchado, extrañas.

Oí un gimoteo y me llevé la mano a la boca por miedo a que fuera mío y me descubrieran. Pero no era yo quien emitía ese ruido. Por imposible que pareciera, a los pies de Dioniso, los bultos destrozados de lana y tendones se movían y estiraban y, mientras observaba, se unieron hasta tomar la inconfundible forma de un cabritillo. Entero, nuevo, joven, se levantó sobre las patas y las pezuñas resbalaron en la roca. La lana era del blanco más puro, tan limpia y lisa como la nieve sin pisar.

La tensión que reinaba en el círculo amainó. Las ménades se calmaron, relajaron los hombros y comenzaron a volverse las unas hacia las otras. Las risas se alzaron en el aire de la noche con un matiz de locura.

Era mi momento para salir de allí antes de que abandonaran el claro. Correría en silencio pendiente abajo y nadie sabría nunca que había estado allí. Enterraría la cara en la calidez y ternura de mis niños dormidos y trataría de olvidar lo que había presenciado. Pero miré una vez más antes de huir. Allí estaba él, inmóvil en mitad del círculo. Su rostro no cambió mientras observaba al cabritillo ponerse en pie. Un escalofrío me heló el corazón.

Volví a la casa corriendo tan rápido como me lo permitieron los pies.

31

Esa noche permanecí observando a mis hijos dormidos hasta que la línea rosa del amanecer tiñó el horizonte. Miraba sus diminutos pechos subir y bajar y los sueños que hacían que movieran suavemente los párpados. Me acordé del Minotauro cazando ratas en el establo. Recordé los chillidos agudos cuando se abalanzaba sobre ellas y las entrañas retorcidas derramadas en la tierra oscura del suelo. Pensé en la carne desgarrada, los huesos arrancados y la sangre empapando los vestidos ligeros y blancos de las ménades. Pensé en los tendones y el cartílago, y en la fétida y miserable fealdad del mundo. Me pasé los nudillos por la piel oscurecida que me rodeaba los párpados, preguntándome si algún día cerraría los ojos y dejaría de ver el rostro serio de Dioniso con esa luz fría y plateada.

Los niños se despertaron pidiendo el desayuno, abrazos, sus juguetes preferidos. A pesar del agotamiento, recibí encantada sus conversaciones y demandas. Me aferré, más que nada, a la sensación de sus brazos alrededor de mi cuello e inspiré ese olor tan especial de sus cabezas, el aroma dulce de mis bebés. Cuando comieron, Estafilo se fue al campo de olivos que había tras la casa para jugar a cazar mientras Toas se entretenía buscando palos para golpear los troncos de los árboles y hacer ruidos que tan solo le agradaban a él. Me colgué a Taurópolo y salí a recoger uvas de las ramas gruesas de las vides. Normalmente disfrutaba de la tarea, pero hoy el olor dulce me repugnaba al recordar el ambiente de la noche anterior en el claro. Se estaban formando unas nubes amenazadoras en el horizonte y el aire parecía a punto de estallar por el calor. Tiré de los racimos y comencé a llenar la cesta hasta que me di cuenta de que me estaban observando.

No quedaba en ella rastro alguno de la fiesta. Tenía la piel clara y sin mancha, el pelo ya no estaba impregnado de sangre. Aunque tampoco había hoyuelos en las mejillas hoy, tenía el rostro serio y no sonreía. Parecía muy joven, tal vez de la misma edad que tenía yo cuando llegué a Naxos. Se me antojaba muy lejano ya.

—¿Eufrósine? —pregunté, vacilante, aunque estaba segura de que era ella. Su nombre significaba alegría o felicidad. Parecía apropiado para ella cuando la vi llegar, sonriente. Ya no estaba tan segura de que el nombre encajara con la máscara vacía que transformó sus rasgos la noche anterior.

Asintió. Me dio la sensación de que no sabía cómo acercarse a mí. ¿Sabría lo que había visto? ¿Por qué había venido a la isla? ¿Acaso el atractivo de la sangre y la éctasis en el bosque a medianoche la había atraído a las brillantes aguas azules?

¿Y por qué estaba aquí ahora, en las vides? Me sobrevino una oleada de cansancio y me llevé una mano a los ojos; me hubiera gustado poder tumbarme y dormir. No me encontraba en condiciones de mantener una conversación y su renuencia a hablar irritó mi ya abotargado humor.

—Me pregunto… —comenzó y se quedó callada.

—Habla, por favor —la animé, y la impaciencia quedó patente en mi tono crispado. Puso cara de sorpresa y yo suspiré. Señalé el tocón de un árbol, amplio, plano y suave—. Vamos a sentarnos un poco. Hace calor y esta noche he dormido poco. ¿Has descansado tú bien?

El silencio recayó entre las dos. No respondió a la pregunta, aunque se sentó a mi lado. Sujetaba con el puño una parte de la falda. Comprendí que me tenía miedo. Yo era la esposa de Dioniso, claro, y no quería hacerme enfadar. ¿Creía que mi furia incitaría a Dioniso a reducirla a cenizas? Como si yo albergara el rencor vengativo de Hera y Dioniso la ferocidad de Zeus. Nosotros no éramos como ellos, siempre nos lo habíamos recordado, y a mí me confortaba creerlo.

—Me pareció verte anoche... el pelo, en los árboles —comenzó, titubeando.

Inspiré profundamente. Me había visto, aunque solo fuera un recuerdo vago en mitad del frenesí. Y ahora la pobre chica no sabía qué hacer por miedo a quedar atrapada en medio de la discusión entre un dios y su esposa.

—¿Y por qué acudes a mí en lugar de a mi esposo? —pregunté.

Levantó la mirada.

—No participas en los rituales.

—No son de mi agrado. Pero me gustaría que no le mencionaras esto a Dioniso.

—No lo haré —contestó de inmediato.

Aunque su presencia me había molestado y seguía sin entender por qué había acudido a mí, quería saber algo. Las preguntas bullían en mi interior; necesitaba saber por qué alguien que parecía tan inocente y dulce como ella disfrutaba con lo que había visto en el claro. Le pedí que me contara qué la había traído a Naxos, por qué había dejado atrás su vida para seguir los pasos de mi esposo divino.

—Vivía en Atenas —comenzó—. Mi familia era pobre. Apenas teníamos con qué alimentarnos cada día. Mi padre siempre decía que una cosecha escasa o un invierno malo acabaría con nosotros. Rezaba a Demetrio para que hiciera que nuestro grano insignificante creciera y nos proporcionara lo que necesitábamos para sobrevivir. Me informó que me casaría cuando cumpliese los dieciséis años y que ya no sería una carga para él, aunque no sabía dónde iba a encontrar suficientes bienes para convencer a un hombre de que me aceptara. El esposo que eligió para mí tenía los ojos fríos como el hielo. No me gustaba y lloré, pero mi madre estaba triste y cansada y no tenía palabras de consuelo, pues los largos y duros años la habían desprovisto de toda amabilidad. No me atreví a mostrar ningún signo de disconformidad delante de mi padre, sabía qué consecuencias me traería. Así pues, nos casamos. Tenía la esperanza de que cuando tuviera un hijo, al menos tendría a alguien a quien amar. Mi vientre se hinchó y notaba las patadas del bebé cuando apoyaba la mano en él. Sabía que esa pequeña vida se estaba comunicando conmigo, me estaba diciendo que deseaba salir y estar en mis brazos. No albergaba temor cuando comenzaron los dolores del parto. Fue largo y duro, pero yo estaba emocionada. Cuando dejaron a mi niña en mis brazos… no puedo describirlo.

Sabía a qué se refería. Recordaba la dulzura exquisita de sostener por primera vez a mis bebés. ¿Qué le habría pasado al bebé?

—Le llevé el bebé a mi esposo para enseñarle el pequeño milagro tan perfecto que nuestra infeliz unión había creado. —La mirada en sus ojos me hizo bajar la cabeza, temerosa por presenciar algo tan puro—. Una niña —dijo—. ¿Qué voy a hacer con una niña? Dejadla en una ladera, no es más que otra boca que alimentar. —Se le contorsionó el rostro—. Me la arrancaron de los brazos cuando grité. Ella lloraba y yo gritaba, pero se la llevaron y grité más, hasta que el mundo se tornó negro a mi alrededor. Tardé días en despertar y mi hija llevaba tiempo muerta en una ladera, pero yo la oía llorar allá donde iba, hiciera lo que hiciese. El llanto solo acabó cuando subí al barco y vine a Naxos.

Yo misma remé. Cuando llegué a esta costa, conocí por primera vez la felicidad, excepto por aquel momento perfecto en el que sostuve a mi hija. Sonreía tanto que pensé que se me rompería en dos la cara.

Exhalé una bocanada de aire. Volví a ver su rostro vacío en el claro. El animal volvió a la vida delante de ella. Me pareció entender cómo pensaba que le recompensaría Dioniso su servicio. Sentí náuseas y mucho, mucho cansancio.

La luz había desaparecido por completo del cielo y las nubes oscuras se arremolinaban encima de nosotras. No hallaba palabras para esta mujer desesperada, perdida, esperanzada.

—Me alegro entonces de que vinieras aquí —fue todo cuanto pude murmurar.

La tomé de la mano y le di un apretón. El horror de su historia me había roto por dentro. No podía concebir que un ser humano pudiera mirar a una madre a la cara y hacer lo que le hizo a ella y a su bebé. Pero sabía que sucedía cada día. Y los dioses se deleitaban, saboreando hasta la última voluta del humo que ascendía de los altares alimentados por la desesperación de personas como ella; demasiadas súplicas al cielo para que el sufrimiento acabara. El Monte Olimpo debía de estar inundado hasta lo alto de los pilares de oro del sonido de las tristezas humanas. Pero Dioniso me había contado que el único sonido que resonaba en el palacio era el de la charla de los inmortales presumidos.

—Yo también me alegro. —Me apretó las manos y luego apartó los dedos.

Esa noche no vi la procesión hacia la montaña. Me acosté junto a mis hijos y disfruté de mis bendiciones, todas ellas presionadas contra mi pecho.

Cuando me desperté al día siguiente, había tomado una decisión. Iría a Atenas. Ya había abandonado a Fedra en una ocasión, no pensaba hacerlo otra vez.

32

Una vez que había tomado la decisión, ardía en deseos de marcharme.

—No entiendo por qué quieres ir tras ella. —Dioniso frunció el ceño, recostado en mi cama mientras yo buscaba mis pertenencias, las cosas que necesitaba llevarme.

Cuando tuve que marcharme de Creta, viajaba ligera, transportada por las alas del amor. Y no tenía hijos. No podía dejar a Taurópolo, era muy pequeño. Pero la logística de un viaje en mar con un bebé hacía que me diera vueltas la cabeza.

—Dejó claros sus sentimientos cuando se marchó de aquí —prosiguió Dioniso.

—Más razón para darme prisa —repliqué—. No quiero que las cosas se queden así. No quiero que los malos sentimientos se enquisten.

—Esperas disuadirla de sus planes, pero no puedes.

Empezaba a irritarme.

—¿Cómo estás tan seguro? —No le di tiempo para que respondiera—. Además, lo importante es intentarlo, sea cual sea el desenlace.

—Haces mejor quedándote aquí, con los niños —contestó, resoplando.

Me volví hacia él.

—¡Qué fácil es para ti decirlo! ¡Pero tú no te aplicas el consejo!

Le brillaron los ojos de sorpresa, pero ya no podía quedarme callada.

—Siempre estás viajando de aquí para allá. Ansioso por aumentar tu fama, a pesar de que decías que no importan esas cosas. La búsqueda de la gloria era para los otros dioses... o peor, para sus mascotas, los héroes. Ahora desapareces cada vez que se te antoja y me dejas aquí preguntándome dónde habrás ido, qué estarás haciendo, cuándo volverás. —Respiraba de forma entrecortada. Lo solté todo antes de poder medir las palabras; todo lo que me daba vueltas en la cabeza desde la visita de Fedra, desde el sacrificio del cabritillo.

—Nunca antes me has dicho que te importaran mis viajes —remarcó. La mirada era tierna, pero tenía los labios apretados formando una línea dura muy distinta a su habitual sonrisa alegre.

—Nunca me has preguntado si me importan. Ni si quiero ir contigo. ¿Por qué será?

Se incorporó al oír lo último.

—¡Nunca has querido venir!

—Podríamos discutir lo mismo cien veces —murmuré—. Pero ahora me toca a mí marcharme. Y me iré.

Me volví, lista para salir, pero él me agarró del hombro con suavidad.

—No voy a detenerte. Solo quiero protegerte para que no resultes lastimada. Y Fedra... tiene un rumbo que ya he visto antes. No termina bien.

Luché contra los sentimientos que albergaba mi corazón. Contuve las cosas que no tenía tiempo para decirle ahora y lo tomé de la mano.

—Entonces, seguro que sabes que tengo que hacer todo lo que pueda para ayudarla antes de que sea demasiado tarde.

No me dijo que ya era demasiado tarde. Di gracias por ello.

Fue a la orilla con nuestros cuatro hijos mayores para despedirse. Me aferré con fuerza a Taurópolo cuando el enorme barco surcó las aguas, con miedo a que se me escapara de los brazos, pero él movió el puño regordete por los dos.

El barco de Dioniso era rápido y delicado. No tardamos mucho en llegar a Atenas, aunque a mí me pareció una eternidad. Fedra debía de contar con unos vigilantes excelentes, pues estaba en el puerto, esperándome, antes de que atracáramos.

Esbozó una sonrisa que no le llegaba a los ojos.

—Ariadna —dijo cuando bajé del barco al muelle chirriante.

—¡Fedra! —Corrí a saludarla.

—¿Qué te trae aquí tan pronto?

Me acerqué a ella y hablé en susurros para que no nos oyeran sus sirvientes.

—No quería dejar las cosas como estaban.

Se encogió de hombros.

—Bien, eres bienvenida en Atenas, hermana. —El tono de voz sugería lo contrario—. Ven, hay una pendiente escarpada hasta el palacio. Habrás perdido la práctica desde que abandonamos Cnosos.

Me sentí más desconcertada de lo que esperaba por el ruido y las vistas en el puerto. Estaba desentrenada, no solo subiendo escalones, también caminando entre una multitud bulliciosa después de pasar tantos años en la tranquila Naxos. Tendría que haber acompañado a Dioniso en alguno de sus viajes. Me había quedado vagando en un sueño idílico y ahora me encontraba de nuevo, y de forma abrupta, en el mundo, avanzando contra una marea que amenazaba con arrasarme. Afortunadamente, llevaba a Taurópolo amarrado con fuerza.

La gente se apartaba para dejar pasar a Fedra, claro. Yo permanecí pegada a su sombra, preguntándome cómo había sucedido esto. Cuando llegamos a la cima, se volvió hacia mí.

—Si has venido con más sermones… —comenzó.

Levanté las manos.

—Te prometo que no estoy aquí por eso.

Se calmó un poco.

—Bien. Teseo no ha regresado aún y tengo intención de hablar con Hipólito esta misma tarde.

Me alivió que Teseo siguiera ausente. Esperé un momento y luego elegí con cuidado las palabras.

—¿Qué esperas que responda?

Se apartó el pelo de la cara.

—No es posible sentir esto, poseer esta conexión con otra persona, estar tan segura como lo estoy yo con cada poro de mi piel, y que no sea recíproco. Él también lo siente, sé que es así.

Tuve la sensación de que caminaba por un lago helado, tal y como me había descrito Dioniso de una de las tierras lejanas que había visitado. Cada paso tenía que darlo con delicadeza para que el hielo no se rajara bajo mis pies y me engullera la profundidad fría de abajo.

—No te juzgo, Fedra, te lo juro. Solo quiero decirte que yo también sentí eso una vez, por Teseo, y me abandonó a mi suerte.

—Hipólito no es como su padre. —Se quedó unos segundos callada—. Por eso lo amo.

Era tan obstinada, tan testaruda en su rechazo a escuchar. Pero me alegraba de estar allí justo el día que había escogido para declararle su pasión. Tal vez después quisiera acompañarme, cuando el fuego de la humillación empezara a arder.

Accedimos al patio del palacio. Fedra me invitó a acomodarme en un sofá y se excusó para ir a buscar uvas y agua para que pudiera restablecer fuerzas después del viaje. Aflojé la tela en la que llevaba a Taurópolo y lo dejé en mi regazo, sujetándolo con firmeza. Fijó los ojos grandes y oscuros en el lugar desconocido.

Un movimiento junto a una de las columnas captó mi atención. Un joven se acercó. Era justo como Fedra lo había descrito: alto, recto, fuerte y lleno de vitalidad. Se aproximó a mí con timidez, pero educadamente. ¿Cómo había concebido Teseo a un hijo tan dulce?

—Tú debes de ser Hipólito —dije—. Yo soy Ariadna, la hermana de Fedra.

—Por supuesto. Entonces, eres mi tía.

—Oh… Supongo —respondí, confundida.

La sonrisa del joven vaciló. Vi que le preocupaba haberse excedido con la confianza, pero no era ese el problema. Si me consideraba su tía, es que veía a Fedra como una madre. Cerré un momento los ojos, deseando que mi hermana abandonara su sueño desesperado.

Fedra regresó, corriendo entre las columnas con una bandeja de uvas. Cuando vio a Hipólito delante de mí, retrocedió un instante.

—Oh… Ya veo… Veo que has conocido a mi hermana.

No podía entender cómo no lo veía él. O bien era extraordinariamente ingenuo o muy buen actor. Delante de mis ojos, Fedra se convirtió en la chica de trece años que recordaba, contemplando el triunfo de Teseo en la pelea de los juegos en Creta. Tenía los ojos muy abiertos por el asombro y le temblaban los dedos, ¡sí, le temblaban!, alrededor de la bandeja, que se sacudía como un barco en el agua.

Hipólito no lo veía, pero seguro que los sirvientes, ayudantes y acompañantes sí. Me sorprendería que no fuera una vez más víctima de las murmuraciones en palacio.

—¿Vas al establo? —preguntó.

Él asintió.

—Yo iré después —contestó ella. Se había ruborizado desde las mismas raíces del pelo dorado.

—Adiós —se despidió él, ajeno a lo que sucedía. Inclinó la cabeza en mi dirección—. Adiós, tía Ariadna.

El comportamiento tierno de mi hermana se tornó frío en el momento en el que él se marchó. Con la mirada gélida me retaba a que me atreviera a decir algo.

Comí uvas. Tal vez era mejor que le confesara ahora sus sentimientos, por doloroso que resultase. Cuando el daño estuviera hecho, las dos nos marcharíamos juntas de Atenas, con suerte, antes de que regresara Teseo.

Me llevé a Taurópolo para que durmiera una siesta. Los dormitorios del palacio eran espaciosos, lujosos y estaban llenos de cojines suaves. Cuando al fin relajó el rostro y se quedó dormido, salí con cuidado y encontré el patio vacío. Fedra se había marchado, dispuesta a perseguir sus sueños.

La tarde avanzó y Fedra no regresaba. Empecé a pasear por el patio, caminando por los recovecos y rodeando las columnas de mármol. Sentía curiosidad. Antaño pensé que este palacio sería mi hogar. ¿Qué clase de vida habría tenido aquí, casada con Teseo? Cerré los ojos y ante mí apareció Naxos, con sus vastas playas de color esmeralda, los picos grises de las montañas alzándose en el cielo. Oí la risa de mis hijos entre las rocas. Vi a mi esposo caminando por la arena hacia mí.

De pronto, en el puerto estalló el sonido de los cuernos. Unos segundos después, el llanto de Taurópolo me llamó y corrí a por él, encantada de sentir el suave roce de su rostro en el cuello mientras se despertaba.

Salí con él. Los pasillos parecían demasiado tranquilos y vacíos para tratarse de un palacio real. ¿Dónde estaba todo el mundo?

¿Qué significaban los cuernos? Taurópolo extendió el brazo para tocar los frescos que adornaban las paredes: Atenea y su olivo, Poseidón y su fuente salada, el nacimiento de una importante ciudad exhibida con orgullo. Le susurré las historias al oído mientras volvíamos al patio. Me detuve en seco.

Había alguien allí, pero no era Fedra.

33

Fedra

La llegada de Ariadna me ha desconcertado. Espero haberme mostrado serena y tranquila delante de ella; que no vea la agitación que me asola sin que pueda hacer nada, como si me arrasara un huracán.

Volví a Atenas decidida, totalmente confiada. Hipólito había salido a cazar cuando llegué, pero esperé con calma y paciencia a que regresara. Juro que tenía la intención de aprovechar el momento, pero perdí el coraje de nuevo. Y ahora ella está aquí y aún no he hablado. Sé que tratará de persuadirme de nuevo, diga lo que diga. No confío en mí misma para escucharla. No puedo soportar oír las palabras.

Ella me ha obligado. Debe ser hoy.

Los dedos me tiemblan demasiado al agarrar el peine de plata para arreglarme el pelo. No importa. Seguro que Hipólito prefiere el cabello suelto.

Ahora. Mientras está distraída con el bebé. Tiene que ser ahora.

No siento mías las piernas que me sacan de la habitación, del palacio. Mi futuro, mi destino se encuentra ante mí y lo único que tengo que hacer es dirigirme a él.

Está ahí, en el establo. Claro. Los dioses me acompañan; la preciosa y valiente Afrodita me sonríe seguro, pues está solo y no hay nadie a la vista. Lo tengo para mí sola y, en un instante, lo tendré todo. Puede que nos marchemos en el barco de Ariadna, que su visita haya sido una suerte.

Se sorprende al verme. La expresión seria de su rostro no cambia nunca. Ansío hacerlo sonreír, ver cómo se relaja conmigo, sentir su calidez devolverme a la vida como una flor que se abre bajo el sol. Cuando se vuelve para mirarme, enmarcado por la luz suave del establo, me olvido de las restricciones y le agarro el brazo. Hay preocupación en su rostro, noto que está inquieto por mí.

—Hipólito —musito, respiro con dificultad y las palabras que quiero decir se entremezclan—. Hipólito, tenemos que hablar. ¡De inmediato!

Frunce el ceño, retrocede en un momento de confusión, pero yo le agarro rápido el brazo. Tiene la piel cálida bajo mis dedos y me obligo a mirarlo a los ojos.

Con la mirada fija en mí, siento que el huracán que me lanzaba en todas direcciones se calma de pronto. En el silencio que le sigue, puedo al fin abrir la boca y hablar.

34

Ariadna

Se volvió para mirarme y la sorpresa refulgió en su rostro. Retrocedió y por un instante pareció que iba a caerse.

Habían pasado quince años desde que nos miramos por última vez. Me quedé dormida en sus brazos y desperté convertida en cenizas en una mañana desoladora.

—Me preguntaba cuándo vendrías —dijo, con voz entrecortada.

A pesar de las palabras feroces de Fedra sobre su esposo, comprobé que el tiempo no había sido cruel con él. Seguía siendo fuerte, con los músculos abultados y el pelo espeso. Y los ojos, por supuesto, tenían el mismo verde penetrante de siempre.

¿Cuántas veces, durante los primeros días que pasé en Naxos, había soñado con este momento? Pensaba que tenía muchas cosas que decirle, gritarle, pedirle. Pero, cuando abrí la boca, ya nada parecía importar.

—¿Estás bien? —preguntó—. He oído hablar… de tu matrimonio. —Miró al bebé que tenía en brazos.

Yo lo miré con dureza.

—Y yo del tuyo. Al menos una princesa de Creta era aceptable para Atenas.

Tragó saliva.

—Puede que mi pueblo fuera más indulgente de lo que pensaba.

¿De verdad me había abandonado porque pensaba que Atenas me rechazaría? Descubrí que no me importaba. Me adentré más en el patio.

—He venido a ver a Fedra. No quiero remover el pasado.

Parecía visiblemente aliviado.

—¿Y dónde está mi esposa? No había nadie en el puerto cuando llegué.

Me encogí de hombros.

—¿Paseando, tal vez? No lo sé. Seguro que regresará pronto. —Me mostré imprecisa con la esperanza de que no hiciera más preguntas. Lo último que deseaba era que saliera a buscarla. Esperaba que mi hermana no volviera visiblemente triste.

Noté una brisa fresca y me estremecí. Teseo miró más allá, como si hubiera oído algo. Un momento después, yo también lo oí. Un sonido agudo que resonaba en el aire en la distancia. Cuando la brisa cambió de dirección, el ruido desapareció y volvió de nuevo.

Se quedó inmóvil.

—¿Qué es? —pregunté, pero no respondió.

El sonido se oyó más fuerte. Eran sollozos. ¿La procesión de un funeral, tal vez? El llanto perforó el aire, el sonido de la desesperación de una mujer. Me dio un escalofrío. No era Fedra, una persona sola no podía hacer semejante ruido.

—Ven —indicó Teseo.

Lo seguí por la arcada hasta el jardín del palacio. Aumentó el volumen y la intensidad de los aullidos y pensé que me estallaría la cabeza.

Y entonces las vimos. Las sirvientas en cuya ausencia había reparado, todas ellas avanzaban por el jardín como una serpiente desesperada. Tenían la boca abierta, las manos en el pelo y las vestimentas, y la cacofonía crecía más y más. Taurópolo se puso a llorar.

Teseo se aproximó a ellas.

—¿Qué significa esto?

Al verlo, algunas de ellas gritaron más fuerte. Otras se agacharon en el suelo.

Tenía la piel de gallina por el miedo, solo deseaba que acabara ya. Busqué entre las mujeres afligidas a Fedra, pero no estaba.

La mujer que iba precediendo la procesión, apenas una niña, le dio a Teseo un papel. ¿Una carta? Tenía que ser de Fedra. ¿Había huido ya? ¿Era la noticia de su deserción? El corazón me dio un vuelco. ¿Lo había conseguido? ¿Había escapado con Hipólito? ¿Había conseguido que dejara atrás sus reservas y su rechazo y habían dejado ya Atenas? Me dolía que no se hubiese despedido, que no siguiera buscando refugio en Naxos solo podía ser por mi culpa. Pero si ya se había librado de Teseo, era buena noticia.

El color desapareció del rostro de Teseo al leer el papel. Con un grito de desolación, lo arrugó en el puño, lo tiró al suelo y se marchó apresurado en la dirección que habían tomado las mujeres para venir.

Me asoló el pánico. Si lograba alcanzarlos, solo los dioses sabían lo que les haría. Agarré con fuerza a Taurópolo, los dedos torpes y temblorosos.

—Por favor —me dirigí a la mujer joven que había entregado la nota a Teseo—. Por favor, cuida de él. —Le cedí al bebé. El pequeño chilló cuando lo solté y sus lloriqueos se alzaron en sintonía con los de las mujeres cuando me agarré la falda y corrí; solo me detuve para recoger la carta que Teseo había tirado al suelo.

El cielo se estaba tornando gris, el sol poniente estaba oculto tras las nubes, pero conseguí atisbar la forma de Teseo, sorprendentemente lejos ya. Corrí por la tierra suave, persiguiéndolo, sin el peso de un niño en la cadera. Me ardían los pulmones, las piernas me pedían a gritos un respiro, pero estaba decidida a alcanzarlo.

Se había detenido junto a unos árboles. Reduje el paso y mis jadeos resonaron en el silencio que allí reinaba. No le veía la cara.

—¿Teseo? —lo llamé. Si Fedra e Hipólito se encontraban cerca, esperaba que me oyeran y supieran así de su presencia.

Se dio la vuelta. Lo había visto entusiasmado y con un propósito glorioso, lo había visto en la gloria de la victoria cuando salió del laberinto, había visto su rostro teñido de una ternura íntima que nunca habría imaginado falsa. Pero nunca antes lo había visto así. Roto. Tenía el rostro destrozado, arrasado.

—No mires —me advirtió.

No lo entendí. Pensé que no quería que viera su debilidad.

No me aparté.

Lo que vi no me abandonaría en las noches venideras por mucho que rezara y suplicara que desapareciera.

35

Fedra

Al principio, creo que Hipólito no me entiende. Las palabras son bastante claras, pero supongo que no lo esperaba, así que le suelto el brazo y retrocedo para dejarle un momento para que absorba nuestra libertad y la felicidad que tenemos tan cerca de nuestro alcance.

Su rostro, sin embargo... lo miro y está arrugado, no de felicidad, por otra cosa. Empiezo a sentir miedo.

—Sé que te preocupará tu padre —comienzo en un intento de calmar sus preocupaciones—. Es natural...

—No me preocupa mi padre —dice al fin—. Me preocupas tú, reina Fedra. Me preocupa que hayas perdido por completo la razón.

Me quedo helada. No esperaba que fuera así. Pensaba que se mostraría sorprendido, tal vez indeciso ante semejante traición, pero ni siquiera eso esperaba que durase mucho. Al fin y al cabo, yo solo había tardado un instante en Creta, tantos años atrás, en elegir a Teseo desafiando todo lo que mi padre consideraba sagrado. Ni siquiera fue una decisión en realidad. ¿Por qué parece Hipólito tan triste, tan enfadado, tan... disgustado?

Me hormiguea la piel. No puede ser. Estoy en un sueño y me obligo a mover los labios secos, a hablar de nuevo.

—¿Qué tiene que ver el amor con la razón?

Sacude con vehemencia la cabeza y se aparta de mí.

—Te consideraba como una madre aquí en Atenas —musita.

La vergüenza, ardiente y escarlata, se apodera de mí. He venido aquí transportada por las alas del amor, confiando que estas nos llevaran lejos a los dos. En mi mente aparece la imagen de Ícaro, tanto tiempo atrás. Me siento vieja y ridícula aquí. Soy una ilusa y de pronto no puedo soportar su presencia más de lo que él soporta la mía.

Recula por repulsión, me aborrece por completo.

Ahora lo veo claramente. El amor que le profesaba con tanta intensidad era justo lo que dice: locura.

Pasa por mi lado y no lo miro cuando se va. Estoy anclada a este lugar. Si me muevo, será real. Si doy un solo paso, es un paso a un futuro del todo fuera de control y no albergo esperanzas de volver a controlarlo.

Durante meses he soñado cada día con escapar junto a Hipólito. ¿Por qué yo, Fedra de Cnosos y Atenas, he dejado mis esperanzas en manos de un hombre? Tendría que haber comprendido que lo que quería de verdad era, sencillamente, huir.

Ya no puedo volver a mi otra vida. Los pensamientos plagan mi mente: la esposa de Teseo, una reina solitaria, madre de unos niños a los que apenas conozco. Esta no es la vida que tenía que vivir, lo sé con la ferocidad que he confundido con amor.

Pero ¿qué hago ahora? Hipólito es joven y la gente joven es impulsiva e imprudente. Recuerdo el pánico en sus ojos, apuesto a que nada en su vida sencilla lo ha preparado para un momento como este. Ahora veo que no sospechaba de mis sentimientos. Ni por un segundo. Su honestidad no le dejaba imaginar que otra persona pudiera ocultarle su amor.

Su honestidad. Esa honestidad sencilla, virtuosa. Me llevo la mano a la boca estúpida que ha provocado este desastre.

Hipólito no va a callarse. En cuanto vea a su padre se lo contará, lo tengo tan claro como que la noche sigue al día.

Solo los dioses saben lo que ha hecho Teseo mientras viajaba por el mundo durante los años que llevamos casados. Pero si él se entera de que he mostrado tan solo un indicio de atracción por otro hombre, y no cualquier hombre, su propio hijo… De pronto comprendo el horror que supone. Se me nubla la visión, me bamboleo y me apoyo en el muro áspero del establo para mantener el equilibrio.

Debo detenerlo. Tengo que detener a Hipólito, suplicarle que me proteja. Él no entiende la falta de honestidad, lo sé, pero sí entiende la compasión. Es profundamente amable. Si me arrodillo a sus pies, invento que la locura me ha poseído… O que lo he engañado, que era para probar su lealtad. Si se entera de lo que me hará su padre… Aunque no podrá concebirlo, no es capaz de imaginárselo. Si se lo digo, seguro que no me condena a la furia de Teseo. Y si no muestra piedad, ¿qué será de mis hijos? Recuerdo demasiado bien la vergüenza que recayó sobre nosotros por culpa de una madre adúltera. ¿Sufrirán ahora mis propios hijos?

Me tiemblan las piernas, pero tengo que correr. Tengo que alcanzarlo. Me acerco a la puerta, pero ya se ha ido. Podría estar en cualquier lugar de las colinas. Si ha montado a uno de sus caballos, podría encontrarse ya a kilómetros de distancia.

Miré a mi alrededor, sobrepasada por la confusión y el terror. Tal vez si vuelvo corriendo al palacio, con Ariadna, podamos huir juntas. He puesto a mi hermana en peligro también. Si Teseo regresa y ve a Hipólito antes que yo… No tuvo reparos en dejar morir a Ariadna una vez. La he arrastrado a la tormenta de su furia, aquí, lejos de su protector inmortal; está sola y vulnerable por mi culpa.

Tomo un pedazo de pergamino de un estante del muro del establo. Un inventario de los caballos que no me molesto en leer. Puedo dejar una carta suplicante a Hipólito por si vuelve al establo.

Solo consigo escribir su nombre en el pergamino antes de arrugarlo y meterlo debajo de mi cinturón. Si descubren la carta, esta será una condena mayor que las propias palabras de Hipólito. Es mejor que la queme.

Salgo fuera. Muevo la cabeza a un lado y a otro, en dirección al palacio, las colinas y al bosque que tengo más cerca. ¿Dónde voy? ¿Qué hago? Me gustaría arañarme, salir de mi propia piel para poder escapar de la humillación y el dolor que me enloquecen.

Pienso por un momento que podemos huir juntas, Ariadna y yo, que puedo ir a buscarla ahora. Remaré la barca yo misma si es necesario, cualquier cosa con tal de alejarme de este lugar.

Pero es demasiado tarde. Para mí ya es demasiado tarde. Oigo el sonido que ha infundido miedo en mi corazón cada vez que ha resonado en Atenas desde que Teseo se marchó por primera vez.

Primero la nota alargada de un cuerno al que después se le une otro, y otro más, hasta que un coro triunfante resuena entre los muros de roca que nos encierran. Anuncian la llegada a salvo del rey.

Teseo ha regresado. He perdido la oportunidad de escapar.

Me caen lágrimas por la cara y de la garganta emerge un quejido que no reconozco. No hay rastro de Hipólito. Hasta donde sé, está ahora en palacio, dispuesto a contarlo todo.

En una dirección están los valles desiertos y, más allá, las montañas. Si corro hacia allí, las bestias salvajes acabarán conmigo. O Teseo e Hipólito montarán a caballo y vendrán a buscarme. No me dejaré perseguir como una criatura indefensa, encogida junto a una roca, escuchando el repiqueteo de las pezuñas. En la otra dirección, el palacio se alza sobre la montaña y no puedo pensar siquiera qué me aguarda allí. Mis anhelos, los sueños incontrolados exhibidos ante el mundo, expuestos al escrutinio y juicio de todos. Se regocijarán con mi infortunio. Una mujer en desgracia es el mejor de los entretenimientos que conocen; ya lo he vivido antes, en Creta. No dejaré que me pase a mí.

No tengo ningún lugar al que ir. Por un momento pienso en esconderme bajo la paja en el establo, como una niña que se cree a salvo si cierra los ojos con fuerza. Pero de pequeña sabía que eso no era defensa contra un monstruo.

En el establo veo algo que me llama la atención. Inspiro profundamente e intento pensar con claridad. Lo que he visto podría ser mi única esperanza de escapar de esta pesadilla.

Miró la espesa arboleda que hay en la dirección contraria. El terror agonizante que me consumía unos segundos antes empieza a disiparse poco a poco y lo reemplaza algo más firme. Más seguro.

Una salida. Es todo cuanto puedo soñar ahora.

36

Ariadna

Primero oí el crujido de la cuerda. Los árboles estaban oscuros y el viento suave mecía las ramas, haciendo ondear las hojas. Tras él se mecía una figura, diferente al resto. Teseo extendió el brazo para detenerme, pero yo proseguí como si se tratara de un sueño.

Tenía la cara hinchada. Ennegrecida. Me di la vuelta en cuanto comprendí qué estaba mirando, pero ya tenía grabada a fuego la imagen de mi hermana, rígida e inmóvil en la cuerda que colgaba de una rama.

—Hipólito —rugió Teseo—. En la nota nombra a Hipólito.

—Bájala —siseé. Veía todo su peso colgando, meciéndose. No podía soportarlo.

—Mi hijo. Él ha hecho esto.

Vi unas figuras que se acercaban a nosotros. Hombres jóvenes, tal vez mozos de cuadra. Hipólito no.

—Bájala —repetí. Atisbé el horror en sus caras cuando comprendieron lo que veían y la sorpresa los paralizó por un momento. Entonces uno de ellos sacó un cuchillo de la cadera y se acercó a los árboles; el resto lo siguieron.

No los miré.

Teseo caminaba de un lado a otro con las manos en el pelo.

—¿Qué quieres decir? —pregunté, luchando contra el horror que me engullía—. ¿Le ha hecho esto Hipólito? ¿Cómo es posible?

Teseo rechinó los dientes.

—La carta. Lo menciona. Hipólito, dice. Mi pobre e inocente Fedra. No pudo escribir lo que él le hizo, pero yo lo sé.

Detrás de mí, dejó de oírse el crujido de la cuerda. Miré de nuevo. Con una ternura que agradecí en mitad de esta pesadilla, los mozos de cuadra acunaron su cuerpo y lo dejaron en el suelo. La brisa mecía de forma grotesca la cuerda.

—¿Qué es lo que sabes? —musité.

—Sé lo que hacen los hombres. —La voz era grave.

Desdoblé la carta, la sostuve con firmeza y centré los ojos en los remolinos que formaba su letra aniñada.

—Dice… solo dice su nombre. No dice que le haya hecho nada.

Él sacudió la cabeza. Vi la rabia en sus ojos, que ardían por la desesperación.

—No pudo escribirlo, no pudo describir lo que hizo, pero tuvo que hacerlo él. ¿Por qué si no…? ¿Por qué iba ella a tomar una cuerda del establo y hacer esto?

Bajé la cabeza. No quería traicionarla, pero no podía dejar que pensara que su hijo era un monstruo.

—Lo amaba —susurré—. Y creo que él no la amaba a ella. Seguramente se lo haya dicho. Eso es todo. —Cerré los ojos para no ver su reacción.

—¡Ja!

Abrí los ojos, sorprendida.

—Ariadna, tú no conoces a los hombres. Él la ha profanado. Fedra no habría hecho esto a menos que él haya separado su mente de su cuerpo. Lo sé.

¿Tendría razón? ¿Le había declarado ella su amor y se lo había tomado él como si pudiese obrar como deseara? ¿Eran sus promesas de castidad una mera fachada, la clase de mentira que contaba su padre a una mujer para que lo creyera bondadoso cuando en realidad era un animal hambriento? ¿Había pensado Fedra mejor el plan y se había arrepentido?

Por lo que me había contado de Hipólito, no lo creía. No podía conciliar que ese joven tímido al que acababa de conocer en el patio pudiera ser como aseguraba Teseo. Temía que estaba juzgando a su hijo basándose en sí mismo.

—Teseo, tu hijo no es como tú. —No me importaba que las palabras fueran despiadadas—. Fedra no ha escrito nada que sugiera lo que dices. Te he dicho que lo amaba, planeaba confesárselo.

—Entonces, ¡él lo tomó como una invitación! —bramó.

—¿Por qué? ¿Cuándo ha raptado tu hijo a una mujer, se la ha llevado y la ha abandonado sin mirar atrás? Él ha aprendido de su madre, ¡no de su padre!

Teseo sacudió la cabeza.

—Estás tan loca como cuando te dejé en Naxos.

La furia que me asolaba alcanzó su punto álgido. Me alegraba, pues cualquier cosa era mejor que el agujero en el que me había hundido al ver el cuerpo colgado.

—Tú eres el loco —siseé—. Ciego a todo cuanto sucede a tu alrededor. Fedra ha vivido años sumida en la tristeza a tu lado. Me alegro de que huyeras de mi lado, habría preferido pudrirme en esa playa que casarme contigo. Ojalá la hubiera podido salvar también a ella.

Se acercó a mí. Por un momento pensé que me iba a pegar, pero en cambio me apartó y pasó junto al cuerpo de Fedra, alejándose de nosotras.

Los mozos de cuadra se quedaron mirándome. El que había cortado la cuerda abrió la boca para hablar, pero no pareció encontrar las palabras adecuadas.

—¿Puedes llevarla al palacio? —le pedí. La cara me ardía y la voz sonó delicada.

El joven asintió. Dio un paso adelante, como para consolarme, pero entonces se lo pensó mejor.

—Nos la llevaremos —prometió—. Pero Teseo…

—Hay que avisar a Hipólito —indiqué—. Decirle que su padre sospecha de él. Tiene que huir.

El horror teñía el rostro del joven.

—Hipólito está en la playa, montando a caballo.

—¿Por dónde se llega a la playa? —pregunté.

Lo supe antes de que respondiera.

—La dirección que ha tomado Teseo. —Entrelazó los dedos. No sería mucho mayor que Fedra cuando me marché de Creta.

—Llevaos su cuerpo —le pedí y volví a salir corriendo.

Empezó a llover con fuerza y el cielo se tiñó de un estridente tono amarillo. El suelo que pisaba parecía temblar y un estruendo horrible resonó en las montañas cuando llegué a la playa, una extensa y desolada expansión de arena bajo el cielo monstruoso. En la distancia, atisbé una figura a lomos de un caballo; la enorme criatura se movía asustada, galopando descontroladamente hacia Teseo, que estaba en medio de la playa con los brazos extendidos hacia el mar.

—Poderoso padre Poseidón —gritaba para hacerse oír por encima del rugido de las olas—. Venga a mi inocente esposa, castiga a mi cruel hijo por su crimen y depravación.

El mar burbujeante ascendió como si estuviera escuchando su plegaria. El caballo relinchó, nervioso, desesperado, y estampó las pezuñas contra la arena. Estaba ya más cerca y veía la espuma que le salía del morro y el pánico en los ojos de Hipólito, que tiraba de las riendas.

—¡Teseo, para! —grité con todas mis fuerzas. Notaba el sabor de la sangre en la garganta—. Estás equivocado, Teseo, ¡no hagas esto!

Demasiado tarde, ya estaba fuera de sí, perdido en su desesperada sed de venganza.

Una ola se alzó por detrás del joven y el caballo aterrado formando una increíble pared de agua. Se abalanzó sobre ellos y arrasó al caballo. Rodaron por la furiosa masa de agua, formando una maraña de miembros destrozados. El agua me llegó a los tobillos, helada. La fuerza de la ola había tirado a Teseo al suelo, pero cuando el agua retrocedió al mar, él estaba sentado en la arena, jadeando.

Hipólito estaba roto, atrapado en las cuerdas de piel de las riendas. El caballo yacía inmóvil a unos metros de él. Debajo de los dos se extendía una mancha oscura.

Las nubles se abrieron en dos y la tierra se detuvo; la furia de Poseidón había hablado.

Solo unas horas antes había abrazado a Fedra. Estaba tensa e inflexible en mis brazos, pero también rebosante de vida y determinación. ¿Qué había cambiado en ella? Su pasión y vitalidad drenada en la horca que se había amarrado al cuello.

¿Cuál era la verdad? ¿Había hecho Hipólito lo que Teseo decía y había demostrado no ser mejor que su padre itinerante, saqueador y mentiroso? ¿O simplemente la había rechazado, como le había asegurado yo que haría? Fuera lo que fuese lo que había pasado entre los dos, solo lo sabían ellos.

Dejé allí a Teseo, inmóvil, mirando a su hijo machacado. No hubo más palabras, no teníamos nada más que decirnos.

En el palacio, estaba todo en marcha. Las mujeres ya limpiaban el cuerpo de Fedra, untándola con aceites y preparándola para el entierro. Los ojos me ardían con lágrimas que no derramé y tenía la garganta tan seca que ni siquiera podía hablar, pero carraspeé con voz grave que también Hipólito estaba muerto. Incliné la cabeza para no verles la cara. Rodeé a mi bebé con los brazos y empecé a temblar por los sollozos que no pude contener. Quería volver a casa antes de que regresara Teseo, no me quedaría una noche más en Atenas.

No sé cómo pasé el viaje de vuelta, en silencio bajo las estrellas. Solo deseaba estar en casa, no haber partido nunca de allí. Cuando atracamos en Naxos, agaché la cabeza por si miraba a Dioniso a la cara y veía en él cualquier signo de reproche, o peor, el recuerdo de que él me había dicho que este viaje solo traería el desastre.

Noté su peso, la forma de su hombro contra mi cuerpo, el brazo en mi espalda. Pero no levanté la cabeza. Quería que el mundo volviera a ser como antes de que Fedra hubiera venido aquí, antes de que supiera nada.

Caminó a mi lado sin decir nada. Cuando Taurópolo se estiró y chilló, lo tomó en brazos y lo calmó. Me rodeaba con el brazo, pero no trató de forzarme a hablar hasta que, al final, volví la cabeza hacia él.

Me resultaba tan familiar, tan igual que siempre. No había en las profundidades de sus ojos nada del dios salvaje del bosque. Tan solo había calidez, amor, preocupación. Fue entonces cuando al fin cayeron las lágrimas y lloré, sollozos largos y llenos de dolor que me sacudieron los huesos y me dejaron sin aire en los pulmones.

CUARTA
PARTE

37

Mi esposo me dejó hablar sin interrupción, contarle lo que había sucedido. Él simplemente escuchó. Después fui a dormir, un descanso largo y profundo que fue misericordioso y no estuvo acompañado de sueños.

Al día siguiente, me llevó hasta la playa donde solíamos caminar antes, en otros tiempos más felices.

—Si hubiera sabido lo que iba a suceder no te habría dejado ir —me dijo.

Negué con la cabeza.

—Eso no cambia nada.

Me miró a los ojos.

—Estabas en el claro aquella noche.

¿Lo había sabido todo este tiempo? Asentí.

—¿Te asusté? —preguntó—. ¿Te doy miedo aún? ¿Por eso me evitas ahora?

Me abrazaba el cuerpo, como si así pudiera mantenerme intacta. No me había dado cuenta de que me estaba alejando de él, pero ahora advertí que así era.

No esperó una respuesta.

—Sé que puede parecer… —Buscó la palabra; un olímpico destronado por un momento—. Perturbador —terminó—. Para alguien de fuera, tal vez resulte bárbaro.

No sabía en qué me momento me había convertido en alguien de fuera. Pensaba que hacíamos un equipo perfecto, él y yo, con nuestros hijos en nuestros brazos protectores. ¿Cuándo se había escapado él? ¿Y cómo no me había dado cuenta?

—Los ritos de sangre —comentó, y no pronunció las palabras saboreándolas, como si se tratara de una vendimia deliciosa. Me miró y vio mi repulsión—. No hacemos una danza de la muerte —prosiguió. Su voz se volvió más seria y apretó los dedos en mi brazo—. La cabra… muere para poder vivir. Para que pueda resucitarla. Me gustaría poder explicártelo, Ariadna, ¡me gustaría que pudieras entenderlo! —Parecía de nuevo un niño, el dios jovial que había bajado del barco años atrás, con unos delfines saltando en el mar tras él. Estaba lleno de alegría e inocencia—. Entre todos los dioses, con todos sus trucos… trueno, sandalias voladoras, arcos de plata y todo lo demás, ¿cuál de ellos puede tomar a un muerto y devolverlo a la vida? ¿Quién puede renovar lo que está disolviéndose en humo y hacerlo respirar, cálido y vigoroso una vez más? Solo yo, Ariadna. Soy el único que está en la delicada línea entre la vida y la muerte. Solo yo puedo sumergirme en ese preciso instante en el que la vida se acaba y el cuerpo sigue caliente y restaurarlo a su ser, como si nunca antes se hubiera marchado.

La imagen de Fedra, meciéndose lentamente colgada de una rama, tituló entre nosotros dos por un instante.

—No puedo hacerlo cuando el cuerpo ya está frío —admitió—. Cuando el alma ha partido y va camino del reino de Hades, no puedo recuperarla de él. Solo es en el momento final, cuando todavía existe el último pulso de vida. Si pudiera recuperar a otra alma de ese reino frío y húmedo, te aseguro que traería a tu hermana de vuelta, Ariadna. No se puede hacer tal cosa; si no, lo haría.

Le creí. Y me alegré de poder confiar en él aún.

—De todos los olímpicos, solo yo poseo este poder —repitió—. Es una excelencia que no pueden alcanzar los demás. Y mis seguidoras, mis ménades... para ellas supone algo más allá de lo que pueden imaginar. Ahora acude un número mayor que nunca. A medida que se difunda la noticia de que Dioniso resucita a los muertos, vendrán miles.

Se quedó callado. Sabía que miraba más allá, los altares humeantes, los sacrificios, plegarias y canciones en cada ciudad que se extiende en el ancho mundo fuera de nuestra isla. Era un gran atractivo. No tuve la fuerza para recalcar que tan solo era un engaño. Se unían para adorar a Dioniso con la esperanza de que trajera de vuelta a sus muertos. Pero sus hermanas y hermanos queridos, sus preciados hijos e hijas, sus padres amados, continuarían bajo la inexorable mirada de Hades. Lo único que podía ofrecerles mi esposo era la resurrección de una cabra, recompuesta un momento después de que la hubiesen desmembrado con sus propias manos.

Antes tal vez se lo habría dicho. Pero algo me decía que no me iba a escuchar. Igual que Fedra, que se había mostrado impasible cuando le dije la verdad.

No sabía por dónde empezar.

—No me gustó —musité. Sin fuerza. En vano.

—Entonces, no nos vuelvas a seguir —respondió. No había crueldad en su tono.

Me ayudó a levantarme y volvimos caminando juntos a la casa, donde nuestros hijos estaban jugando. Íbamos uno al lado del otro y tal vez creyó que estábamos más unidos que nunca. Pero yo sabía que entre los dos se había abierto un abismo y no creía que él pudiera superarlo.

Y yo no estaba segura de querer intentarlo.

En Naxos la vida continuaba. La felicidad sencilla de nuestra existencia estaba destruida, pero descubrí que me resultaba sorprendentemente fácil seguir adelante. Dioniso y yo seguíamos riendo y hablando, aunque nunca acerca de lo que había visto, ni tampoco de los dioses. Los niños seguían creciendo. Las ménades cantaban cada día bajo la luz del sol y subían a las montañas bajo la capa de la oscuridad.

Dioniso iba y venía, como siempre había hecho, y yo ya no le pedía historias de lo que había visto y oído. No anhelaba conocer las noticias de más allá del mar. Tampoco me molesté en preguntarle de nuevo por qué nunca me llevaba con él.

Su humor había mejorado. Este nuevo poder le ofrecía adoradores, tal y como había previsto, y ya no volvía de los viajes malhumorado y mohíno. Regresaba como el Dioniso de antes: rápido y siempre riendo.

A veces, en las horas silenciosas de la noche, abría los ojos en la oscuridad y veía los rostros contorsionados con miradas vacías en el claro, oía el murmullo escalofriante de su canción. En el fondo, Fedra se volvía hacia un lado y luego hacia el otro en la cuerda, y el mar rugía en la distancia. Luego me despertaba y caminaba bajo la neblina que cubría la playa antes del amanecer hasta que el sol quemaba la imagen.

A la luz clara del día, razonaba. El ritual no hacía ningún daño, el animal vivía y todo estaba bien por la mañana. No veía rastro de crueldad en las ménades mientras se ocupaban del campo durante el día. ¿Contribuiría acaso a su gentileza? El ritual daba una forma aterradora a la ira y la pena que había atraído a tantas de ellas a este lugar; gritaban y danzaban en su frenesí empapado de sangre por la noche para poder vivir serenas a la luz del día.

Dioniso no le había devuelto su bebé a Eufrósine, los huesos de su hija seguían donde había muerto sola, sin nadie que oyera sus llantos. Cuando me lo imaginaba, podía entender cómo hallaban cierta satisfacción en esa éctasis visceral que compartían al rasgar piel y músculos del corazón de la criatura, abandonadas juntas a la locura, soltando su dolor y frustración. ¿Quién era yo, madre de cinco hijos, para juzgar el sufrimiento de otra mujer? Tal vez el culto de mi esposo era un antídoto para las pérdidas, que, de otro modo, tendrían que superar en silencio.

Dioniso, las ménades y yo hallamos cierta paz. Mirábamos hacia otro lado y navegábamos los espacios incómodos en silencio, sin hablar del tema. Pero yo respiraba mejor cuando no estaba, cuando podía recuperar las playas, los bosques y la calma del silencio bajo la magnífica luna plateada.

No obstante, el problema de los argivos seguía importunando a Dioniso. Todavía sentía un resentimiento ardiente hacia su medio hermano mortal y santurrón que continuaba con su postura en contra del culto del vino.

—No me sorprende —le dije una tarde, después de que se quejara de nuevo de la firme resistencia de la ciudad de Argos.

El aroma a jazmín, espeso y sensual, llegó desde el corazón de la isla, flotando sobre las perezosas olas. Dioniso no reparó en la belleza de nuestro alrededor. Solía disfrutar de ella cuando regresaba de los desiertos polvorientos o ciudades apestosas. Echaba la cabeza hacia atrás e inspiraba el aire fresco y puro de Naxos, y se declaraba lleno y satisfecho, ebrio de la mismísima brisa fragante. Ahora daba patadas en la arena, tratando de levantar una piedra. Una arruga tiznaba la perfección de su frente.

—¿Qué es lo que no te sorprende? ¿Su arrogancia y desobediencia? —gruñó.

—Ninguna. Ambas. —Vi que golpeaba la piedra con el dedo del pie. Un hombre mortal se habría encogido, se habría agarrado el pie y saltado en una pantomima de dolor. Le habría salido en la piel un moretón de un tono verde amarillento. Dioniso volvió a apuntar y golpeó. Apareció una pequeña grieta en la superficie rugosa de la piedra—. Un hombre que blande semejante escudo no conoce el significado del respeto.

Cada vez que Dioniso hablaba de Perseo, yo pensaba en Medusa. Veía la enorme espada del héroe cortando el aire, brillando a la luz del sol, mientras miraba el reflejo de Medusa en el escudo y apuntaba a la garganta vulnerable. Medusa, cuyo único crimen había sido su patético orgullo por su pelo. Pensé en su rostro transformado, contorsionado, monstruoso, congelado en un grito infinito y silencioso en ese mismo escudo. Se decía que los muros que rodeaban Argos estaban llenos de estatuas de piedra; todas atrapadas en una mueca de terror cuando Perseo les mostraba el poderoso disco a cada criminal, pecador o enemigo que lo ofendía.

—La historia de la gorgona te desagrada —señaló Dioniso—. ¿Por qué te disgusta tanto?

Cuando hablamos por primera vez de Pasífae y Sémele, pudo leer mis sentimientos en mi rostro con facilidad. Supo cómo me sentía, pues él sentía lo mismo. ¿Por qué no lo sabía ahora?

—Medusa se convirtió en un monstruo para pagar por el crimen de Poseidón —le recordé—. Ahora un hombre alardea de su cabeza, escabrosa y grotesca, para castigar a sus enemigos. Todo el mundo rehúye de ella. Pero los altares de Poseidón siguen recibiendo ofrendas.

—Perseo usaba a Medusa igual que tu padre al Minotauro —comentó con tono tranquilo.

Volví la cabeza, sorprendida. Se acordaba. Me tomó de la mano y noté su palma cálida y seca. El espacio entre los dos se achicó un poco.

—Minos halló su castigo en una corte lejana, unos extranjeros impartieron justicia. No debería de haber sido así. Debería de haberlo castigado yo, a él y a Teseo, por lo que hicieron.

Nunca había albergado deseos de venganza, ser libre de ellos era suficiente para mí. ¿Pensaría y sentiría aún la cabeza escindida de Medusa, fijada para siempre en el escudo de su verdugo para traerle gloria y victoria allá donde iba? ¿Qué venganza saciaría su sed? ¿Qué podría aplacar la furia abrasadora que la consumiría de enterarse de cómo la exhibía como un trofeo y hacía que los hombres temblaran a sus pies en lugar de a los de ella?

—¿Qué inconveniencia has tenido tú con el rey de Creta o el príncipe de Atenas? —pregunté—. No te han hecho nada malo. Teseo me trajo aquí y me encontraste tú, así que posiblemente tendrías que estar agradecido con él. —Me reí, aunque no parecía yo—. Pero Perseo... Perseo es tu hermano menor. Tienes razón, tendría que rendirte culto. ¿Y qué manos iban a ser más adecuadas para castigarlo que las tuyas?

Era mentira. No me importaba que Perseo prohibiera el culto a Dioniso. A lo mejor las cabras de Argos vivían así en paz. Pero me gustaba la idea de que Dioniso enseñara algo de humildad a Perseo. Si podía quitarle ese repugnante escudo, posiblemente concediera a la gorgona cierta paz al fin.

Entrelazó los dedos con los míos. Cuando sonreí, sentí que las cosas volvían a su lugar.

—¿Y si emprendo una aventura argiva? —sugirió. Los ojos le brillaban de alegría—. Decías que deseabas acompañarme en mis viajes, ahora es el momento. Podemos mostrarle qué es lo que niega a su pueblo al prohibir mis ritos.

No pregunté qué quería decir, pero expresé mi aprobación de todos modos. ¿Cómo puedo renegar de mi responsabilidad en lo que hizo?

Esa noche cayó una tormenta en Naxos. El cielo se llenó de nubes y Eolo liberó sus vientos huracanados en la isla, apaleando los cipreses y vides, doblando incluso al más imponente de los robles en la montaña y haciendo que descendieran por la ladera convertidos en astillas enormes. Los relámpagos fulguraban con una brillante luz blanca y los truenos rugían como bestias hambrientas.

Abracé a los niños y les conté historias sobre los suaves cojines que habíamos apilado a nuestro alrededor. Les hablé de las amables ninfas de Nisa que habían criado a su padre. Les conté relatos de las hordas de amazonas que corrían libres, que podían disparar flechas con mortal precisión a lomos de un caballo y cuya habilidad con la lanza era inigualable. Al rato, a pesar de la lluvia que repiqueteaba contra los muros de piedra, se quedaron dormidos. Cuando aparté los brazos de los cuerpos pequeños, me acerqué a la ventana desde la que había visto tantas veces la procesión hacia las montañas. Esta noche las ménades no paseaban por Naxos. El claro estaría vacío, solo habría árboles y tormenta.

Pensé en qué planearía Dioniso hacer en Argos, pero confieso que eran pensamientos vagos y confusos. Seguramente se tratase de alguna exhibición de fuerza para demostrar su superioridad ante su hermano testarudo. No podía imaginar qué sería exactamente. Este tipo de cosas era más típico de los demás olímpicos, los dioses a los que Dioniso había despreciado siempre. No sabía cómo había podido convertirse en uno de ellos.

La tormenta cesó por la mañana. Cuando nos despertamos, desayunamos higos y miel a la luz suave del sol y luego caminamos por la playa, aspirando el aire fresco. Hacía un buen día para navegar.

Los niños estaban inquietos porque me marchaba de nuevo, y esta vez con su padre. Estaban acostumbrados a que estuviera siempre con ellos. Dejé también a Taurópolo, ya era bastante mayor para soportar mi ausencia al cuidado de las ménades.

Me dolía partir. No sabía qué esperar de ese viaje, pero no quería exponer a mis hijos a la imagen horripilante de cabritillos despedazados.

—No os preocupéis, cuidarán bien de vosotros —les aseguré.

Dioniso los tomó en brazos y los besó. Los nombró los valientes guardianes de Naxos en nuestra ausencia.

Nos vieron partir con las pocas ménades que se quedaron allí. Las otras nos acompañaron. Las hiedras adornaban el mástil y las olas de crestas blancas resplandecían. Dioniso me tomó la mano. Por primera vez tras la muerte de Fedra, sentí un atisbo de esperanza.

38

Cuando vi la península del Peloponeso me emocioné. El desastroso viaje a Atenas había amainado mis ganas de viajar, pero me alegraba ir a un lugar nuevo, uno que no albergaba nada de mi historia. Un lugar que no estaba contaminado por mi familia y la desgracia que arrastrábamos.

No navegamos directamente a la ciudad. No nos iba a recibir ningún rey allí y yo no esperaba que lo hiciera. Atracamos en una bahía tranquila dominada por las montañas.

—¿Vamos a ir andando desde aquí? —pregunté a Dioniso, sorprendida, y él sonrió.

—Iremos con humildad. No quiero deslumbrar a mi hermano con una exhibición de mi divinidad. Todavía. Para tratarse de un rey, es un hombre de gustos sencillos.

Era agradable estar al aire libre, sentir el aroma fresco de los árboles y la sal.

—¿Es siempre así, cuando viajas? ¿Sin carros, sin vuelos?

Se encogió de hombros.

—A veces. Pero la mejor forma de ver el mundo es a pie. Los dioses se pierden muchas cosas al volar por el cielo o galopar sobre animales. A mí me gusta conocer el país, apreciar las diferencias. Si pudiera caer, con los ojos vendados, en una docena de lugares de la tierra, podría decir cuál es mi ubicación solo sintiendo la brisa en la piel.

Muy fácil cuando eras un dios, pensé. Amaba Naxos, pero no sabía por qué no había hecho esto antes.

Llevábamos caminando una hora más o menos cuando la vi en la distancia. Una estatua colosal delineada contra el cielo. Vi oro y marfil resplandecientes a la luz del sol. Cuando nos acercamos, discerní más detalles. El rostro altivo, los rizos rígidos bajo la corona brillante. Unos ojos muy abiertos que nos miraban, duros y fríos. Las ondas del velo nupcial cayendo por la espalda. Una mano sostenía una granada inmensa, posiblemente del tamaño de mi cabeza. Nunca había visto una estatua tan grande, tan detallada, tan gloriosa. Estaba ante su templo. Hera, la reina de los olímpicos. Perseguidora de mi esposo. Miré a Dioniso, que tenía el rostro desprovisto de toda emoción.

—Una obra maestra, ¿no crees? —comentó.

No podía imaginar el dinero que habría costado, los meses o años de trabajo necesarios para crear algo así. Solo un rey podía pagarlo y solo el inmortal que apoya una gran ciudad era honrado de este modo. La alegría que sentía un momento antes caminando por este lugar nuevo para mí empezaba a mermar.

Pero no tenía tiempo para pensar en la estatua, pues cuando rodeamos la siguiente bahía, los muros de la ciudad aparecieron ante nosotros. Vi a los guardas patrullando sobre ellos y me desanimé un poco, pues no sabía qué enfrentamiento nos aguardaba.

Dioniso se detuvo a los pies de los muros. Ahuecó las manos en torno a la boca y gritó:

—¡Perseo!

Sabía que los muros no suponían nada para él, que estaba jugando para no mostrar su mano a su hermano mortal. A lo mejor quería burlarse de él: «Mira, acudo a tus muros como uno de los tuyos, pero sabes que no lo soy. Cuidado con cómo me tratas, pues verás lo poderoso que soy de verdad».

Hubo un breve silencio antes de que las enormes puertas de bronce se abrieran. Reconocí a Perseo por la corona y el enorme escudo circular que tenía en la cadera. Estaba cubierto con una tela morada. Igual que Dioniso, parecía que mantenía su poder bajo control. A su alrededor se desplegaban los guardas, golpeando el suelo al unísono con las lanzas, firmes.

—Dioniso —dijo y me pareció detectar agotamiento en su voz—. De nuevo vienes a mi ciudad, ¿por qué?

—¿Cómo recibes a tu hermano? —Mi marido sonrió—. Eres hijo de Zeus, seguro que sabes que es mejor no despreciar la sagrada costumbre del *xenia*.

—Ya has abusado antes de mi hospitalidad. —Perseo habló con firmeza—. La última vez te dije que las puertas de mi ciudad estarían cerradas para ti, y aquí estás de nuevo. —Nos recorrió con la mirada y se detuvo al verme a mí—. ¿Traes a tu esposa? —preguntó, sorprendido.

Dioniso me apretó el brazo con suavidad; era una señal para que hablara. ¿Qué estábamos haciendo aquí de verdad?

—Soy Ariadna, esposa de Dioniso —me presenté.

Perseo asintió cortésmente.

—Me disculpo contigo por mi grosería. No pretendía ofenderte, querida.

—¿Y entonces por qué cierras tus puertas a mi esposo, tu hermano? —pregunté.

Pensaba que despreciaría a Perseo. Otro héroe salido del mismo molde que el resto: hijo de un dios poderoso, vencedor de monstruos e insensible a las consecuencias de sus actos. ¿Le importaba acaso lo que le había pasado a Medusa? ¿O sencillamente disfrutaba de la superioridad que le confería la cabeza de la gorgona? No me lo esperaba, parecía muy tranquilo y no el loco jactancioso que esperaba.

—Tu esposo nos recuerda que soy hijo de Zeus —comenzó—. Al igual que él, nací de una unión vergonzosa, un insulto terrible a la fiel Hera. Conozco el sufrimiento que le provoca vernos, somos la prueba viviente de las tentaciones que persuadieron a su magnífico esposo a alejarse de su lado. —Miró a Dioniso con frialdad—. Pero, al contrario que tú, hermano mío, yo no alardeo de ello en su cara para intensificar su desgracia. Yo reparé el daño infligido a la diosa. Construí una imponente estatua de ella y un templo donde hacemos sacrificios en su honor. Me trata con amabilidad. Me perdona por mi nacimiento y bendice nuestra ciudad con su apoyo.

Entonces lo entendí. Perseo, hijo de Zeus, pero sin sangre divina propia que lo protegiera de la ira de Hera. Ni siquiera Dioniso pudo soportar su tormento en el pasado. ¿Cómo iba a Perseo a actuar en contra de ella? Entendía su miedo. La diosa podría haber reducido a polvo la ciudad con la punta de los dedos, y más. El héroe tan solo tenía que fijarse en los demás desafortunados nacidos de las faltas de Zeus. Sangre, dolor, pérdida y muerte a su alrededor. Si miraba al cielo oscuro de la noche vería a algunos de ellos allí congelados para siempre.

Perseo tenía que elegir entre ofender a Hera y ofender a Dioniso. Un dilema terrible para un hombre mortal. Palpé la tensión en su mirada mientras trataba de rechazarnos. Seguro que a Dioniso le enfurecía comprobar que la influencia de Hera era mucho más poderosa que la suya. Ahora entendía por qué había sido Perseo una molestia para él, una irritación que no podía quitarse de encima. Una batalla que no soportaba perder.

Dioniso resopló.

—Esa bruja vieja y celosa —se burló—. Pensaba que tenías más coraje, asesino de gorgonas.

Perseo reculó.

—Blasfemas ante los muros de mi ciudad. No lo permitiré.

—¿Qué hay de tu blasfemia hacia mí? —replicó Dioniso con tono jocoso—. Tu propio hermano, un dios con el poder de la vida sobre la muerte.

Perseo frunció el ceño. Veía la ira que bullía en su interior, pero también parecía muy cansado.

—No tienes ese poder. Tus seguidores son unos borrachos, un grupo de desgraciados expulsados de la sociedad. La gente respetable no quiere tu vino, tu hedonismo, tus vicios. Tu culto es una mancha en la humanidad. El pueblo de Argos nunca te adorará.

Los ojos de Dioniso quedaron desprovistos de humor. Encima de nosotros, el cielo se volvió blanco por un instante.

—Hablas con franqueza —indicó en voz baja—. Te responderé del mismo modo. Lamentarás esas palabras, Perseo de Argos. Rechazas a un dios del Olimpo y le das la espalda a tu propio hermano. Desprecias el vino y la verdad que trae con él. Tus insultos son baladís e insignificantes, como tú, pero la intención es profunda. Te prometo que llegará el momento en el que desees no haber hablado.

Los guardas giraron y rodearon a Perseo. Ya marchaban hacia las enormes puertas relucientes. Cuando llegaron a ellas, Perseo se volvió, incapaz de controlar la frustración.

—¡Vete, Dioniso! —gritó, y las palabras resonaron más allá de los muros altos, en las montañas, en la llanura. Las puertas se cerraron y el golpe fuerte del metal me sobresaltó.

Me ardía la cara. ¿Por qué había venido a presenciar esto? Me había creído las historias de Dioniso acerca de la arrogancia de Perseo. Pensaba que era como Teseo. No estaba preparada para su dignidad y su tormento. No perdonaba la soberbia de su escudo, pero no pude evitar empatizar con el apuro en el que el ego de Dioniso lo había metido.

El camino de vuelta al barco se me hizo más largo y el silencio escocía. Hasta que no llegamos a nuestro dormitorio en el navío, lejos de los oídos de las ménades, no hablé con él. Sabía que nunca quedaría mal ante sus seguidoras, pero esperaba poder convencerlo en privado.

—Vámonos —imploré en cuanto estuvimos tras una puerta cerrada.

Frunció el ceño, vertió vino en una copa y bebió.

—¿Por qué iba a marcharme? Hemos venido aquí para enseñar a mi hermano loco y pretencioso una lección. ¿Crees que ya la ha aprendido?

—Creo que ya ha aprendido suficiente de los dioses —respondí—. ¿De veras quieres dirigir hacia él la ira de Hera? Si arrasa Argos, tú no tendrás más adoradores. Déjalos en paz. Vamos a otro lugar.

—No iré a ningún otro lugar. —Se terminó el vino y volvió a servirse—. Quiero Argos. Tendré su sumisión. ¡Me la deben!

Me pasé la mano por el pelo, lleno de polvo de la llanura junto a los muros de la ciudad.

—¿Y qué hay de lo que nos debes tú?

Levantó la mirada.

—¿Qué quieres decir?

—Tienes cinco hijos y una esposa en Naxos. Nos hacemos todos mayores, día a día. Lo sabes y, aun así, continúas marchándote. ¿Por qué buscas el amor del mundo cuando nos tienes a nosotros tan solo por un período breve de tiempo? ¿Por qué quieres forzar a una ciudad a que se someta a ti mientras la infancia de tus hijos queda atrás, reducida a meros recuerdos que apartarás de tu mente?

Se quedó un largo rato en silencio. Sirvió más vino y se lo bebió en silencio, con ansias, algo que no había visto antes.

—Tú no comprendes lo que significa ser un dios.

—Significa que tendrás toda una eternidad una vez que nosotros nos hayamos ido. A lo mejor deberías valorar eso —contesté con tono suave.

Volvió la cabeza hacia mí.

—¡No pienso en otra cosa! —Se puso en pie. Parecía demasiado alto para el reducido espacio, de pronto una criatura enjaulada, inquieta y acechante en su confinamiento—. Ser un dios y amar a unos mortales no significa otra cosa que verlos morir. Lo sé muy bien. Cada vez que veo a mis hijos aprender algo nuevo, adquirir una palabra nueva, alejarse un paso más de nosotros, veo su sombra vagando por el reino de Hades en unos años, fuera de mi alcance. Tú también, un día no serás más que humo y cenizas. —La pasión desapareció de su voz, pero las palabras fueron igual de crueles—. ¿Puedes culparme por pensar que es mejor obtener el amor de mil mortales? ¿Tener la adoración de una ciudad en lugar de una consorte mortal y frágil?

Volví la cara. No quería que viera las lágrimas en mis ojos.

—Ya sabías eso —le recordé—. Un día me dijiste que el amor de un humano durante una vida compensaba la pérdida.

—Era estúpido —respondió.

Por fin su honestidad. Oí la lluvia y el sonido del chapoteo del vino en la copa. Ya sabía que lo había perdido, tal vez antes de aquella noche en el bosque. Pero no sabía que la pérdida lo había destrozado a él tanto como a mí, o más.

Me había enamorado de su vulnerabilidad tantos años atrás. Pensaba que eso lo hacía diferente a los otros hombres y dioses. Pero su tristeza me resultaba incómoda ahora. Porque si había algo que sabía bien era que un dios apenado era un dios peligroso.

39

Volvió a preparar las velas en el barco y me alegré. Pensé, por un instante, que volvíamos a casa. Estaba equivocada. Navegamos a la bahía principal de Argos, justo delante de la ciudad en la que Perseo lo había despreciado. Y entonces se fue, caminando por el agua, gritando ante los muros. Llamó a las mujeres argivas y su voz retumbaba en la playa. Desde la cubierta del barco, las vi reunirse como pájaros encima de los muros de la ciudad.

—¡Mujeres de Argos! —gritó. Su voz era intensa, suave mientras les abría los brazos—. ¡Vuestro dios os llama! Escuchad mis palabras, pues os necesito a todas. —Una sonrisa apareció en su rostro, cálida y ancha, y le brillaban los ojos con esa gloria aniñada que recordaba de cuando llegó a Naxos, feliz por la derrota a los esclavistas, rebosando alegría, irresistible.

Ellas lo observaban precavidas, vigilantes. Ninguna se movió.

Dioniso continuó, aunque me pareció detectar dudas bajo su exuberante comportamiento.

—Tenéis la oportunidad ahora de agradar a un dios del Olimpo. No pido nada de vosotras, solo que acudáis a mí ahora y me escuchéis. Lo que os ha contado vuestro rey de mí es falso. No existe pecado ni deshonra en seguir a un dios poderoso.

Venid conmigo y conoced los misterios de Dioniso. Si no queréis quedaros, no os obligaré. Solo deseo compartir la gloria con todas vosotras, jóvenes y ancianas, ¡ninguna quedará fuera de las maravillas de mis ritos! Compartiré secretos con vosotras, la clave de la vida y la muerte, venid ahora y estaréis bajo mi protección.

Seguro que no eran sordas a la amenaza implícita tras las palabras confusas.

Me sentí fría y desesperanzada al verlo allí, pidiendo a cientos de mujeres que lo acompañaran. A la desolación que sentía, se le unió un ápice de humillación. ¿Qué iba a hacer ahora que mi esposo estaba hambriento de la compañía de todas las mujeres del mundo? ¿Ahora que el amor que habíamos construido juntos parecía provocarle únicamente dolor?

Las mujeres argivas no se movieron y el miedo me sobrecogió. Por mucho que deseara que se quedasen donde estaban con la esperanza de que Dioniso cediera, volviese y las dejara en paz, había una certeza en mi interior. No pensaba abandonar.

—¡Seguidme! —les gritó—. Dejad a vuestros padres y esposos, ¡vuestros opresores tiránicos! Venid a mi bosque con mis ménades, comprended cómo podéis vivir si sois completamente libres.

Temí que la locura comenzara a poseerlo. Ellas sacudían la cabeza y se daban la vuelta. Y comprendí lo que planeaba mi esposo: alejar a las mujeres de la ciudad y reclutarlas. Creía que Perseo se vería obligado a aceptar su veneración para que las mujeres volviesen.

Pero no estaba funcionando. Se notaba que no querían ir. Volvían en grupos a la seguridad de sus hogares. Él bramaba ahora al aire.

Dioniso volvió la espalda a la ciudad. Le vi la cara, curiosamente desprovista de emociones. Alzó el bastón con la punta de hiedra al cielo y luego lo estampó contra el suelo. Me encogí. Retrajo los labios para mostrar los dientes y esta vez habló en el lenguaje ancestral e indescifrable.

Primero llegaron las serpientes, arrastrándose desde el bosque. Se oía un coro de siseos, parecían olas o lluvia. El cielo se oscureció encima de nosotros y solo nos iluminaba un brillo rojo.

Luego salieron las mujeres como un torrente de agua por las puertas de bronce. Las vi caer al suelo, agarrarse la cabeza como si fuera a estallarles el cráneo. Aullaban de dolor, tormento, y de sus bocas salían galimatías. Estaban como locas, parecían animales.

Me acordé de los marineros saltando en la cubierta con la forma de delfines. Horrorizada, me pregunté si pensaba transformar a las mujeres. Pero, al parecer, solo había afectado a la mente, no al cuerpo. Mostraban los dientes y gemían juntas. Se levantaron del suelo y, en una enorme marea, las vi moverse al unísono de vuelta a la ciudad. El ruido monstruoso de la procesión lastimera me recordó a las mujeres que chillaban de dolor por Fedra en Atenas. Sentí náuseas y me dieron arcadas mientras lloraba lágrimas de pánico.

¿Tenía intención de volverlas locas a todas? ¿Esta era la lección que pretendía enseñarles? Lo miré, rodeado por las serpientes que había invocado, los aullidos sobrenaturales de las mujeres reverberando en el cielo. No pude mirar más. Con la mano en la boca, huí debajo de la cubierta, donde las ménades aguardaban, mudas por el miedo. Por su rostro supe que esta furia de Dioniso era desconocida para ellas; se había producido un cambio en él y la frágil esperanza de que ellas supieran cómo evitarlo desapareció.

—¿Qué podemos hacer? —pregunté, desesperada.

Entre el sonido de los gritos de las mujeres, oí algo nuevo. Un coro de balidos agudos.

Había visto una cabra despedazada en un ritual. Cuando cerraba los ojos, aún podía ver sus manos alrededor de las patas frágiles del animal. Oír los chillidos desesperados. Ver los rostros vacíos y perdidos de las mujeres que lo rodeaban. Maldije mi cobardía, pero no me atrevía a abandonar el barco, a ver esa salvajada de nuevo, una y otra vez.

Me quedé con las ménades y aguardamos tomadas de la mano.

Esperamos a que terminara.

40

No sé cuánto tiempo pasó hasta que el ruido cesó. Los gritos enloquecidos que resonaban en mi cabeza como en una pesadilla dieron paso a una canción etérea que me erizó la piel. Después se transformó en aullidos histéricos. Al final, llantos. Suaves al principio, luego más fuertes.

Y entonces silencio.

Miré a las mujeres asustadas que había a mi alrededor. Ellas habían acudido a Dioniso, a Naxos, en busca de refugio. Para vivir en paz, lejos de aquellos que deseaban verlas tristes y atormentadas. No habían acudido a nosotros para esto. En el pecho sentí una enorme furia hacia mi esposo. Llorábamos de miedo por su culpa en la oscuridad de un barco mientras él llevaba a cabo sus juegos macabros con las mujeres argivas. Ellas no le habían hecho nada, tan solo rechazarlo.

No permitiría que volviese a suceder. Me puse en pie, subí a la cubierta del barco y recibí el aire de fuera. Me volví hacia la ciudad.

La brisa era ligera y fresca, las nubes prometían una lluvia purificadora que limpiaría el mundo de nuevo. No había serpientes, ni tormentas, ni un dios enloquecido que alzaba el bastón para invocar una venganza terrible. No había mujeres. Las vastas puertas de bronce estaban cerradas, sus secretos ocultos dentro.

En la playa había un joven de pelo dorado, de pie sobre la arena, igual que el primer día que lo vi. Tendría ese aspecto hasta que los mares se evaporaran y la cúpula del cielo colapsara sobre la tierra.

Alzó la mirada en mi dirección. No supe leer en ella lo que había hecho.

Y entonces estaba delante de mí, en el barco. Como una estatua de sí mismo, su rostro no revelaba nada. No me atreví a acercarme más a él.

Un grito monstruoso quebró el silencio. Los muros de la ciudad permanecían en pie, imperturbables y suaves, pero al primero le siguió otro grito, y luego otro; se oyeron voces y el sonido del metal.

—¿Qué está pasando ahí dentro? —le pregunté.

Sonrió, retorciendo la boca en una especie de mueca.

—Creo que se preparan para luchar.

—¿Por qué? —No podía creerme que estuviéramos manteniendo esta tranquila conversación. Quería agarrarle la túnica, arrancarle las respuestas, pero no sabía si podría volver a tocarlo de nuevo.

Por un instante, la dulzura de su rostro se quebró, convirtiéndose en una tristeza que desapareció casi antes de que la viera.

Suspiró.

—Perseo querrá vengarse de mí. —Sonaba como si estuviera sugiriendo una inconveniencia menor.

Me obligué a acercarme a él, temblorosa.

—¿Por qué? ¿Qué has hecho, Dioniso?

Se movió rápido, me agarró el codo y tiró de mí para adentrarme más en el barco. Puse una mueca al notar los dedos en el brazo. Era como un extraño para mí, sentía que alguien había vertido a otro hombre en el molde de mi esposo. No sabía qué estaba pensando.

Se apartó los rizos dorados de la frente.

—No pretendía…

El corazón me latía dolorosamente.

—¿Viene un ejército a por nosotros? Dímelo.

—El ejército de Perseo no significa nada para mí —comentó—. Quedaos aquí. Los mantendré alejados.

Reprimí el rechazo a tocarlo, las ganas de retroceder, y tomé su rostro entre las manos. Podría haberme apartado como a una mosca, pero vaciló. Parecía muy joven con la cara enmarcada por mis palmas, el sol brillando detrás de él. Era como un niño descubierto en una trastada y su expresión era una mezcla de culpa y desafío.

—Perseo está enfadado, está preparándose. Debería haberlo sabido. Yo me encargaré, no nos hará ningún daño. Pero es mejor que te quedes aquí, lejos de su vista, mientras yo lo calmo.

Podría haberme reído por lo ridículo que sonaba; aunque si alguien podía calmar a un ejército de soldados enfurecidos, supuse que ese era Dioniso. Era conocido por compartir su don de relajación, la suave embriaguez de los sentidos, una alegría relajante y compañía agradable. ¿Cómo había acabado provocando la ira de una ciudad que ahora se preparaba para vengarse de nosotros? Y si no podía tranquilizarlos, ¿entonces qué? Años atrás, en Creta, oí que Teseo le decía a Fedra que no le gustaría tener un ejército a sus puertas si supiera lo que hacían los ejércitos.

—Dime por qué, Dioniso. —Había parido a sus hijos, le había entregado años de mi vida. Merecía que me explicara por qué había originado una guerra, y él lo sabía.

Me soltó las manos y se apartó.

—Llamé a las mujeres —comenzó, como si no lo hubiera visto yo misma—. Rechazaron mis palabras, mi invitación al culto. Repitieron lo que Perseo había dicho, volvieron la cabeza, protestaron asegurando que no pensaban beber vino, pues era repugnante y tan solo les traería vergüenza y depravación. No querían mis ritos, dijeron. Rechazaron todo lo que yo podía enseñarles. Seguirían mostrando obediencia a sus hombres, insistieron... —Hizo una pausa—. Y yo me enfadé.

—Y las volviste locas, como Hera hizo contigo cuando te echó del Olimpo.

Me miró.

—Has visto lo que he hecho. Invoqué a mi padre, Zeus, y entonces las mujeres acudieron a mí. No sabían lo que hacían. Les habría enseñado mi poder, la éctasis. Les habría demostrado... —Se calló.

—¿Las cabras? —sugerí.

Negó con la cabeza.

—Las mujeres volvieron a entrar en la ciudad y el velo de la locura las cegaba. No trajeron cabras. —Se dio la vuelta.

Me hinqué las uñas en las palmas mientras aguardaba.

—Siempre he podido traerlas de vuelta. Después del frenesí, siempre les devolvía la vida. Es mi don.

Se me revolvió el estómago.

—¿Qué te trajeron?

Se abrió un abismo entre los dos. Sacudió la cabeza; parecía exasperado, confundido.

—A sus bebés.

No podía tratarse de mi esposo. No podía ser el dios amable y angustiado del que me había enamorado. Dioniso conocía la dulzura de tener los cuerpos suaves de sus hijos en los brazos. Conocía su preciada e indescriptible fragilidad. Sacudí la cabeza de forma violenta. No. No podía ser.

—Traer de vuelta una vida humana de ese umbral... —indicó—. No es lo mismo. Hay alguna diferencia, tal vez en el conjuro... No lo sé. Pero una vez estaba hecho, no he podido resucitar a sus hijos.

Pasífae. Sémele. Medusa. Y ahora cientos de madres dolientes. El precio que pagábamos por el resentimiento, la lujuria y la avaricia de los hombres arrogantes era nuestro dolor, puro y reluciente como la hoja de un cuchillo recién afilado. Dioniso me pareció en el pasado el mejor de todos, pero ahora lo veía tal y como era, y no se diferenciaba del resto de dioses poderosos. Ni de los hombres.

Detrás de mí, las ménades que no había visto que se había reunido en torno a nosotros lloraban. El sonido silencioso de la desesperación de las mujeres se había perdido ya por el bramido del ejército que se alzaba en la ciudad, la horda vengativa a la que esperaba apaciguar Dioniso. Pensé en qué haría yo si alguien se atrevía a arrancar un solo pelo de la cabeza de uno de mis hijos. Él había asesinado a los pequeños de toda una ciudad. Ni siquiera la lengua de un olímpico podía encontrar palabras para calmar la furia de semejante atrocidad.

No podía llorar por esas madres. La magnitud, la inmensa sima de su agonía era algo que ni siquiera podía empezar a explorar en mi mente. Las lágrimas no servían para nada, eran un insulto a un sufrimiento más profundo que el mayor abismo del océano. La frágil paz de Naxos había continuado porque me decía a mí misma que mi esposo ofrecía refugio y una salida para el dolor a las mujeres maltratadas del mundo. Pero había superado a su padre portador del trueno y a su tío sacudidor de la tierra; ni siquiera ellos habían destrozado a tantas mujeres de una vez. En términos de sufrimiento, Dioniso podía declararse el mayor de todos los dioses. Podía medir su gloria con el tormento femenino y grabar su leyenda en el cielo como conquistador de niños, destructor de inocentes.

Empezaron a caer enormes gotas de lluvia fría y me salpicaron el rostro, que tenía elevado. Me enfriaron la piel y aclararon la mente. Pensé en Eufrósine. Su pérdida era inmensa como la de las madres dolientes, pero ella había hallado consuelo en Naxos, a pesar de no haber recuperado a su bebé. Incluso sin contar con la marea de dolor que había desplegado Dioniso en Argos, muchas otras mujeres necesitarían urgentemente ese refugio. Pero no podrían encontrarlo mientras el dios gobernara nuestra isla, y no lo encontrarían si el ejército de Perseo arrasaba Naxos, pues sabía que Dioniso no podría contenerlos aquí; ellos buscarían lo que les pertenecía. Mis cinco hijos estaban en Naxos. Los hijos de Dioniso.

Oí el repiqueteo del bronce. Las puertas de la ciudad se abrieron y retumbó el rugido de los soldados, que avanzaban en nuestra dirección.

Mi mente era un cristal: claro, duro y brillante.

—Ve —le dije rápido a mi esposo—. Retenlos, haz lo que puedas. Pero no les hagas daño. Y cuando hayas terminado, vete. Difunde tu culto despiadado donde quieras. Pero déjanos Naxos a mí y a las mujeres.

Me miró, pero no respondió. Y entonces se fue.

Me volví hacia las ménades, sin aliento.

—Tengo intención de pedir la paz —les expliqué—. Acudiré a Perseo y le imploraré compasión. Somos mujeres y niños, y no le hemos hecho nada. La culpa es solo de Dioniso. No vamos a pagar el precio por lo que ha hecho él. Prometeré a Perseo que Naxos dejará de ser hogar de ritos de sangre y sacrificios. Solo seremos mujeres y niños, no seremos amenaza para nadie.

Vi aceptación en sus ojos. Pero estaba entremezclada con la duda de si lo lograría.

Me volví y vi los soldados avanzando por la playa como una marea negra y viscosa. Dioniso se apresuraba hacia los oscuros caparazones de los luchadores, un dios dorado e imponente. Un verdadero olímpico al fin.

Por encima de los hombres, de pie en la cima de la colina que había detrás, Perseo era inconfundible. El escudo brillaba bajo la lluvia, descubierto, con la monstruosa cara de Medusa gritando desde el metal en el que había quedado fijada para siempre. Tenía que actuar ahora, rápido, antes de que diera la orden de cargar. Debía llevar a cabo mi plan antes de que mi esposo pudiera provocar un desastre mayor sin pararse a pensar que serían las mujeres quienes sufrirían, de nuevo.

Tensé la mandíbula. No tenía armadura ni protección. Tenía que ir ya o sería demasiado tarde.

Bajé por el costado del barco y salté al agua helada. Caminé con dificultad y la vista fija en la figura de Perseo.

Dioniso comenzó a hablar, su voz divina resonó en toda la playa.

—Argivos, ¡es vuestra única oportunidad! Dejad las armas antes de enfrentaros a un dios. Os garantizo a todos piedad como mis seguidores.

Continuó su magnífico discurso mientras yo corría tan rápido como podía, mirando solo a Perseo. No podía permitirme pensar en la posibilidad de que este ejército llegara a Naxos, en el terror en las caras de mis hijos.

Estaba al borde de las tropas, abalanzándome contra la masa de soldados argivos, colándome entre los enormes platos de bronce que tenían amarrados en el pecho. Oí su confusión, las frases a medio formar mientras sentía su peso contra mi cuerpo, dejándome los pulmones sin aire. Ya no notaba la lluvia en la cara, solo el aliento cargado de los hombres a mi alrededor, sus caras bloqueando la luz del cielo. Por fin salí, jadeando, a un espacio milagrosamente claro.

La base de la colina. Empecé a subir por el lateral. Los escasos arbustos espinosos me arañaban la piel mientras ascendía.

Veía a Perseo arriba; la pendiente se iba aplanando conforme me acercaba, pero él no me vio. Estaba tan cerca ya que oía el siseo de las serpientes de la cabeza de la gorgona en su escudo, pero también oí el sonido suave de una voz femenina.

Había una mujer a su lado, más alta que él. Vi el destello de su corona cuando agachó la cabeza y le susurró al oído. Los brazos desnudos eran de un blanco reluciente.

Reduje el paso y me quedé observando. Perseo tenía los ojos vidriosos, vacíos mientras la escuchaba.

Ella levantó la cabeza y retrocedió. Había una sonrisa de satisfacción en su rostro bello. Volvió la cabeza hacia Dioniso, los ojos fulgurantes de puro odio. Y entonces me miró a mí, deslumbrante y engreída. Hera. Por supuesto, ella formaba parte de la batalla de su ciudad. Aquella vieja pesadilla volvió a mi mente y sentí un mareo momentáneo ante el peso sofocante de su mirada.

Perseo echó la cabeza hacia atrás y emitió un grito de guerra. Dioniso levantó la cabeza y se sorprendió al descubrirme allí. Debajo de nosotros, se alzó el clamor del bronce, el aullido de la respuesta de los hombres reverberó cuando cargaron contra mi esposo.

Estaba muy cerca de Perseo. Recordé cómo me miró en la planicie, la complicidad que habíamos compartido. Abrí la boca, preparada para negociar con él, pero, aunque tenía la vista fija en mí, la mirada seguía vacía. La visión que le había enviado Hera tenía cautiva su mirada, lo había cegado y no me veía. Extendí los brazos hacia él en un deseo desesperado de detenerlo, de arrancarlo de su trance, pero él avanzó. Levantó la enorme espada, preparado para unirse a la batalla de abajo, y yo me hice a un lado justo cuando tomó el disco plateado que llevaba en el costado. Miré directamente el escudo antes de poder volver la cabeza, la cara contorsionada que había en el centro.

Tenía los ojos fijos en los míos. Pensaba que serían verdes, como la piel fría de reptil que se retorcía en su cuero cabelludo.

Pero eran azules: un cielo sin nubes, un océano en calma. Un pozo de dolor sin fin; una melancolía zafiro de sorprendente amabilidad. El clamor de la batalla se redujo a un suave zumbido, cada vez más distante. Pensé en levantarme de nuevo, pero me pesaban mucho las piernas. En algún lugar, lejos, ardió una llama dorada en la periferia de mi visión, pero no pude volver la cabeza.

Conforme la marea lenta de piedra ascendía por mi cuerpo, rígida y fría, él se movió y llegó ante mí. Ya no había sonidos y tenía la boca inmovilizada en una forma estúpida. No pude pronunciar su nombre, pero, con el pulso ralentizado de mi cerebro, lo reconocí.

Comprobé, con una sensación apenas perceptible de sorpresa, que estaba llorando.

—Ariadna —dijo. Trazó con los dedos los planos esculpidos de mi rostro, pero yo ya sentí el roce.

Sabía que no había batalla a nuestro alrededor y que él me había levantado y me había alejado de aquello. Detrás de su cara tan solo se encontraba el cielo vacío. Estaba hablando otra vez, pero no oí nada. Presionó el rostro contra el mío: piel fría contra piel inmortal. Su dolor. Penetró en la parálisis de mi mente. Lo sentí, la angustia palpitante de su dolor. El dolor de un dios. Lo supe entonces, no había nada que él pudiera hacer. En alguna parte de la niebla espesa de mis pensamientos, me concentré en la imagen de los rostros de mis hijos; la coloqué en el centro de mi visión, que iba desapareciendo poco a poco, y nos vi a todos juntos una vez más, como antes.

El lapso de tiempo que duraba una docena de latidos moribundos. Nuestro último abrazo.

Y entonces Dioniso se apartó de mí. Una mirada de resolución calmaba sus rasgos, relajó el tormento de su cara y adquirió una expresión que conocía ya bien.

Alzó la mano en un gesto que ya había visto antes, solo una vez. Años atrás, ese movimiento envió mi corona nupcial al cielo. La creí perdida en las profundidades del mar, pero entonces él me pidió que levantara la mirada y la vi ardiendo por la eternidad.

No podía oír lo que decía esta vez, pero solo pudo ser una cosa.

«Adiós».

Mis ojos lo miraban vacíos, pero esperaba que pudiera oír cómo me despedía de él mientras la sangre se endurecía y congelaba, y el último resquicio de mi mente se convertía en piedra.

EPÍLOGO

Floto en la negrura. Un diminuto punto de luz desde donde estás tú, pero brillante como una llama. Cobro vida cuando Helios conduce su carro por debajo del horizonte, soy la joya fulgurante en el centro de la corona. Mis pensamientos son ahora lentos y pesados, retumban en el corazón profundo de la eternidad, pero veo toda la vida que hay debajo.

A mis hijos los crían, como a su padre antes que a ellos, las amables ménades. No están malditos con la carga de la sangre inmortal, viven plácidamente, indiferentes a cualquier anhelo de gloria. Llevan vidas tranquilas, ordinarias, el mayor regalo que pueden haber recibido. Cuando llegue su hora, Hermes los conducirá hasta la orilla oscura y pasarán al reino de Hades sin lamentos ni añoranza por una fama legendaria. Dioniso les dejó Naxos a ellos y a las ménades después de negociar la paz con Perseo y ofrecer importantes reparaciones a los argivos. Los dos hermanos continuaron su rivalidad, pero no se derramó más sangre y se apagó el ardor de su batalla por la supremacía. Dioniso ocupó su lugar en el Monte Olimpo y nuestra isla quedó a manos de las mujeres.

Desde aquí, vagando en la oscuridad infinita, oigo sus oraciones: de las mujeres de Naxos, Creta, Atenas, Argos y todos los rincones del mundo. Se dirigen a mí cuando están agonizando, cuando se enfrentan a la lucha más importante de la humanidad, cuando reúnen toda la determinación que tienen dentro de ellas para traer otra luz al universo. Se dirigen a mí para que guíe a sus bebés hasta la seguridad y calidez de sus brazos. Y desde aquí, la cúpula del cielo oscuro, las escucho. Les mando mi luz y las baño con su resplandor inextinguible, reuniéndolas a todas para compartir, juntas, nuestra fuerza inagotable.

AGRADECIMIENTOS

Escribir estos agradecimientos me resulta casi imposible, no sé por dónde empezar a dar gracias a tantas personas necesarias para hacer realidad un libro. Comenzaré disculpándome profundamente con los que haya podido olvidar. A pesar de haber redactado en mis sueños un millón de veces los agradecimientos de mi novela, cuando llega el momento de hacerlo, cuesta dar con las palabras que se acerquen a expresar mi gratitud.

Primero, tengo que dar las gracias a mi increíble agente, Juliet Mushens. Ella vio potencial en mi primer borrador y, en nuestra primera reunión, me ofreció la visión y las herramientas para transformarlo. No exagero al afirmar que ha transformado también mi vida.

Estoy también muy agradecida con el maravilloso equipo de Wildfire Books. Soy privilegiada por trabajar con gente tan dedicada y apasionada por los libros. Mi editora, Kate Stephenson, es profunda e inspiradora, y soy muy afortunada por haber contado con ella para que obre su magia con *Ariadna*. Mi editora norteamericana, Caroline Bleeke, de Flatiron Books, es también increíble, y es un honor que mujeres con tanto talento impulsen mi libro. Gracias también a mi editora de mesa, Shan Morley Jones, cuya atención meticulosa al detalle es asombrosa. También quiero dar las gracias al equipo de derechos de autor por lanzar *Ariadna* al mundo entero.

Deseaba escribir un mito griego que pusiera a las mujeres en el primer plano, y es mi deber dar las gracias a las mujeres tan impresionantes e inspiradoras que hay en mi vida. Las mujeres del departamento de inglés de Honley (Caroline, Rachel, Sarah, Suriana, Claire y Nicole) creyeron en mí y me apoyaron durante años. He aprendido mucho de ellas y me alegro de tenerlas en mi vida. También soy afortunada por tener a mis amigas de la infancia, el colegio, el trabajo y la maternidad, que siempre me han animado a escribir.

Gracias en particular a Bee, que me ha acompañado desde el otro lado del océano Atlántico en cada paso del viaje de Ariadna, y a Clare, Fiona, Johanna, Jo y Sean por todos los años de amistad.

Ariadna es un libro cuyo núcleo es una historia de hermanas. En el núcleo de mi vida está mi relación con mis hermanas, Sally y Catherine, que son fuente constante de apoyo, sabiduría, risas y amor.

También he tenido la buena fortuna de casarme con un hombre con una familia maravillosa y comprensiva. Estoy muy agradecida, en especial, con mi suegra, Lynne, por todo, y no solo por *la petite maison* de Normandía donde escribí el final de *Ariadna*.

Mis padres, Tom y Angela, han tenido una abundante fe en mí, y su amor y apoyo me ha nutrido siempre.

Por último, gracias a Alex por no parecerse en nada a los hombres de este libro y por ser todo cuanto necesito.

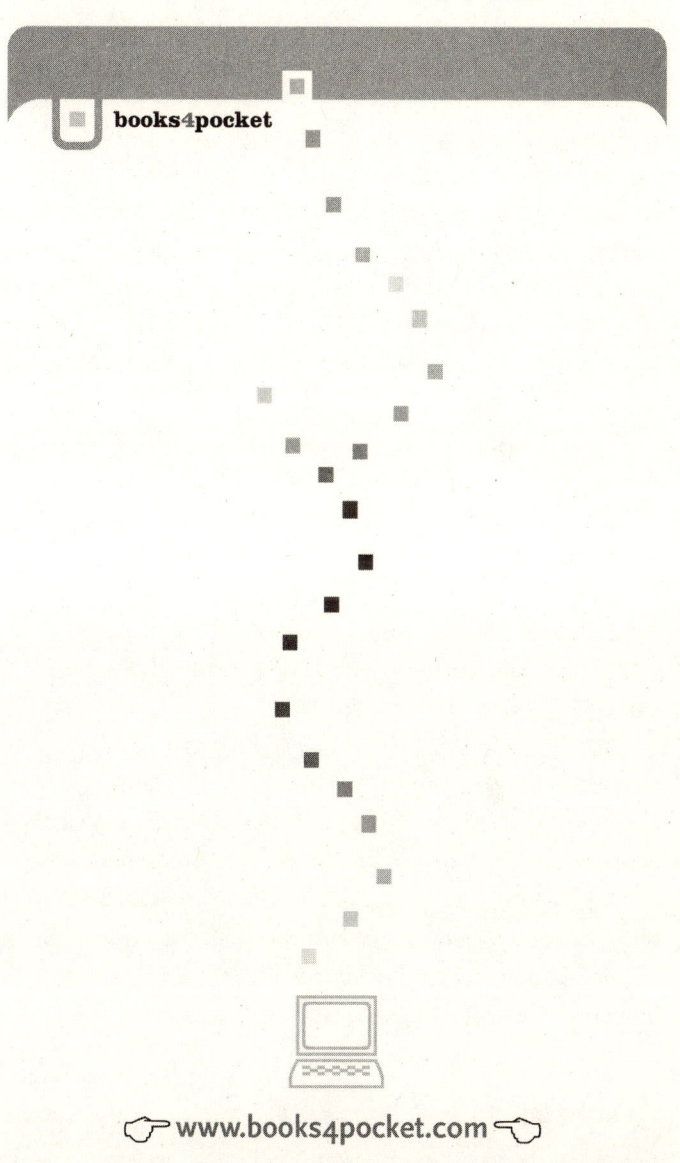

books4pocket

www.books4pocket.com